THE ONE

vol. 2

나를 버리는 건, 너를 버리는 것

# 더 원 2 나를 버리는 건, 너를 버리는 것

ⓒ남궁현 2018

| | |
|---|---|
| **초판1쇄 인쇄** | 2018년 2월 26일 |
| **초판1쇄 발행** | 2018년 3월 6일 |
| **지은이** | 남궁현 |
| **펴낸이** | 박대일 |
| **편집** | 이문영 · 임유리 · 신지연 · 박현주 · 전보라 |
| **교정** | 김미영 |
| **마케팅** | 송재진 · 임유미 |
| **디자인** | 이매진 |
| **펴낸곳** | 파란미디어 |
| **출판등록** | 2004년 9월 14일 제313-2004-00214호 |
| **주소** | 04072 서울시 마포구 성지1길 32-36 (합정동) |
| **전화** | 02.3141.5589 영업부 070.4616.2012 편집부 |
| **팩스** | 02.3141.5590 |
| **전자우편** | paranbook@gmail.com |
| **카페** | http://cafe.naver.com/paranmedia |
| **페이스북** | http://www.facebook.com/paranbook |
| ISBN | 978-89-6371-480-6(04810) |
| | 978-89-6371-478-3(전3권) |

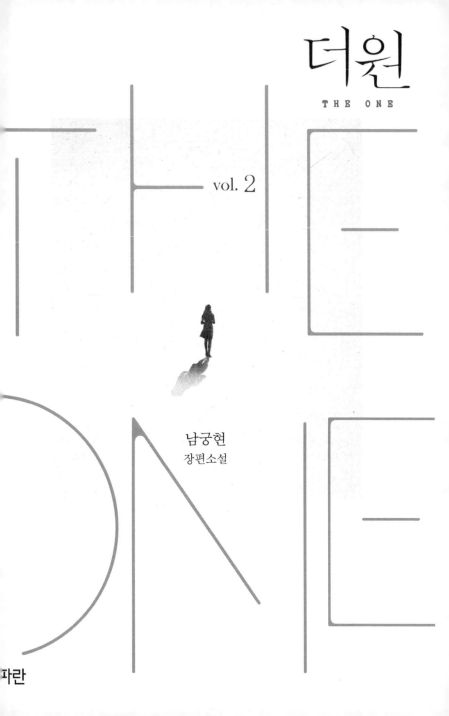

더원
THE ONE

vol. 2

남궁현
장편소설

파란

# 준유

"우리 형님은 어떻게 안 어울리는 스타일이 없지? 셔츠 때깔 죽이네. 이젠 보라색까지 접수하나?"

이건 로드 매니저 수환.

"이미 분홍도 소화했던 재유야. 심지어 노랑까지. 우리 재유가 뭔들 소화를 못 하겠냐."

이건 메이크업 아티스트 수정 누나.

"이 스타일도 유행해야 할 텐데. 권 이사님도 괜찮다고 하시더라고."

이건 코디네이터 수민 누나. 이상 수삼 트리오의 입에 발린 칭찬.

"좋은데? 남자답고 댄디 하고. 이 브랜드 스타일 유행할 것 같다."

백 실장님의 말을 이어받아 수환이 다시 지껄였다.

"당연히 유행하죠. 입으면 무조건 완판. 신어도 완판. 들어도 완판. 우리 형 완판남이잖아요. 우리 재유 형님은 머리가 짧아도 어울려. 이런 게 진짜 미남이지. 머릿발로 승부하는 아이돌하곤 차원이 다르다니깐."

도저히 더는 못 듣겠다.

"그만 좀 하지. 안 부끄럽냐?"

수환이 정색하며 대꾸했다.

"내가 왜 부끄러워요? 내 자랑 하는 것도 아닌데?"

대형 천연 비타민 같은 놈. 다들 웃음을 터트렸다. 나 역시 긴장이 조금은 풀어졌다. 14회 반전은 대외 극비다. 배우와 스태프, 관련된 모든 사람에게 반전을 소문내지 말라는 비밀 엄수 명령이 내려졌다. 일종의 엠바고였다. 촬영 역시 비공개로 할 수밖에 없었다.

낮엔 공개된 장소에서 각자의 분량을 소화했다. 종일 촬영 장소가 엇갈렸다. 밤이 이슥해서야 함께 촬영할 장소로 이동할 수 있었다. 의자에 앉아 대본을 복습할 동안 백 실장님과 정연 누나가 이른 졸음을 쫓으며 주거니 받거니 대화를 나눈다.

"14회 방송될 때까지 반전 안 새 나가면 금일봉 나온다면서?"

"그렇대요. 금일봉이 문제가 아니라 반전 때문에 욕먹을까 봐 걱정이에요."

"재유는 욕 안 먹을 거야. 작가가 먹든지, 성현 씨가 먹겠지. 그딴 상상이나 하고 있다고."

"벌써 두렵네. 무사히 잘 넘어가야 할 텐데. 설마 새드 엔딩은 아니겠죠?"

그럴 리가 없다. 절대. 두 사람 한 번은 헤어졌을지 몰라도 두 번은 헤어지지 않는다.

"오정혜 작가 작품들 보니까 시련은 겪게 해도 새드 엔딩은 한 번도 쓴 적 없던데? 열린 결말 정도면 모를까."

그 여자를 간절히 보고 싶었던 것과는 달리 내 마음이 조금은 식었기를 기대했다. 어차피 이 이상을 꿈꾸긴 어렵다. 꿈꿔서도 안 된다. 드라마가 끝날 때까지라도 잘해 주자는, 더 잘하자는 마음만을 가지고 왔다. 아니, 이것조차 안 되는 걸까. 다른 파트너들에게 그랬듯 무덤덤하게 할 일을 마치고 예의 바른 인사를 나누며 헤어지는 게 나을까. 지금 내 머릿속은 이렇게 앞뒤 안 맞는 생각으로 가득 차 있다.

입구 쪽에서 막내 스태프가 소리쳤다.

"성현 누나 도착했어요! 준비하세요!"

백성현에게 나란 사람은 그제도, 어제도 본 사람이지만 나로선 거의 3주 만의 만남이다. 스토리에 많은 변화가 있지만 진의 집은 그대로였다. 14회 첫 신은 현관에서 찍는다. 13회의 마지막과 자연스럽게 연결돼 보이도록 설정된 회상 신. 시청자들을 잠깐이나마 속이는 장면이기도 하다.

나도 모르게 긴장이 돼서 심호흡을 했다. 그녀는 마지막에 봤을 때보다 야위어 보였다. 길었던 머리를 어깨까지 자르고 검은빛이 많이 도는 짙은 갈색으로 염색했다. 가르마 방향까지 달라졌다. 바로 뒤에 몸이 탄탄하고 눈매가 매서운 젊은 남자가 가방을 들고 따라왔다.

어딘지 모르게 낯설어서 선뜻 아무 말이나 할 수 없었다.

"일찍 왔네."

성현 누나가 쌀쌀맞다고 느낄 정도로 내게서 바로 눈길을 거둬 갔다.

"어제…… 집에 잘 들어갔지?"

동생은 내게 최소한의 힌트만 주고 갔다. 그저 실수했다고만. 그녀의 눈길이 다시 내게로 왔다. 그것만으로도 기뻐 미소가 지어졌다.

"보시다시피. 머리 스타일 바꾸니까 너 같지 않다."

예상한 질문이었다.

"사람들이 전보다 더 낫다는데? 나이도 좀 들어 보이고. 별로야?"

"그럴 리가."

"머리 꽤 잘랐네. 누나도 누나 같지 않다."

"설마, 너 같기야 하려고?"

"……그렇게 달라 보여?"

"서재유는 천의 얼굴이라며? 내 생각엔 천의 영혼인 것 같지만."

역시, 내가 모르는 뭔가가 더 있다. 도대체 무슨 짓을 한 걸까.

"아직도 많이 화났어?"

"이제 너한테 화 안 낼 거야."

"그게, 무슨 뜻이야?"

"말 그대로."

"성현 씨! 재유 씨! 간단히 리허설하고 바로 들어갈게요!"

안 피디의 씩씩한 목소리가 세트장에 울려 퍼졌다. 누나가 대본을 흔들며 말했다.

"일이나 하자."

"김정환, 꽃 준비!"

박 감독의 빠른 목소리가 집 안에 울려 퍼졌다. 상을 당한 이규석 감독의 몫까지 하느라 배로 바쁠 터였다. 카메라 감독님이 흰머리가 무성한 머리카락을 고무줄로 묶으며 구시렁대셨다.

"아효, 날씨가 대본하고 아주 딱 맞네. 비 참 징그럽게 온다."

14회 씬 1. 진의 집 현관.

(환상) 현관문 열리면 꽃다발 들고 서 있는 재현. (흔한 꽃이 아닌 것으로 준비하길. 파스텔 색조로) 미소 지으며 진에게 꽃다발을 건네는.

선우진: (꽃을 보며 받을까 말까 망설이는)

김재현: (밝은 목소리, 밝은 표정으로) 왜? 마음에 안 들어?

선우진: 아니, 너무 예뻐. 정말 예뻐. (미소 짓는, 그러면서도 선뜻 받지 못하는)

김재현: (말갛게 미소 지으며 다시 꽃을 내미는)

누나는 컷 소리가 들리자마자 방금까지의 표정을 싹 지우고 자리를 떴다. 생전 처음 왕따를 당하는 기분이다. 세트장에 같이 들어온 젊은 남자는 새로 구한 매니저였다. 누군지 궁금했는데 우진 형이 소개해 준 매니저라는 걸 수환이의 수다를 통해 눈치챘다. 이름은 김도의. 나이는 스물아홉 살. 태권도, 검도, 합기도 모두 합쳐 10단. 체대 출신. 백성현이 제시한 조건에서 맞지 않는 건 못생기지 않은 얼굴뿐이라고.

말을 아끼길 잘했다. 또 실수할 뻔했다. 매니저란 남자가 별로 덥지도 않은데 누나의 온몸에 부채질을 하고 있다. 남자의 수다에 누나가 그를 보며 빙긋 웃었다. 백성현 주변엔 남자만 점점 늘어나는 것 같다.

씬 2. 진의 집 소파.

바로 이어서. 밤. 스탠드 조도 약하게. 진, 소파에 이불도 안 덮고 새우처럼 구부리고 잠든 모습. 갑자기 소스라치게 놀라 깨는. 힘없이 몸을 일으켜 앉는 진. 멍하니 앞을 바라보며 한참을 그대로.

선우진: (N / 담담해서 더 슬프게 느껴지도록) 이루어지지 않은 사랑은 왜 슬픈가. 아직도 나는 꿈에서 그를 만난다. 그 꿈 안에서 그는 여러 가지 얼굴로 나를 만나러 온다. 나는 그가 주는 꽃다발을 한 번도 받지 않는다.

김재현: (환상 / 소파 모서리에 앉아 아련하게 진을 바라보다 금방 사라

지는.)

선우진: (앞에 이어 N) 꿈에서 깨어나면 가끔, 울기도 한다. (눈물 글
썽이는 진)

"NG! 눈물 흘리면 안 된다니까? 배고파요?"

"죄송해요. 아, 자꾸 왜 이러지."

누나가 연거푸 NG를 냈다. 눈물이란, 한두 줄기만 흘리라
고 딱 맞춰 흘릴 수 있는 게 아니다. 알람 울리듯 시간 맞춰 딱
딱 나와 주는 것도 아니다. 나오는 눈물을 억지로 참는 것도 쉬
운 일은 아닐 것이다. 박 감독이 아직 눈물이 그렁그렁한 누나
를 가만히 지켜보았다.

"잠깐 쉬었다 가죠. 메이크업 고쳐야겠는데?"

그녀가 나를 드라마 속 환상 취급하며 저만치 걸어갔다. 아
무래도 단단히 화가 난 모양이다.

두 번 더 반복한 끝에 겨우 오케이 사인을 받았다. 이번엔 내
가 먼저 자리를 떴다. 재현이 사는 빌라로 이동하면서 장례식
장에서 일어난 일을 어떻게 알아낼지 머리를 굴려 봤다. 동생
은 드라마가 끝나기 전까지 어떤 전화도 받지 않겠다고 했다.
통화가 된다고 해도 시시콜콜 털어놓지 않을 가능성이 높다.

백 실장님이 둘 사이에 있었던 일을 얼마나 아는지 모르겠
지만, 내가 먼저 물을 수는 없었다. 그거야말로 정말 이상한 일
일 테니까. 실장님 눈에도 누나의 행동이 이상해 보였던 모양
이다.

"아직 화 안 풀린 것 같지? 성현 씨 말이야."

"그러네요."

"성현 씨 그렇게 화내는 거 처음 봤네. 왜 그랬어? 생전 안 하던 짓을."

내가 묻고 싶은 말이다. 지금이라도 재유에게 전화를 걸어 따지고 싶었다. 어제 새벽 그 여자에게 어떤 짓을 한 건지.

"형, 좀 말리지."

"말려서 그 정도였지 그냥 놔뒀으면 너희 두 사람 신문에 날 뻔했어. 〈온리 원〉 투J 커플이 길바닥에서 싸웠다고. 내가 봐도 어제 너 제정신이 아닌 것 같더라. 뭐, 우리가 살림을 차렸어요? 길거리에서 부둥켜안고 키스를 했어요? 뭘 어쨌다고 신문에 나요? 그랬던가. 오해를 해요? 그랬던가. 어이구, 누가 볼까 봐 걱정돼서 내가……."

"그런 말까지 했어요?"

"그걸 나한테 왜 물어. 니가 해 놓고? 성현 씨 팔까지 붙잡고 서서 그랬잖아. 그러니까 손 떼라고 화를 내지. 오죽하면 내가 성현 씨한테 대신 사과한다는 말까지 했겠냐. 너 많이 취했었어? 그 정돈 아닌 것 같았는데."

"하……. 돌았나 보다, 서재유. 미쳤나 보다, 서재유."

"그래! 딱 그거였어."

재현이 사는 집. 군더더기 없이 세련되게 잘 꾸며진 공간이다. 집 안엔 아직 내 스태프들뿐이다. 자정을 가뿐하게 넘었으니 군이 피곤해 보이는 분장을 할 필요가 있을까 싶지만, 눈을 감은 채 수정 누나에게 얼굴을 맡겼다. 충분히 피곤해도 피곤해 보이도록 분장을 해야 하는 게 연기자다. 몸이 완벽히 회복된 상태가 아니어서 그런지 평소보다 힘이 들었다. 내색은 하지 않았다. 아픈 걸 참는 데는 이력이 났다.

오늘 낮엔 피트니스 센터에서 말없이 러닝머신을 달리는 장면을 찍었다. 대본에서 '피트니스 센터 안'이란 글자를 발견했을 땐 벤치 프레스나 덤벨 프레스 같은 운동기구를 사용하는 신이 있을까 봐 조마조마했다. 다행히 그런 부분은 없었다. 뒤에 이어지는 스토리를 생각하면 묵묵히 러닝머신을 달리는 장면이 어울린다. 김재현은 근육을 단련하려고 온 게 아니다.

재현은 바쁘게 일하고, 이따금 뭔가를 먹고, 친구를 만나 즐거운 시간을 갖는 흔한 하루를 보낸다. 이별의 징후는 어디에서도 보이지 않는다. 이렇게 아무렇지도 않은 평범한 하루를 보내야 뒤의 장면이 더 인상 깊게 기억될 테니까.

가만히 대본을 떠올리며 마음을 정리해 봤다. 이 넓고 고요한 집에 혼자 사는 젊은 남자. 누구나 부러워할 만큼 훌륭한 조건을 갖췄지만, 뼛속까지 외롭다.

혼자 욕실 거울 앞에 서서 리허설을 해 봤다. 5분도 안 되는 시간 안에 내가 표현해야 할 감정은 네 가지. 모든 연기가 힘들지만 짧은 시간 안에 감정의 변화를 보여 주는 신과 눈물 연기가 제일 어렵다. 17번 신에선 그 두 가지를 동시에 해야 한다.

성현 누나가 눈물을 감쪽같이 지운 얼굴로 나타났다. 편한 의상, 하나로 묶은 머리, 발랄해 보이는 메이크업. 한 시간 전의 그 여자가 아닌 것 같다. 나도 그런 말을 자주 듣지만, 이 여자도 어떻게 꾸미는지에 따라 이미지가 달라 보인다.

누나가 내 쪽으로 올 마음이 없는 것 같아 먼저 다가가기로 했다. 어차피 이렇게 된 거 고개 숙이고 들이밀 수밖에. 나는 죄인이니까.

"나 좀 슬프게 해 줘."

"나 혼자도 버거워."

"누난 잘 울잖아. 울려 주라."

백성현이 한심하다는 듯 나를 바라보며 이맛살을 찌푸렸다. 내가 생각해도 한심해 보일 것 같다.

"나 같은 인간 때문에 얼굴 찌푸리지 마. 주름 생겨."

"허. 때려 줄까? 악 소리 나게?"

"미안해. 어제 나 미친놈 같았지?"

"알면서도 그런 거네. 울고 싶다고 했지?"

갑자기 누나가 내 팔을 때렸다. 하필 다친 팔이었다. 나도 모르게 얼굴을 찡그렸다.

"어? 아파? 그게?"

"아니. 이 정도론 눈물 안 나오는데?"

"선우진하고 헤어졌다고 생각하면 슬프지 않아? 그렇게 좋아하던 여잔데? 그 정도면 박 감독님이 좋아 죽는, 죽을 것 같은 사랑 세 번은 한 거 아닌가."

14회 대본을 읽는 내내 나는 김재현이 된 것처럼 아팠다. 그래도 지금은 아무 말이라도 해야 한다.

"어차피 다시 연결될 거잖아. 천하의 오 작가님이라도 이거 새드로 못 끝내. 시청자들 무서워서."

"그게 비련의 주인공이 할 말이에요?"

"미안해. 다신 안 그럴게. 이젠 이상한 짓 절대 안 해. 진짜 안 해."

"……너 이미 충분히 이상해."

"인정. 완전 또라이 같은 놈이었지. 좀 때려 주지 그랬어?"

"소름 돋게 왜 이래."

"그럼 앞으로 나한테 화낼 거지? 화 안 낼 거 아니지?"

"진짜 이상하다니까. 내가 화내는 게 좋아? 어제도 그러더니."

동생은 언제부터 나를 닮았던 걸까.

"모르는 사람 취급하는 것보단 나아."

누나가 어이없다는 듯 고개를 절레절레 저었다. 하루에도 수백 번 보고 싶던 얼굴. 나라는 인간도 이토록 사람을 그리워 할 수 있다는 걸 처음 알게 해 준 사람. 아무리 애써도 표정 관리가 안 되는, 나는 이 여자가 제일 문제다.

누나가 고개를 돌리는 쪽으로 자꾸 얼굴을 들이밀며 계속 용서를 빌었다. 결국, 지친 백성현이 그만하라며 피식, 웃음을 터트렸다.

"허허. 한류 스타 재롱떠는 거 봐라. 뭘 잘못해서 그러냐? 성현아, 좀 봐줘라."

뒤쪽에서 김종태 카메라 감독님의 호탕한 목소리가 들렸다.

표정을 감추지 못하는 나를 흘겨보며 등을 돌리던 누나가 다시 되돌아섰다.

"서재유, 내가 사는 집 어디야?"

"일산."

"일산 어디?"

"정발산 부근."

"근데 왜 어젠……."

"내가 가끔…… 단기 기억 상실증에 시달릴 때가 있거든. 어제 많이 취했었나 봐."

"너 알코올 중독이야?"

"아냐! 그건. 내가 술 마시는 게 싫어?"

"너 아니라 누구라도 술 과하게 마시는 사람은 안 좋아해."

"술 끊을까?"

"그걸 나한테 왜 물어. 니 마음이지. 들이붓든지 말든지."

"마시지 말라고 해 봐. 조금씩만 먹으라고."

"내가 니 엄마니?"

엄마만 그런 말 하는 거 아닌데.

"메니에르 증후군은 어때? 아직 그래?"

"많이 좋아졌어. 왜 이렇게 늦어지지? 안 피디님! 촬영 안 해요?"

"장비에 문제가 생겨서. 금방 고칠 거니까 길게 잡아 20분 정도만 더 기다려요. 둘이 수다 그만 떨고 대사라도 맞추지? 욕실 장면은 드레스 리허설 하고 바로 들어갈 거예요."

"네! 서재유, 이 신이 얼마나 중요한 장면인지 잘 알지?"

"알아. 아까처럼 울면 안 된다?"

사실 이런 장면은 리허설을 하고 싶지 않다. 연습을 하면 할수록 감흥이 떨어질 것 같아서. 내 의견을 듣던 백성현이 단박에 동의했다.

"우리 저 방에 들어가서 연습하는 척할래? 대사하고 동선만 간단히 맞춰 보자."

무조건 찬성. 무심코 한 말일지도 모르지만 꼴도 보기 싫었을 나를 포함해 '우리'라고 해 주니 그저 고마울 뿐이다. 방으로 들어와 간단히 동선 체크를 한 뒤 누나는 침대에 기대앉아 대본을 읽었다. 나는 1미터쯤 떨어져 바닥에 드러누웠다. 앓는 소리가 저절로 나왔다.

심부름 갔던 누나의 매니저가 우리를 찾아다녔던 모양이다. 누워 있는 날 흘끔 내려다보던 그는 누나에게 괜찮으냐는 말부터 했다. 뭐야? 저 질문의 의도는?

"괜찮지, 그럼. 도의 씨, 사 온 거 알아서 돌려요. 빠트리는 사람 없이."

"네, 그럴게요. 누나도 나와서 드세요."

"난 이따가. 재유 너도 간식 먹을래?"

"아니."

"도의 씨, 가서 일 봐요. 우리 리허설 해야 돼."

"문제 생기면 부르세요."

문제? 내가 백성현을 잡아먹기라도 하나? 내 눈엔 가기 싫어서 꼬리를 길게 늘어뜨리는 것으로 보였다. 스타 대접을 받고 싶어서가 아니다. 저 남잔 날 벌써 싫어한다. 나도 저 남자가 싫다. 공평하게.

"믿을 만한 사람 맞아?"

"우진이가 소개해 준 매니저야."

"그건 나도 아는데, 아버지가 소개해 줬대도 못 믿을 게 남자거든."

"그렇긴 하지. 너도 남자 맞지?"

"드물지만 예외는 있어."

"이 빌라 안엔 없는 것 같다. 다행히 저 친구 집도 우리 집하고 가깝더라고."

"누나 단독 주택 살아?"

"글쎄."

"그게 무슨 비밀이라고 말을 못 해? 주소 불러 달라는 것도 아닌데."

"나도 니 집 모르는데 너도 우리 집 모르는 건 당연한 거지."

"내가 사는 집 가르쳐 줘?"

"됐어요. 그거 알아서 뭐 하게."

"저 남자 신분 확실해? 뒷조사 철저히 해 봤어?"

"신원 확실한 사람이거든. 우진이가 어련히 잘 알아봤을까."

"연예인한테 매니저가 얼마나 중요한지 몰라? 더군다나 여자 혼자 일하는데."

"그만 얘기해. 이젠 내 매니저야. 내 사람이라고."

내 사람? 내 사람! 김도의라는 남자가 부러워졌다. 나도 백성현 매니저나 하면서 살고 싶다. 아침저녁으로 차에 태우고 다니며 종일 스케줄 관리를 도맡아 하고 싶다. 집에 무사히 들어가는 걸 눈으로 확인하고 싶다. 스태프들이 먹을 간식을 사다 나르고, 백성현 덥지 말라고 부채질이나 해 주고 싶다. 이런 생각을 할 때, 누나가 한국 소설가의 이름을 대며 화제를 바꾸었다. 그 작가 책을 읽은 기억이 난다.

그로부터 몇 분에 걸쳐 부부 싸움 후 아내를 오해하고 홧김에 차도에 뛰어들어 죽은 남자 얘기를 들었다. 성질도 참 이상하네. 남은 사람은 어떡하라고. 그다지 바람직한 상황은 아니지만, 조곤조곤한 그녀의 목소리가 좋아서 밤새도록 듣고 싶었다.

"누난 그런 남자하고 결혼하지 마라. 절대."

"……그래."

"그게 끝이야?"

"아니. 여자가 싸울 때 홧김에 이혼을 바란 건 맞지만 남편이 죽기를 바란 건 절대 아니었거든."

"무섭네."

"원래 사는 건 무서운 거 아닌가."

"아니. 사는 건 좋은 거야. 누나도 그렇게 생각해."

"……주인공 여자는 이렇게 생각해. 만약 사이가 좋았을 때 남편이 죽었다면 자기도 따라 죽었을 거라고. 남편 없는 세상을 견딜 수 없을 거라고. 근데 남편이 그때 죽은 게 아니거든. 그래서 그냥 살아가. 남들처럼. 여자는 어떤 게 옳은 길인지 몰라서 자꾸 잘못된 선택을 해. 읽는 나는 조마조마한데, 그 여자는 그걸 모르니까. 앞일을 미리 알면 그런 선택은 안 했겠지만 행복을 자꾸 비껴간다고 해야 하나. 선우진하고 김재현도 잘못된 선택을 한 거 같아. 하나를 놓지 못해서 열을 버린 셈인가.”

“그때의 두 사람은 그게 최선이라고 생각했겠지.”

백성현과 나 사이엔 무엇이 최선일까. 이제 나는 사랑해도 헤어질 수 있다는 말을 이해한다. 아무리 좋아해도 먼저 놓아야 할 때가 있다는 걸 받아들인다. 그래서 더더욱 사는 건 좋은 거라고 나 자신을 설득시켜야 한다. 백성현도 그렇게 생각해 줬으면 좋겠다. 사는 건 죽는 것보다 열 배, 백 배 더 행복한 거라고.

이 순간, 말이 없는 나를 어떻게 받아들일까. 아직 넌 어려서 인생을 모른다고? 6년 뒤의 너 역시 오늘과는 다른 생각, 다른 판단을 할 수 있다고? 아무렴 어떤가. 지금 이렇게 같이 있는데. 다시 눈을 감고 그녀가 하는 말을 계속 들었다. 이 목소리가 그리웠다.

“자니?”

“듣고 있어. 그래서?”

“김재현이 감쪽같이 속인 거잖아. 나쁜 의도는 아니었겠지만 거짓말한 건 사실이니까. 어쩌면 두 사람 다 최악의 판단을 한 거지.”

“거짓말하는 거 싫어해?”

“그걸 누가 좋아해?”

"어느 정도로 싫은데?"

"음…… 거짓말 잘하는 남자하곤 절대 연애도 안 할 만큼? 거짓말하는 걸 알게 된 순간 바로 헤어질 만큼?"

나는 〈온리 원〉의 김재현이 부럽다. 김재현은 세상에 오직 하나뿐이니까. 그가 그녀를 속인 건 집안 형편 정도니까. 어쨌든 두 사람은 다시 만날 테니까. 백성현에게 우기고 싶다. 세상엔 거짓말이 필요한 사람도 있는 법이라고. 누굴 아프게 하거나 괴롭히려는 목적으로 하는 게 아닌 경우도 있다고. 거짓말한 사람이 오히려 더 괴로울 수도 있는 거라고.

나는 재현을 향한 선우진의 마음이 궁금했다.

"선우진이 정말 김재현을 사랑한 게 맞을까?"

"난 선우진……."

그때, 문이 반쯤 열려 있는데도 막내 스태프가 조심스레 노크하고 고개를 삐죽 내밀었다.

"저기, 재유 형. 금방 촬영 시작해요. 두 분 다 지금 나가셔야 하는데."

누나가 벌떡 일어나더니 나를 내려다보며 말했다.

"가자. 넌 울러. 난 참으러."

욕실 안의 커다란 거울을 보며 생각했다. 내가 정말 사랑하는 여자가 있어. 그런데 이젠 평생 못 봐. 지금 보는 게 마지막이야. 다시는 그 여잘 만질 수도, 말을 걸 수도, 같이 웃을 수도 없어. 그녀 때문에 슬플 일은 더 없겠지만, 그녀로 인해 행복할 일도 절대 없을 거야. 그게 못 견디게 힘들어. 김재현은 그런 남자야. 그럼, 서준유는 어떤 남자지?

씬 17. 재현 집 욕실. 밤.

세면대에 물을 받으며 얼굴을 씻는 재현. 세수를 멈추고 거울을 본다. 퀭한 얼굴. 약장을 열어 수면제 두 알을 꺼내 물과 함께 삼킨다. 잠시 거울을 응시하는. 그때 나타나는 진의 환영. 진, 밝게 미소 지으며 재현의 허리를 껴안는다. 거울 속에서 마주친 두 사람의 시선. 순간 환하게 빛나는 재현의 얼굴. 재현, 진에게 말을 걸 듯 말 듯 망설인다.

선우진: (환상) 재현 씨, 나 좀 봐. 화난 사람처럼 왜 그래? 치! 보고 싶다고 해 놓고선.
김재현: (N) 나는 그녀의 모습이 환영인 걸 잘 안다. 그러나 내가 움직이면 그녀가 더 빨리 사라질까 봐 돌아볼 수가 없다. 그녀의 몸을 만지고 싶지만 손을 뻗을 수가 없다. 말을 걸고 싶지만 어떤 말도 할 수 없다. (서서히 눈물 고이는)
선우진: (환상 / 밝은 목소리로) 우리 맛있는 거 해 먹을까? 오늘은 내가 할게.
김재현: (N) 거울 속의 그녀는 여전히 미소 짓고 있다. 아무것도 모르는 행복한 얼굴로.

진이 재현의 허리를 더 꼭 껴안으며 장난스럽게 입을 삐죽이자 재현은 다시 얼음처럼 굳는다. 거울 속 그의 눈에서 한 줄기 눈물이 툭 떨어진다.

그렁그렁해지는 그녀의 눈을 보니 삭막한 내 가슴에도 물기가 차올랐다. 그러므로 이 장면은 NG다. 박 감독이 누나를 바라보며 작게 한숨 쉬었다.

"오늘 왜 그래요? 첫사랑이 낼 결혼이라도 한대?"

"그럼 안 울죠. 어디 사는지도 모르는데. 너무너무 죄송해요. 누가 절 10분만 웃겨 주심 안 되나요?"

막내 보조가 저 뒤에서 외쳤다.

"누나, 콜! 저요!"

"콜! 서재유, 미안. 넌 진짜 잘했는데. 나 오늘 왜 이러니."

"갔다 와."

"감독님, 5분만 주세요."

데뷔 후 3주를 아무 일도 안 하며 보낸 건 처음이었다. 몇 년 전 스웨덴으로 잠적했던 게 가장 긴 휴가였다. 아무리 길어도 일주일을 넘긴 적은 한 번도 없었다. 단지 백성현이 그리워서가 아니다. 일없이 멍하니 있는 것 자체가 답답하고 불안했다.

다시 돌아온 일터. 내게 살아 있다는 존재감과 작은 명예와 먹고살 돈을 벌게 해 주는 장소. 장비 하나하나가 반갑고, 마음에 안 들었던 스태프까지 너그럽게 바라보게 된다. 2회가 연장됐으므로 이 드라마와 관련된 사람들은 하루를 2배속으로 바쁘게 보낼 수밖에 없다.

가끔 동생 생각이 났다. 엄마가 아무 말씀 없으신 걸 보면 집에는 가지 않은 것 같다. 아직 한국에 있다는 소리다. 그 아이가 어느 길바닥에서 무얼 하며 지내고 있나 생각하면 답답해진다.

20시간의 긴 촬영을 마치고 집에 오면 시어 빠진 파김치처럼 늘어져 손 하나 까딱하기 싫다. 대본을 읽다가 잠이 들고, 두 개의 알람이 울리면 번갈아 눈을 떴다가 매니저 형이 전화로 깨울 때에야 억지로 몸을 일으킨다. 찬물 샤워로 정신을 차리고 옷을 챙겨 입은 뒤 5분 안으로 해결할 수 있는 음식을 억지로 집어넣고 집을 나선다. 다람쥐 쳇바퀴 도는 일과와 다름없지만 목적 없이 노는 것보단 즐겁다.

며칠 동안 누나와 따로 촬영해야 했다. 이규석 감독 모친의 발인 날에도 시간이 맞지 않아 마주치지 못했다. 촬영장에 가면 늘 있을 것 같은 사람이 안 보이니 마치 내가 이별한 것처럼 마음이 시릴 때가 있다.

오늘, 헤어진 두 사람이 우연히 만나는 장면을 찍는다. 이별한 연인이 다시 만나 사랑에 빠질 확률은 얼마나 될까. 그렇게 만난 뒤 다시는 헤어지지 않고 행복하게 살 확률은 또 얼마 만큼일까.

드라마가 끝나도 일을 매개체로 몇 번은 더 만날 수 있을 것이다. 운이 좋으면 이 드라마를 사 간 몇 나라에 함께 프로모션을 갈 수도 있다. 일을 제외하고 내가 백성현이란 여자를 부담

없이 만날 방법은 하나뿐인 것 같다. 함께 작업한 선후배 사이로 편하게 지내는 것.

내 마음을 들키거나 드러낸다면 둘 중 하나가 될 수밖에 없다. 진짜 연인이 되거나 불편해서 아예 못 만나는 사이. 후자가 될 가능성이 크지 않을까. 의도적으로 그녀에게 누나라는 호칭을 자주 쓰고 있다. 그러면 내 감정이 좀 차단될까 싶어서.

"두 사람 얼른 행복해져야지 내가 못 살겠다. 니 얼굴만 보면 자꾸 눈물 나오려고 해서……."

제발 이런 말도 하지 말았으면. 차라리 나를 비즈니스 관계 이상도 이하도 아닌 사람처럼 사무적으로 대해 주었으면.

"다시 만나는 게 쉬울까. 헤어진 이유가 있는데?"

"왜 못 만난다고 생각해?"

"꼭 그렇게 생각하는 건 아닌데, 좀 어려울 것 같아서."

"그래. 쉬운 일은 아닐 것 같아. 그래도 인연이라면?"

"누난 인연을 믿어?"

"믿는 쪽이야. 왠지 세상엔 그런 게 있어야 할 것 같아. 근데 왜 니 맞선녀 안 오니? 보고 싶은데. 우리 동생이 좋아하는 가수야. 오늘 만난다니까 좋아 죽더라. 여자 친구도 있는 게. 나쁜 놈."

"나쁘네. 여자 친구도 있다면서."

"하하. 연기도 제법 하나 봐?"

"나도 잘 몰라."

"뭘 몰라. 니가 섭외해 놓고."

누나가 날 보며 믿기지 않는다는 듯 피식 웃었다.

"너 은근 능구렁이야. 내 나이 되면 용 돼서 승천하는 거 아니야?"

"맘대로 생각해. 난 모르니까."

여자를 만나는 데 특별한 매뉴얼은 없다. 그러나 일정 패턴은 있었던 것 같다. 마음에 드는 여자가 생기면 그쪽에서 먼저 다가올 때까지 기다리진 않는다. 내가 싫다고 하면 미련 없이 돌아설 수 있을 때 대시한다. 여태껏 날 거절한 여자는 없었다. 그것이 비록 열흘짜리 연애였다고 해도.

돈으로 여자의 마음을 사려고 한 적은 한 번도 없다. 그럴 필요가 없어서가 아니라 그런 짓은 돈을 주며 시켜도 못 한다. 레스토랑을 통째로 빌려 피아노를 치며 노래를 불러 준다거나 자동차 트렁크에 헬륨으로 가득 찬 풍선을 싣고 짠! 하며 열어 보이는 짓은 꿈에서도 안 해 봤다. 아이스크림 속에 반지를 숨겨 두는 짓 같은 건 더더욱. 멜로드라마의 로맨틱 가이들이 흔히 하는 낯간지러운 행동은 내 사전엔 없는 것들이다.

그렇다고 해서 매사에 무심한 남자는 아니다. 보통은 좋아하는 뮤지션의 음반을 가장 먼저 선물한다. 특별한 날엔 너무 화려하지 않은 꽃다발을 건네기도 한다. 그마저도 잊어버릴 때가 많았지만. 좀 더 가까워지면 비싸지 않은 액세서리나 모자, 운동화 같은 걸 사 줄 때도 있었다. 신발을 사 주면 여자가 도망간다는 말은 처음부터 믿지 않았다.

내가 싫어하는 음식이라도 상대가 좋아하면 내색하지 않고 먹는다. 같이 술을 마실 때도 있고, 내키면 술 냄새가 남아 있는 입술에 키스하기도 한다. 친구들과 어울려 놀 때도 있다. 아침저녁으로 문자를 하고 전화를 건다. 만날까? 심야 영화나 볼래? 이렇게 사소한 대화. 이토록 흔한 연애. 이 모든 게 까마득하게 오래전 일 같다.

제법 잘나가는 연예인 친구들끼리 농담처럼 말하듯 연예인의 사랑은 시작부터 결별까지 소속사와 의논해야 한다. 연예인의 연애는 지극히 사적인 감정인 동시에 공적인 비즈니스와 바로 연결된다. 나는 그게 정말 싫었다.


선우진과 헤어진 재현은 미국에서 공부하고 있다. 잠시 한국에 온 사이 집안끼리도 잘 알고 어려서부터 알고 지내던 여자를 배우자감으로 사귀길 종용받는다. 선우진의 상상에서 그토록 따뜻하고 서민적이던 재현의 부모는 자식의 사랑과 미래를 마음대로 재단하는 능력 많은 부모로 바뀐다.

흔해빠진 설정이지만 비슷한 수준의 사람끼리 만나는 게 최선인 세상이라고 하니까. 일일이 배려해서 말하고 행동하는 거 더는 불편해서 못 하겠다며 여자 친구와 헤어지는 경우도 봤다. 도대체 말이 안 통해. 그 애가 뭘 해 본 게 있어야지. 한마디로 수준이 안 맞는다는 얘기. 뜨겁던 시절은 잠깐이고, 이별의 변명은 냉정했다. 그저 애정이 부족했다고 하면 될 것을.

촬영 장소는 서울 한복판에 위치한 호텔이다. 로비에서 만나는 김재현과 그의 부모에게 선택받은 여자. 재현을 반갑게 맞이한 여자가 팔짱을 껴 오며 환하게 웃는다. 일 때문에 왔다가 그 장면을 '우연히' 보게 된 선우진. 이런 빤한 우연이 없으면 드라마는 진행이 안 된다. 주인공들이 영원히 만나지 못한 채 따로 놀아야 할 테니까.

재현의 부모가 추천한 여자로 대한민국 최고의 걸그룹 멤버이자 나와도 안면이 있는 여가수가 카메오로 등장한다. 민재연. 14회 반전의 충격을 완화할 겸 관심도 끌 수 있는 좋은 아이템이라 생각했다. 단 2회의 짧은 출연이지만 일정상 어렵다는 걸 내가 따로 전화를 걸어 부탁했고, 그쪽 소속사의 허락까지 받아 냈다. 그게 스태프들 사이에서 소문이 난 모양이다.

민재연을 잘 모른다는 내 말은 아주 틀린 표현이 아니다. 같은 바닥에서 일하며 알게 된 후배일 뿐. 사석에서 몇 번 마주친 적도 있지만 개인적으로 만나거나 친하게 지내 본 적은 없다. 민재연이 도착했다. 누나가 먼저 그 애에게 반갑다며 인사를 건넸다. 잠시 우리 셋은 짧은 대화를 나누었다. 불편할 정도로 붙임성이 좋은 애다.

"오빠, 되게 오랜만인 거 같다? 넉 달 만인가? 다섯 달? 우리 자주 좀 보자. 모임에도 좀 나오고 그래. 다들 보고 싶어 하는데. 드라마 꼬박꼬박 챙겨 보고 있어. 근데 그거 알아? 우리 이름이 비슷한 거? 김재현, 민재연!"

성현 누나가 반가운 소식이라도 들은 것처럼 손뼉까지 쳐 가며 맞장구쳤다.

"어! 정말 그러네?"

"뭐가 정말 그래? 한 글자만 같은데. 민재연 너는 본명이고, 나는 드라마 속 이름이잖아."

"에이, 오빠는! 그게 그거지."

"둘이 잘 어울리는 거 같은데? 재현 씨 순순히 양보할까 봐."

이 여자 좀 모자란 거 아닌가. 민재연이 나한테 이렇게 친한 척을 하는데 질투 비슷한 감정이라도 느껴야 정상 아닌가. 적어도 선우진 역할을 하는 이 순간만이라도.

"이따가 사인해 주고 가요. 우리 남동생이 재연 씨 팬이에요."

백성현은 이렇게 해맑은 미소와 대사를 남기고 자리를 떴다. 속이 터져 죽겠다. 까마득한 후배에게 아이돌 팬처럼 사인이나 해 달라니. 당신도 한때 잘나갔었잖아? 지금도 저 애보다 낫잖아.

괜히 짜증이 난 나는 민재연을 보란 듯이 챙기기 시작했다. 그리고 그 애가 촬영을 마치고 떠나자마자 바로 후회했다. 내가 돌은 놈이지.

이미 충분히 늦은 밤. 다른 촬영 장소로 이동하는 길에 전화를 받았다. 민규였다.

"마감했어? 니 목소리 들으니까 프라이드치킨 생각난다."

— 니가 지금 닭 타령 할 때가 아닌 것 같은데?

"그럼 무슨 타령 해야 하는데?"

— 제목만 말할게. 바람난 서재유. 순정남 김재현의 일탈. 충격! 김재현의 배신. 다정한 서재유와 민재연의 한때. 제목들도 참…… 적절해. 그치?

"그게 뭐야! 직찍 떴어?"

— 그뿐이겠어? 직캠에 버라이어티한 비하인드 스토리까지. 너 민재연하고도 친했어? 자식! 사부작사부작 조용한 능력자라니까. 부러운 놈. 다 가진 놈. 진짜 넌 난 놈이다!

"입 좀 다물어 봐. 내 팬 카페에만 뜬 거지?"

— 입 다물고 말을 어떻게 하라고. <u>흐흐흐.</u>

"새끼 진짜. 지금 농담이 나와?"

"무슨 일이야?"

실장님이 통화 내용을 궁금해했다.

"마저 통화하고요. 그거 팬 카페만 오른 거지? 맞지?"

— 너야 그러길 바라겠지만, 상대가 민재연인데? 벌써 여기저기 다 퍼지고 있어. 마하 속도로 퍼지는 거 같다. 어떡하냐. 너 이제 대한민국 남자들한테 공공의 적 됐어. 밤길 조심해야겠는데?

"그냥 같이 드라마 촬영한 거야."

— 에이, 대본에 그런 장면이 있다고? 우린 믿는 척해 줄 수 있지만 팬들이 보면 생각이 달라질 텐데. 자식, 너답지 않게 너무 다정해서 소름이 다 돋는다. 어흐.

그걸 어떻게 솔직히 말하겠는가. 단지 그 여자의 질투심을 유발하고 싶었을 뿐이라고. 속을 드러내지 않는 건 내 전공인데. 이렇게 수가 낮은 남자는 아니었는데. 나는 그저 열두 시간 전으로 시간을 돌리고 싶었다. 전화를 끊고 시트에 머리를 기댔다. 이젠 한숨도 나오지 않는다.

"뭔데 그래?"

"오늘 낮 호텔에서 촬영한 영상 돈다는데요? 민재연하고 같이 있을 때요."

"너 그거 찍힐 줄 알았다. 하하하."

"이게 웃을 일이에요? 나 좀 말리지. 다들."

"뭘 자꾸 말리래. 민재연인데 뭘. 그런 애랑은 스캔들 나도 돼. 어차피 가짜인데."

"그럼 누구하고는 스캔들 나면 안 되는데요?"

"예를 들면…… 성현 씨?"

소속사에서는 늘 이런 식이다. 같이 작업한 어떤 여자 연예인과도 스캔들이 나지 않도록 조심할 것. 천 번 만 번 양보해서 스캔들이 난다면 상대가 이미지 좋은 톱클래스 연예인일 것. 정 여자를 만나고 싶으면 극성맞지 않은 일반인을 사귀라는 게 그들이 내게 해 줄 수 있는 최대치의 배려다.

"영상 확인할래?"

백 실장님이 태블릿 PC를 내밀었다.

"아뇨."

안 그래도 조용한 게 이상하다 싶던 수환이 호들갑을 떨기 시작했다.

"민재연이라니! 재연님이라니! 형님, 진짜 존경한다니까요."

"시끄러워! 사장님 또 한소리 하시겠네. 도착할 때 되지 않았어?"

"5분 안에 도착합니다!"

"아우, 나도 피곤하다. 마누라도 보고 싶고."

남은 촬영을 겨우 마치고 집에 도착하자마자 영상부터 확인했다. 대충 찾아본 결과 세 개 정도의 영상이 찍혔고, 그게 제목이 바뀌거나 약간의 편집 과정을 거쳐 여기저기에 퍼지고 있었다.

그중 자막까지 친절하게 써 놓은 〈바람난 서재유〉라는 영상은 압권이었다.

제목: 앞의 여섯 글자.

등장인물: 서재유, 민재연, 성현, 기타 엑스트라.

장소: S 호텔 로비.

줄거리: 서재유도 역시 걸그룹에 약한 남자였다. 민재연도 서재유를 꽤 좋아하는 눈치다. 둘은 파트너 성현을 따돌리고 즐겁게 놀았다.

결론: 믿었던 〈온리 원〉의 서재유가 성현을 코앞에 두고 다른 여자와 바람을 피우다니! 이게 바로 배신이다!

기가 막힌 건 그 영상을 보는 내내 진짜 바람피우다 애인에게 들킨 것처럼 심장이 쪼그라들었다는 거다. 내가 정말 저렇게 웃었다고? 내가 정말 저런 표정을 지었다고? 내가 정말…… 미친 게 맞나 보다. 나는 그 영상 아래의 댓글난에 'ㅠㅠ' 표시를 천 개는 달고 싶었다.

그로부터 몇 시간 뒤, 이 자극적인 제목의 영상은 포털 사이트 한쪽을 '당당히' 장식했다. 일부러 찾아보지 않아도 내게 약간의 관심이 있는 사람이라면 누구라도 쉽게 클릭할 수 있는 위치에.

내 연락처를 아는 일부 오지랖 넓은 인간들은 진담 반 농담 반 섞인 문자와 전화를 번갈아 해 댔다. 개인 휴대폰을 아예 꺼 놓았다. 웬만한 일은 넘겨 버리는 정문용 대표까지 연락을 해 왔다. 잡소리는 다 무시하고 연기에나 집중하라던 그가 통화를 마치기 직전 한 말은 이거였다.

— 그나마 민재연인 걸 다행으로 알아. 너 남자하고 사귄다 는 소문은 쏙 들어가겠다.

오전 일찍 촬영장으로 가는 내 발목에 천 킬로그램짜리 쇠 사슬이 묶여 있는 것 같았다. 엄마가 전화해도 무시할 수 있지 만, 무시가 안 되는 사람이 딱 한 명 있다. 좀 기다리니 백성현 이 코디와 매니저를 데리고 나타났다. 코디가 나를 째려봤다. 봤나? 누나는 나를 보더니 씽긋 웃기만 하고 대기실로 들어갔 다. 아직 못 봤나?

스태프들이 촬영 준비를 할 동안 감독님과 동선을 맞춰 보았 다. 내내 거슬리는 게 있었다. 아까부터 성현 누나 주변에서 일 정 거리를 유지하며 맴도는 매의 눈을 가진 매니저. 누나가 의 상을 갈아입고 다시 등장했다. 매도 먼저 맞는 게 낫다 싶어진 나는 적당한 핑계를 대고 누나를 한쪽 구석으로 데리고 갔다.

"직캠 봤어? 어제 호텔에서 찍힌 거."

"어. 여기저기서 연락이 많이 와서. 시은이도 말하고."

"뭐라고 연락 와?"

누나가 짧게 웃더니 담담하게 대꾸했다.

"남자 간수 잘하라고."

"그래서?"

"뭘 그래서야. 내 남자가 아니니까 신경 안 쓴다고 했지. 둘이 어울리더라. 그래도 드라마 얼마 안 남았으니까 끝날 때까지만 참아 주라."

"그런 거 아냐."

"변명은 팬들한테 하시고요. 니 팬들이 난리라던데. 아, 이것도 시은이가."

막내 보조가 곧 촬영이 시작된다는 말을 전하고 갔다.

"가요. 김재현 씨."

나는 한눈팔다 들킨 철없는 10대처럼 변명하고 싶었다.

"정말 아니야. 나 걔 좋아한 적 한 번도 없어."

누나가 잠시 멈춰 서서 내 눈을 들여다보았다. 나는 정말 하늘을 우러러 한 점 부끄럼 없다. 이건 하늘이 알고 땅이 알고 내가 안다. 이젠 백성현도 좀 알아줬으면 좋겠다.

"알았어. 너 민재연 좋아한 적 없어. 한 번도. 됐지?"

내가 지금 좋아하는 건 당신뿐이라고.

"더 할 말 있어?"

카리스마 서재유 다 죽었다. 진짜 유치해 보이겠지만, 나는 이렇게 물을 수밖에 없었다.

"왜 나한테 화 안 내?"

# 성현

전설적인 권투선수 무하마드 알리의 본명은 캐시어스 클레이다. 그는 복서로서도 탁월했지만 현란한 말솜씨로도 유명했다. 그가 남긴 말 중 '나비처럼 날아서 벌처럼 쏘라'는 것보다더 기억에 남는 게 있다. '우릴 지치게 하는 건 우리가 올라야할 산이 아니라 신발 속의 조약돌이다.'

서재유는 신발 속의 조약돌처럼 나를 서서히 지치게 했다. 누구에게도 속 시원히 털어놓을 수 없는 방법으로. 그가 내게왜 그러는 건지 그 순간만큼은 하나도 이해하고 싶지 않았다. 한순간이라도 빨리 신고 있는 신발을 벗어 던지고 싶을 뿐.

일을 매개체로 만난 누구에게도 그렇게 화를 내 본 적이 없다. 백호민 실장이 태워 준 택시를 타고 오면서 후회했다. 그시간으로 돌이킬 수가 없어서. 그렇게까지 화를 낼 필요는 없었다. 그 아이가 말했듯 내가 모르는 뭔가가 분명 있을 테니. 내가 알아선 안 되는 무언가가.

나를 바라보던 재유의 슬픈 눈동자가 자꾸 생각났다. 내가 더 참았어야 했다. 서재유가 왜 그랬는지, 왜 그래야만 하는지 알면 뭐 할 거라고. 어차피 평생 보고 살 사람도 아닌데.

기억이란 참, 이상하다. 다 잊어버린 줄 알았는데 어느 날 불쑥 나 여기 있어요 하고 나타나기도 한다. 좋은 기억은 금방 날려 버리는데 날 아프게 했던 기억, 내게 상처를 준 사람은 잊고 싶어도 잊히지 않는다. 다만 잊은 척하며 사는 것뿐이지.

장례식장에서 떠올랐던 어릴 적 상갓집의 기억처럼 영구 삭제가 안 되는 것들이 있다. 서재유와는 아무 상관 없는 일인데 왜 그날이 상기됐을까.

내 이름을 넣어 떠도는 소문들처럼 드라마나 영화에 출연하면서 특별한 사이가 된 남자는 하나도 없다. 원하든 원치 않든 나 같은 직업을 가진, 나 같은 껍데기를 소유한 여자에게 남자를 만날 기회는 흔히 생긴다.

20대의 절반이 지나갈 무렵, 정말 좋아했던 남자가 있었다. 양승호 이사가 나를 떠나고 소속사의 단속도 느슨해졌을 즈음, 진짜 애인 같은 존재가 있으면 좋겠다고 생각할 때 만났던 남자. 드라마를 하면서 친해진 동갑내기 탤런트의 소개로 알게 된 그는 인기 그룹의 리드 보컬이었다. 그는 나에 대해 아는 것이 적었지만, 나는 오래 전부터 그의 노래를 좋아했다.

그 남자를 처음 만난 곳은 회원제로 운영되는 노래방이었다. 그 사람이 노래하는 모습을 보며 왜 남자들까지 열광하는지, 여자들에게 왜 그렇게 인기가 많은지 바로 이해했다. 어려서부터 난 노래 잘하는 남자를 유독 좋아했다. 음료수 병뚜껑을 열어 건네는 그에게 솔직히 말했다. 팬이라고. 그는 무대 위의 모습과는 다른 순한 얼굴로 내 말을 경청했다. 사랑에 빠지기 쉬울 나이였다.

그 남자는 처음 만난 날부터 나를 특별하게 대했다. 아무 데서나 편히 만날 수는 없었다. 그게 늘 아쉬웠지만 그럼에도 불구하고 그와 함께하는 시간이 좋았다. 촬영을 핑계로 새벽 드라이브를 하고, 모자를 눌러쓰고 심야 극장엘 가고, 통화를 하다가 잠이 들곤 했다. 막 사랑에 빠진 보통의 연인들처럼.

만난 지 한 달 됐을 때, 50일이 됐을 때, 100일이 됐을 때를 먼저 챙긴 것도 그 남자였다. 그는 내가 다른 여자들처럼 뭘 해 달라고 조르지 않아서 좋다고 했다. 그러면서 내게 값비싼 무언가를 자꾸 사 주고 싶어 했다.

그는 재혼한 아버지와 이복동생들 사이에서 외롭게 자랐다. 물질은 풍요했지만, 정신적으로는 가난했다는 말을 자주 했다.

"우리 엄만 외국에서 살아. 미국 남자하고 재혼했어. 아버지가 바람피워서 이혼했거든."

딱 한 번 그의 친구들과 어울린 적이 있었다. 중학교 동창이던 그들은 나를 대단하다고 치켜세웠고, 사람이 너무 변하면 죽을 때가 된 거라며 그를 놀려 댔다. 그땐 그 말의 의미를 정확히 몰랐다.

해가 바뀐 늦겨울의 끝자락, 잠자리에 들려는 순간 전화가 왔다. 그 남자가 불러낸 곳은 돈이 있다고 해서 아무나 들어갈 수 있는 술집이 아니었다. 그곳에 들어가서 내가 제일 먼저 본 광경은 탤런트보다 더 예쁜 여자들이었다. 입은 옷으로 봐선 놀러 온 사람이 아니라 직원인 듯했다.

안내된 룸으로 들어갔을 때 그는 혼자였다. 술을 얼마나 마셨는지 몸을 가누기도 힘들어 보였다.

"앉아."

친구들은 다 어디 갔느냐는 내 물음에 그는 대꾸 없이 내 어깨를 당겨 안았다. 술 냄새가 훅 끼쳐 왔다.

"가라고 쫓아냈어. 너하고 둘이 있으려고."

남자가 한 손으로 양주를 따라 얼음 한 개를 집어넣은 뒤 내게 건넸다. 내일 낮에 잡지화보 촬영이 있어서 안 마신다고 했을 뿐이었다. 평소라면 '아이고, 이 범생이!' 하며 내 코를 잡아 흔들고 말 사람이었다. 내게서 팔을 거두어 간 그는 양주를 한 번에 들이켜곤 삐딱한 미소를 지었다. 개운치 않은 웃음.

"너 전생에 수녀였지? 아닌가. 비구니였나? 그것도 아니면 나무토막? 수수깡?"

다시 술을 따른 그가 물처럼 벌컥벌컥 마셨다. 무슨 의미냐고 묻는 내게 그는 대답 대신 다짜고짜 입을 맞춰 왔다. 그의 입에서 흘러나온 양주가 내 얼굴을 적시고 옷깃을 적셨다. 그와 하는 첫 키스는 아니었다. 그러나 느낄 수 있었다. 평소와 많이 다르다는 걸.

그의 손이 내 가슴을 더듬는 것까진 이해하려고 했다. 순식간에 치마 속으로 들어온 손아귀가 스타킹을 찢을 듯 헤집었다. 남자의 팔이 나를 거칠게 눕히며 온몸을 압박할 때 결국 힘껏 밀어냈다.

"하지 마. 싫어!"

그는 들은 척도 하지 않았다. 단추가 몇 개 떨어져 나갔다. 옷까지 찢길 것 같았다. 그가 하고 싶은 게 뭔지는 알았지만, 그런 곳에서 그런 식은 아니었다.

"강서환! 너 미쳤어!"

있는 힘을 모두 끌어모아 남자를 밀어내고 겨우 몸을 일으켰다. 내가 그다음 순간 그에게 바란 건 술에 취해 잠시 이성을 잃었었다는 사과였다. 미안해. 다신 안 그럴게. 네가 싫어한다면 네가 원할 때까지 기다릴게. 그 정도 말이면 이해할 수 있었다. 그러나 그 남자 입에선 내 기대와는 전혀 다른 말들이 튀어나오기 시작했다.

"씨발! 존나 튕기네. 그 정도면 주가 높일 대로 높였거든? 내가 그 정도 공을 들였으면 넘어오든가, 넘어오는 척이라도 해야 할 거 아냐? 백성현, 너 뭐가 그렇게 대단해? 니 몸뚱이엔 다이아몬드라도 박았냐?"

내가 알던 그는 그런 말을 할 사람이 아니라고 생각했던 것 같다. 그의 한마디, 한마디에 심장이 조이고 손끝 마디마디가 저렸다. 한때 순수한 표정을 지으며 나를 좋아한다고 고백하던 사람이, 한때 천사 같은 눈길로 내게 꽃을 건네던 사람이, 한때 너 같은 여자는 처음이라며 반지를 끼워 주던 사람이, 어쩌면 우리 아빠 같은 남자인지도 모른다고 여겼던 사람이.

"끝까지 나는 아무것도 몰라요 하는 거 봐. 너 나이가 몇인데 이러는 거야? 스물다섯이면 알 거 다 알 나이 아니야? 순진한 척은. 연극은 끝났어. 이런 연극 재미없다고! 어?"

무조건 싫다는 게 아니었다. 꼭 결혼과 연결하지 않아도 운명 같은 순간이 오면 순순히 받아들이겠다고 생각했다. 다만 내 마음이 아직 그것을 허락하지 않았고, 그 마음을 그 남자도 알아주길 바랐을 뿐이다. 내 사랑이 그런 식으로 짓밟히리라곤 단 한 순간도 예상하지 못했다.

"왜 울어? 뭣 때문에 울어? 여긴 싫으니까 호텔로 가자면 될 일 아니었어? 나하고 한 번이라도 자고 싶어서 안달 난 계집애들이 얼마나 많은지 알아? 야, 지금도 전화 한 통만 때리면 바로 나올 여자 천지야. 보여 줄까? 씨발, 사람 존나 유치하게 만드네!"

그 남자가 여자들에게 얼마나 인기가 많은지 나라고 몰랐겠는가. 다만 나는 세상에 여자가 아무리 많아도 진짜 여자는 하나면 충분하다고 생각하는 그런 사람이길 바랐다. 오직 하나뿐인 그의 여자이길. 그건 너무 거창한 꿈이었을까.

"내가 너한테 얼마나 잘하고 싶었는지 알아? 나도 그동안 나름 지조 지켰거든. 많이 참았거든. 나 같은 인간한테 그게 얼마나 힘든 일인지 니가 아냐고? 날 이렇게 만든 건 너야. 적당히 했어야지. 너 이거 어디서 배운 수법이야? 촌스럽게. 남자하고 한 번도 안 자 본 것처럼."

그 남자에겐 서너 달 정도 다른 여자를 만나지 않은 게 대단한 일이었을지 모른다. 하지만 내게 그 시간은 잠자리를 같이해도 될 만큼 긴 시간이 아니었다. 서로 바빠서 한 달에 겨우 두세 번 만났던 사이였다. 고작 열두어 번 남짓.

그를 내 것으로 만들려고 촌스러운 수법을 쓴 것도 아니다. 나는 좋아하는 남녀 사이에 그런 기술이 필요하다고 생각해 본 적이 없다. 그 남자가 믿어 줄지 모르지만, 그때까지 나는 어떤 남자하고도 잔 적이 없었다. 이렇게 속속들이 상처를 줄 수 있는 남자라는 걸 왜 몰랐을까. 할 말이 없는 게 아니라 말할 기운이 없어서 조용히 일어났다. 1초라도 빨리 룸을 벗어나고 싶었다. 싸늘한 그의 목소리가 나를 멈춰 세웠다.

"결정해. 나하고 계속 만날 건지, 여기서 끝낼 건지."

"……."

"여기서 지금 널 깔아뭉갤 수도 있어. 끝까지 갈 수도 있다고. 왜, 못 할 것 같아? 누가 들어와서 너 구해 줄 거 같지? 그럴 거 같지?"

다리에 힘이 풀려서 그 자리에 주저앉아야 했다. 더는 우는 걸 보여 주고 싶지 않은데 눈물이 뚝뚝 떨어져 치마를 적셨다. 손끝에서 시작된 감각이 온몸으로 퍼지며 감전된 것처럼 저려 왔다. 누군지 모를 헤픈 여자들이 누군지 모를 남자들의 손에 수없이 주물러졌을 술집 소파 위에서 날 깔아뭉갤 수도 있다고 말하는 남자를 나는 30분 전까지도 진심으로 좋아했다. 사랑한다고 믿었다.

"우는 여잔 딱 질색이야. 씨발! 닥치라고!"

촬영장엘 가면 스태프들이 욕을 달고 산다. 그가 내게 말끝마다 붙이는 욕보다 더 심한 욕들이 난무하는 곳에서도 일해 봤다. 그래도 날 향한 것이 아니라는 위안이 있었다. 그 남자가 나를 향해 웃으며 했던 말들이 떠올랐다. 성현아, 우리 백성현……. 남자가 갑자기 전화를 걸더니 내 친구의 이름을 불렀다.

"조수인? 나. 여기 압구정 휴Z인데 올래? ……가깝네. 누구 같이 있어? ……그래? 그럼 걔네들하고 놀든지. ……10분? 오케이. ……조수인 온단다. 보고 싶다는 말 같은 거 하지 않아도 부르면 와. 너 걔가 나한테 관심 있는 거 몰랐지? 수인인 너처럼 비싸게 안 굴더라. 어떻게 너 같은 애랑 걔가 친구가 됐냐? 오는 거 보고 갈래? ……됐다. 가. 가서 너 같은 남자나 찾아보라고!"

바보같이 아무 말도 못 하고 몸을 일으켰다. 문이 채 닫히기도 전에 등 뒤에서 술병 깨지는 소리가 들렸다. 뭘 더 던졌는지 또 한 번 큰 소리가 났다. 룸 소파에 코트를 벗어 놓고 온 걸 술집을 나와서야 알았다. 코트는 그 남자가 만난 지 50일 기념으로 내게 사 준 것이었다.

옷을 찾으러 다시 들어가긴 싫었다. 수인이와 마주칠까 봐 두려웠다. 정말 그 친구와 통화를 한 걸까. 혹시 날 더 화나게 하려고 거짓말한 게 아닐까. 수인이가 나처럼 비싸게 굴지 않는다는 말은 내가 생각하는 그게 맞을까.

차 문을 열고 저린 손을 주무르며 한참을 진정시켜야 했다. 겨우 시동을 걸고 주차장을 빠져나와 신호를 기다리는데 수인이 차가 유턴하는 게 보였다. 그날 밤 나는 한 시간도 안 되는 시간에 애인과 친구를 동시에 잃었다.

며칠 뒤 수인이가 내게 코트를 전해 주며 말했다.

"나, 서환 씨랑 사귀기로 했어. 너하곤 깊은 사이가 아니었다고 하더라. 그러니까 양심의 가책은 조금만 느껴도 되겠지? 이젠 내가 더 가까운 사이니까. 무슨 뜻인지, 알지?"

수인이가 돌아가고 나는 코트 주머니에 커플링을 넣어 그에게서 받은 자잘한 선물과 함께 쓰레기봉투에 구겨 넣었다. 50리터짜리 쓰레기봉투와 함께 내 두 번째 사랑은 떠났다.

수인과 그 남자는 오래지 않아 헤어졌다. 그래도 그것이 위로가 되진 않았다. 한 번은 바뀐 연락처를 어떻게 알았는지 집으로 전화를 걸어왔다. 그의 목소리를 듣는 순간 나쁜 짓을 하다가 들킨 것처럼 온몸에 힘이 쭉 빠졌다. 취한 남자의 목소리가 내게 잘 지내느냐고 물어 왔다.

— 그날은 여러모로 타이밍이 나빴어. 구질구질한 변명은 하기 싫지만 한 번만 기회를 주면 좋겠는데. 성현아, 니가 너무 보고 싶어.

나는 하고 싶은 말이 없었다. 그에게 더는 바라는 것도 없었다. 전화를 끊고 나서도 한참 동안 가슴이 뛰었다. 사랑에 빠졌던 시절 느꼈던 것과는 다른 기분 나쁜 두근거림. 차라리 끝까지 좋은 남자인 척하지.

같은 해 겨울 나는 〈순정의 정원〉이란 영화로 여우조연상을 받았다. 수상 소감을 마치고 내려오면서 내게 실연의 고통을 겪게 한, 그래서 내 연기에 리얼리티를 입혀 준 그 남자를 잠깐 떠올렸다.

우연히 방송국 로비에서 그와 마주친 적이 있다. 연이은 스캔들과 루머로 심신이 지쳐 있을 때였다. 긴 다리를 쭉쭉 뻗어 내 쪽으로 걸어온 남자가 다짜고짜 날 불러 세웠다.

"너 아니지? 그거 다 루머지?"

그는 여전히 잘 꾸미고 다녔고 여전히 미남이었다. 하지만 내게 아무 설렘도 주지 않았다. 시간이 약이라더니 제법 담담하게 대답할 수 있었다.

"아니라고 하면 믿어 줄 거야?"

"바보같이 아니라고 변명도 못 하고. 넌 그래서 안 돼."

"……."

"그냥 시집이나 가라. 뭐 하러 그 욕 다 먹고 사냐?"

"아닌 건 아니니까 언젠가 밝혀지겠지."

"순진하긴. 성현은 이미 대외적으로 금 간 도자기야. 넌 이 세계하고 안 맞아."

"그래, 그런 거 같아."

"……내가 널 망친 거 같다."

첫사랑이 내게 풋사랑이었다면 그 남자와는 결혼까지 생각했다. 그룹의 일원이었으므로 기다려야 한다면 5년이든 6년이든 기다릴 수 있다는 야무진 꿈도 꾸었다. 나만 사랑해 준다면 숨겨진 연인으로 지내도 나쁘지 않다고 여겼다. 가까운 친구들이 내게 소문이 안 좋은 남자라고 몇 번이나 언질 했어도 그 사람의 본모습을 몰라서 그런다며 부인했다. 그럴 리가 없어. 그 남잔 바람둥이가 아니야. 진짜 그를 모르는 건 오히려 나였다.

세 번째 데이트하던 날, 그 남자가 말했다. 돈이 많은 만큼 여자도 많았던 아버지, 하나밖에 없는 아들을 두고 떠나 재혼한 엄마, 열두 살밖에 차이 안 나는 젊은 새엄마, 배다른 두 명의 동생. 그 틈에서 외롭게 자랐다고. 집이 너무 넓어서 더 외로웠다고. 처음 그 말을 들었을 때 나는 그가 너무 가여워 눈물까지 흘렸다.

"너는 우리 엄마를 닮았어. 우리 엄마 정말 미인이거든. 너처럼 예쁘고 착하고 노래도 잘했어."

나는 내가 그의 모친을 닮은 것까지 운명이라고 여겼다. 내 안의 사랑으로 그를 넉넉히 보듬어 줄 수 있을 거라고 자만했다. 사랑은 그토록 사람을 어리석게 했다.

그를 떠나고서야 안개 낀 거리처럼 희미했던 것들이 제 모습을 드러냈다. 그는 자기 연민이 지나치게 강한 사람이었다. 외로웠던 과거를 슬쩍슬쩍 흘려 가며 여자를 홀리는 남자일 뿐이었다. 아버지가 가진 돈은 좋아했지만, 아버지의 존재는 부정했던. 아버지를 닮았다는 말은 죽도록 싫어하면서 어쩔 수 없이 부친을 닮아 가는 그런. 그에겐 연예인이란 직업이 지갑 속의 고급 명함처럼 필요했을지도 모른다.

인간은 검은색도 흰색도 아니라는 걸 그땐 잘 몰랐다. 때론 타인의 심장에 박힌 대못보다 내 손톱 안에 박힌 가시가 더 아픈 게 사람이다. 내가 그 일을 잊지 못하고 이렇게 가슴 아프게 기억하는 건, 그 남자를 정말 좋아했기 때문일까.

'내가 널 망친 것 같다.'

그 말로 나는 그를 용서하기로 했다. 그 사람도 한때나마 순수한 마음으로 날 사랑한 시간이 있었을 것이다. 그건 지금도 믿는다.


내내 너무 힘든 상태였고, 메니에르 증후군이 언제 재발할지 몰라 운전이 거의 불가능한 상태였다. 동생이 틈날 때마다 따라다녔어도 이쪽 일에 전문가가 아니라 큰 도움이 되지 못했다. 글자를 오래 보는 게 힘들어 대본 외울 시간도 부족한데 일 문제로 오는 연락까지 일일이 처리하려니 미치겠다는 말이 절로 나왔다.

너무 늦은 결정이었지만 우진이 도움을 받아 매니저를 구했다. 호신술에 능한데다 몸은 민첩하고 입은 무겁다는 말에 끌렸다. 늘 노심초사하는 부모님 때문에라도 날 보호하고 방어해줄 매니저가 필요하다고 생각했던 터였다. 박우진과 같이 나온 남자가 나를 보며 한 첫인사말은 이거였다.

"도의로 똘똘 뭉친 남자 김도의입니다!"

날카로운 인상과 달리 우직하고 사근사근한 성격이었다. 동생한테 시키는 것보다 뭐든 안심됐고 마음도 편했다. 무엇보다 운전을 안 하니 살 것 같았다.

〈온리 원〉 촬영에 합류한 몇 달 동안 너무 많은 일을 겪은 느낌이다. 어서 끝났으면 좋겠다는 생각을 자꾸 하게 된다. 헤어 관리를 받으면서 14회 대본 67번 신을 다시 읽었다.

이렇게 힘들어야만 사랑인가. 드라마에서조차 마음 편히 이루어질 수 없는 사랑. 그래서 운명인가. 운명이란 단어는 이런 사이에 붙여야 하는 건가.

"김재현이 괜히 옷을 잘 입고 다닌 게 아니었어! 하긴 서재유는 오천 원짜리 티 쪼가리를 입어도 명품인 줄 알 거야. 옷태가 장난이 아니야."

협찬받은 의상을 소파에 올려놓은 시은이 수다를 떨기 시작했다. 양 원장님이 나직이 대꾸했다.

"서재유가 뭐는 장난이니. 성깔도 장난 아니라던데, 의외로 안 그런가 봐?"

"나도 처음엔 그런 줄 알았는데 생각보다 괜찮던데요. 우리 언니한테는 더 잘하고. 그렇지, 언니?"

잠시 내 대답을 기다리던 시은이 다시 입을 뗐다.

"아닌가? 그래, 좀 일관성이 없긴 하지. 그쪽 코디들은 서재유 좋아하더라고요. 무난한 스타일은 아닌데 속이 깊대. 쓸데없는 말은 안 하는데 은근 재미있다네? 결정적으로 여자도 안 밝히고. 그 인기에, 그 비주얼에, 그 재력에. 이 바닥에선 극히 보기 드문 사례죠. 그녀들은 그걸 제일 마음에 들어 하는 것 같아."

"너 이러고 다니는 거 그녀들은 아니? 말조심하랬지?"

"아우, 알았어. 우리끼리니까 하는 말이지. 근데, 김재현 완전 사기 캐릭터 아냐? 비주얼 탁월하고, 능력 탄탄하고, 순정파인 것도 모자라서 아버지가 호텔 대표 이사? 쳇! 출생의 비밀, 기억 상실, 재벌이 안 나오는 3무 드라마? 호텔 사장 아들이 재벌 3세하고 뭐가 달라? 오십 보, 백 보지."

대본만으로도 복잡한데 자꾸 재유 생각이 끼어들었다. 세월이 내게 준 것에 나쁜 것만 있는 건 아니다. 이젠 남자 보는 눈이 조금은 생겼다고 생각했는데, 서재유는 절대 나쁜 남자가 아닌데, 내게 해를 끼칠 사람이 아닌데, 손에 잡힐 듯 말 듯 이상한 이 느낌은 뭘까.

"하아……."

"언니도 한숨 나오지? 헤어졌으면 끝이지 뭘 또 만나? 무슨 부귀영화를 보겠다고."

"너란 여자, 사하라 사막 같은 가슴의 소유자. 모래알로 만든 심장!"

"언니야, 현실적인 사람이라고 정정해 줘."

선우진과 김재현의 과거는 새로이 부분 각색된다. 13회까지의 갈등이 두 사람 사이의 문제였다면, 14회부터의 갈등은 규모가 커지고 몇 배는 심각해진다.

사실 난 샤를 페로가 쓴 동화 《신데렐라》보다 스위트박스가 부른 노래 'Cinderella'가 현실에 더 가깝다고 생각하는 사람이다. 신데렐라, 넌 정말 행복하니? 신데렐라, 넌 정말 행운아니? 난 알고 싶어. 너의 삶이 네가 꿈꾼 것과 맞아떨어지는지를. 난 수많은 개구리와 키스했지만 왕자를 찾지 못했지.

'그래서 두 사람은 오래오래 행복하게 살았습니다' 하는 동화의 엔딩을 기쁘게 읽었던 시절도 있었지만, 숱한 시간이 날 이렇게 만들었다. 사랑이 그저 신기하고 좋기만 했던 스무 살의 나는 어디 갔을까. 생각하면 참 서글프다.


고작 하루 반나절 만인데도 아주 긴 시간이 흐른 것 같다. 재유의 얼굴을 보니 그보다 열 배, 백 배가 넘는 시간을 다른 세상에서 보낸 게 아닌가 하는 생각마저 든다.

또 달라 보였다. 단지 머리 스타일을 바꿔서일까. 의상이 달라져서일까. 싸운 건 싸운 거고, 늘 대하듯이 맞이해야지 하고 왔는데도 서먹한 기분을 떨칠 수가 없었다. 천의 얼굴. 천의 영혼. 서재유의 머릿속을 채우고 있는 생각은 도대체 무얼까. 가까이서 마주 본 눈빛은 그대로인데.

재유가 내게 조심스럽게 물었다. 아직도 많이 화났느냐고. 말 그대로 나는 화를 안 내기로 했다. 화라는 것도 어떻게 보면 사적인 감정이니까.

너무 집중해서일까. 연거푸 NG가 나 겨우 촬영을 끝냈다. 재유가 떠나고 단독 촬영을 했다. 14회에서 가장 아름답다고 생각하는 장면 중 하나. 대본에 쓰인 시를 검색해 몇 번이고 읽어 보았다. 제목의 다섯 글자만으로도 수많은 생각이 덧씌워진다. 촬영에 앞서 박 감독과 하고 싶지 않은 대화를 나누었다.

"시 전문全文 찾아봤어요?"

"네. 외웠어요."

"어때요?"

"……말하고 싶지 않은데요."

"왜요?"

"감독님은 이런 사랑이 아직도 좋아요?"

"좋다고는 안 했어요. 인간의 의무라고 했지."

"하, 직무 유기하고 싶다!"

박 감독의 눈가에 옅은 주름이 퍼진다. 이렇게 따뜻하게 웃을 수도 있는 남자구나. 이 남자는 인간의 의무를 심하게 한 적이 있어. 분명. 이런 생각을 할 때 그의 목소리가 다시 딱딱해졌다.

"이 장면 내레이션 중요한 거 알죠? 잘할 수 있겠지? DJ 출신이니까."

"시 낭독하는 거 하곤 다른데요."

"그래도 나보단 잘하겠지. 눈물 펑펑 흘리면 안 됩니다."

헤어짐의 이유는 만남의 숫자만큼이나 많다. 나는 이별의 순간, 거기까지가 두 사람의 인연이라고 생각한다.


씬 3. 진의 집 거실.


거실 창에 기대 창밖을 바라보는 진. 밖에 비.


선우진: (N) 살다가 보면 사랑하는 사람을 사랑하지 않기 위해서

떠나보낼 때가 있다. 떠나보내지 않을 것을 떠나보내고 어둠 속에 갇혀 짐승스런 시간을 살 때가 있다. 살다가 보면.*

진, 비 오는 창밖을 하염없이 바라본다. 유리창에 비친 재현의 슬픈 얼굴, 슬픈 눈. (환상) 진이 어루만지는 얼굴 부분만 지워지는. (이 부분 CG 신경 써 주길!) 진, 차마 한쪽 눈은 지우지 못한다. 눈물이 서서히 차오르는. 펑펑 흘리지 말고 한두 줄기 정도만.

두 사람의 이별의 변명은 이렇게 아련하게 다시 채색된다. 이제 그들은 더 아름다운 만남을 준비할 것이다. 온갖 시련과 역경을 이겨 낸 왕자와 공주가 다시 만나는 것처럼.

큐 사인이 떨어졌다. 창밖에 서재유의 얼굴을 가진 김재현이 있다. 나는 그 장면을 상상하며 CG로 얼굴 부분이 입혀질 부분을 천천히 어루만졌다. 다행히 첫 번째 테이크에 오케이 사인이 났다. 컷 소리가 나자마자 기다렸다는 듯 눈물이 넘쳐 흘렀다. 자꾸 왜 이러지. 눈물이 멈춰지지 않아 심호흡까지 해야 했다.

박 감독의 눈이 내 시선을 잡아채서 말했다. 이제 끝났다고. 그만 울라고. 놀랍게도 그의 두 눈도 붉어져 있었다. 시은이가 수건을 갖다 주었다. 진행 스태프가 소리 높여 말했다.

"욕실 장면 바로 갑니다! 얼른 정리하고 이동하세요!"

---

* 이근배, 《살다가 보면》, 시인생각.

메이크업을 손보던 지영 씨가 나를 다독였다. 겨우 눈물이 그친 뒤였다.

"이래서야 30분 안에 얼굴 멀쩡해지겠어요? 방송 나가면 난리 나겠네. 〈식스 센스〉 이후 최고의 반전인가?"

사하라 사막 같은 감성의 소유자 구시은. 그냥 넘어갈 리가 없다.

"에이, 그 정돈 아니다. 그동안 너무 잘나가 주셨죠. 솔직히 난 헤어지는 것도 이해돼. 그런 집에 시집가 봐야 피곤하지. 평범한 게 최고라니까."

"그렇긴 해. 뭐든 적당해야지. 그나저나 커플 팬들 난리겠네."

"어차피 드라마인 거 다 알아요. 어차피 다시 만나게 돼 있는 것도 알걸?"

"알아도 슬픈 건 슬픈 거지. 욕실 신은 아예 가슴을 후벼 파던데. 생각만 해도 가슴이 찢어진다, 찢어져."

"지영 언니 서재유 팬이구나?"

"아니, 난 김재현 팬."

"그게 그거지 뭐. 단무지나 다꾸앙이나, 자장이나 짜장이나."


14회에 걸그룹 멤버인 민재연이 재유와 어려서부터 알고 지내던 여자로 카메오로 등장한다. 출연이 어렵다는 걸 재유가 직접 섭외까지 했다고 한다. 이 소식을 들은 동생은 자기가 맞선이라도 보는 것처럼 반겼다.

무사히 촬영을 마친 날, 자정이 가까운 시간부터 온갖 경로로 메시지가 도착했다. 농담이겠지만 남자 간수 잘하라는 내용이 많았다. 좋은 말도 한두 번이라는데 이건 좋은 말도 아니잖아. 처음엔 그런가 보다 했는데 반복되다 보니 점점 짜증이 났다.

라디오 DJ를 할 때부터 친구처럼 지내는 구성 작가가 친절하게도 동영상까지 보내 주었다. 나와 재유, 민재연이 등장하는 한 편의 짧은 영상. 그나마도 나는 금방 사라졌다. 스물여섯, 스물넷. 적당히 어울리는 나이. 서로를 밝혀 주는 미소. 제 나이에 어울리는 행동. 요 며칠 내게 유난히 잘하던 재유가 떠올라서 조금은 씁쓸했지만, 잊어버리기로 했다. 서재유는 내 남자가 아니니까.

다음 날 '다정한 서재유와 민재연. 서재유 바람났나?' '버림받은 성현의 앞날은?' 따위의 유치한 기사 제목을 봤을 땐 너무 어이가 없어 웃음이 다 나왔다. 졸지에 버림받은 여자가 된 모양새. 서재유도 남자구나. 열 여자 마다치 않는다는 흔한 남자.

시은이는 재유에게 큰돈을 떼인 사람처럼 아침부터 흥분해서 씩씩거렸다. 저 기세면 맨손으로 멧돼지도 때려잡겠다.

"뭐야, 얘?"

"옷이나 줘."

"뭐냐고. 이 시추에이션은? 바람난 서재유? 김재현의 배신? 역시 남자는 믿을 동물이 못 돼. 차라리 악어를 키우지."

시은이가 옷 줄 생각을 안 해서 내가 찾아 입었다. 내 체형은 허리 사이즈에 옷을 맞추면 힙이 모자라고, 힙 사이즈에 맞취 입으면 허리가 남아돈다. 그래서 입기 전에 꼭 손을 봐야 한다. 바지가 쑥 들어가는 걸 보니 살이 더 빠진 모양이다. 다이어트 걱정을 안 해도 되니 기쁘다고 해야 하나. 오늘 입을 의상이 영 마음에 안 든다.

"언닌, 짜증도 안 나?"

"별것도 없던데 뭘. 진짜 스캔들 난 것도 아니고."

"그래도 기분은 나쁘지? 인간이면 그게 정상인 거야."

"제목 보니까 기분 상하긴 하더라. 나 왜 이렇게 불쌍해졌니."

매니저 도의 씨까지 드러내 놓고 기분 나빠 한 건 뜻밖이었다. 김도의와 서재유는 처음 인사한 날부터 미묘한 긴장감을 유지하며 서로를 의식하고 있다. 재미있는 세상이다.

촬영장에서 마주친 재유는 내가 실제 애인이라도 되는 양 눈치를 봤다. 심지어 그 영상에 대해 변명하고 싶어 했다. 민재연을 좋아한 적은 맹세코 한 번도 없다. 그게 요지였다.

이 남자가 그동안 나를 그렇게 힘들게 하던 서재유가 맞나? 말 없고 웃음 없고 눈물까지 없던 그 사람과 동일인인가. 어떤 말을 들어도, 어떤 영상을 봐도 흔들리지 않았다면 좋았을 텐데. 하지만 난 아무렇지도 않은 척, 대답을 기다리는 그를 향해 입을 열었다.

"너 민재연 좋아한 적 없어. 한 번도. 됐지?"

딴 여자에게 한눈팔다가 여자 친구에게 들킨 스무 살 남자애처럼 거듭 변명하는 서재유. 인간에 대한 기대는 때로 기대하는 사람을 더 지치게 한다. 서른둘의 나는 타인에게 바라는 것이 많지 않다. 가끔은 평범한 기대조차 내려놓는다. 내가 덜 힘들어지기 위해.

"뭣 때문에 화를 내? 너 나한테 죄지은 거 아냐. 가도 되지?"

잠시, 배우가 아닌 여자로 변했던 나 자신이 불편했지만 이젠 괜찮다. 서재유가 누굴 어떻게 생각하든 드라마 속 연인일 뿐인 내가 관여할 문제가 아니다.

김재현과 선우진은 필연적으로 다시 만나야 하므로 적어도 한 차례의 우연을 겪어야 한다. 1년 반 만에 '우연히' 마주친 두 사람. '하필이면' 진은 재현이 다른 여자와 같이 있는 장면을 목격한다.

질투나 증오, 미움과 애증은 모두 사랑을 기본으로 깔고 있는 감정. 사랑하는 사람은 밉고, 사랑하지 않는 사람은 싫은 것처럼. 김재현 옆의 여자에게 질투를 느끼는 동시에 그런 장면을 목격하게 한 그에게 미움을 느끼는 선우진은 재현을 완전히 잊지 못한 여자다.

씬 37. 호텔 계단. 낮.

피해 가려는 진의 팔을 잡는 재현. 진을 잡았지만 무슨 말을 해야 할지 막막한 표정이다.

선우진: (딱딱하게) 팔 좀 놔요.
김재현: (간절히 바라보는)

선우진: (여전히 딱딱한 어조로) 할 말 없을 갈게요.

김재현: (약간 기가 죽은 듯) 아까 그 애 나하고 특별한 사이 아냐.

선우진: (삐딱하게 미소 지으며) 그래서요?

김재현: (미안해하며) 오해하지 말라고.

선우진: (담담하게) 오해든 이해든 김재현 씨와 나 사이엔 어울리지 않는 대화 같은데요?

김재현: ……당신 불편하잖아. 그러니까 이러는 거잖아.

선우진: (아무렇지도 않은 듯) 두 사람 아주 잘 어울리던데요?

김재현: (급하게) 걘 그냥 어려서부터 집안끼리 알고 지내던 동생…….

선우진: (흥분을 애써 감추며) 아! 더 잘됐네요. 수준 맞는 사람끼리.

김재현: (애원하는 목소리로 진의 팔을 부여잡으며) 말 좀 그렇게 하지 마. 그렇게 말하면 마음이 편해?

선우진: (솔직한 말투로 담담하려 노력하며) 불편해요. 이런 장소에서 이렇게 말하는 거 자체가. 팔 좀 놔 주세요. 비켜 주시죠. 김재현 씨.

김재현: ……. (진의 팔에서 손 뗀다)


재현이 조금 더 세련된 화법을 구사하지만 서재유와 크게 다를 게 없다.

"컷! 좋아! 살벌한데? 다음 장면 바로 준비하고!"

이규석 감독이 돌아왔다. 촬영에 속도가 붙었다. 시간이 촉박하므로 다들 NG를 안 내려고 노력하고 있다. 딱히 모나게 구는 배우도 없고, 스태프들도 손발이 잘 맞아서 드라마 〈온리 원〉의 팀워크는 좋은 편이다. 도의 씨가 얼른 달려와 대본과 물을 건넸다. 매니저를 진작 구하지 못한 걸 후회할 만큼 매사에 야무졌다.

재유가 도의 씨를 흘끔 보더니 자기 코디들에게로 갔다. 정말 그러기 쉽지 않을 텐데 김도의 씨는 서재유를 눈곱만큼도 관심 없다는 듯 무심하게 대했다. 내 매니저에게 관심을 기울이는 쪽은 오히려 재유다. 가끔은 이런 상황이 우스웠다.

"저 사람 껌딱지야? 아주 딱 붙어 다니네?"

"난 하나지만 넌 기본이 셋이잖아."

"일은 잘해? 운전은 조심스럽게 하고?"

"그렇다고 생각하는데. 진작 같이 일할 걸 그랬어. 편해. 운전 안 하니까 살 것 같고. 얼굴도 꽤 잘생겼지?"

순간 재유 얼굴에 어이없어 하는 표정이 떠올랐다. 그래, 네 얼굴에 비하면 추남이지.

"못생긴 매니저 구한다며? 매니저를 인물 보고 뽑아?"

"힘도 세. 합기도, 검도, 태권도 합이 무려 10단이래. 보기 좋은 떡이 맛도 좋다고…… 아, 이 비유 이상한가?"

"떡? 맛이 좋아? 맛이?"

"이상하구나. 뭐가 그렇게 궁금해?"

"사람 필요하면 나한테 부탁하지."

"우진이가 들으면 서운하겠다. 난 충분히 만족해."

"근데 저 사람이 왜 누나라고 불러?"

"그럼 뭐라고 불러? 누나를 누나라고 부르는데."

"그 누나란 말 지겹지도 않아?"

"넌 오빠란 말 지겹니? 허구한 날 듣는 게 그 소리잖아."

"어. 지겨워 죽겠어!"

내 매니저가 빠른 걸음으로 다가오는 게 보였다. 재유가 먼저 도의 씨를 보며 알은척했다. 도의 씨는 그런 재유를 바라보며 말없이 고개만 숙였다.

"누나, 내일 부모님 올라오신대요. 먹고 싶은 거 말해 달라고 하시는데요?"

"오시지 말라니까. 와도 얼굴 볼 시간도 없는데."

"말려도 오실 것 같아요. 뭐라고 전해 드려요?"

"그럼 회나 좀 떠 오시라고 해. 그냥 도의 씨하고 시은이 먹고 싶은 걸 말하든가."

"네. 알아서 할게요. 누나, 덥지 않아요?"

"괜찮아. 참을 만해."

"더워 보여요. 냉커피 사 올까요? 싫어요? 아이스크림? 달아서 싫죠? 선풍기! 미니 선풍기는? 오케이! 누나, 좀 기다려 보세요. 금방 올게요!"

도의 씨가 재유를 지나쳐 갔다. 재유가 내 매니저의 뒷모습을 보며 빈정거렸다.

"대단한 매니저 나셨다. 그죠? 누나?"

"당신 따라다니는 매니저들은 더했어요. 나 처음엔 니 근처에 눈길도 못 줬어. 하도 날 잡아먹을 듯 감시해서. 너 따라다니는 사람들 한 줄로 쭉 세워 놓고 저 서재유 안 건드려요. 줘도 싫어요. 그러니 절대 안심하시라고요, 그러고 싶었다고."

"내가 원한 게 아니야. 하나부터 열까지."

아무래도 내가 짜증이 덜 풀린 것 같다. 질투는 인간관계의 독이다.

"대본이나 맞춰 보자. 다음 신 대사 다 외웠어? 선우진 좀 질기다. 뒤끝 길어. 그지?"


일요일 새벽 3시. 하느님도 쉬라고 허락했다는 날이지만, 종일 촬영장에서 일했다. 마지막 촬영이 오정혜 작가의 작업실 근처여서 다 같이 초대받았다. 직업 특성상 깊은 밤의 만남은 드물지 않다.

초대받은 사람은 모두 여섯 명. 우진이와 재유는 아직 도착 전이었다. 수빈이도 오랜만이다. 수빈인 드라마 내용이 반전되면서 분량이 꽤 줄었다. 오 작가는 지난번에 봤을 때보다 다소 여위어 보였다.

"작가님 살 빠지셨네요?"

"하도 볶여서. 아까운 내 살."

박 감독이 시니컬한 표정을 지으며 오 작가를 걸고넘어졌다.

"살 빠지면 고마워해야죠. 누가 볶았다고 그래요?"

"왜, 찔려요?"

"내가 왜요?"

두 사람 사이는 참 불가사의하다. 싫어하는 것도 아닌데 볼 때마다 티격태격한다. 가만 보면 은근 즐기는 것 같기도 하다.

이젠 다들 그러려니 하는 분위기다. 20분쯤 노닥거리니 두 남자가 와인과 케이크, 술안주를 들고 나타났다.

와인을 꺼내는 재유를 오 작가가 뚫어질 듯 주시했다. 그것도 모자라서 그 앞으로 다가가 전신을 스캔하듯 훑었다. 그녀의 갑작스러운 행동에 놀란 재유가 흠칫 놀라 물러서려 했다.

"잠깐만. 가만 좀 있어 봐요."

오 작가에게 팔이 잡힌 재유의 얼굴이 붉어졌다. 이럴 때 재유는 나이답지 않게 순수해 보인다. 잠시 뒤 그녀에게 벗어난 재유가 도망치듯 뒤로 멀찍이 떨어졌다. 나도 모르게 웃음이 나왔다.

"똑같은데?"

조금 전의 상황을 즐겁게 지켜보던 안 피디가 오 작가에게 물었다.

"뭐가 똑같아요?"

"자꾸 다른 사람처럼 보여서 확인하러 간다 간다 하면서도 시간이 없어서 못 갔거든."

"서재유가 또 있나? 있으면 대박! 올해의 뉴스다."

재유는 못 들은 척 와인을 땄다. 우진이가 안주를 꺼내며 꽤나 적절한 농담을 던졌다.

"천의 얼굴 서재유. 난 십의 얼굴 박우진."

얌전히 앉아 있던 수빈이가 웃음을 터트렸다. 늦은 밤인데도 실컷 낮잠을 자고 일어난 것처럼 생생해 보였다. 빙긋이 웃던 오 작가가 와인 잔을 꺼내는 재유를 신기한 듯 바라보았다.

"와인 잔까지 사 왔어요? 난 이런 거 안 키우는데. 소주잔 정도면 모를까."

"재유가 사 오자고 하던데요. 없을 것 같다고."

"잘생긴 사람이 센스까지 있으면 우리 박 감독 같은 사람은 어떻게 살라고?"

안 피디의 말에 박 감독이 미간에 주름을 잡았다. 안 피디가 그를 다시 놀렸다.

"너무 정곡을 찌르니까 말문이 막히지?"

"그 우리라는 말은 좀 빼지."

"그럼 누구하고 우리하고 싶어? ……성현 씨?"

박 감독이 눈살을 찌푸리며 안 피디를 죽일 듯 응시했다. 그녀는 그의 못마땅한 눈길을 모른 체했다. 내색은 안 했지만 나 역시 듣기 편한 말은 아니다. 짧은 정적을 깬 건 오 작가였다.

"배우하고 감독하고 정분나면 이 드라마 망한다. 남주랑 여주의 열애설이라면 모를까."

박우진이 오 작가의 말을 이어받아 잽싸게 떠들었다.

"그럼 나하고 성현 누나하고? 그럼 내 인생 두 번째로 열애설이 터지는 건가? 아, 옳지 않은데! 누나 생각은?"

"내 생각도 그래."

우진이 덕분에 방 안에 감돌던 이상한 긴장감이 금방 사라졌다. 뒷이야기가 궁금했던지 수빈이가 콕 찍어 질문했다.

"선배님, 누구랑 스캔들 나셨어요?"

"지수빈, 스캔들이란 저급한 단어로 내 과거를 폄하하지 마라."

지겨운 스캔들. 징그러운 스캔들. 다행히 이 드라마는 스캔들 없이 지나갈 모양이다. 박 감독이 배우들을 훑어보며 입을 열었다.

"스캔들은 다 옳지 않지. 당신들 같은 사람은 열애설 나기 전에 결혼 기사 터트리고 바로 식장 들어가야 해."

"그렇긴 하지. 그럼 피디는? 피디는 스캔들을 어떻게……."

"안 피디, 당신 남편한테 지금 전화한다. 서윤이 데리고 오라고. 아직 촬영 중인 줄 알지? 혼자 세상일 다 하는 것처럼 징징거렸지? 피곤해 죽겠다고 하면서?"

안 피디가 입을 삐죽이며 박 감독을 쳐다보았다. 몇 마디 더 하면 무릎이라도 꿇을 기세다.

"잘못했어요. 다신 안 그럴게요. 진짜로요."

모두가 웃음을 터트리는데도 재유는 조용히 일곱 개의 잔에 와인을 따랐다. 마치 그림 안의 사람이 걸어 나와 움직이는 것처럼. 말이 없는 재유는 왜 저렇게 슬퍼 보이는 걸까. 차라리 어린애처럼 조르고 떼쓰는 모습을 보는 게 낫겠다고 생각하며 접시에 안주를 담았다.

재유가 내게 와인을 건넸다. 눈길이 짧게 부딪친 순간, 그의 입술이 부드러운 곡선을 그리며 마셔 봐, 했다. 그 눈길을 색으로 표현할 수 있다면 이 와인과 같을까. 자리를 잡고 앉은 나는 멍하니 테이블을 응시하며 포도주를 홀짝거렸다.

잠시 끊겼던 대화가 두런두런 시작됐다. 오 작가와 안 피디가 주거니 받거니 수다를 떨었다. 유부녀들에겐 그들만이 통하는 코드가 있다.

"채우는 잘 있죠?"

"이런 엄마를 만나서 그게 잘 있는 건지는 모르겠지만 그런 대로 인생이 행복해 보여. 우리 엄마가 고생이지 뭐. 아까 저녁 때 와서 놀다 갔어. 가면서 뭐라는지 알아?"

"뭐래요?"

"엄마, 우리 집에도 놀러 와. 꼭."

"아효, 남 일 같지가 않다. 우리 딸도 언제 올 거냐고 노래를 부르는데."

"그걸 아는 사람이 남편까지 속이고 술 마시러 오지? 참 장해."

"박 감독, 나도 당신에 대해 알 만큼 알거든. 지금이라도 내가 입 열면 크게 다친다. 여기 절대 안 들었음 하는 사람 있을걸?"

"와! 되게 궁금하다. 하나만 알려 주시면 안 돼요?"

수빈이가 또 끼어들었다. 눈치란 게 파는 물건이라면 저 아이에게 10만 원어치라도 사 주고 싶다. 질문은 이럴 때 하라고 있는 게 아닌데.

"그렇게 쉽게는 못 가르쳐 주지. 하나 정도는 괜찮나? 예를 들면 여자 문제?"

남은 와인을 소주 마시듯 털어 넣은 박 감독이 잇새 사이로 한 토막씩 쓰게 뱉어 냈다.

"다음엔, 나하고, 같이, 일하지, 말자."

"그게 내가 드라마 국장이 아니라서. 난 위에서 시키면 해.

월급쟁이니까.”

박 감독이 과거에 어떤 여자를 만났건 내겐 중요하지 않다. 쌉싸름한 포도주가 목젖을 건드리며 느릿느릿 넘어갔다. 일이 있으니 이런 시간도 맞이할 수 있는 것. 나는 내게 주어진 짧은 휴식에 감사했다.

와인 한 잔을 비운 나는 책을 구경하러 조용히 일어섰다. 오정혜 작가의 책장엔 탐나는 책이 많았다. 읽고 싶은 책을 골라 하나하나 찍어 저장하고 있는데 재유가 다가왔다.

“뭐 해?”

“나중에 읽을 책 골라.”

“필독서 목록 좀 공유하자. ……왜 웃어?”

“기특해서. 책도 읽고.”

“내가 어린애야?”

“그런 경향이 없다고는 말 못 하지.”

“피곤하지? 자고 싶지?”

“응. 소파에서 잘 테니까 갈 때 깨워 줄래?”

“저 사람들이 허락할까. 백성현 빠지면 재미없다고 할 텐데.”

이상하게 재유가 나를 백성현이라고 지칭하는 건 싫지 않다.

“왜, 다 재미있는 사람들뿐이구먼.”

빙긋이 미소 짓던 재유가 고개를 갸웃이 기울이며 나를 보았다. 그때는 왜 그랬을까. 오늘 밤의 서재유는 수빈이를 처음 본 사람처럼 말도 안 걸고 내내 내 곁을 지켰다. 처음부터 그 자리가 자기 자리인 양. 생각해 보니 요샌 늘 그런 것 같다. 재유가 다시 졸랐다.

"가자. 마시는 시늉만 해. 조금씩만 따라 줄게. 내가 주는 술만 마셔."

재유가 뭔가 말하고 싶어 하는 수빈이를 무심코 지나쳐 내 옆에 앉았다. 아마도 못 본 것 같다. 그는 의자에 앉자마자 내 잔에 와인을 따라 주었다. 약속한 대로 아주 조금만. 수빈이의 잔이 빈 건 못 보았을까.

"와인은 마셔도 되냐?" 하며 박 감독이 수빈이 잔에 술을 따랐다. 난 3분의 1쯤 채워진 잔을 물끄러미 들여다보았다. 어느 나라에서 온 와인이지? 체리즙을 진하게 풀어 놓은 것 같다.

"아! 재유가 부른 노래 파일로 보내왔던데. 같이 들어 볼래요?"

"작가님, 뭐요?"

"〈온리 원〉에 나올 OST들. 노래 좋던데? 편곡도 잘됐고."

다들 궁금해하는데 재유만 조용했다. 몸을 기울여 슬쩍 물었다.

"쑥스러워?"

그는 아무 대답도 하지 않았다.

"너 저번에 노래방에서 부를 때도 정말 잘했잖아."

"그랬나."

"그랬어."

오 작가가 스피커 볼륨을 높였다. 〈그대와 영원히〉는 들어 봤지만, 〈그렇게 웃지 마〉는 처음 듣는다. 14회 욕실 신과 엔딩 신에 쓰인다는 노래. 노래 파일이 저 혼자 돌며 반복됐다. 가사를 음미하려고 눈을 감았다. 어떤 마음으로 불렀을까.

그렇게 웃지 마. 널 보낼 수가 없잖아.

마치 눈물을 꾹 참고 부르는 것처럼 들린다. 이상하다. 왜 이러지. 눈시울이 점점 뜨거워져 고개를 숙이고 손으로 얼굴을 비비듯 가렸다. 백성현, 착각하지 마. 너는 지금 누군가의 애절한 고백을 듣는 게 아니란다.

"둘이 노래 듣는 모습이 어쩜 그렇게 똑같아요? 신기하네. 얼굴도 점점 닮아 가는 것 같아."

안 피디의 목소리에 눈을 떴다. 고개를 들었을 때 박 감독의 시선과 마주쳤다. 30대 중반의 쓸쓸한 눈길을 피해 와인 잔을 응시했다. 노래를 듣고 나서부턴 기분이 영 이상했다. 가라앉은 기분을 희석시키려고 생수를 가지러 일어났다. 분위기 메이커 우진이가 있어서 다행이다.

"근데 작가님, 진짜 용감하시다. 시청자들 원성을 어떻게 감당하려고 그런 반전을 만드셨어요?"

"원성? 하라고 해요. 이러면 이래서 싫고, 저러면 저래서 싫은 게 대중이야. 하느님이 써도 그 많은 시청자 입맛은 다 못 맞춰요. 그러다 말겠지. 난 그런 건 하나도 안 무서워."

이번엔 안 피디가 궁금해했다.

"그럼 뭐가 무서운데요?"

"……우리 엄마, 우리 아들 굶기는 거. 하고 싶은 거 돈 때문에 못 하는 거. 난 세상에서 그게 제일 무서워. 작가로서 사명? 있죠. 나도 글 써서 먹고 사는 사람인데. 적어도 시간 낭비하게 하는 글은 쓰지 말자. 세상에 해 끼치는 짓은 하지 말자는 게 내 주의예요. 그렇지만 내게 글 쓰는 힘을 주는 건 그렇게 거창한 것들이 아니야. 난, 우리 식구들, 우리 아들 잘 먹이고 잘살게 해 주고 싶어서 글 써요. 돈 벌어서 엄마 집 사 주고 여행 보내 주고, 우리 채우가 좋아하는 장난감, 맛있는 거 사 주면 그렇게 좋을 수가 없어."

아주 오래전 술자리에서 들었던 말. 오정혜 작가는 선거판만 따라다니는 무능력한 아버지 아래서 자랐다. 그녀의 아버진 나라를 지키고 싶으셨을지 모르나 가정은 지키지 못했다. 자식이 셋이나 됐는데도 고생은 고스란히 엄마 몫으로 돌아왔다.

서울의 이름만 대면 다 알 만한 대학에 들어갈 정도로 공부를 잘했지만, 그녀의 부모는 큰딸의 하숙비를 내줄 수가 없었다. 하숙비는커녕 학비조차 불가능했다. 그녀는 전액 장학금을 받으려고 집에서 멀지 않은 지방 대학을 가야 했다. 공무원이나 회사원이 되어 또박또박 월급을 갖다 주기 바랄 만도 했으나 그녀의 어머니는 당장 돈도 안 되는 글을 쓰려는 딸을 말리지 않았다고 한다. 넌 하고 싶은 거 다 하고 살라고. 엄마처럼 살지 말라고. 산 사람은 살게 돼 있으니 식구들 걱정일랑 하지 말라고.

"난 우리 엄마가 세상에서 제일 불쌍해. 난 우리 엄마를 세상에서 제일 존경해. 나라면 그렇게 못 살았을 거야."

눈물을 뚝뚝 흘리던 가녀린 20대의 그녀가 어제 일처럼 생생하게 떠올랐다. 오 작가가 애써 담담하게 마무리 지었다.

"너무 시시한가요? 내가 글 쓰는 이유가?"

나는 그녀의 등 뒤로 가서 어깨를 꼭 끌어안으며 진심을 담아 말했다.

"아뇨. 전혀 그렇지 않아요. 하나도 시시하지 않아요."

그때 그걸 봐 버렸다. 순식간에 붉어지던 서재유의 눈을.

# 재유

다섯 시간이면 충분히 갈 길을 열 시간이 넘게 걸려 도착했다. 내 마음은 어딘지도 모를 촬영장에 머물러 있었다. 지금쯤 몇 번 신을 찍고 있을까. 그 여자는 나 대신 돌아간 형을 이상하게 생각하지 않을까. 전혀, 아무것도 눈치채지 못할까. 나를 보고 웃듯이 서준유에게도 웃어 줄까. 내가 부탁한 대로 화낼 일엔 가끔 화를 내기도 할까.

떠나기 전보다 훨씬 사람이 많았다. 곧 피서철이 시작된다. 겨우 빈자리를 찾아 차를 세운 뒤 뒷좌석을 침대로 만들어 내리 열두 시간을 잤다. 잠에서 깨면 그 여자와 관련된 어떤 기억도 나지 않길 바라며.

나는 예전처럼 지내려고 노력했다. 갖고 있는 사진집과 만화책을 캠핑카 붙박이장에 꽂힌 순서대로, 토씨 하나 안 빼고 다시 읽었다. 아침에 눈뜨면 차가운 물을 한 잔 마시고 한적한 길을 따라 산책한다. 모자를 푹 눌러쓰고 포구 여기저기를 돌아다니며 사진도 찍는다. 지치면 돌아와 컵라면을 먹은 뒤 긴 낮잠을 자기도 한다.

낚시로 한나절을 보낼 때도 있다. 입질이 와도 잠깐 기쁠 뿐 회를 떠 먹을까, 탕을 끓여 먹을까, 둘 다 할까 하는 고민 따위 하지 않는다. 잡은 고기는 바다로 도로 보내 준다. 더 깊은 바다로 헤엄쳐 가는 물고기를 바라보며 5분 전 일도 기억 못 하는 물속 생물의 낮은 지능을 부러워한다.

입맛이 없어서 하루에 한두 끼만 먹고 버틴다. 술을 마시고 싶지만 참는 데까지 참아 보려 한다. 술 취한 나를 감당할 자신이 없다. 서울에 가기 전에도 비슷한 나날을 보낸 것 같은데, 똑같은 24시간이 너무 길게 느껴졌다.

낮은 어떻게든 때워 보겠는데 밤이 문제였다. 지루한 시간에 추억할 여자나 몇 명 더 만들 걸 그랬다. 지식채널e에 들어가 좋아하는 영상을 찾아보거나 가입된 사진 카페나 요리 카페도 둘러보지만 시간은 늘 남아돌았다. 책이라도 몇 권 사 올걸.

연습생 때부터 지겹게 찍혀서인지 형은 카메라를 좋아하지 않는다. 촬영장에서 여주인공과 같이 셀카를 찍어 미투데이나 트위터에 올리는 서준유는 상상이 안 된다. 그 성격에 맞춰 촬영장에 한 번도 카메라를 갖고 가지 않았다. 휴대폰조차 집에 두고 다닐 때가 더 많았다. 성현. 포털 사이트에 이름만 검색하면 얼마든지 볼 수 있는 얼굴이지만, 내가 기억하는 가장 아름다운 모습은 어디에서도 찾을 수가 없다. 한 장이라도 찍어 둘걸, 그게 너무 후회된다. 내 머릿속에 각인된 백성현의 모습을 그대로 인화할 수 있다면. 시간이 너무 느리게 움직인다.

드라마 〈온리 원〉은 2회 추가해 18회로 연장된다는 기사가 떴다. 벌써 여섯 개 나라에 수출됐다는 기사도 있다. 차세대 한류 스타를 넘어 글로벌 스타로 뻗어 가는 서재유, 한물간 여배우에서 제2의 전성기를 맞이한 성현. 나는 12, 13회 방송을 보지 않았다. 너무나 보고 싶지만. 어느 기사에서도 14회부터 스토리가 확 바뀐다는 말은 없다.

〈온리 원〉 관련 기사는 일부러 찾아보지 않아도 쉽게 눈에 띈다. '서재유의 달콤한 고백', '서재유, 사랑을 말하다', '〈온리 원〉 달달 커플의 인기 비결 전격 해부!'. 기사 제목이 하나같이 마음에 안 든다.

'지금 사랑에 빠지고 싶은 사람, 〈온리 원〉을 보라!'는 구태의연한 제목의 기사엔 내가 백성현에게 했던 행동이 고스란히 들어 있었다. 〈온리 원〉의 김재현과 선우진을 만난다면 누구라도 사랑에 빠지지 않을 수 없을 거라는 마지막 문장을 나는 몇 번이나 반복해 읽었다.

누구라도 그런 상황이라면, 굳이 그 여자가 아니더라도 사랑에 빠졌다는 착각을 할 수밖에 없다. 다시 한 번 내 마음을 다잡았다. 이 모든 감정과 깊은 후회는 드라마가 내게 준 착각에서 비롯된 거라고. 착각은 착각일 뿐이라고.

언제 생긴 책임감인지는 모르겠는데 드라마가 끝날 때까지는 한국에 있으려고 했다. 아무래도 안 될 것 같다. 가는 곳마다 사람이 너무 많다. 모자와 선글라스, 후줄근한 옷으로 최대한 나를 가리고 다녀도 내 얼굴을 힐끗거리는 사람들이 보인다. 대놓고 쳐다보는 사람들도 간혹 만난다. 물론, 연예인을 닮은 사람이라고 생각할 뿐 서재유냐고 묻지는 않는다. 패셔니스타 서재유가 설마 여기에서 저렇게 허접스럽게 입고 돌아다니겠어? 그것도 혼자서?

이젠 이것도 머지않았다는 생각이 든다. 서재유가 너무 많이 알려졌다. 앞으론 더하면 더했지 덜하진 않을 테지. 조만간 우리 형제의 비하인드 스토리가 들통나 버리는 게 아닐까.

사람 많은 여름 바다를 피해 내륙으로 들어왔다. 강원도에서 전라도로. 스웨덴의 친구들에게도 연락해 두었다. 다음 주에 들어가니 두 팔 벌려 환영이나 하라고. 어떤 친구는 카리나와 마야가 내가 오기만을 기다리며 눈물로 밤을 지새운다고 허풍을 떨었다. '눈물로 밤을 지새운다'는 말은 내가 가르쳐 준 한국식 표현이다. 그 두 여자는 아무리 내가 보고 싶어도 눈물로 밤을 지새울 타입이 아니다.

이틀 내내 오던 비가 그치더니 낮엔 너무 더웠다. 밤이 되니 조금 선선해진다. 무엇보다 조용해서 좋다. 몇 시간째 저수지에 낚싯대를 드리우고 멍하니 있다. 그냥 있다.

"흠. 흠. 청년? 청년!"

깜짝 놀라 돌아보니 50대 후반으로 보이는 아저씨가 날 내려다보고 있었다.

"뭘 그리 놀라? 아까부터 봤는데 꼼짝을 안 하길래. 배 안 고픈가?"

"괜찮습니다."

"찌개 끓였는데 같이 먹자고. 나도 혼잔데 혼자 먹기가 그래서. 밥 생각 없어도 와서 조금 들게."

"……네."

금방 잡은 물고기로 끓인 매운탕. 특별한 재료가 들어가진 않았어도 한두 번 해 본 솜씨가 아니다. 다행히 이 어르신, 내가 누굴 닮았는지 모른다. 말씀이 많은 분이 아니어서 좋았다. 찌개를 안주 삼아 소주 한 병을 나눠 마시며 나란히 저수지를 바라보았다. 하늘에 별이 몇 개 없다. 없는 게 아니라 보이지 않는 거라고 정정한다.

초등학교 5학년 때인가. 스웨덴에 들어가기 전이었다. 은하계가 너무 궁금해서 '우주'라는 제목이 들어간 책들을 빌려 온 여름내 파고든 적이 있다. 어느 순간 내가 읽는 책들을 가져가 읽던 형은 수시로 묻곤 했다.

"우주가 점점 커진다며? 그러다 보면 언젠가 빵 터져 버리지 않을까? 풍선을 계속 불면 터지는 것처럼?"

"우주에서의 시간하고 지구에서의 시간이 다르다며? 아이슈타인이 그랬다던데?"

"우주 어딘가에 인간하고 비슷한 부류의 생명체가 살 거 같지 않냐? 난 100프로 있다고 생각해. 네 생각은 어때?"

각자 다른 학교에 다니는데다 생활방식까지 꽤 달랐던 우리 형제는 오랜만에 머리를 맞대고 우주에 관한 대화를 나누었다. 그 여름 형과 나는 이 넓은 우주 어딘가 반드시 우주인들이 산다는 데 기꺼이 동의했다. 그들이 어떻게 생겼을지 마음껏 그려 보면서 킬킬거릴 때도 있었다. 그렇게 방 안에서 우주를 정복한 다음엔 사라진 전설의 대륙 아틀란티스로, 지구 위에서 가장 추운 곳이라는 남극으로, 지구 위의 가장 큰 밀림 아마존으로 영역을 옮겨 갔다. 손가락을 걸거나 각서를 쓰지는 않았으나 어른이 되면 우리 힘으로 그곳을 찾아가 보자는 약속도 했다.

그때가 좋았다. 내 힘으론 도저히 어찌할 수 없는 까마득한 존재에 대해 자유롭게 상상하던 때가. 포기해도 부끄럽지 않은 것들에 대해 경외감을 느끼며 두 눈을 반짝이던 시절. 정말이지 어른이 된 우리 형제가 여자 하나를 두고 이런 내적 갈등을 겪을 줄은 몰랐다.

아저씨가 찌개 국물에 라면 사리를 넣으며 넌지시 물어 왔다.

"이 넓은 저수지에 혼자 온 사람은 자네하고 나뿐인가 봐. 인물이 이렇게 훤한데 같이 올 애인도 없나?"

"없습니다."

"친구들은 뒀다가 뭐 하고 휴가철에 혼자 다녀?"

"그냥…… 혼자 있고 싶어서요. 아저씨는 왜 혼자 오셨어요?"

"올 일이 있어서. 아까부터 자넬 보는데 자꾸 예전 일이 생각나더란 말이지. 내가 자네만 할 때 좋아했던 여자가 있었는데

차였거든. 아주 대차게. 그때도 여길 왔었어. 자네처럼 그렇게 멍하니 한참을 앉아 있었지. 입질이 와도 모르고."

아저씨가 내 얼굴이 아닌 저수지 쪽을 보며 빙그레 미소 지었다. 이번엔 내가 여쭈었다.

"그분하고 결혼 못 하셨어요?"

"그랬으면 같이 왔겠지. 아예 여길 안 오든가."

"설마 여태까지 혼자 사신 거예요?"

"아냐. 나 싫다는 여잘 생각하며 평생 혼자 살 수 있나. 남들처럼 살았어. 결혼도 하고, 애도 낳고."

"……왜 그때 더 안 매달리셨어요?"

"조용한 줄 알았더니 왜 이리 질문이 많아? 어서 먹어. 불기전에."

좋아하던 라면이 넘어가질 않았다. 무엇보다 나는 오늘 생전 처음 본 아저씨의 지난 연애사가 더 듣고 싶었다. 아저씨가 내게 작은 비닐봉지에서 꺼낸 김치를 덜어 주었다.

"자네 같으면, 자네하고 제일 친한 친구 놈이 더 좋다는데 매달릴 수 있겠나?"

"친구 정도면 매달려 볼 만하죠. ……친형제도 아닌데."

"아주 어려서부터 형제나 다름없이 자란 친구였는걸. 바로 결혼하더라고. 애도 셋이나 낳고. 간간이 늙어 가는 거 보면서 각자 살았지. 나는 서울에서, 그 친구는 전주에서."

"볼 수가 있어요? 사랑했던 여자가 다른 남자 애를 낳았는데?"

"왜 못 만나? 평생 못 보고 사는 것보단 낫지. 안 그런가?"

"궁금한 게 있어요. 지금도 그분을 보면 젊어서처럼 그런 느낌이 들어요? 그때의 감정이 남아 있어요?"

"뭐라고 해야 하나. 가끔 이런 생각이 들어. 집사람하고 싸움이라도 독하게 하면 말이야. 차라리 잘된 거다. 그 여자하고 살면서 이 꼴 저 꼴 다 보여 주고, 보고 살아야 하니 다행인 거다. 구차한 핑계지. 그저…… 나하곤 인연이 아니었나 보다 생각해야지. 아니면 그걸 다 어떻게 이해하고 순순히 받아들이겠나."

"인연이면 지금은 헤어져도 다시 만날 수 있을까요?"

"난 그렇게 생각하는데? 어이구, 하나도 안 취하네. 공기가 좋아서 그런가."

"눈에서 멀어지면 마음에서도 멀어진다는 말이 있잖아요."

"왜? 어떤 여자가 자네가 싫다고 하던가? 보통 잘난 여자가 아닌가 보네."

"제가 좋아하는지도 몰라요. 모를 거예요."

"모를 리가 있나. 여자들이 얼마나 예민한데. 알면서도 모른 척하는 거겠지. 아니면 자네가 그만큼 내색을 안 했거나."

나는 좀 취한 것 같다. 고작 소주 반병에. 요즘처럼 시간이 더디 간다고 느껴 본 적이 없다. 그게 가능하다면, 10년 치 나이를 한꺼번에 먹었으면 좋겠다. 그러면 이 모든 상황을 순순히 받아들이고 이해할 수 있을까.

"가서 한 번 더 말해 봐. 빙빙 돌리지 말고 확실하게."

"잊어버리려고요."

아저씨가 내 얼굴을 바라보더니 푸근하게 웃었다.

"그게 쉽게 안 된다니까. 그래도 그때가 좋은 거야. 얼굴 볼 수 있을 때 고백이라도 해. 나중에 후회하지 말고. 그 여자, 갔어. 지난달에."

"어딜……? 아!"

"장례 치를 때는 외국엘 가 있어서 못 갔는데 사십구재는 참석해야 할 것 같아서. 암이라고 하더니만 2년을 못 버티고 떠났네. 이제 겨우 쉰 넘었는데. 간 사람도 가엾고, 남은 식구들도 가엾고. 소주 한 병 더 할 텐가?"

아저씨가 대답도 듣지 않고 소주 뚜껑을 열었다.

"자넨 아직 잘 모르겠지만, 살다 보면 말이야, 이해 안 되는 일이 자꾸 생겨."

어릴 적 내가 읽었던 동화책 속엔 새하얀 양들만 등장했다. 하지만 나는 태어나서 한 번도 '눈처럼 하얀' 양을 보지 못했다. 내가 본 양들은 하나같이 뻣뻣하고 지저분한 털들로 뒤덮여 있었다. 밤하늘의 별들을 보석 같다고 표현하지만, 그렇게 느끼기에 나는 우주에 대해 너무 많은 걸 알고 있다. 붕어빵 안에 들어 있는 건 팥이나 크림이지 물고기가 아니다. 사랑은 캔디나 초콜릿처럼 달콤쌉쌀한 거라는데 내가 해 온 연애는 껌처럼 단물이 금방 빠지곤 했다. 이렇게 뻔한 것들도 이해가 안 되는데 하물며.

"올여름은 왜 이리 긴지 몰라……."

"만약에요. 다시 그 시간으로, 과거로 돌아갈 수 있다면 어떡하실 거예요?"

"이제 와서 뭘. 아무리 죽을 애를 써도 안 되는 게 그거 아 닌가."

그날 밤 짐을 챙겨 그 여자를 만나러 갈 수도 있었다. 세상에 서재유가 하나라면. 하나밖에 없는 서재유가 나라면. 그러나 그 여자 앞에 나타날 수가 없다. 나타나서도 안 된다. 그게 더러운 내 현실이다. 저수지에서 하루를 더 보낸 뒤 다시 길을 달렸다. 휴가철이라 어디나 사람이 많았다. 결국, 서울로 차를 돌렸다.

언제부터 배우였다고 자꾸 촬영장이 떠올랐다. 지금쯤 마지막 주 분량을 찍느라 바쁘겠지. 며칠째 쪽잠을 자고 각성제를 먹어 가며, 연기를 하는 건지 꿈을 꾸는 건지 모를 시간을 보내고 있겠지. 결론은 해피엔딩일 거라고 100퍼센트 확신한다. 김재현과 선우진을 두 번이나 헤어지게 할 수는 없다. 그 어떤 대단한 사람이라도.

서울에 도착할 즈음 비가 내리기 시작했다. 캠핑카를 세우고 잠시 멍하니 앉아 있다가 잠이 든 것 같다. 그 짧은 잠 안에서 그 여자를 만났다. 재유야, 그거 알아? 너 되게 재미있어. 네 여자 친구는 좋겠다. 너랑 같이 있으면 매일 재미있을 테니까. 티 없이 웃던 백성현의 얼굴.

꿈에서조차 나는 용기를 내지 못했다. 내 여자 친구 돼 주면 안 돼? 내가 매일매일 재미있게 해 줄게. 유치원생도 할 수 있는 말조차 입 밖에 꺼내지 못했다.

잠에서 깼을 땐 어두워져 있었고 비는 여전히 같은 강도로 내렸다. 빌어먹을. 이 지긋지긋한 비도, 내 머릿속을 잠식하고 있는 그 여자도, 끝이 없을 것 같은 이 여름도 빌어먹을.

내게 이런 지독한 여름을 선사한 서준유를 찾아가 멱살이라도 잡고 싶은 심정이다. 네가 뭔데 번번이 내 인생을 꼬아 놓는 거야! 네가 뭔데!


서울에 가면 세 채의 집이 있다. 부모님이 사는 집, 형이 사는 집, 내 명의의 집. 서준유가 사는 집이 제일 넓고 좋다. 극성맞은 팬들 때문에 자주 이사 다녀야 하는 형은 결혼하기 전까지는 집을 살 마음이 전혀 없다고 했다. 부모님 집은 형이 장만해 드린 것이다. 어려선 성적표로 나름 효도한다고 생각했지만 어른이 돼 보니 효도하는 덴 돈이 제일 편하고 좋은 것 같다.

제일 작은 게 내 집이다. 강남도 아니고, 새로 지은 아파트도 아닌 23평 계단식 아파트. 방 두 개, 아담한 부엌 하나, 거실과 두 개의 화장실. 전세를 끼고 사 둔 집인데 지난겨울 세입자가 나간 뒤 비워 놓고 있다. 그때만 해도 한국에 오면 그 집에서 혼자 살까? 그런 말도 안 되는 생각을 했다.

환기를 오래 안 한데다 장마철이라 그런지 집 안은 퀴퀴하고 눅눅했다. 신혼 가구가 빠져나간 실내가 오늘따라 썰렁해 보인다. 도배라도 새로 할까. 화분이라도 몇 개 사다 놓을까.

화분이라니. 다음 주면 한국을 떠나야 하는데. 가면 또 언제 올지 모르는데.

그땐 무슨 마음이었을까. 세입자가 나가자마자 본가에 있던 내 짐을 갖다 놓았다. 침대 하나. 옷걸이. 오래된 피아노. 최소한의 가전제품과 식기들. 커튼은커녕 TV조차 없다. 플러그를 빼놓은 작은 냉장고엔 생수 한 통 들어 있지 않다.

거실 한쪽에 조율할 때가 한참 지난 피아노가 자리하고 있다. 유치원 다닐 때 부모님이 큰마음 먹고 생일 선물로 사 주신 밝은 갈색 업라이트 피아노. 친구 집에서 피아노를 쳐 보고 온 날부터 부모님께 사 달라고 한동안 떼를 썼다. 피아노가 도착한 날 엄마가 날 붙잡고 다짐시켰다.

"이거 형하고 같이 치라고 사 준 거야. 알았지?"

난 혼자만 쓰고 싶었지만, 하나 더 사 달라고 할 만큼 싼 물건이 아니라는 걸 알았기에 고개를 끄덕였다.

작고 네모난 피아노 의자에 형과 나란히 앉아 새로 배운 동요를 치기도 했다. 막대사탕 하나를 걸고 누가 더 빠르게 〈젓가락 행진곡〉을 치는지 내기하던 일곱 살 쌍둥이. 건반 위를 부지런히 오가던 스무 개의 손가락. 그런 우리 형제를 바라보며 걱정 없이 웃던 젊은 엄마의 얼굴. 그런 시절이 우리에게도 있었다.

먼지가 소복이 쌓인 피아노 뚜껑을 열어 건반을 눌러 본다. 얼마 전부터 머릿속을 자꾸 맴도는 멜로디가 있다. 슬픈 노래는 싫은데 우울한 멜로디만 떠오른다. 완성되지 않은 멜로디를 천천히 쳐 봤다. 세상에 없는 새로운 멜로디. 세상에 없는 새로운 노래. 그런 걸 내가 만들 수 있을까.

의자에 앉아 〈그대와 영원히〉를 정식으로 연주했다. 저 붉은 바다 해 끝까지 그대와 함께 가리. 이 세상이 변한다 해도 나의 사랑……. 도대체 언제까지 이 노래를 들을 때마다 그 여자의 얼굴을 떠올리게 될까.

요 며칠 아파트를 팔고 아예 스웨덴에 정착할 생각을 했다. 대학을 졸업하고 평범한 스웨덴 사람들처럼 회사에 다니는 것도 나쁘지 않을 거라고. 아바ABBA의 노래를 종일 틀어 놓고 세상의 온갖 맥주를 파는 펍Pub을 꾸리는 인생도 나쁘지 않을 거라고. 자잘한 주근깨가 박힌 밝은 갈색 머리의 유럽 여자와 글로벌한 연애를 하는 것도, 그 여자와 결혼해 인형같이 생긴 혼혈아를 둘이나 셋쯤 낳는 것도 나쁘지 않을 거라고. 단독 주택을 사 들여 작은 텃밭을 꾸미고, 쉼 없이 자라는 채소를 수확해 신선한 샐러드를 식탁에 올리는 삶도 나쁘지 않을 거라고 생각하고, 생각했다. 생각을 너무 많이 해서 머리가 터질 지경이다.

비는 온 밤 내내 내리다가 아침이 돼서야 그쳤다. 오전에 형이 몇 차례 전화를 걸어왔다. 무시했더니 이번엔 문자를 보낸다. 집요한 인간. 바쁘다는 말도 다 언론 플레이인가. 안 받는다면 종일이라도 할 것 같아서 결국 전화를 받았다.

— 잘 지내는 거지?

"그럭저럭."

— 집엔 언제 갈 거야? 엄마 전화도 안 받고. 걱정하시게…….

내가 궁금한 건 다른 거였지만, 서준유가 하고 싶은 말도 그게 전부가 아닌 것 같지만, 누구도 먼저 다른 얘기를 꺼내지 않았다. 언제나처럼 내가 성급했다.

"인터넷에 이상한 검색어가 떠돌더라."

— 이상한 게 한두 가지야.

"바람난 서재유? 서재유 민재연?"

— 끊자.

"둘이 잘됐으면 좋겠네. 진심이야."

꼭 민재연이 아니어도 좋다. 세상은 넓고 여자는 넘친다. 서준유에게 선택되길 바라는 여자는 놀이터 모래알처럼 많을 것이다. 그래도 피붙이인데 이렇게까지 무책임하게 말하긴 미안하지만, 백성현만 아니면 된다. 어차피 연예인 서재유가 연예인 성현을 좋아해 봐야 연애도 결혼도 마음 편히 할 수 없는 처지. 〈온리 원〉 커플 팬이 아닌 다음에야 이 시점에서 서재유의 연애를 환영할 사람이 몇이나 될까.

— 알아. 진심인 거.

오늘은 단체로 전화하는 날인가. 이번엔 민규다. 그 자식은 형식적인 인사말도 없이 다짜고짜 떠들었다.

— 너 왜 안 와! 전화도 씹고! 드라마 끝낸 지가 언젠데!

"나 기다렸냐?"

— 자식이 그걸 말로 해야 아나? 보고 싶어요, 재유 씨~. 흥흥. 너도 싫지?

"여기 서울이야."

— 뭐 이런 놈이 다 있어? 그럼 어여 와서 이 형아한테 인사부터 드려야지!

"민규 형아. 가면 양념치킨 해 줄 거야?"

— 이 집 형젠 내가 치킨집 주인으로 보이나? 해 준다, 해 줘. 오기나 해.

"집에 갔다가 갈게. 이번 주 안에."

— 지금 어딘데? 아직 준유 집에 있는 건 아닐 테고.

"내 집."

— 아! 너의 신혼집? 여보옹~~~!

"지랄."

— 잠깐만. 상엽이가 바꿔 달래.

상엽과 통화를 마친 뒤 정문용 대표에게 연락했다.

— 어쩐 일로 니가 먼저 전화를 다 하냐? 아직 한국이지?

"네. 며칠 있다가 들어가요."

— 그래. 드라마도 며칠만 버티면 끝나니까. 그사이 별일이 야 없겠지.

"별일 없어야죠. 부탁이 있어서 전화 드렸어요."

— 부탁? 야, 기대된다! 뭔데?

"저번에 말씀하셨던 화성학이요."

— 왜, 공부해 보려고?

"독학으로 하긴 어려운가요?"

— 나야 그쪽 전문가가 아니라. 그게 아주 불가능한 건 아니 지만 혼자 배우긴 좀 힘들다던데. 우리 회사에 작곡가들 있잖 아. 자세히 물어봐 줄까?

"알아보고 연락 좀 주세요."

— 잘 생각했어. 너 작곡하면 잘할 거야. 어설퍼도 자꾸 만

들어 봐. 나한테 보내 주면 여기서 다듬으면 되니까. 어차피 편곡도 해야 할 테니.

"이 일은 대표님만 알고 계셨으면 좋겠어요. 꼭 하겠다는 게 아니라 그냥 어떤 건지만 알아보려는 거예요."

— 알았다. 그건 걱정 마. 준유한테도 말 안 할 테니까. 스웨덴 도착하면 바로 전화해라. 재유야, 지금이라도 이름 바꾸고 성형 좀 하고 가수 데뷔할래?

"이제 와서 얼굴 뜯어고쳐 봐야 어차피 서재유 짝퉁일 텐데요."

— 몰라서 그러겠냐. 재능이 너무 아까워서 그러지. 니가 내 아들이나 동생으로 태어났어야 했는데!

몇 달 만에 본가에 갔다.

"연락 좀 하고 오라니까. 아휴, 집이 없어? 돈이 없어? 식당이 없어? 굶고 다녔어? 어떻게 애들이 둘 다 피골이 상접해서……."

아버진 퇴근 전이셨고 내 얼굴을 보며 혀를 차던 엄마는 장을 본다며 바로 나가셨다. 소파에 드러누워 이리저리 채널을 돌리다가 또 잠이 들었다.

그릇 달그락거리는 소리에 깼다. 두 분이 식탁에 마주 앉아 두런두런 대화를 나누고 계셨다. 밖은 그새 어스름해졌다. 나는 아버지에게 인사를 드리기 위해 부스스 일어났다.

"넌 또 왜 이렇게 말랐어? 한국 왔으면 집에서 엄마가 해 주는 밥 먹고 푹 쉴 것이지."

국경을 넘나들며 그리워할 만한 솜씨가 아닌 걸 엄마의 남편만 모르는 모양이다.

"더워서 그래요. 입맛도 없고."

"젊은 애가 입맛이 왜 없어. 다이어트 하는 것도 아닌데. 돌아다니면 알아보는 사람은 없디?"

"며칠 뒤에 스웨덴 들어가요. 이젠 아버지가 저 보러 오세요. 못 돌아다니겠어요."

6인용 식탁에 음식이 가득 차려졌다. 이걸 누가 다 먹지? 엄마는 내가 진짜 좋아하는 음식이 뭔지는 알까. 고기와 해물로 만든 음식이 그릇마다 푸짐했지만, 몇 끼 굶은 것처럼 먹기는 힘들었다.

식사를 마치고 후식 먹는 시늉도 했다. 나와 달리 형은 어려서부터 엄마와 나눌 대화가 많았다. 엄마는 늘 형의 귀가를 기다렸다. 그러니 나이가 좀 더 들었다고 특별히 달라지겠는가. 방으로 들어가려는 나를 엄마가 불러 세웠다.

"아들, 엄마 옆에 좀 있어. 〈온리 원〉 재방송 같이 볼래?"

"보세요. 전 관심 없어요."

"얼마나 재미있는데? 이거 끝나면 무슨 낙으로 사나."

"그거 보면 내가 연기하는 거 같아서 이상하다고요."

"형 연기 많이 늘었어. 진짜 잘한다니까. 넌 궁금하지도 않니?"

"별로요."

궁금하다. 나도 사람인데. 예전 같으면 못 이기는 척하고 봤겠지만, 지금은 아무렇지도 않은 얼굴로 화면을 볼 자신이 없다.

"으이그, 쌀쌀맞기는. 여자 친구한테는 그러지 마라. 차여."

"별걱정을 다 하네. 제 여자한테야 그러겠어? 그럼 우리 막내하고 오랜만에 술이나 한잔할까? 아버지가 따로 할 말도 좀 있고."

아버지 청까지 거절할 수는 없었다. 거실에 앉아 맥주를 마시면서 학교 문제를 의논했다. 경영학이 적성에 맞는 것 같지는 않다. 아버지의 회사를 내가 다시 살려 보거나 나중에 회사를 운영할까 싶은 마음에 막연히 선택한 학과였다. 전혀 재미가 없지는 않았지만, 공부에 푹 빠져 지낸 적도 없다. 어쩌면 전공을 바꿀지도 모르겠다. 학비는 내가 충당할 수 있다. 집은 학교 근처에서 새로 구하겠다. 당장 내가 할 수 있는 말은 그 정도였다.

부모님은 몇 가지 의견을 내놓으셨으나 결국 내 결정을 믿는다고 하셨다. 이렇게 백수처럼 떠돌아다니는 것보단 낫다고 판단하신 거겠지.

익숙한 노래가 들려왔다. 〈온리 원〉의 주제곡 〈온리 원〉. 엄마가 재방송을 보신다며 소파로 올라가 앉으셨다. 나는 텔레비전 화면을 등지고 앉아 이 불편한 술자리가 빨리 끝나기만을 기다렸다.

"아들, 16회 봤어? 진짜 재밌었는데!"

"아뇨. 뭘 본 걸 또 보고 그래?"

"이 드라마는 몇 번을 봐도 재밌어. 이날 완전한 화해가 이뤄졌다니까! 간이 다 오그라드는 줄 알았네. 안 그래요? 여보?"

"나야 보다 말다 그래서. 그날 시청률이 제일 높았다던데?"

"31퍼센트 넘었잖아! 마지막 회는 35프로까지 갔으면 좋겠다. 둘이 결혼까지 하려나? 여보, 할까? 하겠지?"

"내가 아나. 작가가 알겠지."

"준유한테 전화해서 슬쩍 물어볼까?"

"잠도 못 자고 일하는 애한테 무슨. 미리 알면 재미없어."

"하여간 집에 말 통하는 남자가 없다니까."

"있잖아요. 서준유."

"준유는 바쁘잖아. 저렇게 힘들게 찍는데 안 쓰러지는 게 용하네. 날도 더운데 얼마나 힘들까."

"그러게 말이야. 천하장사도 저렇게 살다간 쓰러지겠구먼. 준유한테 일 좀 줄이라고 해. 어차피 평생 할 일."

"알았어요. 아이고, 너희 어렸을 때 생각난다. 넌 먹성이 얼마나 좋은지 엄마가 간식 주면 얼른 다 먹고 형 코앞에 얼굴 들이밀고 '한 입만, 한 입만' 그랬는데."

"내가 그렇게 추잡한 짓을 했다고?"

한참을 웃던 엄마가 슬쩍 흘기듯 나를 바라보셨다.

"엄마가 아들 상대로 거짓말하니? 그때마다 준유가 자기 걸 반 뚝 떼 주고 그랬어. 네 형이 어려서부터 마르고 작았던 건 니 탓도 있어, 얘. 태어날 땐 준유가 몸무게도 더 나갔었는데."

"아버지도 기억난다. 둘이 젖먹이 때부터 그랬었지? 엄마가 너희 먹일 젖이 모자라서 쩔쩔맸는데, 30분 먼저 태어난 것도 형이라고 그 어린 게 꼭 양보하는 것처럼 젖을 먹다 만다고 그랬잖아."

"맞아요. 아유, 진짜 오래전 일이다. 언제 이렇게 자랐는지."

"우리 분유도 먹었다며?"

"넌 엄마 젖만 먹고 컸어. 젖병은 자꾸 뱉어 내서. 준유가 분유 먹고 그랬지. 하도 딱해서 형부터 젖 먹일라치면 걷지도 못하는 애가 기어 와서 제 형 밀어내고 엄마한테 안기고 그랬었는데. 입심이 얼마나 센지 엄마 몸이 다 들릴 것처럼⋯⋯."

왜 내가 기억하는 기억은 죄다 반쪽짜리일까. 내가 기억하지 못하는 것엔 또 무엇이 있을까.

"둘이 데리고 다니면 사람들이 준유보고 동생이냐고 하도 물어서 얼마나 속상하던지. 어려선 니들 쌍둥이로 보는 사람이 없었어. 빼닮은 형제인 줄 알았지. 그래도 지금은 재유 키도 다 따라잡고 요샌 다쳤다, 쓰러졌다 소리 안 하니 마음이 좀 놓이네."

"말을 안 해서 그렇지 힘들겠지. 저 봐. 볼이 폭 파였네. 쯧쯧."

"애가 잠도 못 자고 저렇게 사니⋯⋯. 여보, 우리 준유 보러 갈까?"

"안 그래도 바쁜 애 정신없게 어딜 가. 며칠 지나면 끝내고 올 텐데."

"이그, 같은 서울에 살면 뭐 해. 얼굴 보기도 힘든 걸."

"품에서 떠난 자식이야. 이젠 같이 살 생각도, 자주 볼 생각도 접어. 텔레비전 틀면 맨날 보는 얼굴인데 뭘."

"당신은. 화면으로 보는 거랑 같아요? 왜 자주 볼 생각을 말아?"

"부모 간섭받을 나이가 아니잖아. 준유가 우리가 간섭할 만큼 못하는 것도 없고. 안 그래?"

"그거야 그렇지만 그래도 큰아들인데……."

"엄마는 서준유하고 같이 살고 싶어?"

"지금은 말고 나중에."

"허허. 네 엄마가 이런다. 나중에 언제? 행여나 기대도 하지마. 결혼이라도 하면 더더욱 따로 살아야 하는 거야. 당신은 우리 엄마하고 같이 살았어?"

"알았어요, 알았어. 저 봐라. 김재현. 어머, 엄마한테 대드는거 봐. 여자가 아무리 좋아도 그렇지, 어쩜 저렇게 냉정하게 말하냐. 아들은 이래서 무서워."

"하여간 여자들 변덕은. 좋다고 할 때는 언제고."

"이건 이거고, 그건 그거지!"

엄마한테 궁금한 게 있었다.

"엄만 형이 여자 때문에 저렇게 행동하면 어떡할 거야?"

"준유가 왜 그래?"

"형이 데리고 온 여자가 엄마 마음에 안 들면? 그럼 어떡할건데요?"

"네 형은 엄마 마음에 안 드는 여잘 데려올 사람이 아니야."

"허허, 이거 큰일 났다. 엄마가 병이 깊구나."

내 생각도 아버지와 같다.

"내가 그러면?"

"넌 좋아하는 여자 데리고 와서 낼모레 결혼한다고 통보할 것 같아. 아들, 그래도 한 달 전에는 연락해라. 한복 맞출 시간은 줘야지."

이게 우리 집에서의 내 이미지다. 간혹 서운하기도 하지만 한편으론 속 편하다.

"설마 눈 파란 여자 데리고 오는 거 아냐? 엄만 싫어."

"초록색이나 갈색 눈은 괜찮아요? 금발이나 붉은 머리는?"

"연애는 해도 결혼 땐 한국 여자 찾을 거 같은데? ……저 봐라. 아들 키워 봐야 소용없다니까. 뒤도 안 돌아보고 나가는 거봐. 하여간 아들놈들은."

"언젠 선우진 데리고 도망가라더니?"

"재현이가 저럴 줄 알았나. 어휴, 이젠 남 일 같지가 않네. 여자한테 눈멀면 부모도 안 보이는 게 사내놈들이라니까."

"나처럼? 피곤하게 뭘 그리 따져 가면서 봐. 재밌으면 그만이지."

아무래도 엄마가 김재현 어머니 역에 빙의한 것 같다. 누가 형하고 결혼할지 상당히 걱정된다. 백성현이어선 절대 안 되는 이유가 하나 더 추가됐다. 그게 누구든 연예인 서재유의 특별한 여자가 되는 순간 엄마와 불특정 다수의 여자들에게 안팎으로 시달릴 게 분명하니.

그건 그렇고 도대체 저 빌어먹을 드라마는 언제나 끝날 건지. 화면을 등지고 목소리만 들으려니 더 답답했다.


선우진: 왜 굳이 힘든 길을 가려고 하냐고 물었지? 사랑하니까. 그

사람은 내가 태어나서 가장 오래, 가장 많이 사랑한 사람이니까.

아직도 미련을 못 버린 문석호에게 그 한마디로 상황 정리를 하는 선우진이다. 이번엔 화면을 보지 않을 수 없었다.

선우진: 살면서 늘 뒤늦게 깨닫는 건데, 꼭 하고 싶은 말은 적어도 며칠 정도는 참아야겠다는 거야. 후회할 수 있으니까. 석호 씨, 한 시간 전으로 시간을 돌리고 싶지?
문석호: 아니. 5년 전으로 시간을 돌리고 싶다. ……여기 10월 말쯤 오면 더 볼 만한데, 그때 다시 커피 마시러 올래?
선우진: 석호 씨와 내가 단풍 들 때만 볼 수 있는 사이였어?

미소 짓는 선우진을 보는 문석호의 얼굴이 묘하게 일그러졌다. 나는 문석호가 부럽다. 김재현까지는 바라지도 않는다. '연인'이란 이름으로 구속하지만 않는다면 언제라도 만날 수 있는 사이. 그게 친구든, 누나든, 인생 선배든, 어떤 역할로라도 만날 수만 있다면.
갑자기 저수지에서 만난 아저씨가 한 말이 떠올랐다.
'왜 못 만나? 평생 못 보고 사는 것보단 낫지.'
슬프게도 이젠 그 말이 이해된다. 사랑 앞에서 너무 점잖았던 문석호. 사랑 앞에 너무 매너 있던 문석호. 여자를 배려하느라 정작 여자를 놓쳐 버린 문석호. 못난 자식. 확 끌어안고 키스라도 하지. 다른 남자 생각 따윈 눈곱만치도 안 들게 안아 버리지.

남자가 여자를 보내고 쓸쓸히 앉아 있다. 여자가 두고 간 종이컵을 바라보며 그녀가 남긴 대사를 떠올린다.

선우진: 시간을 돌려도 결과는 똑같을 거야. 왜냐하면, 우린 그런 인연이 아니니까.

이제 나는 세상의 모든 남녀가 만나는 데 '인연'이니 '운명'이니 하는 대단한 이유 말고 다른 이유가 있었으면 좋겠다. 키 순서대로 짝을 지어 주든, 나이 차이대로 짝을 지어 주든, 이도 저도 아니면 제비뽑기를 하든.

장면이 바뀌었다. 평범한 아파트 놀이터. 그네에 선우진이 앉아 있다. 다른 남자에겐 인연이 아니라고 딱 잘라 말하던 여자가 시침 뚝 떼고 앉아 김재현을 응시한다. 도대체 왜 왔느냐는 눈빛으로. 나를 빼닮은 남자가 여자에게 말한다.

김재현: 선우진, 당신 맘대로 하는 거 오늘까지야. 하고 싶은 거 있음 두 시간 더 줄 테니까 그때까지만 해.

단호해서 더 폼 나는 김재현의 대사. 다시 등을 돌리고 맥주를 따라 마셨다. 이쯤에서 일어나야겠지. 그네 흔들리는 소리가 거슬렸다.

선우진: 오래전 그때도 재현 씨가 이랬다면 난 무조건 믿고 따랐을

거야. 재현 씬 솔직하지도 못했고 용기도 없었어. 넌 니가 똑똑한 줄 알지?

　　김재현: 알아. 내가 바보천치 같았던 거. 아니까 그 얘긴 그만해.

　　선우진: 아직 두 시간 안 지났어. 김재현, 너 오늘 나한테 죽었…….


　　갑자기 음향 효과가 딱 그치고 남자와 여자의 입술이 부딪히는 소리가 들려왔다. 헛기침하는 아버지와 벌떡 일어나는 엄마. 맥주를 마저 마시며 생각했다. 나한테 그랬듯 형에게도 말했을까.

　　'너만 괜찮으면, 나도 괜찮아.'

　　보기 좋게 자른 과일을 큰 접시에 담아 온 엄마가 아버지와 내게 한 쪽씩 건넸다. 지금 수박 따위가 목에 넘어가겠는가. 애꿎은 과일만 눈으로 산산조각 내고 있다.

　　그깟 키스 한 번에 다 풀려 버린 쉬운 남자 김재현. 그리고…… 서준유. 나와 피를 나눈 형제. 그 마음속으로 들어가 보고 싶다. 내가 생각하듯 너도 그 여자를 그렇게 생각하는 거냐고.

　　"예쁜 애들은 우는 것도 예뻐."

　　"저 아가씨 잘생긴 얼굴이야. 남자로 태어났어도 인물 좋았겠어."

　　"그죠? 준유 옆에서 인물 안 죽는 게 쉽지 않은데. 볼수록 예쁘긴 해요. 눈이 젤 예뻐. 웃는 입매하고."

　　얼마나 예쁜지 돌아보지 않을 수 없었다. 화면 속 그 여자가 눈물을 글썽이면서 형에게 말했다.

선우진: 왜 다시 나타났어?
김재현: 미안해. 내가 잘못했어. 다, 모두 다.

만약 내가 용기를 내서 그 여자를 찾아갔는데 백성현이 저런 말을 한다면? 나도 김재현처럼 대답할 수밖에 없을까.

"내가 정말 얼마나 조마조마하던지. 선우진이 안 받아 줄까 봐."

"조마조마할 일도 참 많다."

"당신도 그랬잖아? 선우진 우는 거 보고 불쌍하다고. 그냥 결혼 허락하지, 그렇게 말한 게 누군데?"

"그거야 그 집에서 너무 심하게 하니까 그런 거지. 여자만 봐선 남자보다 못한 거 하나도 없구먼."

"그죠? 인물 좋아, 착해, 똑똑해, 참해. 내 딸이면 더러워서라도 이 결혼 말린다."

이런 질문을 하는 내가 한심했지만, 꼭 여쭤 보고 싶었다.

"엄마, 저 여자 며느릿감으론 어때요?"

"누구? 며느리?"

"형이요. 성현 씨하고."

"얘는. 어차피 며느릿감도 아닌데 뭘 그런 생각을 하니."

"만약 형이 저 여자하고 결혼하고 싶다면요?"

"그런 말도 안 되는……. 저 아가씨 이상한 소문 있던데. 유부…… 왜 그거 있잖아. 넌 못 들었어?"

"그걸 믿어요? 형한테는 어떤 소문까지 돌았는지 알아? 양성애자에, 바람둥이에, 여자 없인 하루도 못 사는 남자. 그게 서준유야."

"진짜 얘가 어디서 말 같잖은 소릴 듣고 와서 이러는 거야! 네 형인데 그걸 몰라? 말이 되는 소릴 해야지."

"그러니까, 누구든 함부로 말하지 마시라고요. 먼저 일어날게요."

나이 들면 철이 든다고, 때가 되면 다 알게 될 거라고 어른들은 말해 줬지만 스물여섯의 나는 모르는 게 너무 많다. 세상 여자는 다 거기서 거기라는데, 거기서 거기가 아닌 여자가 하나쯤은 있을 것 같다. 도대체 얼마나 더 세월을 좀먹어야 그깟 흔해 빠진 여자쯤이야, 하는 말이 나오게 될까.

이 여름 내게 일어난 모든 일이, 내 마음 깊숙이 자리한 감정의 끝이 한 권의 책처럼 마지막 페이지를 미리 들춰 볼 수 있는 거라면 좋겠다. 사랑밖엔 아무것도 모르는 사람처럼 이런 식으로 하루하루를 흘려보내는 내가 한심하다.

한 사람을 잊는 데는 만난 만큼의 시간이 필요하다고 누가 그랬던가. 그 여자와 함께한 시간 19일. 이제 〈온리 원〉은 마지막 주 방송만 남았다. 드라마가 끝날 때쯤이면 괜찮아질 줄 알았다. 시간이 많은 걸 해결해 줄 거라 기대했다.

그런데, 안 괜찮다. 안 괜찮다. 하나도 안 괜찮다.

# 준유

'바람난 서재유'의 후폭풍은 생각보다 길지 않았다. 민재연의 팬들에게 나는 총으로 쏴 죽여도 시원치 않을 놈이 됐고, 나름 시크하고 순수한 생활을 유지했던 내 지난 세월은 하루아침에 물거품이 돼 버렸지만. 내 이름은 며칠 동안 저급한 제목의 헤드라인으로 인터넷 세상의 한 귀퉁이를 '당당히' 장식했다. 내 열혈 팬들에겐 참을 인 자 세 개를 새겨야 하는 시간이었을지도 모르겠다.

그나마 다행인 건 백성현이 더는 그 영상에 대해 언급하지 않는다는 거다. 절대 내 입으로 먼저 민재연의 'ㅁ'도 꺼내지 않으려고 노력했다. 애인이나 배우자가 있으면서도 바람피우는 인간들은 얼마나 남다른 강심장과 거대한 간덩이를 소유했기에 그럴 수 있는 건지 진지하게 생각해 본 시간 정도로 정리하고 싶다.

민재연과의 마지막 촬영이다. 그 애와 나는 첫 촬영 때보다 서먹할 수밖에 없었다. 지켜보는 사람들이 너무 많았다. 백성현은 신기할 정도로 그 전과 비슷하게 민재연을 대했다. 오히려 더 친해진 모습이었다. 왠지 맥이 빠졌다.

촬영을 마친 뒤 백성현은 민재연의 등을 토닥이며 자연스럽게 잘했다고 칭찬까지 했다. 두 여자는 헤어지기 전까지 수다를 떨었다. 도대체 여자들은 왜 그러는 건가.

"성현 언니, 그 영상 안 속상해요? 아직 드라마도 안 끝났는데?"

열 받으라고 하는 소린지 약 오르라고 하는 소린지 모를 민재연의 질문에 그녀는 이렇게 대답했다.

"재연 씨가 속상하겠지. 재유나. 나야 뭐 제3자인 걸."

〈온리 원〉의 선우진이나 현실의 백성현이나 정말 대단하다.


새벽에 냉장고 CF를 찍고 왔다. 1년 계약. 새로 나온 냉장고는 한 대 가격이 400만 원이 넘는다고 한다. 이걸 몇 대나 팔아줘야 광고주가 만족할까. 밤을 꼬박 새웠더니 몸이 허공에 붕 떠 있는 것 같다. 촬영장으로 가는 차에서 잠깐 눈을 붙이고, 메이크업을 받으면서도 내내 졸았다.

긴 낮 촬영을 마치고 대본에 집중하는 척하며 백성현을 기다리고 있다. 피곤하지만 이런 기다림이 설렌다. 저기 그녀가 들어온다. 보이는 사람마다 기분 좋은 인사를 나누면서. 덥고 길었던 하루치 고단함이 순식간에 풀린다. 그 뒤를 충직한 매니저가 따르고 있다.

가끔은 저 남자의 투철한 직업 정신이 짜증 난다. '산 넘어 산'이라는 말이 왜 생겨났는지 알 것 같다. 누나가 처음 매니저를 구했다고 했을 때만 해도 이렇진 않았다. 안 그래도 힘들 텐데 운전까지 하고 다니는 게 안타까워서 나라도 매니저를 알아봐 주고 싶었으니까. 김도의 씨가 날 소 닭 보듯 해서도 아니다. 매니저란 직업이 담당한 연예인의 온갖 관리부터 구질한 뒤치다꺼리까지 해야 하는 힘든 일인 것도 잘 안다.

특히나 여배우의 매니저들은 남자 주인공을 밤낮으로 경계한다. 그러나 이건 해도 해도 너무한 수준이다. 내가 치한인가? 스토커인가? 성현이란 배우의 인지도 덕을 봐야 하는 신인인가? 마치 백성현의 남자 친구처럼 날 지나치게 경계한다. 그녀는 내 불편한 마음은 안중에도 없는 것 같다. 나는 그 남자의 '누나' 소리가 너무 싫다.

오늘은 15회 후반 분량을 찍었다. 두 대의 카메라로 촬영하기 때문에 시간을 아낄 수 있다. 이젠 배우들 사이에 호흡이 척척 맞아서 NG도 거의 나지 않는다. 아직 두 사람 사이는 그저 그렇다. 언제쯤 '그렇고 그런 사이'가 될까.

마지막 신 촬영 준비를 기다리며 누나에게 말을 걸었다. 여자와 대화를 나눈다는 게 이토록 즐거운 일인지 이 여자를 통해 처음 알게 됐다. 짧은 휴식. 수환이에게 부탁해 야식을 돌렸다. 스태프들이 한쪽에서 담배를 피워 가며 수다를 떨고 있다.

담배 냄새가 우리가 앉아 있는 곳까지 스멀스멀 퍼져 왔다.

"아픈 건 어때? 누나 귀 말이야."

"8, 90프로는 정상으로 돌아온 것 같아."

"힘들어도 조금만 더 참아. 얼마 안 남았잖아."

"그래야지. 넌 담배 안 피워서 좋아."

"명색이 가수잖아."

"원래부터 안 피웠니?"

"두 번 끊었어. 스무 살 때, 스물세 살 때. 누나도 안 피워서 좋아."

"담배 피우는 여자 싫어해?"

"모르는 여자가 피우는 건 상관 안 해. 기호품이니까."

"우리 집은 남자들도 담배 안 피우는데."

"아주 훌륭한 가문이네."

"하하하. 너 이럴 때면 공자가 살아와서 말하는 것 같아."

"나 그런 할아버지 별론데. 연락 오는 데는 없어?"

"어?"

"기획사에서."

"아."

"무슨 대답이 그래? 비밀이야?"

"연락이 오긴 하는데 아직 구체적인 말이 오간 건 없어. 드라마 끝나면 얘기하자고 했어. 소속사 없는 것도 나름 편한데. 하기 싫은 건 내 마음대로 커트할 수 있으니까."

"그렇긴 하지. 신중하게 결정해. 조건 좋다고 혹해서 아무

데나 가지 말고. 부모의 마음으로 살펴 준다는 식의 드립 치는 곳도 피하고. 무슨 뜻인지 알지?"

"알아. 고마워."

이 여자가 내게 웃어 준다. 나는 조금 더 행복해졌다. 그녀를 보며 다시 물었다.

"광고는 어때?"

"그것도 몇 개."

"어떤 거? 하고 싶은 거 있어?"

"있긴 한데 하나같이 조건을 너무 까다롭게 불러. 소속사가 없으니 만만한가. 주식 30퍼센트 준다면서 공동 사업 하자는 데도 있는데, 그런 건 좀 그렇지?"

"품목이 뭔데?"

"화장품. 신생 브랜드야."

"말이 쉽지 사업 만만하게 보면 안 돼. 이름은 함부로 빌려주는 거 아니야. 뭐든 신중하게 계약해."

"알아. 이것저것 따지니 돈 되는 건 할 게 없더라."

"나도 돈 좋아하는데, 그래도 돈만 생각하면 안 돼. 미심쩍으면 나한테라도 물어봐. 우진이 형한테나. 혹시 소주 광고는 안 들어와?"

"그런 건 나보다 어리고 잘나가는 애들이 해야지. 소주 광고는 사실 서재유가 딱인데. 광고주들은 그걸 왜 모를까. 너 생긴 것만 보고 와인이나 마시는 줄 알 거야."

"그러게 말이야. 이상하게 술 광고가 안 들어오더라고. 맥주도 괜찮은데."

"아! 맥주 마시고 싶다. 생맥주."

"코엑스에 직접 만들어 파는 하우스맥줏집 있는데, 가 봤어?"

"1층에 있는 거? 가 봤지."

"누구랑?"

"취조하냐?"

"궁금해서."

"라디오 할 때 구성 작가들하고 피디하고 가끔 마시러 갔었어."

"나하고도 갈래? 내가 살게."

그녀가 대답 대신 앞을 바라보며 피식 웃었다. 나도 더는 묻지 않았다. 나도 안다. 둘이서는 가기 힘들다는 걸. 할 말은 늘 많지만 반도 하지 못한다. 어차피 우리의 대화에 100프로의 솔직함은 끼어들 자리가 없다.

이 이상을 바라는 건 욕심이라는 것도 안다. 하루하루, 1분 1초가 아깝지만, 누구의 힘으로도 우리의 시간을 멈출 수는 없다. 그래도 이 정도면 행복하지 않은가.

박 감독이 우리 쪽을 바라보며 크게 외쳤다.

"선우진! 마지막 신 준비! 요가 연습 안 해요?"

"가 봐. 감독님이 오매불망 기다리네."

"뭐가 오매불망이야?"

"티 안 내서 저 정도지, 아마 내가 꼴도 보기 싫을 거다."

그녀가 으유, 하더니 날 흘겨보며 애교스럽게 눈을 접었다.

왜 이렇게 웃지? 정 떼기 힘들게.

"난 너하고 있는 게 더 편해."

"이걸 코앞에서 못 들려줘서 안타깝네. 어서 가. 집중하고."

선우진이 요가를 배우러 다니는 학원에 김재현이 찾아간다. 아쉬운 사람이 먼저 찾는 게 인지상정. 아무도 없는 연습실에서 진 혼자 요가를 한다. 재현이 그 모습을 조용히 지켜본다. 나의 눈을 통해서.

춤을 잘 춘다는 소린 몇 번 들었다. 과연 몸이 유연해서 고난도의 동작도 어렵지 않게 연출했다. 동선을 체크하던 안 피디가 누나 옆에서 요가 동작을 따라 하고 있다. 뻣뻣해서 같은 그림이 안 나온다. 비교 체험 극과 극. 이건 스태프들의 말이다. 그 말을 들은 두 여자가 서로의 모습을 바라보며 깔깔대고 웃었다. 박 감독이 다가가 두 여자에게 뭔가를 지시하더니 내게로 왔다.

"57번 신은 눈빛으로 90퍼센트는 먹고 들어가야 해."

"네."

박 감독이 담배를 꺼내 물더니 불을 붙였다. 그러면 백성현이 싫어합니다. 그 여잔 담배 피우는 남자 싫대요. 술 많이 마시는 남자도. 말해 줄까 하다 말았다. 몇 번 정도는 박지형 감독 정도면 그 여자를 차지해도 나쁘지 않겠다고 생각했다. 하지만 어제 아침 코디 누나들이 떠들던 그의 지난 소문을 들으면서 쓸데없는 오지랖은 피우는 게 아니었다고 후회했다.

그런 식의 지독한 사랑을 경험한 남자와 백성현을 연결할 수는 없다. 그 여자를 차지하는 남자는 더 순수하고 거짓 없고 맹목적이어야 한다. 그녀가 세상의 처음이자 마지막처럼 느껴져야 한다. 세상의 처음을 이미 경험한 남자. 다른 여자와 맹목적 사랑에 빠졌던 남자에게 백성현은 너무 아깝다.

그러나 세상에 그런 남자가 있을까. 내 마음에 차는 남자가.

"회상 신하고 같이 맞물릴 거니까 한 가지 눈빛으론 안 된다. 복잡해야 해."

"네."

"진이 요가 하다가 비틀거리면 바로 가지 마. 참다가 가는 거야. 시간은 너무 지루할 정도로 끌면 안 되고."

"그럴게요."

"왜 이렇게 단답형이야? 백성현하곤 말도 잘하면서."

나는 그냥 웃었다. 박지형 감독이 내게 뭔가를 더 지시하려다가 말았다. 무슨 말을 하고 싶었을까. 죽도록 사랑하는 여자를 바라보는 눈빛에 대해서? 본인 입으로는 아무 말 없지만 거액의 스카우트 제의설, 대형 제작사로의 이적설이 솔솔 흘러나오고 있다. 박 감독이 백성현을 데리고 가서 또 다른 작품을 찍을지도 모른다는 소문까지 세트로 돈다.

다시, 요가 동작에 몰두하고 있는 그녀를 바라보았다. 인기가 올라갈수록 여기저기서 들쑤시는 인간들이 많아질 게 뻔하다. 소속사 문제에 관해선 좋다 나쁘다 단정 짓기 어렵다. 혼자 다니는 것보단 전문적인 매니지먼트를 받는 게 여러모로 편할 테니. 거꾸로 지금처럼 하고 싶은 건 하고, 하기 싫은 건 마음대로 거절하기는 어려워질 수밖에 없다.

이른 감은 있지만 새 드라마를 시작하는 것도 나쁘진 않다. 다만 나는 박지형 감독이 싫다. 사람이 싫은 게 아니라 그 여자를 대하는 마음이 싫다. 그러나 가타부타 말할 수가 없다. 내겐 백성현을 관리할 어떤 자격도 없으므로.

김재현이 문석호를 찾아간다. 한 여자를 사랑하는 두 남자가 공유할 수 있는 대화엔 어떤 것이 있을까. 이기는 자가 있으면 지는 자가 있을 테고, 얻은 자가 있으면 잃은 자가 생길 테지. 선택된 사람과 선택받지 못한 사람의 차이. 드라마에서 난 이겼고 사랑하는 여자를 쟁취한다. 현실에선 천년만년이 지나도 불가능한 일일까.

밤 촬영을 마치고 오 작가의 작업실에 들르게 됐다. 와인을 사러 갈 때 우진 형이 먼저 얘기를 꺼냈다. 목표가 같은 두 남자의 독대 신을 찍으면서 나 역시 여러 생각을 했다.

"그런 신 진짜 좀 그래. 재유 너도 비슷한 경험 있었냐?"

"아직은요."

"하긴 있을 턱이 있나. 다들 선택받고 싶어서 난리일 텐데."

"전혀 안 그래요."

"그건 니가 피해서 그런 거고."

"형은요?"

"설마 내가…… 있었지."

마음껏 솔직해도 밉지 않은 사람. 대놓고 자기 자랑을 해도 싫지 않은 사람. 우진 형의 옆얼굴을 바라보면서 생각했다. 이 멤버들과 1년이고 2년이고 끝없이 〈온리 원〉을 찍고 싶다고. 심지어 박지형 감독까지 넣어서.

"형, 이런 질문 미안한데 실제도 드라마랑 비슷해요?"

"드라마야 미화된 거지. 덜 쪽팔리고."

"……누가 이겼어요?"

"내가 졌어. 지고 바로 입대했지. 그땐 기분 되게 더러웠는데, 질 만해서 졌다고 생각하니까 이해되더라. 군대도 안 다녀왔지, 벌어 둔 돈도 적지, 가방끈도 더 짧지. 내가 나은 건 고작 외모 하나? 어쩌겠어. 그 남자한테 가겠다는데. 억지 부린다고 해결될 문제가 아닌걸."

서재유와 성현의 만남. 우리가 만날 수 있는 이유가 열 가지라면 우리가 만나선 안 되는 이유는 백 가지도 넘을 것이다. 둘만 생각해도 복잡한데 한 명의 서재유가 더 있다. 그러므로 그런 꿈은 사치다. 욕심이다. 끊임없이 내게 말하고 있다. 드라마가 끝나면 끝이라고. 거기까지가 최선이라고.

오정혜 작가의 오피스텔에 도착했을 땐 이미 다들 모여 있었다. 당황스럽게도 오정혜 작가가 나를 보자마자 얼굴부터 발등까지 온몸을 훑어보았다. 다른 사람처럼 보여서 확인하고 싶었다던 오 작가 말에 속으로 대답했다. 당신 눈이 정확한 겁니다.

나는 아무렇지도 않은 척 와인에 집중했다. 와인 샵에 같이 들렀던 우진 형은 와인에 대해 잘 몰랐다. 박 감독이 와인 레이블label을 유심히 살펴보았다. 성현이 태어난 해에 수확한 포도로 담근 포도주다. 작황이 좋지 않은 해여서 와인으로서의 특별한 가치는 없다고 하는데 꼭 사 오고 싶었다.

박 감독은 빈티지*의 의미를 짐작하는 것 같다. 한 여자를 좋아하는 라이벌에게 던지는 선전 포고 같은 건 아니다. 나는 그런 짓은 안 한다. 그러나 이런 생각은 한다. 만약, 엄마가 결혼한 해에 나를 임신했다면 나와 백성현은 같은 나이였을 거라고.

나를 포함해 모두 일곱 명. 일곱 개의 잔에 와인을 따른 뒤 그녀에게 그중 하나를 건넸다. 와인을 마시며 생각했다. 우리 둘 외엔 세상에 아무도 없었으면 좋겠다고. 그녀의 옆자리에 자리 잡고 앉았다. 만약 평생 이 자리를 차지하는 남자가 될 수 있다면 내 영혼의 반이라도 기꺼이 팔겠다, 그렇게 불가능한 생각도 해 본다.

메이크업을 싹 지운 모습. 단순한 디자인의 롱 원피스. 하나로 묶은 머리. 한껏 꾸민 것도 아닌데 예쁘다. 예쁘다고 말해 주고 싶은데 할 수가 없어서 속상하다. 그래도 필독서 목록 정도는 공유할 수 있지 않을까.

소파에 누워 자고 싶다고 하는 그녀를 달래 테이블로 데리고 왔다. 잠시라도 재워야 옳겠지만, 나는 그녀 옆에 계속 있고 싶었다. 소파에 누워 같이 잘 수는 없으니까. 이 우주에 절대적인 존재가 있다면 그분도 이 정도 욕심은 허락하겠지.

백성현, 이 와인은 당신이 태어난 해에 수확한 포도로 만든

---

* Vintage. 특정한 연도 · 지역에서 생산된 포도주. 또는 그런 포도주가 생산된 연도.

거야. 남아메리카의 칠레라는 나라에서 온 거래. 어떤 농장에서 자란 포도로 만든 건지 가 보고 싶지 않아? 나는 갈 건데 당신은? 나와 그 길을 동행해 주길 바라는 건 욕심이겠지. 그렇겠지.

오 작가가 내가 불렀다는 〈온리 원〉 OST를 틀었다. 동생이 어떤 마음으로 이 노래를 불렀을지 상상하는 건 너무나 쉬운 일이었다. 다들 노래가 좋다며, 애절하다며, 잘 불렀다며 감탄했다.

내가 부른 게 아니에요. 난 이렇게 잘 부를 수가 없어요, 할 수가 없다. 질투가 아니라, 내가 부른 게 아닌데 내가 아니라는 말을 못 해서 슬프다. 테이블에 팔꿈치를 올리고 두 손에 얼굴을 묻었다. 나는 누구인가, 그런 생각은 수만 번을 해도 소용없다.

"……신기하네. 얼굴도 점점 닮아 가는 것 같아."

많은 사람이 그렇게 말한다. 나와 백성현이 점점 닮아 간다고. 어울린다고. 좋으면서도 싫은 말. 그녀가 벌떡 일어나 자리를 떴다. 그 뒷모습을 박 감독의 쓸쓸한 눈길이 따라간다. 한 여자를 좋아하는 공통분모가 있는 남자들. 나는 나보다 아홉 살 많은 그의 마음을 이해한다.

묻고 싶다. 만약, 저 여자가 허락한다면 백성현을 세상 처음인 것처럼 사랑할 수 있나요? 누구보다 아껴 줄 수 있나요? 영원히 변치 않을 수 있나요?

"근데 작가님, 진짜 용감하시다. 시청자들 원성을 어떻게 감당하려고 그런 반전을?"

오 작가가 우진 형의 질문에 담담하게 대답했다. 구구절절 맞는 말. 오정혜 작가가 글을 쓰는 이유는 내가 연기를 하고 노래를 부르는 이유와 비슷했다.

가난을 한 번도 겪지 못한 사람이 가난을 일방적으로 비난하는 건 오만이다. 가난한 사람들을 한 가지 잣대로 게으르다거나 노력이 부족하다는 식으로 치부하는 걸 난 경멸한다. 엄마는 연습생일 때 내가 집에 오는 걸 불편해하셨다. 그렇게 사는 걸 보여 주기 싫었을 것이다.

겨우 구한 집은 부모님 둘이서 살기에도 좁았다. 엄마가 그토록 애지중지 쓰고 닦던 살림살이는 헐값에 처분되고 뿔뿔이 흩어졌다. 그래도 우리 형제를 위해 피아노만은 남겨 두셨다. 좁은 거실에 들어찬 피아노 때문에 앉은뱅이 밥상에 앉아 밥을 먹을 때면 피아노 의자에 자꾸 등이 닿곤 했다.

전세도 아닌 월세 집. 방 하나, 부엌이 딸린 작은 거실 하나.

"한 달이 얼마나 빨리 돌아오는지, 월세 내는 날이면 조마조마해서 심장이 쪼그라드는 것 같더라."

몇 년이 지나서야 엄마는 그 말씀을 하셨다.

나는 나를 불쌍하다고 생각하지 않는다. 지하에서 지층으로, 좁은 집에서 넓은 집으로 옮겨 드릴 수 있어서 행복했다. 일을 해야 살아 있는 것 같았다. 내가 가장 잘하는 건, 돈을 버는 것. 번 돈을 필요한 누군가와 나누는 것. 그게 내가 일하는 가장 큰 이유다.

"너무 시시한가요? 내가 글 쓰는 이유가?"

백성현이 맞은편의 오 작가 등 뒤로 가서 그녀의 둥근 어깨를 꼭 끌어안았다.

"아뇨. 전혀 그렇지 않아요. 하나도 시시하지 않아요."

같은 공간의 모두에게 위로가 되는 한마디. 차라리 늘 봐 왔던 그렇고 그런 여자였으면 편했을 텐데. 차라리 이렇게 좋은 여자가 아니었다면 좋았을 텐데. 저 여자를 어떻게 잊어야 하지. 아픔과 슬픔과 괴로움을 넘어선 감정엔 무엇이 있을까. 우리는 서로를 위해 눈물을 참고 미소 지었다.

"아, 우리 성현 누나 누가 데려갈지 진짜 궁금하다!"

저만치서 우진 형의 목소리가 들렸다. 오 작가가 아직 어깨에 걸쳐진 그녀의 두 손을 꼭 잡고 내 쪽을 바라보았다.

"우리 성현인 세상에 둘도 없는 남자하고 결혼해야지. 김재현처럼 좋은 남자하고."

이 밤은 너무 아름답고, 이 밤은 너무 가혹하다.


14회 반전이 방송된 이후 한동안 시끄러웠다. 현장에선 그것에 신경 쓸 여유가 많지 않았다. 스태프건 배우건 이젠 서서조는 건 일도 아니다. 다들 며칠만 참으면 된다는 마음으로 버티고 있다.

나는 힘들지 않다. 남은 시간이 점점 줄어드는 게 안타까울 뿐, 육체의 고단함은 얼마든 참을 수 있다.

다음 촬영을 앞두고 누나와 박 감독 사이에 작은 마찰이 생겼다. 이렇게 발끈하며 흥분하는 백성현의 얼굴을 볼 날도 며칠 안 남았다. 그다음엔 어떻게 해야 하지.

원래 살던 자리로 돌아가 음반을 내고, 광고를 찍고, 사인회를 하고, 공연을 다니고, 그러다가 내게 맞는 작품이 오면 또 다른 이름으로 몇 개월 살아가야 하는 삶. 인기가 떨어지기 전에 할 수 있는 모든 활동을 하면서 통장 개수를 늘리고, 안정적인 월수입을 보장하는 빌딩을 사들이는 삶.

나는요, 사랑에 관해 이러쿵저러쿵 말하는 게 싫어요.
솔직히 어떤 사랑이 최고의 사랑인지도 모르겠어요.

선우진의 대사다. 그사이 저 여잔 진짜 사랑을 하게 될까. 최고의 사랑이 어떤 건지 깨닫게 되는 날이 올까. 진짜 사랑을 가르쳐 준 남자와 결혼하고, 아이를 낳고, 그렇게 남들처럼 살아가게 될까.

배역에서 빠져나오지 못해 정신과 치료를 몇 달씩 받는다는 배우들이 이젠 이해된다. 그녀의 미래를 상상하면 가슴이 답답해진다. 백성현의 인생에 더는 개입할 수 없을 것 같은 예감. 그리고 그 예감이 맞을 것 같다는 예감.

성질을 냈더니 피곤하다며 누나가 먼저 일어났다. 그녀의 소지품을 알뜰히 챙겨 나가는 김도의 씨를 지켜보던 박 감독이 씁쓸하게 중얼거렸다.

"남자 친구도 저렇게는 못 하겠다. 지극정성이네."

이미 충분히 늦은 밤. 촬영장으로 이동하는 기분이 착잡했다. 지난 일주일 동안 제대로 누워 잔 건 열 시간도 채 안 되는 것 같다. 놀이터 신을 마지막으로 오늘 촬영은 끝난다. 몇 시간 뒤면 다시 시작하겠지만. 밴 안에서라도 눈을 붙여 보려고 했는데 소용없는 짓이었다. 대본을 들여다보던 수환은 신이 났다.

"크하! 우리 형님 드디어 키스신 찍는 거야? 전문 용어로 아밀라아제 공유! 내 오늘만을 얼마나 기다렸던가!"

"실장님, 테이프 있어요?"

앞좌석에 앉아 있던 백 실장님이 테이프를 찾으면서 물었다.

"왜? 대본 찢어졌어? 아이패드로 편히 보라니까 꼭 책으로 읽더라. 여기 있네."

"그걸로 수환이 입 좀 막아 주세요."

"내가 뭘 어쨌다고. 나만 그런 거 아니에요. 투J 커플 키스신 기다리는 사람들이 얼마나 많은데."

"그건 그래. 낮에 기자들하고 점심 먹는데, 하나같이 그걸 궁금해하더라니까. 집에서 하면 되지 왜 남이 하는 걸 못 봐서 안달이야."

"에이, 비주얼 커플이 하는 건 또 다르죠. 이게 얼마 만의 키스신이야? 형, 몇 번째죠?"

"니가 내릴래? 내가 내릴까?"

"샷 업 마우스 하겠습니다!"

16회 키스신은 이규석 감독이 찍는다. 평범한 아파트촌의 흔한 놀이터. 밤이라서 다행인가. 다른 때처럼 양치를 한 번 더 한 뒤 가글을 하고 껌도 씹었다. 스태프들이 보는 앞에서 해야 하는 키스신은 처음이 아니라도 부담스럽다. 더구나 상대가 성현이라면. 어떻게 저 여자를, 어떻게 이 사람들 앞에서.

이 감독님이 나를 따로 불러 아름다움보단 간절함을 표현하라고 요구했다. 간절함은 리얼과 동의어인가. 자꾸 NG가 났다. 감독님은 내 연기를 못마땅해했다. 몇 번의 NG 후, 백성현이 나를 한쪽 구석으로 불러내 말했다. 딱딱한 목소리였다.

"저번에도 말했잖아. 내가 이렇게 불편한 말을 같은 사람한테 두 번이나 해야 돼?"

동생이 먼저 할 뻔했던 키스신. 동생에게도 했던 말. 네가 괜찮으면 나도 괜찮아.

"정말, 괜찮겠어?"

"안 괜찮으면? 빨리 끝내자."

너무 긴장해서 여자의 팔을 세게 잡은 것 같다. 비교해서 고르게 한 번만 더 가자는 감독님을 말린 건 성현 누나였다. 유리로 만들어진 집에서 산다면 이런 기분일까. 그래도 남잔데 좋기만 했을 거라고? 천만에. 그건 날 모르고 하는 소리다.


드라마의 주연 배우는 시청률이 팍팍 치고 올라갈수록 각계각층에서 다양한 방식으로 사랑받는다. 인기는 거품이라고 하지만 돈이기도 하다. 모델료를 대폭 올려 불러도 큰 실랑이 없이 계약서에 사인할 수 있게 된다.

'김재현'이란 캐릭터는 이별을 했어도 타격받지 않는다. 부모가 서슬 퍼렇게 다그칠수록, 현실이 힘들게 조여 올수록 재현은 진만 바라본다. 여자들의 오랜 로망. 만약 그런 남자가 실제로도 존재한다면 말이다. 오직 한 여자만 한결같이 사랑하는 캐릭터. 사람들은 돈과 시간을 내 가며 기꺼이 그 이미지를 산다. 그것이 진짜인지 아닌지는 중요하지 않다.

며칠 전 백성현은 질문하는 내게 이런 식으로 대답했다. 선우진이 먼발치에서만 봤던, 이별을 결심하게 한 짧은 통화를 나눴던 김재현의 부모를 처음 만나러 가는 날이었다.

"만약 누나한테도 이런 일이 생기면 어떻게 할 거야?"

"난 그런 결혼 안 해. 다신 안 만날 것 같아."

"그런 게 어디 있어? 남자를 이렇게 흔들어 놓고. 끝까지 책임져야지."

"그래서 난 책임질 일을 아예 안 만들어. 됐어요? 넌 연애한 여자들하고 다 결혼할 거야? 그거 아니잖아."

"결혼은 평생 딱 한 번만 할 거야."

"바람직하네. 마인드가."

"김재현 사랑하잖아."

"헤어졌었잖아. 근데 그동안 뭐가 달라졌어? 남자는 여전히 대단한 집 아들이야. 여잔 여전히 그만그만해. 양가에서 다 반대해. 특히 남자 집. 그게 여자한테 얼마나 굴욕적인 건지 생각해 봤어? 축복받는 결혼도 시원치 않은데 반대라. 이렇게 힘든 사랑은 드라마로 충분해."

"어떻게 그렇게 쉽게 말해?"

"어렵게 말하면 뭐가 달라져? 사랑하니까 다 참고 감수해야 하는 거라고 생각하는 거지? 한 사람이 더 참고, 더 이해하고,

기다려 주고, 감수해야만 지속되는 관계. 그건 너무 힘든 거 아닐까."

김재현의 부모는 아들의 안락한 미래를 위해서라면 얼마든지 시베리아 칼바람처럼 바뀔 수 있는 사람들이다. 대본은 선우진에게 눈물을 글썽이되 흘리지 말고 꾹 참으라고 요구했고, 누나는 대본에 충실하게 연기했다. 환영은 받지 못할지언정 듣고 싶은 말만 듣고, 하고 싶은 말만 하는 재현의 부모 앞에 죄인처럼 무릎을 꿇고 앉아 있어야 하는 진.

안 피디는 대본을 보며 오늘따라 김재현 부모의 대사가 오그라든다며 투덜거렸다. 이상하게도 시청자들은 이런 장면을 꽤 좋아한다. 그 순간은 불쌍한 선우진과 자신을 동일시하는 걸까.

김재현모: 이게 아가씨가 생각하는 사랑이야? 재현일 이렇게 힘들게 하는 게? 어차피 반쪽자리야. 얼마나 갈 거 같아?

그런 어머니에게 실망하고 화가 난 재현이 다시 말문을 연다. 17회 신 넘버 23.

김재현: (화난 목소리, 냉정하려고 애쓰지만 잘 안 되는) 부모님이 저 자랄 때 그토록 누누이 강조했던 배려, 관용, 이해, 책임. 그거 저한테 왜 가르치신 거예요? 이렇게 하실 거면서? 절 더 이기적인 인간으로, 나밖에 모르는 인간으로 자라게 하지 왜 그렇게 가르쳐 놓고 이제 와서 이러시는 거냐고요!

김재현부: (낮고 싸늘하게) 어디서 언성을 높이냐? 침착해라.

김재현모: (조근조근 설득하듯) 재현아, 네가 지금 한 말을 다시 떠올려 봐. 너부터도 이 아이가 배려받고 이해받고 관용 안에서 허락받아야 하는 사람으로 생각하지 않니. 인정하기 싫겠지만 우리하고 안 맞는 세상의 사람이라는 걸 너도 안다는 거야. 네가 사랑과 동정도 구분하지 못할 만큼 어리석다고 생각하진 않지만…….

김재현: (화를 누르며) 동정이라뇨. 그건 어머니 해석이고요. 어떻게 사람이 똑같아요? 우리 세 식구도 이렇게 다른데.

김재현모: (타이르듯) 세상엔 섞일 수 있는 다름이 있고 섞일 수 없는 다름이 있어. 너도 곧 알게 될 거야.

김재현: (조금은 허탈한 듯 감정을 감추지 않으며) 그런가요? 왜 섞이면 안 되는 건지 말씀해 주세요. 못 하시겠죠? 너무 속물 같으니까. 그것까지 보여 주고 싶진 않을 테니까. 저 없어도 얼마든지 잘 사는 사람입니다. 매달리는 건 저예요. 인정하기 싫으시겠지만 결혼하기 싫다는데도 죽자 사자 매달리는 건 저라고요. 사람을 앞에 놓고 이러시는 건 어느 교양서에 나오는 가르침인가요!

평소에 잘 쓰지 않는 긴 문장과 단어들로 이루어진 대사들이라서 실수할까 봐 조마조마했다. 미처 옆자리의 여자를 살피지 못할 정도로. 컷 소리가 나자마자 누나는 참았던 눈물을 쏟아 냈다. 내가 미안해해야 할 일인지는 모르겠지만 하여간 미안했다. 나는 우는 누나를 어쩌지 못해 어정쩡하게 서 있었다.

재현의 엄마 역을 맡은 주해선 선생님이 누나를 달랬다.

14회 반전 전엔 다정다감하고 인간적인 엄마였는데, 반전 후엔 얼굴까지 달라 보일 정도로 살벌한 연기를 하고 있다. 실제 성격은 소녀 같은데다 긍정적이고 재미있는 분이다.

"성현아, 이러면 내가 미안해지잖니. 그만 울어. 대사가 왜 이리 살벌해? 요새 자식 이기는 부모가 어디 있다고. 그만. 그만. 뚝 그쳐."

어느 정도 진정된 백성현이 다시 한 번 내게 말했다.

"절대 안 할 거야. 이런 결혼은."

현실에서도 그러겠지. 위험한 사랑 같은 거엔 발끝도 안 들여놓는, 책임질 일 같은 건 아예 만들지도 않는, 사랑의 감정만큼은 인정머리 없고 야박한. 어떤 배부른 호칭이나 권력으로도 낚을 수 없는. 그래서 더 조바심 나는 여자.

세상에서 제일 좋은 남자를 맞이할 자격이 있는 여자.


18회 대본 중간쯤에 낯익은 장면이 끼어 있었다. 도서관 신과 둘이 하나의 이어폰을 나눠 노래를 들으면서 똑같이 눈물을 글썽이는 신. 그 부분을 처음 읽었을 때 '오 작가 이분 왜 이러지?' 그 생각이 먼저 들었다. 마치 그날 밤 작업실에서의 우리 두 사람을 관찰하고 쓴 느낌이었다.

음악이 끝나면 바로 키스신이 시작된다. 두 번째 키스신은 소프트해서 하기 편했다. 스태프들이 아쉬워할 만큼 NG도 나지 않았다. 이제 두 사람은 입술을 나누며 울지 않는다. 다시는 헤어지지 않기로 약속했으므로.

인기 드라마 〈온리 원〉. 시청률 상승에 걸맞은 기사가 수문 열린 댐처럼 쏟아져 나온다. 기자들은 절절 키스, 그네 키스 따위의 이름을 붙여 가며 기사를 뽑아낸다. 그 자극적인 단어들은 포털 사이트 검색어 순위에 오르고 온갖 SNS 서비스로 옮겨 가며 알음알음 퍼진다.

내 팬들은 두 번의 키스신 이후 말을 더 아낀다. 나는 생각을 아낀다. 첫 번째 키스신을 마치고 당황한 얼굴로 입술을 만지던 그 여자의 얼굴이 자꾸 떠오른다. 입술의 촉감, 온도, 향기 같은 것. 자꾸 그 순간이 생각나 미치겠다. 생각조차 뜻대로 되지 않는다.

촬영장에서 내 손은 자연스럽게 그녀의 손을 잡고 어깨를 끌어안고 싶어 한다. 내 눈은 늘 그랬던 것처럼 그녀의 얼굴을 찾아 헤맨다. 그녀의 작은 얼굴을 바라보면 나도 모르게 감싸 안고 입 맞추고 싶어진다.

나는 현실과 연기를 구분하려고 기를 쓰고 있다. 저 여자는 카메라에 불이 들어올 때만 선우진이다. 나 역시 그때만 김재현이어야 한다. 오늘은 백성현 혼자 등장했다. 늘 따라다니던 코디 누나도 매니저도 보이지 않았다. 모자란 놈처럼 보자마자 이런 질문부터 해 댔다.

"김도의는 어디 갔어?"

"왜? 도의 형 보고 싶어 죽겠어? 얼른 오라고 할까?"

"아니. 난 그 사람이 백성현 그림자인 줄 알았거든."

"좋은 애야."

"아! 난 나쁜 놈이고?"

"넌…… 도의 씨 여자 친구 있어. 내년쯤에 결혼한대."

아마 그 순간 누가 날 날렸다면 천 미터는 날아갔을 것이다. 표정을 유지하려고 어금니를 악물었다.

"난 뭐?"

"넌, 서재유. 옷 갈아입고 올게."

세트장에서의 마지막 촬영이다. 지금 우리는 마지막 키스신을 기다리고 있다. 두 주인공이 나누는 키스에 대해 타인들이 더 흥분하며 왈가왈부 떠들어 댄다. 이 지극히 은밀한 애정 표현은 도마 위에 놓여 가장 좋은 각도와 그림으로 탄생할 준비를 하고 있다. 안 피디와 카메라 감독님이 당사자들 앞에서 노골적인 대화를 나눈다. 나는 최대한 객관적으로 들으려고 애쓴다.

"일반 김치냉장고가 좋은데. 거기 올려놓고 하면 되잖아."

"선배님, 요새 일반 김치냉장고 광고는 안 해요. 다 스탠드형이지."

"그림이 영 어정쩡하잖아. 벽도 아니고, 소파도 아니고, 왜 사람을 냉장고에 붙여 놓고 키스를 시켜. 식탁은 어때?"

"하하하. 그건 좀 너무……."

"변태 같으냐?"

"PPL이잖아요. 싫어도 하셔야."

"그놈의 PPL 때문에 작품 수준 다운되는 건 왜 생각을 안 해?"

말이 없는 편인 이규석 감독이 끼어들었다.

"선배, 우리 예술 하는 거 아니에요. 이게 무슨 예술입니까?

돈독이 덕지덕지 올랐는데."

"그니까. 우리가 언제부터 예술가였다고. 말을 말자. 서재유, NG 낼 거야? 말 거야? 성현아, 재유가 NG 냈으면 좋겠냐? 안 냈으면 좋겠냐?"

구원투수 안 피디가 잽싸게 등장했다.

"또 이러신다! 내지 말아야죠. 시간도 없는데. 열여덟 시간 뒤면 이거 방송 탄다고요. 박 감독이 빨리 찍어서 보내라고 난리예요."

"그럼 지가 찍지 왜 늙은 나한테 맡겨?"

내내 조용히 듣던 백성현은 그 정도에서 마무리 짓고 싶어 했다.

"감독님, 한 테이크에 가도록 할게요. NG 없이."

대본으로 부채질하던 카메라 감독님이 갑자기 나를 돌아보셨다. 그의 눈에 장난기가 가득했다.

"혼자만 잘하면 되나. 서재유 또 얼었네. 처음도 아니면서 왜 그래? 이따 베드신은 어떻게 할 거야? 둘이 방에 들어가서 두 번만 연습하고 올래?"

안 피디가 웃으며 카메라 감독님에게 주스 캔을 건넸다.

"선배님, 사랑의 메신저예요? 일부러 두 사람 연결해 주시려는 거 같다?"

"나 은퇴하기 전에 내 작품에서 실제 커플 한번 만들어 보자. 남들은 그런 거 잘만 걸리더구먼 어째 난 한 번을 안 걸려."

"하하하. 아무래도 둘이 힘 좀 써야겠네. 진지하게 생각해 봐요."

"정환이 너, 붐대 똑바로 들어! 다시 촬영할 시간 없어."

이규석 감독이 촬영을 재촉했다.

"자, 재현이 주방으로! 진이 소파로!"

18회 71번 신 동선은 거실에서 시작한다. 소파에 앉아 책을 읽는 진. 주방에서 요리를 만드는 재현이 자꾸 진을 바라본다. 같이 있고 싶은 것이다.

김재현: (큰 목소리로) 나 좀 도와줘! 선우진! 진아!

선우진: (한 박자 늦게) ……어?

김재현: (웃으며 다정하게) 도와 달라고.

선우진: (멀뚱히 바라보며) 혼자 다 할 수 있다며?

김재현: (이맛살 살짝 찡그리며) 이건 혼자 못 하는 거야.

선우진: (궁금해하며) 뭔데 그래?

김재현: (다소 진지한 표정으로) 와 봐. 얼른!

읽던 책을 덮고 주방으로 가는 진. 도와줄 게 뭔지 싱크대 위부터 살핀다. 그런 진을 냉큼 끌어안고 냉장고에 기대게 하는 재현.

김재현: (장난스럽게) 이럴 거 알면서 왔지?

서로를 가만히 응시하는 두 사람. 애정 어린 눈빛을 교환하며 미소 짓다 누가 먼저랄 것 없이 입맞춤을 나눈다. 마지막으로 진의 작은 콧등과 이마에 키스하는 재현. 더없이 사랑스러운 눈길로 여자를 바라본다.

행복하기만 할 그들의 시간에 나는 이런 생각을 했다. 언젠가 결혼이란 걸 하게 된다면 공인된 내 여자와도 이런 장면을 연출하게 될까. 이 여자가 아닌 다른 여자에게 줄 음식을 만들고, 할 말이 있으니 오라면서 장난을 치게 될까. 냉장고든 식탁 위든 내 여자를 앉혀 놓고 눈빛을 교환하는 순간을 맞이하게 될까. 행복해 죽을 것 같은 얼굴로 내 여자의 이마나 콧등, 입술 혹은 볼에 쪽쪽 입을 맞추며 왜 이렇게 행복한데 눈물이 나올 거 같지? 그렇게 생각하는 순간이 올까. 바로 지금처럼 날 사랑한다는 내 여자의 말에 너무도 당연히 알아, 그렇게 대답하는 날들이…… 올까. 다른 여자에게. 백성현이 아닌 다른 여자에게.

김재현: 밥 먹어야겠지? 매일 먹는 거지만?
선우진: 당연하지……만, 언제나 예외는 있다고 봐.

수요일 낮 인사동 거리. 마지막 회 엔딩 장면인 길거리 데이트 신을 찍는다. 마지막 공개 촬영이다. 오늘 밤 10시 전, 우리가 지금부터 찍을 데이트 장면은 어떻게든 편집되어 〈온리 원〉을 기다리는 집집이 송신될 것이다.

오늘 하루는 드라마가 끝난 뒤의 생각일랑 하지 않기도 했다. 평일이지만 인사동 거리는 인파로 가득 차 있다. 팬들도 꽤

섞여 있을 것이다. 이왕이면 그 여자가 다른 날보다 예뻐 보이길 바랐다.

반소매 후드 티에 청색 미니스커트, 하얀 운동화를 신고 나타난 백성현. 평범한 디자인의 셔츠인 줄 알았더니 팔을 조금만 들어도 가는 허리가 고스란히 드러난다. 하나로 땋은 머리와 잔머리가 돋아난 동그란 이마가 귀엽다. 어디에서도 30대의 나이는 느낄 수가 없다.

촬영은 시작도 안 했는데 사람들이 휴대폰과 카메라를 들고 우리를 찍어 댔다. 백성현이 뒷목을 주무르면서 한숨을 폭 내쉬었다. 잠시나마 그녀의 긴장을 풀어 주고 싶었다.

"뒷목 많이 뻣뻣해?"

"넌 안 아파? 오늘은 혈압 올리지 마. 죽을지도 몰라."

나는 같이 엄살을 떨었다.

"난 너무 힘들어서 아침에 지압 받았어."

"나도 받을걸."

"김 매니저가 그런 건 안 해 주나?"

"물어봐야겠네? 마사지도 가능한지?"

"목 지압해 줄까? 할 줄 알아. 배웠어."

"오우! 날 인사동에서 생을 마감하게 하시려고요?"

"누가? 괜히 겁먹더라. 안 그래."

"저 사람들 좀 봐. 연기할 때 빼곤 절대 나 보고 웃으면 안 된다?"

"괜찮다니까 그러네. 신경 쓰지 마."

"그게 말처럼 쉽지가 않다고요. 걸을 때 스텝 꼬이면 어떡하지? 안 그래도 다리에 힘 풀리는데. 아, 어떡해! 재유야, 나 어떡해?"

"내 팔에 매달려 걸어. 대본에도 있잖아. 최대한 다정하게 붙어 걸으며."

"후…… 차라리 와이어에 매달려 열두 시간 버티는 게 낫지."

이렇게 엄살 부리고 어리광 피우는 이 여자가 좋다. 나도 뭔가 해 줄 게 있는 거 같아서.

"나 좀 봐. 내 눈."

어디에서도 이렇게 아름다운 눈을 본 적이 없다. 물끄러미 나를 올려다보는 까만 눈동자. 언제든 이렇게 순하게 바뀔 수 있는 눈. 정말 인정하기 어려웠지만 첫눈에 반했던 여자의 맑은 창.

"선우진, 내가 당신하고 결혼할 남자야. 우리가 길거리 데이트하는 게 대단한 거야? 이상한 거야?"

"……아니."

"데이트하는데 왜 다른 사람 신경을 써. 선우진 연예인이야?"

"아니."

"김재현 말고 다른 사람은 안 보여야지. 두 사람, 사랑에 빠진 연인이잖아."

결혼, 당신, 사랑, 연인. 내 입에서 이런 단어들이 나올 줄 몰랐다. 이 많은 인파 안에서 아무렇지도 않기란 내게도 쉬운 일이 아니다. 그렇지만 오늘은 특별한 날이니까. 마지막이니까.

"그냥 즐기자. 우리 같은 사람들이 언제 또 이런 걸 해 보겠어?"

나는, 내 팬들이 한마음으로 이 여잘 싫어하지는 않을 거라고 믿는다. 그게 아니라면 너무 슬프다. 내가 좋아하는 사람이라면 그들도 같이 좋아해 주길, 응원은 못 해 줘도 내 생각을 존중해 주길 바란다.

그래도 이 여자가 싫다면 이렇게 말하고 싶다. 자, 당신들이 그렇게 싫어하는 백성현이 이렇게 예뻐. 평범한 운동화에 수수한 옷만 걸쳤는데도 천사 같지? 팬 카페 회원 숫자와 찍은 광고의 편 수와 편당 광고 모델료, 여섯 살 나이 차로 한 인간을 판단하는 사람들이 뭘 알겠어. 인간은 숫자가 아니야. 당신들은 백성현을 잘 모르잖아. 당신들이 서재유를 다 알지 못하는 것처럼. 이런 나를 이해해 달라고 부탁하진 않을 거야. 그걸 아는 사람들이라면 그토록 끊임없이 돌을 던지진 않았을 테니까.

방송엔 얼마나 편집돼서 나올지 모르겠다. 끊었다 이어지고 끊었다 이어지는 촬영. 아이스크림을 건네는 나를 보며 백성현이 환하게 웃는다. 일부러 예쁘게 보이려고도, 귀엽게 보이려고도 애쓰지 않는 자연스러운 웃음이다.

길거리 노점에서 액세서리를 사 주는 장면을 찍었다. 남자는 더 좋은 걸 사 주고 싶지만 그 여자가 예쁘다고 하는 귀걸이를 조심스레 귀에 걸어 준다. 작은 구멍이 뚫린 백성현의 따뜻한 귓불. 그 귀에 매달린 세 개의 하얀 별. 그녀가 동그란 거울을 들어 어울리는지 확인한다. 그 작은 거울 안에 미소 짓는 내 얼굴이 비친다. 나는 그녀의 손목에 나무로 만든 컬러풀한 팔찌를 하나 더 끼워 줬다. 대본에 없는 주문이지만, 이 감독은 내 행동을 자르지 않았다.

우리는 서로의 손을 꼭 잡고 목적 없이 걸었다. 따라오는 카메라 따위는 무시하고 하고 싶은 걸 해 본다. 하루 중 가장 더운 때. 끝없이 땀이 배어 나오지만 컷 소리가 나도 손을 놓기 싫다. 그녀도 내 손을 먼저 놓지 않는다. 그것만으로도 나는 고마웠다.

다시 촬영. 롱테이크 샷으로 찍힐 엔딩 신이다. 재현이 진을 멈추게 한 뒤 후드 티에 달린 모자를 씌워 준다. 그리고 그 모자를 살짝 끌어당기며 그녀의 옆얼굴을 가린 채 입을 맞출 예정이다. 대본엔 오 작가답지 않게 알아서 하라고 쓰여 있었고, 이 감독도 내 마음대로 하라고 허락했다.

어디에 입을 맞출 건지 미리 힌트를 주지 않았다. 다만 그 순간을 내게 맡겨 달라고 부탁했다. 그녀의 눈동자에 내 얼굴이 가득 담겨 있다. 나는 슬프지 않다고 주문을 외우며 그 눈을 향해 미소 지었다.

아무리 생각해 봐도 김재현이라면 그렇게 했을 것 같다. 흐트러진 이마의 잔머리를 귀 뒤로 넘겨 주고 모자로 얼굴을 천천히 가리며 땀이 밴 이마에 조용히 입술을 댔다. 이 장면엔 두 사람의 내레이션이 깔린다.

선우진: 언젠가 니가 그랬지.

김재현: 뭐?

선우진: 나를 버리는 건, 너를 버리는 거라고.

김재현: 내가 그랬나.

선우진: ……니가 널 버리지 않아 줘서 정말 고마워.


재현은 하나도 잊지 않았다. 이어지는 그의 마지막 독백. 엔딩 크레디트가 올라가며 흘러나올 거라고 한다. 어제 새벽 촬영을 마치고 내레이션을 녹음했다. 겨우 네 줄일 뿐인데도 울컥해서 몇 번이나 재녹음을 해야 했다.


우리 앞에 남아 있는 많은 날들이 늘 화창하지만은 않을 것이다.

우리가 원할 때만 비가 오고 눈이 오는 게 아닌 것처럼.

그러나 아무리 이 생이 힘들어도 내가 먼저 그녀의 손을 놓는 일은 없을 것이다.

놓을 수가 없다. 그건 날 버리는 것과 마찬가지이므로.


나는 내내 김재현이 되고 싶었다. 이렇게나마 여자의 손을 잡고 있는, 비가 오고 눈이 오는 날이면 그 여자를 위해 우산을 준비하고 쌓인 눈을 치워 줄 수 있는 그 남자가 미치게 부러웠다.

그녀의 이마에서 입술을 떼고 잠시 그대로 서 있었다. 이 순간이 너무 힘들다. 재현과 진은 다시는 헤어지지 않겠다고 약속했는데, 현실의 나는 컷 소리가 나면 '수고하셨습니다!'라는 인사를 던지고 각자의 자리로 돌아가야 한다.

이 여자도 힘들까. 내 반만큼이라도. 반의반만큼이라도. 눈으로 그녀에게 말을 걸었다.

'내가 느끼는 걸 당신도 느꼈으면 좋겠어. 시간이 오래 걸려도 좋으니까 언젠가 내게 그걸 표현해 주면 좋겠어. 이젠 네 곁에 머물고 싶다고.'

컷 소리가 들리기 전에 보았다. 백성현의 맑은 눈이 붉게 차오르는 걸. 거의 동시에 이규석 감독의 목소리가 들렸다.

"컷! 오케이!"

스태프들이 환호성을 지르며 모자를 벗어 하늘 높이 던졌다. 그새 눈물을 감춘 여자가 내게 짧게 말했다.

"서재유, 그동안 고마웠어."

〈온리 원〉은 끝났다.

## 재유

　마지막 회가 방송되는 날 스웨덴 편도 티켓을 들고 비행기를 탔다. 떠날 땐 스물다섯의 겨울이었는데 돌아와 보니 스물여섯 여름이었다.

　이국의 친구들이 환영 파티를 열어 줬다. 눈물로 밤을 지새우며 날 기다렸다던 두 여자는 내게 변함없는 눈빛을 보냈다. 다른 여자가 예뻐 보였으면 좋겠는데 그게 쉽지 않았다.

　출국하기 전날 상엽과 민규를 만나고 왔다. 한결같은 모습이었지만, 그 친구들이 하는 대화의 행간을 읽으며 분명히 알게 됐다. 서준유가 백성현을 어떻게 생각하는지. 그 자식들은 내가 백성현을 어떻게 생각하는지도 궁금해했다. 난 처음 형이 내게 했던 말을 그대로 들려주었다.

　"좋은 누나야."

정문용 대표는 약속대로 내게 화성학에 대한 자료를 보냈다. 여기저기 알아낸 정보를 알려 준다며 수시로 전화를 걸어오기도 한다. 싫은 건 싫은 거고 고마운 건 고마운 거다. 바로 음대로 편입하려는 건 아니지만 학교는 복학하지 않기로 했다. 편입이 가능할지 자신도 없다. 사실 어디에 적籍을 두고 꼬박꼬박 출석하며 뭘 한다는 것 자체가 나와는 어울리지 않는 짓인지도 모른다. 어떤 일도 손에 잡히지 않았다.

한동안 술에 절어 지냈다. 알코올에 찌든 시간만큼은 편할 줄 알았는데 그것도 아니었다. 제대로 살아 보려고 아침마다 조깅을 하고 복싱을 배우고, 심지어 도서관에서 책까지 대출했다. 뭘 해도 재미있는 게 없다.

계절은 바뀌어 가을이 됐다. 이제 나는 〈온리 원〉과 관련된 어떤 단어도 검색하지 않는다.


음식을 특별히 가리진 않지만 서양 음식이 질릴 때가 있다. 한식이 먹고 싶을 때면 '세상의 모든 음식'이란 요리 카페에 들어간다.

베스트 게시물을 훑다가 좋아하는 회원의 닉네임을 발견했다. 풀잎향기. 누군가를 위해 만드는 깔끔한 도시락과 맛깔나는 집밥으로 유명해진 회원이다. 나처럼 한동안 뜸했는지 오랜만의 게시물에 반가워하는 사람들이 많았다.

몇 달 만에 채팅방에 들어가 간간이 댓글을 달며 놀고 있는데 생각지도 않게 풀잎향기가 들어왔다. 반갑다는 짧은 인사가 계속 올라왔다.

Timeless: 이젠 좀 한가하신가 봐요?

풀잎향기: 좀 한가해졌어요. 다시 또 바빠질 것 같지만.

Timeless: 무슨 일을 하길래요?

풀잎향기: 식당서 밤새도록 설거지했어요. ㅠㅠ

Timeless: 아! 시간당 얼마? 야간은 더 줘요?

풀잎향기: 얼마 안 줘요. 노동청에 고발할까 봐요. —,—

추적60병: 둘이 뭐 하심? 우리는 안 보임?

풀잎향기: 아! 쏴리! 조금만 더요. 우리 진짜 백 년 만에 동접해요.

배고프면인사불성: 우리래. 칫! 우리. 칫!!!!

단순무식미네랄: 타임리스님, 사진 좀 올려 주세요. 요샌 여행 안
다녀요? 유럽 가고 싶어요~~

Timeless: 요샌 별로요. 사진 폴더 정리부터 하고요.

추적60병: 타임님 인증 사진도 같이 원츄~~

Timeless: 너무 못생겨서 차마 올릴 수가.—,—; 그나마 있는 인기
다 사라짐....;;

단순무식미네랄: 그건 우리가 판단함. ㅋㅋ

Timeless: 보자마자 실망할 거임. 백퍼 확신 ㅜㅜ

평화로운삶: 저번에 손 사진 인증했잖아요. 손 완전 곱던데. 손톱
도 길쭉한 게. 남자 손이 넘 이뻐요~~

풀잎향기: Timeless님, 언제 인증했었어요??

Timeless: 손만요. ㅎㅎ;;; 그나마 신체 중 젤 자신 있는 곳;

배고프면인사불성: 난 손까지 못났음 ㅜ 잘난 데가 한 군데도 없음.

단순무식미네랄: 에이~ 엄살. 타임님 사진은 언제 봐도 좋아요. 완전 부러운 팔자.

Timeless: 내 실체를 몰라서 그래요. 하나 부러울 것 없음. ㅜㅜ

추적60병: 뭐 하시는데요?

Timeless: 알면 다침. 요샌 술에 쩔어 삼.

풀잎향기: Timeless님, 알콜은 적당히. 몸 상해요.

Timeless: ㅠㅠㅠㅠ 고마워요. ㅜㅜ

풀잎향기: 먼저 나갈게요. 집에 오면 밥부터 찾는 사람 들어왔...;; 그럼 잘들 지내요!


언젠가 각자의 닉네임을 짓게 된 이유를 물어보는 게시물이 올라왔었다. 그때 풀잎향기는 이런 댓글을 달았다. 마침 컴퓨터 옆에 '풀잎향기'라는 이름의 물티슈가 있었을 뿐이에요.

피톤치드 향기가 물씬 풍기는 애칭은 그저 물티슈의 상품명이었다. '세월이 흘러도 변치 않고 영원하다'는 뜻의 내 닉네임이 너무 거창하게 느껴졌다. 바꾸기도 귀찮아 그대로 쓰고 있지만.

안녕이라는 댓글을 달기도 전에 풀잎향기는 사라졌다. 갑자기 내게로 질문이 쏟아졌다. 다음 날 풀잎향기로부터 짧은 메모와 잘 정리된 몇 개의 해장국 레시피가 도착했다. 나는 늘 그랬던 것처럼 즐겨 듣는 북유럽 음악 파일을 답장으로 보냈다.


온 동네가 사과 향으로 무르익어 가는 9월. 점심때 옆집 할머니가 정원에서 키운 사과로 만든 사과 파이와 사과잼을 갖다 주셨다. 방치됐던 우리 집 사과나무는 볼품없는 열매를 매단 채 자라고 있었다.

"사과도 사람 손을 타야 잘 자라지. 우리 집 거 따다 먹어. 올해는 유난히 달고 맛있네."

시장 본 짐을 몇 번 날라 드린 것이 인연이 되어 전등을 갈거나 무거운 물건을 옮길 때 도와드리곤 하는 사이다. 정원의 잡초를 뽑아 드리고 용돈을 번 적도 있다.

가끔은 할머니 집의 오래된 식탁에 앉아 방금 구워 낸 팬케이크나 연어로 만든 스웨덴 전통요리를 얻어먹기도 한다. 할머닌 내가 아무리 코리언이라고 말씀드려도 나만 보면 중국에 사는 손주가 생각난다고 한다. 그동안 어디 갔었느냐면서 오랜만에 본 나를 친손주처럼 반겨 주셨다.

이 동네는 정원이 있는 집이면 약속이나 한 것처럼 사과나무가 두세 그루씩 자라고 있다. 미처 따지 못한 사과는 간당간당 가지에 매달려 있다가 땅으로 떨어져 온 동네에 사과 향을 퍼트린다. 관상용으로만 키우는지 바닥에 수북이 사과가 쌓여 있는 집도 있다.

떨어진 사과를 주워 만져 보거나 사진을 찍을 때는 있지만, 아무리 흔한 것이라도 남의 것을 따거나 하진 않는다. 한 알이라도 따다가 걸리면 절도죄로 잡혀 갈 수 있으니까. 스웨덴에는 '서리'라는 낭만적인 단어가 없다. 짙은 사과 향기를 맡으며 나는 그 여자가 했던 말을 떠올렸다.

"가을 되면 모과차랑 유자차 담그려고. 난 모과 향이 그렇게 좋더라. 누가 처음 모과를 못생겼다고 했을까. 모과가 얼마나 예쁜데."

"누나한테 안 예쁜 것도 있어?"

그 여자가 뭐라고 대답했더라. 예쁘게 웃었던 기억은 선명하다. 할머니네 사과는 유난히 단단하고 붉다. 사과를 하나 따서 바지에 쓱쓱 문질러 깨물었다. 노란빛이 감도는 속살은 경쾌하게 사각거리고 흘러나온 즙은 흥건하게 내 손을 적신다. 마트에서 파는 사과와는 비교할 수 없게 시고 달고 상큼한 야생의 맛이다.

가지에 매달린 채 바래 가는 사과 잎을 보며 생각한다. 저 나무 아래 그 여자를 세워 놓고 사진을 찍고 싶다고. 마음에 드는 사진을 찍은 후엔 제일 크고 예쁜 사과를 따서 건네주고 싶다고. 사과를 깨물어 먹는 여자의 볼에 짧은 입맞춤을 한 뒤 손을 잡고 동네를 산책하고 싶다고.

따지고 싶다. 하늘의 별을 따고 싶다는 것도, 달을 가지고 싶다는 것도 아닌데 왜 이렇게 이루어질 수 없는 꿈 같기만 한 거냐고 나를 이렇게 만든 사람들에게 따지고 싶다.

스웨덴의 가을은 한국보다 빨리 온다. 두 여자가 날 간절히 기다린다고 했던가. 마야와 카리나 중 카리나와 데이트하기로 했다. 카리나가 그 여자와 닮은 점이 더 없었다. 키가 커서 힐을 신으면 나와 비슷했고, 무엇보다 글래머러스하다. 가슴이 두 배는 커 보인다면 감이 오지 않나? 재고 따지고 할 것도 없이 말했다.

"너 나랑 사귈래? 오늘 안에 결정해. 싫으면 말고."

카리나는 대답 대신 내 입술에 쪽 소리를 내며 키스했다. 세상에 이렇게 쉬운 여자가 많은데 내가 왜 그렇게 어려운 여자에게 심적으로나마 삽질을 했을까. 그러나 그날 밤으로 카리나와 진도를 빼지는 않았다.

몇 번 데이트를 해 보니 나름 매력 있는 스타일이었다. 친구로 만날 때와는 확실히 달랐다. 다소 연출된 느낌이지만 귀여운 척도 할 줄 알았다. 헤어지는 내 허리를 끌어안고 긴 속눈썹을 깜빡거리며 간절한 눈빛을 보낼 때도 많다. 클럽에서 같이 춤을 춘다거나 술이라도 마실 때면 파란 눈이 더 짙어졌다. 때론 노골적인 발언도 서슴지 않는다.

"로케, 안아 줘. 오늘은 그냥 가지 마."

"다음에. 쌀쌀하다. 어서 들어가."

다정하게, 무안하지 않게 말했지만 집에 오면 자괴감에 미칠 것 같았다. 이게 무슨 짓인가. 내가 좋아하는 여자는 머나먼 고국에서 뭘 하고 사는지도 모르는데. 그러나 낮이 되면 다시 그 여자를 만나러 갔다. 그렇게 약간의 시간이 흐른 후, 만반의 준비를 하고 카리나를 만나러 갔다. 예를 들면 바구니에 든 와인 한 병과 수제 초콜릿, 몇 개의 컬러풀한 콘돔 같은 것. 카리나는 초콜릿을 반기듯 콘돔을 반겼다.

"로케 이거 오늘 다 쓰고 가. 꼭!"

무섭게 솔직한 여자였다. 모자랄 수도 있다는 내 대답에 그녀는 기쁜 얼굴로 까르르 웃었다.

시간은 많다. 급할 것도 없다. 좁은 부엌에서 마늘과 양파, 해물을 듬뿍 넣은 스파게티를 같이 만들었다. 카리나는 할 줄 아는 요리가 거의 없었다. 그까짓 거 사랑에 빠지게 된다면야 내가 가르쳐 줘도 되고 같이 해 먹어도 된다.

하고 싶은 말은 많지 않았지만, 가능한 한 침묵을 지키지 않으려고 노력했다. 늦은 저녁을 먹으며 생각했다. 나는 오늘 여자의 몸이 필요해서 온 게 아니다. 카리나를 더 알고, 다른 여자가 예뻐 보이지 않기를 바랄 뿐. 더 나아가 내 앞의 여자에게 사랑의 감정을 조금이라도 느끼게 되길.

"로케, 그거 알아? 네 미소는 정말 아름다워. 넌 동양에서 온 큐피드나 나르시스 같아."

"한국말에 '오그라든다'는 표현이 있어. 네가 방금 그런 말을 한 거야. 카리나, 난 네가 생각하는 것보다 훨씬 시시한 사람이야."

"넌 널 너무 과소평가해."

카리나의 잔에 와인을 더 따랐다. 내게 필요한 건 독한 술이었다. 도저히 맨 정신으로 이 시간 이후를 보낼 수 없을 것 같다. 과연 내가 하려는 행동이 옳은 걸까. 옳고 그르다는 말로 판단할 수 있는 짓일까. 어쨌건 이 말은 꼭 해야 했다.

"카리나, 너 나하고 이러는 거 너무 진지하게 생각하지 마. 그냥 우린 지금 서로 알아 가는 과정이야. 그것뿐이야."

"무슨 뜻이야? 내가 청혼이라도 할까 봐 그래?"

카리나가 윙크하더니 장난스럽게 덧붙였다.

"너나 그러지 마!"

"그럼 고맙고. 와인 더 마실래?"

"그만. 배불러. 로케, 자기가 좋아."

"나 같은 남자가 왜 좋냐? 이해가 안 된다."

카리나가 식탁 의자를 박차고 일어나 다가오더니 내 목을 끌어안았다. 생각 같은 건 하면 안 된다. 내가 먼저 키스하기 시작했다. 데이트하면서도 짧은 키스와 포옹 이상을 하지 않는 내게 카리나는 내 손을 직접 끌어다 본인의 넉넉한 가슴팍에 얹어 준 적도 있다. 얼마나 친절한 여자인가.

3인용 소파는 좁았다. 손끝에 느껴지는 여자의 맨살. 온 팔에 뒤덮인 부드럽지도 뻣뻣하지도 않은 체모. 몸에서 풍기는 독특한 체취. 그 체취를 감추려고 과하게 뿌린 향수. 모델처럼 길게 쭉 뻗은 다리. 품에 쏙 들어오지는 않았지만 카리나에게는 그 여자에겐 없는 풍만함이 있었다. 그거면 됐지 뭐.

"로케, 무슨 생각 해?"

품 안의 여자에게만 집중하고 싶었다. 카리나의 뜨거운 혀가 내 혀를 빨아들였다. 그녀의 긴 다리가 내 다리를 단단하게 감았다. 여자의 두 손이 옷을 들추고 내 가슴팍을 부드럽게 어루만졌다.

"와, 너 너무 단단해. 운동선수 같아."

미쳤다. 내가 나를 너무 신격화했다. 연애 소설에 나오는 남자들처럼 내 육체가 사랑하는 여자 외엔 어떤 반응도 보이지 않으면 어떡하나 걱정했었다. 그건 책 안에서나 가능한 일일까. 아랫도리로 내려온 카리나의 손이 부드럽게 움직였다. 도저히 무시할 수 없는 손길이었다. 내 몸뚱이는 너무 뻣뻣했다. 그녀의 손이 청바지 안으로 파고들 때 전화벨 소리가 들려왔다. 벨 소리를 무시하고 바지 속으로 진입하려는 카리나의 손목을 잡고 억지로 몸에서 떼어 냈다.

"전화 받고 와."

"싫어. 로케 나 지금……."

"받고 해."

"엄마일 거야. 안 받을래. 로케……."

"중요한 전화면 어떡해? 셀폰도 꺼 놨지? 시간 많잖아."

짜증을 내며 일어난 카리나가 엄마의 전화를 받는 동안 내 몸은 재빨리 식어 갔다. 소파 주위에 그녀의 윗도리가 널브러져 있었다. 브래지어와 짧은 치마만 입은 채 서서 전화를 받는 카리나. 저 애랑 무슨 짓을 한 거지.

니트 티를 끌어 내리고 여자의 옷을 주워 소파에 올려놓았을 때 카리나가 내 앞으로 다가와 무릎을 꿇고 앉았다. 짙은 푸른 눈동자가 뜨거워 보일 수도 있구나. 주근깨가 이렇게 많았나. 피부는 투명하다 못해 핏줄이 비칠 지경이다. 카리나가 내 무릎에 키스하더니 애교스럽게 미소 지었다.

"미안해. 침대로 바로 갈래?"

"……그래."

내 손을 잡아끌고 방으로 들어가던 카리나가 갑자기 생각났다는 듯 입을 열었다.

"참! 나 어제 유튜브에서 영상 찾다가 너랑 닮은 남자 봤어."

놀라서 발걸음을 멈췄다.

"한국 드라마인데, 〈온리 원〉? 주인공 남자가 너랑 정말 많이 닮았던데? 같은 사람 수준이야. 목소리도 비슷하고. 동양 사람들은 되게 닮아 보여. 너도 그거 본 적 있어?"

"그래서 봤어?"

"바빠서 드라마 영상으로 만든 뮤직비디오만 두 개 봤어. 어떤 여자랑 같이 나오던데? 그 드라마 여주인공인가 봐. 선……성……? 뭐였더라. 여자가 아주 매력적이더라. 좀 있다가 찾아서 보여 줄게. 같이 보자."

5분도 안 돼서 황당해하는 카리나를 남겨 두고 그 집을 빠져나왔다. 집에 도착하자마자 샤워부터 했다. 카리나의 더운 입김과 손길이 닿았던 모든 곳. 시작하기 전에 제대로 판단했어야 했다. 이건 미친 짓이다. 옳지 않다. 좋아하는 여자가 따로 있으면서 다른 여자를 안으려고 했던 것. 그 여자를 잊으려고 다른 여자를 이용하는 것.

긴 양치질을 마치고 거울을 바라보았다. 도대체 넌 누구냐? 서재유도, 서준유도 아닌 넌 누구냐? 완전한 백수도, 착실한 학생도, 제대로 된 밥벌이도 못 하는 넌 누구냐? 이렇게 살면서도 그 여자를 원할 자격이 있다고 생각하냐? 한심한 새끼.

카리나의 혀가 들어왔던 입안을 한 번 더 헹궜다. 나 자신에게 구역질이 났다.

카리나에게서 전화가 계속 왔지만 받지 않았다.

오늘 일은 네 문제가 아니라 내 문제야. 미안하지만 지금은 받을 수 없어. 나중에 연락할게.

그렇게 문자를 보내고 휴대폰을 껐다. 그날 밤, 집에 있는 전자 피아노를 눌러 가며 생전 처음 작곡을 했다. 머릿속에서 수도 없이 떠올랐던 멜로디라서 그런지 첫 곡은 30분도 채 안 걸려 완성했다. 어설프지만 가사도 써 보았다. 가사 짓는 시간이 훨씬 오래 걸렸다. 며칠 뒤 정문용 대표에게 전화를 걸었다.

"노래 만들어 봤어요. 어설프지만."

— 잘했어! 얼른 보내 봐.

"두 곡인데, 메일로 파일 보낼 테니 아는 작곡가한테 보여 주세요. 뭘 어떻게 더 고쳐야 할지 잘 모르겠어요."

— 내가 알아서 할게. 제목이 뭐야?

"하나는 미정이고, 하나는 하얀 밤으로 할까 생각 중이에요."

— 하얀 밤?

파일을 확인한 정문용 대표가 흥분한 목소리로 전화를 한 건 한 시간도 채 지나지 않아서였다. 그는 평소답지 않게 들뜬 목소리로 당장 한국으로 들어오라고 재촉했다.

— 야, 내가 널 진작 작곡 공부를 안 시킨 게 오늘처럼 후회되는 날이 없다! 곡 보여 줬더니 누가 작곡한 거냐고 다들 난리야. 조금만 다듬으면 바로 써도 전혀 지장 없대. 누구냐고 물어

서 재미 교포가 만든 곡이라고 했어. 낼이라도 당장 들어와 계약하자.

"계약이요?"

— 나한테 팔아. 두 곡 다.

"그걸 뭘 한국까지 가서 해요? 메일로 주고받으면 되지."

— 할 말도 좀 있고. 얼굴 보고 얘기하자. 낼 오후 비행기로 와. 조심해서.

"준비 좀 하고 낼모레 출발할게요. 저 들어가는 거 형한테 말하지 마세요."

다음 날 카리나를 만났다. 말해도 되는 선에서 가능한 한 솔직하게 털어놓았다. 한국에서 알게 된 여자가 있다. 그 여자를 좋아한다. 그 여자는 내 마음을 모른다. 왜 고백 안 했느냐는 카리나의 물음에 도저히 할 수 없는 상황이었다고 대답했다.

"설마 결혼한 여자야?"

그건 아니지만 그만큼 말하기 어려운 사이다. 너를 이용한 거냐고 화를 내도 할 말 없다. 노력했지만 잘 안 됐다. 네가 싫은 건 아니다. 너하곤 연인 이전에 친구였으니까. 정말 미안하지만 그날 밤 너를 안는 내내 그 여자에게 죄책감을 느꼈다. 그러니 내가 널 어떻게 더 만날 수 있겠느냐. 너에게 문제가 있는 게 아니다. 모두 내 탓이다. 그렇게 나는 할 수 있는 말을 다 한 뒤 카리나에게 뺨을 내밀었다.

"때려."

어이가 없는지 카리나는 날 째려보기만 했다.

"거짓말 아냐? 혹시 너 게이니? 어떻게 날 안으면서 다른 여자 생각을 할 수 있어?"

"그럼 게이라고 생각하고 때려."

카리나가 대답 없이 차에서 내렸다. 몇 발짝 걸어가던 그녀는 다시 돌아와 차 문을 열고 가방으로 내 어깨와 등을 때리기 시작했다. 나는 묵묵히 맞으면서 카리나의 화가 풀리길 기다렸다. 이번만큼은 맞아도 싸니까. 그 정도로 끝낸 카리나가 고마울 뿐이다.

다음 날 나는 조금은 홀가분한 마음으로 한국행 비행기를 탈 수 있었다.


한국 역시 가을이었다. 내가 한국에 온 건 정 대표 외엔 아무도 모른다. 늦은 밤, 정 대표의 부인이 나를 서재로 안내했다. 널찍한 집 안은 절간처럼 고요했다.

"언제 오세요?"

"금방 올 거예요. 한 10분 정도? 주스라도 마실래요?"

"사장님 오시면 같이 마실게요."

기다리면서 서가에 꽂힌 책 제목을 훑어보았다. 비즈니스와 관련된 책들이 가장 많았다. 역시 장사꾼이군. 손해 볼 짓은 하지 않을 사람이지. 엔터테인먼트 사업은 자선 사업이 아니니까.

책상 위에서 그 여자의 전화번호를 발견한 건 정 대표가 도착하기 직전이었다. 도대체 이 번호가 여기에 있어야 하는 이유가 뭐지?

연락처 옆에 성현이라는 이름과 '키앤'이라는 글씨가 쓰여 있었다. 메모지를 뜯어 급히 숫자를 옮겨 적었다. 쓰면서 다 외웠지만 혹시라도 내 뇌가 그 번호를 잊어버릴까 봐 걱정됐다. 이 번호로 전화를 걸 수 있을까? 이 숫자를 누르면 그 여자가 여보세요? 할까.

약간의 시차를 두고 도착한 사장님과 두 시간 넘게 조목조목 대화를 나누고 계약서를 작성했다. 마지막 순간, 사인은 하지 않았다. 더 생각해 보고 출국하기 전에 결정하겠다는 날 보며 정 대표가 호탕하게 웃었다.

"너 말이야, 사업가 기질 있다. 오래전, 네 형이 처음 증발했을 때 니가 나한테 그랬지? 광고 계약금 반 달라고. 안 주면 안 한다고. 그것도 세금 떼기 전 금액으로. 난 그때도 니가 내 동생이나 아들이면 얼마나 좋을까 생각했었어. 좋아. 들어가기 전에 또 보자. 이건 알아 둬라. 나보다 후하게 계약해 줄 사람 대한민국 안엔 없을 거라는 거."

내가 아는 정문용 대표는 계산적이지만 나쁜 사람은 아니다. 하지만 나쁜 사람이 아니라고 해서 진실만을 말한다는 법은 없다. 나는 누구도 100프로 믿지 않는다.

"형은 요샌 뭐 해요?"

"바쁘지. 드라마가 대박 났으니까. 오늘 밤에도 김치냉장고 CF 찍어. 앨범 준비도 하고 있고. 늦어도 11월 안엔 나올 거야. 그 다음엔 4주 정도 활동하다가 바로 콘서트 들어가. 전국 투어 몇 군데 돌고, 일본 가서 지방 투어……."

"잠깐만요. 서준유를 죽일 작정이에요? 드라마 끝난 지 얼마나 됐다고. 그러고 사람이 어떻게 버텨요."

"네 형이 우겨서 하는 거야. 나도 무리하지 말라고 몇 번이나 설득했어. 말을 안 들어."

"그래도 말려야죠. 인간의 한계를 실험하는 것도 아니고 그게……. 사장님 같으면 그렇게 살 수 있어요?"

"그래, 말리지 못한 내가 죽일 놈이다."

"앨범에 들어갈 곡들은 다 선곡한 거예요?"

"3분의 2 정도? 곡은 많이 받았는데 쌈박한 게 없어. 눈에 띄는 곡이 없네. 이번 앨범이 잘돼야 하는데. 니 형, 이젠 연기 안 하겠다고 그런다. 싫대. 지금 들어오는 건 죄다 드라마 대본, 영화 시나리온데. 너도 알겠지만 쟤…… 준유는 가수보다 연기에 더 재능이 있어. 본인이 가수에 애착이 많아서 그렇지. 너만큼만 노래하면 굳이 연기까지 안 해도 되는데. 요새 좀 그래. 힘들게 안 해서 힘들어."

"그게 무슨 말이에요?"

"이제 내 말 들을 나이는 지난 것 같다는 거지 뭐. 너한테 연락은 좀 해?"

"저번에 한 번 왔어요. 3주 전쯤인가."

"뭐라 그래?"

"여행하고 싶다고요. 스웨덴도 오고 싶고."

"그 말만?"

"다른 말 또 해야 돼요?"

"아냐. 출출하다. 뭣 좀 먹을까?"

"생각 없어요. 아까 그 곡이요. 형한테 주면 안 돼요? 아, 줘도 되는 수준이면요."

"그래도 되냐? 네가 싫어할까 봐 말도 안 꺼냈는데."

"왜 싫어해요. 앨범 수준 떨어뜨릴까 봐 걱정이지. 서준유 마음에 들지는 모르겠지만, 써도 되면 쓰세요. 형한테는 제가 만든 거라고 하지 마시고."

정 대표가 날 보며 빙긋이 웃었다. 밤참을 먹고 가라는 걸 거절한 뒤 택시를 타고 수유동 집으로 바로 왔다. 오는 내내 주머니 속에 들어 있는 전화번호를 생각했다. 낼모레면 다시 나가야 한다. 한국에 있을 시간은 채 40시간도 안 된다. 여분의 옷이라곤 비니와 트레이닝복밖에 없다. 평소 같으면 시차에 적응하느라 피곤했겠지만, 온몸의 세포가 빠릿빠릿하게 살아났다.

스마트폰으로 검색하면서 정보를 수집했다. '키앤'을 찾아보니 유명한 MC와 얼굴이 제법 알려진 배우 몇이 소속돼 있는 연예 기획사였다. 그 기획사의 연예인 이름까지 하나하나 검색해서 찾아봤다. 성현과 연관되는 부분이 없었다.

서재유에 관한 자료는 끝이 없는데 성현에 대한 건 10퍼센트도 안 되는 것 같다. 그로부터 25시간이 지났을 때쯤 결국 나는 그 번호로 전화하고 말았다. 그것도 참고 참으며 버틴 거였다. 신호가 가는 내내 전화를 받지 않을까 봐 조마조마했다.

— 여보세요?

"나, 재유. 서재유야."

망설이는 목소리가 전화선을 타고 내게로 왔다.

— ……정말 서재유 맞아?

맞는다고 했다. 통화만 할 거니까. 잠시 서먹서먹하게 이야기를 나누었다. 막상 목소리를 들으니 할 말이 바로바로 떠오르지 않았다. 그녀가 내게 조심스럽게 물었다.

— 혹시 내 전화 기다렸어?

이게 무슨 소린가. 형이 그동안 성현의 전화를 기다리고 있었다는 건가.

"안 할 거 같아서 내가 했어. 정말 피도 눈물도 없는 백성현."

그녀의 웃음소리가 전화선을 타고 와 귓가를 간질였다. 분위기가 반전되면서 전혀 기대하지 않던 일이 일어났다.

— 지금 어딘지 물어봐도 돼?

"……집."

분명코 말하는데, 절대 내가 강요한 게 아니다.

— 청담동이랬나. 나도 지금 근처인데. 나올 수 있으면 잠깐 볼래? 아, 그래도 되면.

간당간당 남아 있던 이성이 말리기도 전에 내 입에선 이런 대답이 튀어나왔다.

"어디로 가면 돼?"

# 성현

아버지는 무능하진 않았지만 유능하지도 못했다. 그에게 공짜 점심을 주는 사람은 드물었다. 누군가 한 끼 밥을 제공하면 곧바로 하루 치 식사를 뺏어 가는 일도 가끔 생겼다.

친가 쪽 가족이 없어 썰렁했던 남동생의 돌잔치를 생각하면, 다들 잘사는 외가의 가족 모임에 털털대는 오래된 연식의 차를 끌고 가야 했을 아버지의 심정을 헤아려 보면 지금도 마음이 아프다. 내가 그토록 배우고 싶어 하던 바이올린과 발레를 하기 싫다며 징징대던 사촌들. 그 시절의 나는 철없이 속내를 드러내 엄마를 속상하게 하곤 했다.

"당신 인물이 이 집 사위 중 제일 좋잖아. 언니들이 날 얼마나 부러워하는데? 우리 애들은 돈 벌어서 태어난 얼굴들이라니까."

남자에게 외모는 돈이나 능력 다음의 조건이라는 걸 나는 뒤늦게 알았다. 우리 남매는 '이다음에 커서 돈 벌면 엄마한테 좋은 차도, 큰 집도 사 드리겠다'고 자주 말하곤 했다. 난 아직 그 약속을 지키지 못했다.

"성현아, 100미터 달리기를 하는데 아빠는 스타트 선에서 출발했고 이모부들은 20미터, 40미터, 50미터 선에서 출발했다고 생각해 봐. 사람의 힘으론 아무리 노력해도 안 되는 게 있는 거야. 너희가 사촌들보다 못 가진 것도 분명 있어. 하지만 눈에 보이는 게 전부가 아니라는 거 알지? 엄마하고 저번에 어린 왕자 같이 읽었잖아. 여우가 말하지? 가장 중요한 건 눈에 보이지 않는다."

이런 엄마가 아빠에겐 따뜻한 방이었고, 그 방 아랫목의 이불이었고, 삶의 이유일 수밖에 없었다. 아빠의 유일한 핏줄이 사는 우리 집엔 꼭 엄마가 있어야 했다.

동생이 아직 유치원에 들어가기도 전, 엄마가 크게 교통사고를 당한 적이 있다. 내게 동생을 맡기고 장을 보러 갔던 엄마는 서둘러 걸어오다가 낮술을 마신 기사가 모는 마을버스와 부딪혔다. 날은 어둑어둑해지고, 아무리 기다려도 엄마가 오지 않아 점점 불안해지기 시작했을 때, 그래서 아빠한테 전화할까 생각했을 때 셋째 이모가 우리를 데리러 왔다.

뒤늦게 병원에 도착한 우리는 수술실에 들어간 엄마를 초조하게 기다리는 아빠를 발견했다. 아빠가 저렇게 초라해 보이다니. 아빠가 저렇게 작았다니. 날도 추운데 엄마가 무거운 장바구니를 들고 왜 그 먼 거리를 걸어왔는지 차라리 모르면 좋았을걸. 그렇게 많이, 그렇게 오래 우는 아빠를 본 건 그때가 처음이자 마지막이었다.

아빠에게 엄마가 그런 존재였듯 내게도 우리 식구는 한겨울 추위 속을 걸어와 발을 집어넣는 따뜻한 아랫목 같은 존재다. 나를 잘 모르는 세상 사람들이 손가락질하며 내 말을 곧이곧대로 들어 주지 않을 때, 어떤 것도 묻지 않고 내 편을 들어 준 유일한 사람들. 돈이나 체면, 명예를 따지기 이전에 내 그대로를 인정해 주는 식구. 사랑한다는 표현은 잘 못하지만 가족은 내게 '온리 원'이다.

새벽에 들어와 두어 시간 겨우 눈을 붙였다. 이른 아침. 정말 입맛이 없었지만 고추냉이를 듬뿍 섞은 간장에 회를 찍어 몇 점 먹었다. 엄마가 끓인 갈칫국에 밥도 몇 숟가락 말아 넘겼다. 나를 데리러 온 도의 씨와 동생은 아침 7시 반이라는 시간과 상관없이 부지런히 젓가락질해댔다.

차를 타기 전, 아빠가 따라 나와 나를 꼭 안아 주셨다. 한때 영화배우 뺨치게 잘생겼다는 말을 숱하게 듣고 살아온 분이지만 아빠 역시 세월을 거스르진 못했다. 얼굴 깊이 자리 잡은 주름살. 제주의 노골적인 햇빛과 바닷바람에 그을린 피부. 오랜 노동으로 거칠고 투박해진 손마디. 세상에 둘도 없는 아빠가 이렇게 늙어 가는 게 가슴 아프다.

"울 아빠 피부 관리 좀 해야겠다."

"주름이 늘어서 그렇지 아직 짱짱해. 나중에 손주들 생기면 봐 주려고 날마다 엄마하고 운동하는걸."

'대학 졸업하면 일찍 결혼해서 아들딸 섞어 셋만 낳아라. 아빠가 다 봐줄게.' 하던 분인데 언젠가부터 남자 얘긴 꺼내지 않으신다.

"아빠는 우리 딸이 행복하면 그만이야. 성현아, 사람들이 떠드는 말 신경 쓰지 말고 맡은 일 열심히 해."

"걱정하지 마세요. 지금도 행복해요."

16회 대본에 인상 깊은 대사가 많았다. 다시 돌아온 재현 때문에 괴로워하는 진에게 회사 선배가 이런 조언을 한다. 사랑이란 버스가 멈추듯 속도를 늦춘다고 멈춰지는 게 아니야. 차문이 열리면 망설이지 말고 타야 할 때가 있는 법이야.

나는 그러지 못했다. 앞뒤 가려 가면서 사랑을 해 본 적도, 앞뒤 가리지 않고 사랑에 몰두해 본 적도 없다. 어떤 게 최고의 사랑인지 아직 모른다. 어떤 남자가 완벽하게 안전한 남자인지도 잘 모르겠다. 분명한 건 저 앞에 코디들에 둘러싸여 머리부터 발끝까지 손질 당하고 있는 서재유는 절대 안전한 남자가 아니라는 것. 그게 그의 잘못이 아니라도 말이다.

두 번의 키스신 이후로 생각이 더 많아졌다. 눈 질끈 감고 잘할 수 있을 것 같던 키스신은 예상보다 힘들었다. 다른 여자와는 어떤 식으로 키스하는지 모르지만, 재유는 너무 소심하게 내 입술을 찾았다.

"NG! 재현아, 그게 뭐냐? 1년 반 만에 살 떨리게 안는 거야. 지금 살얼음 만져? 안 깨진다고. 안 깨져. 남자답게 확 못 해?

하, 내가 시범을 보일 수도 없고. 하던 대로 하란 말이야. 너 나이가 몇 개냐?"

이규석 감독은 우리의 키스신이 마음에 안 든다며 몇 번이나 재촬영을 요구했다. 시간이 자꾸 지체됐다. 나는 감독님께 양해를 구하고 재유를 따로 불러냈다. 이미 한 번 했던 말인데도 그는 내 말을 처음인 양 들었다.

"정말 괜찮겠어?"

안 괜찮으면 어떡할 것인가. 어차피 해야 할 일인데. 끊어질 듯 팽팽하게 당겨진 긴장감이 싫어서 그저 빨리 끝내고만 싶었다.

"한 번 더 NG 내면 진짜 화낼 거야!"

서재유는 내 말을 잘 들었다. 그에게 화낼 이유가 사라졌다. 다음 대사…… . 대사를 떠올려 보려고 애썼다. 감독님이 금방 컷 소리를 안 해서 당황한 건 오히려 나였다.

"컷!"

그에게서 떨어졌을 땐 입술이 얼얼할 정도였다. 그의 입에서 작은 한숨이 새어 나왔다. 쓰러질 듯 비틀대는 나를 재유의 팔이 다시 잡아 주었다. 키스신 내내 내 팔을 얼마나 꼭 잡았는지 샤워할 때 보니 양쪽 팔에 멍이 들어 있었다.

비 오는 횟수가 줄어들면서 날은 점점 더워졌다. 입맛이 뚝 떨어져 차가운 음식만 찾게 된다. 점심시간을 틈타 안영하 피디와 함께 근처의 냉면집을 찾아갔다. 물냉면에 겨자를 풀던 안 피디가 드라마가 끝나도 정기적으로 만나는 모임을 만드는 게 어떻겠냐고 제안해 왔다. 현재 멤버는 오정혜 작가, 박지형 감독 포함 셋. 이 드라마의 배우 중 내게 제일 먼저 물어 온 거라고 한다.

"박우진하고 서재유도 끼워 주자."

그러면서도 그녀는 이렇게 말했다.

"근데 재유는 빼야 할 것 같지? 올 수나 있겠어?"

난 그냥 웃었다. 본인이 이 모임에 들어오고 싶어 해도 내가 끼어 있으면 공공연하게 만나긴 곤란하겠지. 서재유가 함께하는 모임이라면 아무 곳에나 마음 편히 다닐 수도 없을 테고. 재유는 비슷한 또래인 내 동생과는 도저히 비교할 수 없는 인생을 살고 있다. 나쁜 점만 있는 건 아니겠지만 딱하다는 생각도 든다. 차라리 내가 빠지면 그 애가 이 모임에 나올 수 있을까.

"수빈이는요?"

"수빈이가 착하긴 한데 이 모임하곤 안 어울릴 것 같아. 어리기도 너무 어리고, 솔직히 대화가 잘 안 통하잖아. 아마 박지형이 절대 반대할 거야. 오 작가님이 성현 씬 꼭 끼워 주래."

"영광이네요. 저도 안 피디님하고 오 작가님은 계속 만나고 싶어요."

점심을 먹고 세트장으로 돌아와서 다음 신을 준비했다. 광고 회사에 다니는 진이 일하는 장면이다. 서민 출신 선우진은 돈을 벌어야 먹고 사니까.

의상 협찬을 받으러 나갔던 시은이가 땀을 줄줄 흘리며 들어왔다. 여름이면 더 찌는 체질이라고 우기는 시은에게 차가운 음료수를 건넸다. 가져온 옷을 보여 준 시은이 두 눈을 초롱초롱 빛내며 내 얼굴을 들여다봤다.

"구시은, 뭐 먹고 싶어?"

"언니야, 대박!"

"또 어디서 루머 하나 주워들었구나."

"돗자리 깔아야겠는데? 언니도 잘 아는 남자야."

"어제 입었던 옷은 가슴팍이 너무 파였더라. 옷 좀 잘 챙겨. 그거 캡처 돼서 떠돌면 니가 책임질 거야?"

"언니가 겉보기보다 풍만하다는 걸 이 나라 국민들은 알 필요가 있다니까. 여름이잖아. 서비스 차원에서 시원시원하게 보여 주고 그래야……. 농담이야! 언니, 절대 농담! 근데 진짜 안 궁금해?"

"루머라면 안 들으련다."

"이건 루머가 아니고 팩트라니까? 재유 코디한테 들은 말인데, 박지형 감독 얘기야. 이거 아는 사람 별로 없을걸?"

"됐어. 안 궁금해."

"언니가 안 듣고 싶어도 들어야 돼. 박 감독님이 언니 좋아하잖아."

"구시은, 니가 그 소문내고 다니는 장본인이구나?"

"언니야, 박 아무개 씨가 성현 편애하는 건 이젠 모를 만한 사람도 다 알아."

"내가 너무 똑똑해서 편애받는 거다. 됐냐?"

"물론 지수빈에 비하면 석학 수준이지. 언니, 고유진 알지?"

"대한민국에 고유진 모르는 사람이 있겠어?"

"고유진 두 번째 작품 조연출이 누구였는지 알아?"

"……박지형 피디겠네."

"빙고. 그 작품 하면서 둘이 사귀다 고유진 완전 뜨고 헤어진 거래. 고유진 소속사에서 하도 닦달해서 헤어졌다는 말도 있고, 고유진이 대단한 스폰서를 잡아서 헤어졌다는 말고 있고. 그건 정확치 않은데, 박 감독님 한동안 거의 폐인처럼 살았다는 말은 맞대. 그때 마음고생으로 빠진 살이 아직 안 붙은 거라네? 원랜 되게 훈남 스타일이었대. 학벌 좋고 똑똑하고 키 크고, 인물도 그만하면 평균 이상이고. 그놈의 돈과 인기가 뭔지."

"할 얘기 다 했음 일하자."

"언닌 그런 말 들어도 아무렇지도 않아? 무려 고유진이야, 고유진."

"인간의 의무를 한 건데 뭘."

"엥? 뭔 소리야?"

"시은아, 잘 들어. 그건 그 사람 사생활이야. 과거고. 우리가 뒤에서 떠들 문제가 아니라고. 어디 가서 그런 얘기 하고 다니지 마. 넌 니 연애사 남이 떠들고 다니면 좋겠어?"

"그거야 상대방이 대한민국 톱스타 고유진이니까 그렇지 뭐. 유명한 게 죄지."


〈온리 원〉은 쪽대본 없이 진행된 편이지만, 가끔 없던 장면이 추가될 때가 있다. 18회 52번 신. 딱 내가 꿈꾸던 데이트다. 그 장면과 그 앞뒤 장면에 이어진 몇 개의 신을 찍으려고 서울 외곽 도시에 위치한 새로 생긴 도서관으로 갔다.

도서관과 연결된 산책로 한쪽으로 물고기가 헤엄치는 인공 강이 있었다. 오래된 신도시인데도 한적하고 조용한 게 산책 코스로 좋아 보였다. 한쪽엔 나지막한 5층짜리 아파트 단지. 소박하게 이어진 잔디밭과 크고 작은 나무들. 도서관 입구 쪽엔 운동기구가 설치된 공원과 꽤 큼직한 폭포까지 있어서 제법 신경 써서 꾸민 티가 났다.

대본 지문엔 손을 잡고 천천히 걷거나 쉬면서 하고 싶은 말을 나누라고만 돼 있었다. 박 감독은 실제 데이트처럼 자연스럽게 행동하라고 요구했다. 촬영 전 재유는 내 팔을 눈짓으로 가리키며 미안해했다. 무엇에 대해 사과하는 걸까. 지나치게 힘이 들어갔던 두 손에 대해? 아니면 연기치고 너무 리얼했던 키스에 대해?

"괜찮아. 메이크업으로 잘 가리면 돼."

"멍이 잘 드는 편이야?"

"아니. 연기하다 보면 그럴 수도 있지."

그제야 그는 슬쩍 고개를 끄덕였다. 우리는 촬영을 핑계 삼아 손을 꼭 잡고 그 길을 천천히 걸었다. 하루에 한 번쯤은 산책하고 싶은 길이다. 재유가 들뜬 목소리로 말했다.

"물속에 발 담그고 싶다!"

"나도! 아이스크림 먹으면서 발 담그고 있으면 좋을 텐데."

"이따가 아이스크림 사 줄게. 물속 들여다볼까?"

"그래도 되나. 대본에 없는데?"

"뭐 어때. 안 된다는 말도 없잖아. 실제 데이트라면 그 정도는 해 줘야지."

가던 길을 멈추고 나란히 쭈그리고 앉아 물속을 들여다봤다. 야트막한 강물엔 팔뚝만 한 물고기가 많았다. 재유가 내 팔을 살짝 두드리며 잉어 떼를 가리켰다. 족히 50센티미터는 돼 보이는 큰 잉어도 있었다.

따로 의식하고 연기할 필요가 없을 정도로 즐거웠다. 그건 내 옆의 남자도 마찬가지인 것 같다.

"덥지?"

재유가 내 콧잔등에 맺힌 작은 땀방울을 손가락으로 닦아냈다. 눈꺼풀이 감길 듯 떨렸다. 아, 왜 이러지? 첫 키스를 나눈 다음 날 쑥스럽게 만난 어린 연인처럼 그의 작은 몸짓 하나하나가 눈에 들어왔다. 그의 더운 눈길과 옅은 미소에 서른둘 내 가슴은 스무 살 소녀의 심장을 이식한 것처럼 두근거렸다.

"컷! 도서관으로 바로 이동해요!"

재유는 언제 그랬냐는 듯 벌떡 일어나 저만치 혼자 걸어갔다. 카메라가 잉어 떼를 따로 찍을 동안 나는 시은이와 함께 도서관 쪽으로 발걸음을 옮겼다. 지나가는 사람들이 서재유와 나를 흘끔거렸다.

이어지는 도서관 신. 두 사람이 3층 열람실로 올라가서 각자 읽고 싶은 책을 고른다. 도서관 계단을 올라가면서도 김재현은 그냥 넘어가는 법이 없다. 짧은 치마를 입은 진이 못마땅한 재현은 온몸으로 여자의 맨다리를 가려 준다. 성능 좋은 엘리베이터가 있지만 절대 이용하지 않는다. 이건 드라마니까.

씬 52. 도서관. 낮.

앞뒤 책장에 서서 책을 고르는 두 사람. 그 사이로 보이는 재현과 진. 잠시 책에 몰두한다. 책을 다 고르자 심심해진 진. 재현에게로 슬쩍 다가와 조용히 말 건다.

선우진: (작은 목소리로) 다 골랐어?
김재현: (무심한 듯 신경 안 쓰며) 아니.
선우진: (약간 시무룩하게) 난 다 골랐는데.
김재현: 앉아서 읽고 있어. (구석의 작은 소파를 가리킨다.)
선우진: (갑자기 재현의 두 팔 사이로 끼어들어 얼굴을 쏙 내민다. 얼굴이 5센티미터도 안 떨어져 있다.) 재현아. 재현 씨. 자기야.
김재현: (정색하며) 도서관에 왔으면 책에 집중해. 아무 데서나 끼를 부려.
선우진: (못 들은 척 재현의 어깨를 잡으며) 난 김재현한테 집중하고 싶은데?
김재현: (약간 화난 듯) 여기서 이러면 안 돼. (순식간에 표정 바꾸며) 집에 가서 그러자.
선우진: (주변을 슬쩍 둘러본 뒤 재현의 볼에 쪽 입 맞추며) 에이, 너무

쉽다!

김재현: (진의 볼을 살짝 꼬집으며) 집에 가기만 해.


마지막 회까지 시청자들은 두 사람의 결혼식을 볼 수 없다. 그게 언제가 되든 조건 없는 사랑을 나누는 게 그들에게 남겨진 몫이다. 엔딩 신은 두 사람이 손을 잡고 인사동 거리를 데이트하는 모습이었다. 차에서 그 장면을 읽던 나는 갑자기 눈물이 쏟아져 당황했다.

사랑에 빠지는 순간은 예고 없이 찾아온다. 사랑의 감정은 친절하지 않다. 마음의 준비를 할 시간을 줄 만큼 너그럽지도 않다.

나는 창밖을 바라보며 강남 거리를 걷는 나와 서재유를 떠올렸다. 드라마가 아닌 다음에야 그게 가능한 일일까. 서재유란 존재가 내게 무엇이 되었는지 나조차 정확히 알 수 없다. 아무렇지도 않게 헤어지는 게 어려울 거라는 건 알지만. 가을이 되기 전에 잊는 게 쉽지 않을 거라는 것도 알지만. 절대 이 이상은 안 된다는 것도 잘 알지만.

일을 핑계로 하지 않은 그와 나의 관계는 선글라스를 끼고 세상을 바라보는 것과 같다. 언제까지나 선글라스를 쓰고 살 수는 없다. 서재유는 이 여름이 끝나면 벗어던져야 하는 그런 존재다.


드라마가 끝났다고 해서 모든 일정이 바로 끝나는 건 아니다. 마음 같아서는 일주일이라도 푹 쉬고 싶었으나 미뤄 두었던 자잘한 인터뷰를 포함해서 크고 작은 일들을 처리해야 했다. 최고 시청률 32.7퍼센트. 〈온리 원〉은 누가 봐도 성공한 드라마 대열에 합류했다.

거액의 금일봉이 하사된 쫑파티. 쑥스럽게 일어나 종영 소감을 말하고 기념사진도 찍었다. 온갖 매체의 기자들에게 시달리며 토막 인터뷰도 했다. 나는 스캔들 없이 멜로드라마를 끝냈고 재기에 어느 정도 성공했다. 조만간 내게도 새로운 소속사가 생길 것 같다. 마음에 드는 건 별로 없지만 CF 제의도 계속 들어온다.

내년 봄을 겨냥해 준비 중인 드라마 한 편이 날 기다리고 있다. 박지형 감독이 건네준 대본 시놉시스는 또 다른 사랑 이야기다. 약간의 노출이 있을 거라고 했지만 그쪽에서 날 원한다면 할 의향이 있다고 대답했다. 이렇게 난 다른 남자를 사랑하는 역할을 맡으며 김재현을 잊으려고 한다.

그래도, 오늘 하루 정도는 아쉬워해도 되지 않을까. 어쩌면 다시 보기 힘들 수도 있는 저 남자를 바라보며 조금은 슬퍼해도 괜찮지 않을까.

내게 술을 권하는 사람이 많았다. 주는 대로 다 마셨더니 평소보다 급히 취했다. 아무렴 어떤가. 감정을 자제하는 건 피곤한 일이다. 도의 씨가 알코올을 빨리 분해해 준다는 숙취 음료 뚜껑을 따서 내게 들이밀었다. 벌써 두 병째다.

"누나, 괜찮아요?"

"버틸 만해."

"힘들면 말해요. 차 대기해 놓을 테니까."

"더 있어야지. 명색이 주인공인데. 도의 씨, 고생 많았어. 잠도 못 자고, 로드 매니저도 아닌데 후진 차 운전까지 다 하고 말이야. 백 없는 연예인 따라다니느라 대접도 못 받고. 고맙고 미안하고 그러네."

"아니에요. 진짜 재밌었어요. 배운 것도 많고."

"덕분에 마무리 잘했어. 그동안 애썼어요."

"누나 새 기획사 들어갈 때까지는 제가 따라다니고 싶은데. 그래도 돼요?"

"나야 그래 주면 고맙지. 그쪽 소속사에 도의 씨 얘긴 꺼내 보려고 했어."

"그렇게까지 하지 않아도 돼요. 누나 계약 성사될 때까지만 같이 일할게요. 전 갈 데도 있고. 박우진 형하고도 그렇게 얘기 됐어요. 밖에서 일 보고 있을 테니까 필요하면 콜 하세요."

언제 왔는지 재유가 내 앞에 앉아 있었다. 술을 꽤 마셨을 텐데 눈만 충혈됐을 뿐 늘 보던 얼굴 그대로다. 재유는 안 피디가 제안한 모임에선 빠지겠다고 했다 한다. 자기가 끼면 여러 모로 불편할 거라면서. 그럴 것 같았다.

"키앤 들어갈지도 모른다는 소리 들었어."

"그냥 몇 군데 연락 온 데 중 하나야."

"내가 좀 알아봤는데, 키앤 정도면 나쁘지 않을 거야. 거기 소속사 대표가 정이 많대. 돈 욕심은 적고."

"나도 키앤이 제일 나을 것 같긴 해. 그쪽으로 기울긴 했는데 아직 사인은 안 했어. 잘하는 건지 모르겠다. 그렇다고 해 주라."

"그만 마셔."

"……마지막으로 한 잔 주세요, 김재현 씨."

그 순간 그의 눈을 보지 말았어야 했다. 이래서 나는 누군가를 마음에 담아 두는 것이 두렵다. 좋아하는 사람과 헤어지는 순간은 언제나 슬프고, 언제나 아프다. 단 한 번도 어긋난 적이 없다. 그러니 몇 잔쯤 더 마셔도 괜찮지 않을까.

비어 있는 잔에 재유가 술을 따랐다. 술이 채워지듯 내 안의 눈물도 같은 속도로 차올랐다. 제발, 이 술잔이 넘치지 않기를.

"그만. 그만."

뭐라고 말하며 이 술잔을 부딪쳐야 할까. 아우토반처럼 펼쳐질 미래를 위하여? 아름다운 우리들의 성공을 위하여? 내가 겨우 꺼낸 말은 이거였다.

"술 많이 마시지 말고 건강하게 지내. 행복하게."

재유는 내 말에 말없이 웃기만 했다. 이 남자는 왜 웃어도 슬퍼 보일까. 서로에게 더 마시지 말라고 해 놓고선 우리는 건배도 없이 각자의 술잔을 비웠다. 박 감독이 다가와 내 옆에 털썩 주저앉았다. 재유가 그에게도 술을 따라 주었다. 우리 셋은 말없이 술잔을 부딪쳤다. 뒤늦게 내가 몇 마디 덧붙였다.

"우리 스스로를 더 사랑하기로 약속해요. 지금보다 두 배 더. 아니 세 배. 그게 좋겠다. 세 배."

박 감독이 고개를 옆으로 돌려 내 얼굴을 가만히 응시했다. 얼마나 마셨는지는 몰라도 평소 술자리에서보다 얼굴이 더 붉었다.

"어디 멀리 떠나는 사람 같잖아요. 그런 말."

"살아 있으면 또 만날 수 있겠죠. 그럼 되지 뭐. 자신을 사랑해야 남도 제대로 사랑할 수 있대요. 이 말, 내가 〈미드나이트 무비〉 마지막 방송 하던 날 엔딩 멘트로 했던 말인데. 나 이 말 진짜 마음에 들어."

"그만 마셔요. 취했네."

"이런 순간이 너무…… 너무 힘들어요. 내가 사랑한 배역들을 떠나보내는 게. 그래서 이렇게 생각해요. 다신 연기하지 말아야지. 다른 일 찾아야지. 결혼이나 해야지. 그래도 또 연기를 하겠지. 배운 게 이거니까. 내가 제일 잘하는 게 이거니까."

한 남자는 내 얼굴을 보았고, 한 남자는 술잔을 보고 있다. 한 남자는 나보다 나이가 많고, 한 남자는 나보다 어리다. 두 남자에겐 공통점이 있다. 이렇게 만나지 않았으면 더 좋았을 사람들. 눈물이 기어 나오려는 걸 꾹 누르고 두 남자를 향해 웃어 주었다. 여기에 무슨 말을 보탤 수 있을까. 이미 넘치게 했는데. 딱 한 잔만 더 마셔야겠다.

박 감독이 잽싸게 내 술잔을 뺏어 갔다.

"내 술잔 줘요. 왜 남의 걸 가져가."

재유가 자기 잔에 술을 따라 내게 건넸다. 두 번에 나눠 마셔야지, 그 생각을 하고 있을 때 박 감독 목소리가 들렸다.

"슬프면 조금만 울고, 오늘 하루 잔뜩 마시고 잊어요."

뭘 잊어야 하지. 지난 5개월을 선택적으로 골라 기억하고, 불필요한 순간만 깨끗이 삭제할 수 있을까. 어차피 불가능한 일.

"더 마시면 주사 부릴 텐데요. 그럼 다들 나 버리고 갈라고?"

"서로 데리고 가려고 하겠지. 그러니까 정신줄은 놓지 말고. 재유 넌 앨범 낸다면서?"

"11월에 음반 나와요."

"쉴 틈도 없겠네."

"바쁜 게 더 나아요."

"군대 가기 전에 많이 해 둬. 신비주의니 뭐니 하면서 활동 안 하고 CF만 찍는 인간들 별로야."

억지로 마신 술 때문인지 얼굴이 잔뜩 달아오른 우진이 재유 옆에 기대듯 앉았다.

"누나, 다음 작품 확정된 거야? 박 감독님이 한다는 거?"

"아니. 미정."

"미정인 우리 엄마 이름이고. 하게 될 거야. 성현 씨 잘나가는 배우잖아."

슬퍼한다고 달라질 건 없었다. 어차피 드라마는 끝났다. 2차로 간 주점에서 세 명의 30대 여성인 나와 안 피디, 오 작가는 나사를 몇 개 풀어 놓고 마음껏 놀았다. 지친 오 작가가 박 감독과 술을 마실 동안 안 피디와 나는 무대를 독점하며 흥을 돋우는 온갖 노래를 불러 댔다.

다들 환호성을 지르고 난리가 났다. 두 남자만 빼고. 뻣뻣

한 목소리의 박지형 감독과 잘난 척 대마왕 박우진, 심심한 목소리의 지수빈까지 노래를 불렀는데 정작 가수인 재유만 단 한 곡도 부르지 않았다.

3차까지는 도저히 따라갈 수 없을 것 같아서 몇 사람에게만 슬쩍 간다고 하고 밖으로 나왔다. 재유에겐 따로 인사하지 않았다. 안 보이면 간 줄 알라고 미리 말해 두었다. 술기운이 남아서인지 새벽인데도 더웠다. 도의 씨가 금방 오겠다며 차를 가지러 갔다.

"할 말 있어."

언제 따라 나왔는지 재유가 바로 등 뒤에 서 있었다. 나는 그와 얼굴을 마주하고 섰다.

"들어가. 걱정하셔."

"꼭 해야 하는 말이야. 지금 아니면 못 해."

그새 날 데리러 온 도의 씨에게 재유가 차갑게 말했다.

"잠깐만 비켜 주세요."

"누나, 괜찮겠어요?"

"차에 가 있어요. 금방 갈게."

도의 씨가 돌아서자마자 재유가 내 손에 들려 있던 휴대폰을 뺏듯이 가져가 몇 개의 숫자를 꾹꾹 눌렀다.

"내 번호야. 며칠 전 바꿨으니까 석 달 정도는 바뀌지 않을 거야."

진짜 헤어질 시간이구나. 난 왜 이렇게 약해졌을까. 눈물이 나올 것 같아서 손에 들어온 휴대폰을 내려다보았다. 재유의 목소리가 한층 가라앉았다.

"짐작하겠지만 우리가 다른 일로 만날 일은 아마 없을 거야."

나도 안다. 드라마 프로모션을 한다면 모를까, 이제 우리가 공적인 일로 만날 일은 극히 드물 거라는 걸. 더 유명해진 서재유의 소속사에선 나와 직접 연결되는 그 어떤 일도 반기지 않을 거라는 걸.

"번호 또 바뀌기 전에 연락해. 늦어도 몇 시간에 한 번씩은 확인하니까. 한밤중도 새벽도 괜찮아. 안 되면 계속 걸어. …… 난 참을 거야. 누나한테 선택할 기회를 주는 거야."

내 입에서 한숨이 나온 건가. 그의 입에서 나온 한숨 소리였나.

"시청률 30퍼센트 세 번 넘었어. 그때 내가 한 말 기억나지? 기억하고 있는 거 알아. 이게 내 소원이야. 누나가 나한테 먼저 연락하는 거."

기억한다. 멋대로 약속을 강요했던 거. 오늘 밤 내게 무슨 말을 한대도 내가 먼저 서재유에게 전화를 하는 일은 없을 것이다. 그러나 이 남자가 보는 앞에서 전화번호를 삭제할 수는 없다. 그게 내가 해 줄 수 있는 마지막 배려였다.

다음 순간, 재유와 내가 동시에 말했다. 나는 기다리지 말라고 했고, 그는 오래 기다리게 하지 말라고 했다. 내가 한 번 더 반복했다.

"전화 기다리지 마."

"그동안 누나가 본 서재유가 전부가 아니야."

"알아. 니가 얼마나 좋은 사람인지 잘 알아."

"내가 좋고 나쁜 걸 말하는 게 아니야."

"니가 하고 싶은 말이 무슨 말인지도 알아. 그러니까 그만해."

"……난 지금도 너무 힘들어."

"그래서 하는 말이야. 여기까지가 좋은 거야. 내 말 무슨 의미인지 너도 잘 알잖아."

"힘든 건 얼마든지 참을 수 있는데…… 보고 싶은 건 나도 어떻게 못 해. 그건 내 의지로 할 수 있는 일이 아니야."

저만치서 도의 씨 목소리가 들려왔다.

"성현 누나! 아직 멀었어요?"

"저 자식 내가 가만 안 둘 거야. 김도의도 경계해. 그게 누구든 잘해 준다고 좋아하지 마. 누구도 전적으로 믿지 마. 백성현, 내 말 잊지 마."

오래전 양승호 실장님도 내게 이런 말을 했다. 그리고 날 떠나가 버렸지. 그러나 그때의 양 실장님처럼 재유는 나를 지켜 주겠다는 말 따윈 하지 않았다. 하긴, 지켜 준다던 사람도 날 떠나갔는데.

나는 살면서 필요 이상의 것을 원했던 적이 거의 없다. '서재유'는 필요 이상의 존재다. 더 많은 사람이 이 남자를 공유해야 한다.

"그럴게. 재유야, 건강해. 아프지 말고. 술 적당히 마시고."

그의 시선이 날 붙잡고 놓아주질 않았다.

"그 말 말곤 할 말이 없어?"

좋았어. 너와 같이 연기하는 게. 너와 함께한 시간이. 그건, 꺼낼 수 없는 말이었다.

"너무 오래 기다리게 하지 마."

도의 씨가 결국 나를 데리러 왔다. 이번엔 재유도 못 본 척했다. 서재유는 오직 내 얼굴만 바라보았다.

"먼저 갈게."

그에게서 돌아서서 차 쪽으로 걸어갔다. 지금 어떤 눈으로 내 뒷모습을 응시하고 있을까. 어쩌면 이게 내가 보여 줄 마지막 모습일지도 모르는데.

저런 남자를 또 만날 수 있을까. 순간, 세상에 아무도 없다면, 이 공간에 저 남자와 단둘만 있다면, 10분 후 바로 10분 전의 기억이 완벽히 사라진다는 보장만 있다면, 그에게로 뛰어가 안기고 싶다는 열망이 끓어올랐다.

'딱 한 번만 안길게. 딱 한 번만 안아 줘.'

그의 품에 안겨 고백하고 싶었다. 오늘 분명히 깨달았는데 지난 몇 달 간 너를 좋아했던 게 맞다고.

눈물이 나올 것 같아서 창에 기대 눈을 감았다. 그 차 안에서 나는 어릴 적 엄마와 읽었던 《어린 왕자》를 떠올렸다. 사막의 아침. 눈을 뜨자 왕자는 사라졌다. 어린 왕자는 아끼던 장미꽃을 돌보러 자기의 작은 별로 돌아갔을 것이다. 어린 왕자의 선택이 옳다. 그 별로 돌아가야 하는 게 맞다. 다시는 어린 왕자를 찾지 않기로 했다.

다음 날 아침 나는 휴대폰을 열어 그가 눌러 준 번호를 영구 삭제했다.

여름이 지나갈 무렵 내게 몇 가지 일이 일어났다. 지면 화보를 몇 차례 찍고 케이블 TV에 방영될 광고도 두 편 찍었다. 제주도 집을 다녀온 뒤, 친구처럼 지내는 언니들과 2주 일정으로 유럽 여행을 떠났다. 그렇게 긴 해외여행은 처음이었다. 나는 지친 나에게 주는 비싼 선물이라고 생각하며 여행에 합류했다.

이탈리아에서 시작해서 그리스와 스위스, 오스트리아, 프랑스 순으로 여행하는 빡빡한 일정이었다. 베네치아를 시작으로 베로나, 피렌체를 돌면서 지리책에서 봤던 것들을 눈으로 확인했다. 신들의 나라라고 불리던 그리스의 하얀 집들은 가까이서 보면 그리 깨끗해 보이진 않았지만, 해안은 그대로 오려 가고 싶을 정도로 아름다웠다. 아무리 봐도 질리지 않는 푸른 바다.

"우리 여기서 눌러살까?"

우리는 한나절에도 몇 번이나 그런 소리를 해 댔다. 뭐 해서 먹고 살 거냐? 따위의 말은 아무도 꺼내지 않았다. 어차피 그냥 해 보는 말이라는 걸 알고 있었으므로.

어려서부터 하이디가 좋았던 나는 알프스에 꼭 가고 싶었다. 기차를 타고 알프스 산에 올랐다. 체크인을 도와준 호텔리어가 우리가 묵는 호텔 회장의 부인 이름이 진짜 '하이디'라고 해서 반갑게 웃었다. 마른풀 더미 위에 잠자리를 펴고 누운 동화 속 소녀처럼 기분 좋게 잠이 들었다.

다음 날, 다보스 고산지대의 호텔에서 먹는 뷔페식 아침은

30대에 들어선 지 6년, 5년, 4년, 2년 차가 된 네 여자를 들뜨게 하기에 충분했다.

"이 치즈가 하이디도 먹은 그걸까?"

노란빛을 띤 치즈를 야금야금 잘라 먹고 갓 구워 낸 빵을 우아하게 수프에 찍었다. 샐러드와 달걀 반숙도 좋았다. 식전에 나오는 와인이 맛있어서 아침부터 화이트와인을 시켜 두 병이나 비웠다.

알프스의 집들은 그 자체로도 아늑하고 예뻤다. 집집이 창가나 테라스에 온갖 꽃을 가꿔 놓은 게 인상적이었다. 관광객들을 위해 그렇게 꾸며 놓으면 정부에서 돈을 주기도 한다고. 여행 내내 나는 다양한 국적과 연령대의 남자들에게 대시를 받았다.

"역시 난 유럽에서 더 먹히는 스타일이야!"

고맙게도 동행인들은 내가 하는 말에 기꺼이 동의해 줬다. 이름조차 모르는 남자들에겐 전혀 관심 없었지만, 짧은 거절의 순간조차 날 즐겁게 했다. 타인을 의식하지 않아도 되는 정신없는 수다는 네 여자를 5년쯤 젊게 해 주었다.

소녀들처럼 〈에델바이스〉를 부르며 오스트리아 국경을 넘어갔다. 오래된 건물이 즐비한 오스트리아 거리는 아직 그 모습을 유지하고 있다는 것만으로도 칭찬받을 만했다. 우리는 모차르트가 태어난 도시에 들렀다가 야외 연주회를 감상했다. 열네 살 나이에, 성당 밖에서는 누구도 들을 수 없었던 10분 길이의 〈미제레레〉 합창곡을 딱 한 번만 듣고도 서로 다른 멜로디

파트 아홉 개를 동시에 기억해서 악보에 옮겨 적었다는 천재. 클래식에 문외한인 나에게도 익숙한 세레나데가 흘러나왔다. 〈아이네 클라이네 나흐트무지크〉 2악장 C장조. 어스름한 불빛 아래 진지한 연주자들의 표정을 보며 나는, 내 전화를 기다리겠다던 젊은 남자의 얼굴을 떠올리지 않으려고 애써야 했다.

프랑스에서 가장 많은 시간을 보냈다. 오줌 냄새 가득한 파리의 첫 인상은 유쾌하지 않았지만, 그곳에서 2년 유학한 적이 있는 해주 언니의 꽁무니를 따라 다리가 아프도록 돌아다녔다. 관광 가이드 책에 단골로 나오는 유명한 노천카페에서 이른 아침을 먹고, 루브르 박물관에서 종일 보낸 뒤 늦은 프랑스 정찬을 맛보기도 했다. 귀국하기 전날 다시 루브르에 가서 생각보다 작은 크기의 모나리자를 감상했다. 시간은 없는데 볼 것도, 가 볼 곳도 너무 많아서 신경질이 날 정도였다.

여행은 끝났다. 그사이 체중이 2킬로쯤 불었고, 볼은 혈기로 발그레해졌다. 살던 곳을 떠나서 좋기도 했지만, 다시 돌아와서 안도감을 느끼기도 했다.

서울은 가을이 되었다는 것 말고는 우리가 떠나기 전 그대로였다. 그럴 줄 알았다.

여행의 여운을 만끽할 새도 없이 석 달 안에 보증금을 대폭 올려 달라는 통보를 받았다. 집주인은 겨울에 한국으로 돌아와야 하는데 전세가 너무 올라 자신들도 어쩔 수 없다며 미안해 했다. 그동안 동네 수준에 비해 싼 가격에 임대해 살았으니 내가 미안한 일인지도 모른다.

박지형 감독이 나와 하고 싶어 하는 드라마는 제작사에서 반대만 안 한다면 하는 게 좋겠다고 마음을 굳혔다. 드디어 키앤과 가계약을 했다. 계약 조건은 좋지도 나쁘지도 않았다. 나는 시은이까지 데려가는 걸 추가 조건으로 걸었다. 그쪽에선 내게 적어도 1년간 스캔들은 절대 금지라는 조항을 덧붙였다. 그것 때문은 아니지만 한 달의 여유를 더 달라고 했다.

그 사이사이 소소한 일상의 일들을 처리하고 졸업 논문을 마무리하느라 바쁜 동생이 먹을 도시락을 만들며 살았다. 몇 달 만에 '세상의 모든 음식'이란 요리 카페에 접속해 밀린 음식 사진을 올렸다. 댓글을 확인하러 들어갔다가 오랜만에 Timeless와 채팅을 하게 됐다. 북유럽의 어느 나라에 산다는, 20대로 추정되는 남자. 가끔 메일을 주고받던 사이다.

손 사진 인증을 했다고 해서 검색해 보니 낯설지 않은 손이 보였다. 내가 만져 본 손보다 마르진 않았지만 이렇게 길쭉하고 단정하고 손톱이 큰 남자를 나도 알고 있는데. 세상엔 얼굴보다 손이 빼닮은 사람들이 더 많겠지.

사막의 여우가 어린 왕자에게 말했다. 가장 중요한 건 눈에 보이지 않는 거야. 서재유는 내게 이렇게 말했다. 당신이 본 서재유가 전부가 아니야. 내가 미처 보지 못한 그의 모습은 무엇이었을까. 드라마 속 재현과 실제 재유의 모습이 뒤죽박죽 오버랩 되면서 바보 같은 나는 어디까지가 김재현이고 어디부터가 서재유인지 구분할 수가 없다.

채널을 돌리다 보면 하루에도 몇 번씩 〈온리 원〉과 마주치고, 나를 만나는 사람들은 아직도 내게 서재유의 근황을 묻는다. 내가 그걸 어떻게 알겠는가. 아무리 생각하지 않으려 해도 그와 나는 깊이 연관된 사람이 돼 버렸다. 내 이름을 따라 나오는 연관 검색어처럼.

새로 생긴 내 팬들은 대부분 〈온리 원〉의 커플 팬이다. 그네들은 오래된 나의 미니홈피까지 찾아 서재유의 사진을 올리고, 〈온리 원〉 영상과 사진을 편집해 재유가 부른 노래를 입힌 뮤직비디오를 만들어 보내 준다. 내게 선물을 보내 주는 것도 대부분 그들이다. 유튜브에 들어가 내 이름을 검색하면 서재유의 얼굴이 담긴 영상이 부록처럼 딸려 나온다.

설거지를 하다가 그릇을 깬 날, 요리 카페 수다방에 이런 질문을 올렸다. 설거지하다가 가장 황당할 때는? 그날 아침 나는 세제를 잔뜩 묻혀 국그릇을 닦다가 싱크대 안으로 떨어뜨렸고, 그 국그릇은 내가 아끼던 도자기 냄비를 깨트렸다. 크기가 적당해 즐겨 사용하던 냄비였다. 비싸지도 예쁘지도 않은 국그릇은 멀쩡했고, 비싼데다 예쁘고 쓸모가 많았던 냄비는 커다랗게 이가 나가 쓸 수 없게 돼 버렸다.

살다 보면 종종 이런 일이 생긴다. 어쩌면 내가 그의 전화번호를 지워 버린 것도 그것과 같은 일일까. 후회할 땐 후회하더라도 더 가 볼 걸 그랬나. 함부로 꿈꾸어선 안 되는 위험한 인연. 삭제해 버린 전화번호가 비싼 냄비가 아니었기를. 깨져도 하나도 아깝지 않은 그릇이었기를.

아직도 종종 그 남자를 떠올린다. 발코니에 나와 가을 햇살을 해바라기 하다 보면, 햇살이 남아 있는 늦은 오후 공원을 산책할 때면, 기억에서 완전히 몰아내지 못한 그의 잔영이 날 건드린다. 가을이 되면 편한 마음으로 떠올릴 수 있는 사람이길 바랐는데. 이젠 겨울이 될 기다려야 하나.

〈온리 원〉 팬들이 '온리 러브'란 이름의 카페를 만들어 나와 서재유의 얘기를 한다는 걸 제일 먼저 말해 준 건 시은이였다. 나는 그냥 웃어넘겼다.

"그러다 말겠지."

"언니야, 예전 같지 않다니까. 요새 팬들은 완전 체계적이고 집요한 팬질을 해요. 정 없던 사람도 정들게 만들 정도라고. 한번 들어가 봐. 이참에 아예 사귀든가. 좀 어리긴 해도 그런 남자 만나는 게 쉬워? 뒷구멍으로 온갖 호박씨 다 까는 남자들하곤 차원이 다르잖아."

"너야말로 서재유 팬질 좀 적당히 해."

"오해야! 난 연하 안 좋아해."

"잘생기면 다 오빠지? 먹었으면 일어나자."

"서재유는 언니 좋아한다. 나 그 사실에 내 전 재산 걸 수도 있어."

"참 쓰잘머리 없는 거에 재산 걸고 그런다. 니 일에나 목숨 걸어."

"물어볼까?"

"뭘 물어?"

"재유 코디 언니들하고 지금도 연락해. 가끔 만날 때도 있고. 내가 저번에 슬슬 구슬려 물어봤거든. 내 감은 확실해."

"너 어디 가서 내 얘기, 재유 얘기 하고 다니지 말랬지. 진짜 잘리는 수가 있어. 난 걔 전화번호도 몰라."

"전화번호 따 줘?"

"오늘 밥값은 니가 내."

"언니가 산다며! 비싼 데 데리고 와서 밥값 내래! 힝."

"네 입을 원망해."

"맞는데. 서재유 요새 좀 그렇다는데."

"……그게 무슨 뜻이야?"

"낮엔 말없이 일만 하고, 밤엔 운동만 하고. 놀지도 않고 노래, 안무 연습만 하고 산대."

"열심히 사네."

"그게 사람이 할 짓이야? 온종일 일만 하는 게 정상이냐고. 일이 질리지도 않나. 끼니도 잘 안 챙기고, 심지어 술도 안 마신대요. 쇼핑도 끊고. 아, 홈쇼핑 중독 같은 거 있었나 봐. 온리 운동하고 일만."

"……."

"하도 날카로워서 섣불리 말도 못 붙인대. 더 말라서 건드리면 툭 쓰러질 것 같다고 하더라. 그래도 드라마 할 땐 웃기도 잘하고 우스갯소리도 꽤 하고 그랬잖아. 언니가 구원투수일 것 같아. 그냥 선후배로 만나면 되잖아. 부담 없이. ……부담이 안 될 순 없겠지? 에고, 이젠 너무 유명해졌어. 별도 그런 별이 없다."

그날 밤, 낮에 시은이가 한 말이 자꾸 떠올라 잠을 설쳤다. 지워 버린 전화번호는 아무리 기억해 보려고 해도 뒷자리 네 개밖에 떠오르지 않았다. 그것조차 정확한지 확신할 수 없다. 아직도 내 전화를 기다리고 있을까. 차라리 먼저 연락하지. 떼라도 쓰지.

일기장에도 차마 쓰지 못할 생각이지만, 어쩔 수 없이 그 남자가 보고 싶었다.


모임이 있어서 반포에 왔다가 한나절 시간을 보낸 뒤 다시 청담동으로 갔다. 오정혜 작가가 날 선보인다며 시나리오 작가 모임에 일부러 부른 자리다.

이름 정도는 익숙한 작가도 몇 있었다. 예약한 방에서 잘 조리된 음식을 먹으며 피가 되고 살이 되는 대화를 새겨들었다. 궁금한 건 질문하고, 묻는 말엔 성의껏 대답도 했다. 오정혜 작가가 한턱내는 자리였지만, 날 실물로 보고 싶어 한 작가들도 꽤 있었다.

마음만 먹으면 사람들과 금방 친해진다. 그러나 어느 선 이상의 관계는 되도록 만들지 않으려고 한다. 너불너불 엉겨 붙기도 해야 하는데 그게 안 된다. 이 성격을 고쳐야 할까? 차 마시는 자리까지 따라갔다가 계산을 하고 먼저 나왔다.

주차장으로 내려갈 때였다. 처음 본 전화번호가 떴다. 모르는 전화는 잘 받지 않는데 왠지 받아야 할 것 같았다. 서재유라니. 분명 그의 목소리인데 이상하게 낯설어 진짜 재유가 맞는지 되물었다.

안 보고 지낸 게 얼마나 됐다고 자꾸 말문이 막혔다. 웃자고 한 농담에도 숨이 목에 턱턱 걸리는 기분이었다. 왜 이렇게 이상하지. 재유가 맞는데 재유가 아닌 것 같은 기분을 떨칠 수가 없었다. 몸이 멀어지면 마음도 멀어진다는 말이 맞는 건가.

나는 결국 내 전화를 기다렸느냐고 묻고 말았다. 잠시 뜸을 들이던 재유가 대답했다.

— 안 할 거 같아서 내가 했어. 정말 피도 눈물도 없는 백성현.

밝을 때의 재유 같아서 그제야 웃음이 나왔다. 거기서 끝냈어야 했는데 왜 그랬을까. 주차장에서 그를 기다리면서 내 마음은 또 변덕을 부렸다. 지금이라도 오지 말라고 할까. 누가 볼지도 모르는데.

복잡한 생각에 잠겨 있을 때 길이 막혀 늦어진다는 연락이 왔다. 막힐 시간이 아닌데. 답답해진 나는 화장을 고치고 편의점에 가서 커피와 음료수를 사 왔다. 차 문을 여는데 휴대폰 벨소리가 울렸다.

— 7시 방향으로 봐. 어딜 보는 거야?

웃음기가 배어 있는 목소리. 두리번거리는 내 눈앞에 갑자기 서재유가 나타났다. 이런 차림은 처음 본 것 같다. 동네 편의점이라도 나온 듯 모자를 푹 눌러쓰고 트레이닝복을 입은 모습이었다. 피부도 까칠해 보였다. 안경을 쓴데다 스타일이 바뀌어서 그런지 모든 게 낯설었다. 너 진짜 재유 맞아? 캐묻고 싶을 걸 참고 어디에 주차했는지 물었다.

"택시 타고 왔어."

계속 주차장에 서 있을 수가 없어서 차 안으로 불러들였다. 운전석에 앉자마자 재유가 장난스럽게 재촉했다.

"백 기사, 운전해."

"잠깐 얼굴만 보려고 했어. 궁금해서."

"앉자마자 내리라고?"

"집 근처에 내려 줄게. 청담동 어디쯤이야?"

"3킬로쯤 찐 거 같은데? 4킬로인가? 혹시 5킬로?"

"보자마자 그렇게 말해 줘서 진짜 고맙다."

"예뻐졌다고. 보고 싶었어."

"저녁은, 먹었어?"

"한국말 못 알아들어? ……배고파."

"뭐 먹으러 가자고 하기가 그렇네. 니가 너무…… ."

"알려졌지. 사람들은 누구나 휴대폰을 들고 다니지. 가방엔 디카도 들어 있겠지. 사진이라도 찍히면 끝장인 건가?"

"샌드위치 먹을래? 이 근처에 잘하는 집 있는데 아직 열었나 모르겠네. 음료수라도 마시고 있어."

재유가 주스를 마실 동안 큰길에 접어들었다. 이 남자하고 는 편히 갈 데가 없다. 이렇게 넓은 서울 바닥에서.

"근데 우리 어디 가?"

"촬영장? 하하하. 갈 데가 참 없네."

"……그러게."

"모자 좀 벗어 볼래?"

"완전 못생겨 보여. 거절이야."

"너 원래 안경 써? 드라마 할 땐 렌즈 낀 거야?"

"아니. 안경은 장식용."

재유가 평화로운 얼굴로 내 쪽을 바라보았다. 이제 어디로 가지? 고민할 때 휴대폰 벨 소리가 울렸다. 그런데 뒷번호가 낯익다. 이게 도대체⋯⋯.

"왜 안 받아? 남자야? 혹시 그새 애인 생겼어?"

"아니. 아직. 잠깐만."

망설이다 전화를 받았다. 재유가 창문 쪽으로 고개를 돌렸다.

"누구⋯⋯."

— 나야. 재유.

"네? 누구라고요?"

— 내 목소리 또 몰라보네.

지금 내 옆엔 방금까지 날 바라보며 미소 짓던 서재유가 있다. 전화기 너머엔 똑같은 목소리로 본인이 서재유라고 주장하는 남자가 있다. 50년, 100년 뒤에도 잊을 수 없을 것 같은 목소리. 휴대폰 안의 목소리가 다시 말했다.

— 서운하네. 백성현, 내 목소리 벌써 잊었어?

# 준유

스웨덴엔 몇 가지 유명한 게 있다. 노벨상, 볼보 자동차, 이케아 가구, 그룹 아바ABBA, 앱솔루트 보드카, 그리고 삐삐 롱스타킹.

아스트리드 린드그렌은 앓아누운 딸을 위해, 어른이 되기 싫어서 완두콩처럼 생긴 크루멜리스를 먹는 삐삐 롱스타킹이란 아홉 살 꼬마를 탄생시켰다.

뽀빠이처럼 힘이 세고, 밥 먹듯 거짓말하고, 학교는 가고 싶을 때만 가는 아이. 말과 원숭이가 돌아다니는 집 안은 늘 난장판이지만 부모 없이 혼자 살아도 씩씩한 이 아이의 본명은 '삐삐 로타 델리카테사 윈도 셰이드 맥크렐민트 에프레이즘 롱스타킹'이다. 스웨덴에 도착한 첫 해, 동생과 나는 내기를 하며 그 이름을 외웠다. 며칠만 지나면 잊어버리는 걸 열 번쯤 반복해서야 그 길고 황당한 이름을 완벽히 외울 수 있었다.

우리 가족은 한국인이라곤 찾아보기 힘든 소도시의 단독 주택에서 살았다. 사과나무 열매가 단단하게 익어 가던 가을의 작은 정원. 동생과 나는 9월이 지나기 전에 아빠를 도와 정원의 사과를 땄다. 그때만 해도 나는 아버지를 아빠라고 불렀다. 북유럽의 겨울은 길었고, 봄이 될 때까지 집 안에선 늘 사과 향이 맴돌았다. 지나고 보니 내 영혼이 가장 평화로웠던 때였다.

부모님이 사업을 정리하고 귀국하기로 했을 때 한국으로 돌아가고 싶어 하지 않은 건 동생이 아니라 나였다. 아버지는 날 스웨덴에 남겨 두고 올지 말지 한참을 고민하셨다. 절대 안 된다고 마지막까지 반대한 건 엄마였다.

당시 엄마는 집에서 오래 기르던 '고미'가 죽은데다 갱년기까지 겹쳐 우울증에 시달렸다. 엄마는 오후 3시면 어두워지기 시작하는 북유럽의 긴 겨울을 더는 견디기 힘들다며 울곤 하셨다. 그래서 그렇게 애매한 시기에 스웨덴 생활을 정리한 것이다. 스웨덴에서 돌아오지 않았다면 내 인생은 어떻게 달라졌을까.

드라마가 끝나고 처음으로 동생에게 전화를 건다. 그곳은 늦은 아침이다.

"뭐 해?"

— 잤어.

"다 잔 거야?"

— 일어나지 뭐.

"사과 익어 가냐?"

— 뜬금없이 사과 타령이야. 잘 익어 가더라. 먹을 만해.

"너, 아버지하고 연어 잡으러 갔던 거 기억나?"

— 형이 더 많이 잡았었잖아.

"니가 더 많이 잡은 거 아니었어?"

— 그런가. 하긴 한 번만 간 게 아니니까.

"그냥 스웨덴에서 살 걸 그랬나 봐. 한국에 안 간다고 계속 우길걸."

— 여기 있으면 별거 있는지 알아? 한국이 놀 덴 더 많아.

"여행하고 싶은데 시간이 없네. 칠레 가고 싶은데."

칠레. 지구 위에서 가장 가늘고 긴 나라.

— 그러게 왜 자꾸 일을 만들어? 너 소년 가장이야? 우리 밥 굶어? 이젠 먹고 살 만하잖아. 아버지 일도 자리 잡아 가는 것 같던데. 형도 하고 싶은 것 좀 하고 살아.

"그래야지. 넌 인기에 연연하지 않아도 되는 그런 일을 찾아라."

— 겨울에 올래? 연어 철은 지나겠지만.

"난 스웨덴어도 거의 다 잊어버렸어. 로케, 잘 지내라."

어른이 된다는 건, 행복한 일이 점점 줄어든다는 뜻일까. 참아야 할 게 많아진다는 뜻일까. 러닝머신 위를 달리면서 생각한다. 도대체 내 머릿속은 왜 이토록 단순한 거냐고. 다른 사람 생각은 들어올 여지도 없이 좁아터진 거냐고.

백성현에게 먼저 연락하라고 한 건 기회를 주고 싶어서였다. 날 포기할 기회. 날 선택할 기회.

한밤중도 새벽도 괜찮다고 했는데 전화가 오지 않는다. 벌써 포기한 건가. 이제 겨우 한 달 지났을 뿐인데 백 년은 기다린 것 같다. 너무 오래 기다리고 싶지는 않다. 나도 살아야 하니까.

눈만 감아도 그 여자를 떠올리는 내가 싫을 때가 있다. 어린아이가 하루아침에 어른이 되길 바라듯, 아침에 눈을 뜨면 이 드라마도 3년 전쯤의 과거가 되어 있길 기대했다. 힘들고 괴로운 일련의 과정일랑 깨끗이 생략된 채.

백성현은 그저 내 필모그래피의 한 부분에 속한 파트너일 뿐이라고 생각하고, 또 생각했다. 잊으려는 노력을 안 한 게 아니다. 드라마가 끝나자마자 나를 제법 잘 아는 누군가는 이렇게 말했다.

"지금은 이게 최선이라고 생각하겠지만 시간이 지나면 또 바뀌는 게 사람 마음이야. 좋고 나쁜 걸 말하자는 게 아냐. 너한테 맞는 옷이 있고 맞지 않는 옷이 있어. 네가 지금 할 수 있는 게 뭔데? 너 군대도 안 갔다 온 스물여섯이야. 여자를 아예 만나지 말라는 게 아냐. 부담 없이 만날 수 있는 여잘 찾아. 헤어져도 많이 미안하지 않을 여자. 그 여잔 그런 상대가 아냐. 곧 소속사 생기는 거 알지? 이 바닥 알잖아. 올라가긴 어려워도 내려가는 건 순식간이라는 거. 바닥까지 내려갔던 여자야. 젊은 여자 혼자 그렇게 버티는 게 얼마나 어려운 일인지 너도 모르진 않지? 가을에 새 드라마 들어간다던데, 그것까지 히트하면 예전 인기 정돈 찾을 거야. 돈도 꽤 벌겠지. 근데, 네가 도움은 못 될망정 걸림돌이 되면 되겠어? 다시 한 번 말하지만, 그 여잔 아니야."

나도 그러고 싶다. '아, 모르셨어요? 지난주에 다 잊었는데?' 그렇게 말하고 싶다. 가벼운 마음으로 친구들이 권하는 소개팅에 나가 시시껄렁한 얘기를 나누며 '그냥 부담 없이 놀고 헤어지죠' 하고 싶다. 그 여자의 얼굴이 박힌 사진을 내밀며 사인을 요구하는 커플 팬들에게 아무렇지도 않게 웃으며 '행복하세요!' 같은 글귀를 적고 싶다. 그런데 백성현 사진만 봐도 가슴이 철렁 내려앉는걸. 이름만 들어도 머리가 싸해지는 걸 나보고 어떡하라고.

며칠 전 캐주얼 브랜드 회사가 주최한 사인회에서 내 사진을 내밀며 '성현의 온리 원'이란 문구를 써 달라는 팬이 있었다. 나이가 꽤 지긋한 중년의 아주머니셨다. 나는 그 사인지에 그분이 원하는 글귀를 쓰고 나서 고맙다는 말을 덧붙였다. 그분이 악수를 하기 위해 내민 내 손을 잡고 푸근히 미소 지었다.

"재유 씨도 같이 행복해야죠."

꼭 잡은 손을 먼저 뺀 건 그분이었다.


드라마 대본과 시나리오가 다시 쌓이기 시작했다. 내가 거들떠보지도 않는 바람에 권혁주 이사와 백호민 실장이 그 많은 자료를 일일이 읽고 있다.

이 대본은 톱스타 아무개가 하고 싶어 하는 건데 나한테 먼저 보낸 것이다. 저번에 널 거절한 여배우가 너랑 연기할 마음이 생겼다더라. 방송사에서도 서재유가 한다면 무조건 내년 봄에 편성을 넣어 준다고 했다. 이 시나리오는 유명 시나리오 작가 N씨가 3년 만에 쓴 작품이다. 저번에 영화 엎어진 걸 이 영화로 설욕해야 하지 않겠느냐? 기타 등등 날 설득할 말들은 넘쳤다. 그러나 지금은 어떤 말로도 내 마음을 바꿀 수 없다.

더는 내게 강요할 수 없다는 걸 그들도 알 것이다. 데뷔한 이후 나는 한 번도 회사에 손해를 끼친 적이 없다. 이제 나와 정문용 대표 사이에 체결됐던 계약 기간은 반년도 채 남지 않았다. 그는 1년 전부터 재계약을 기다리고 있다. 하지만 아직 난 어떤 대답도 하지 않았다. 비밀스럽게 접촉해 오는 회사도 여럿 있지만 그들 역시 원하는 대답을 듣지 못했다.

'서재유'의 이적에 대한 소문은 여러 갈래로 부풀려지고 퍼져 돌고 있다. 7년 전 처음 계약할 땐 실질적으로 MO아티스트가 '갑'이고 내가 '을'이었다면, 두 번째 계약 때 '갑'은 분명 내가 될 것이다.

음반 준비는 만족스럽지 않았다. 마음에 드는 곡이 거의 없었다. 타이틀곡이 될 만한 걸 골라 놓긴 했으나 더 좋은 곡이 나타난다면 언제든 바꾸고 싶다. 발라드곡들은 무난했다. 그래서 더 건질 게 없다. 평범한 멜로디와 흔해 빠진 가사들. 하나같이 사랑 얘기. 마치 날 위해 부르는 노래 같아. 팬들을 착각하게 하는 특정 주어가 없는 노랫말.

들으면 바로 서재유라는 이름이 떠오를 만한 노래를 하나쯤은 남기고 싶은데 그런 게 없다. 회사의 A&R팀*에서 수십 개의 곡을 고르고 찾아 보여 줬지만, 그중 마음에 드는 곡이 세 개도 안 됐다. A&R팀장과 이형원 프로듀서, 그렇게 셋이 계속 대화를 나눠 왔지만 결론은 아직은 특별한 게 없다는 거였다.

정규 앨범을 내고 싶은 욕심은 늘 있다. 그러나 나는 앨범형 아티스트로 키워지지 못했다. 회사에선 비용이 적게 드는 미니 앨범을 선호한다. 그 정도만 꾸준히 발매해 줘도 잘 팔리니까. 4, 5년씩 공들여 가며 한 장의 정규 앨범을 발매하는 아티스트들을 생각하면 11월을 목표로 한 정규는 여러모로 무리한 욕심이다. 사실 이 미니 앨범조차 완성도가 성에 찰지, 제날짜에 출시될지 미지수다.

가끔 쫑파티 때의 그녀가 생각났다. 잘 노는 수녀 스타일이란 말을 처음 한 사람이 누구였을까. 그렇게 귀여운 여잔데, 그렇게 기분 좋은 여잔데, 편한 동료처럼 어울릴 수가 없었다.

유난히 더 생각나는 날이 있다. 오늘이 그날인 것 같다. 침대에 누워 뒤척이다 잠드는 시간은 빨라도 새벽 3, 4시. 전화벨소리에 일어나 보니 아침 9시가 다 돼 있었다. 회사로 바로 가 미팅을 마치고 그 멤버들과 함께 이른 점심을 먹었다. 점심 메뉴는 그 여자가 좋아하던 회였다.

오후엔 화장품 지면 광고 촬영을 했다. 3년째 하고 있는 이

---

* Artist & Repertoire의 약자. 회사 내에서 아티스트와 레퍼토리를 뽑아 관리하는 부서. 국내의 경우 곡 수집을 주요 업무로 하는 팀을 가리킨다.

브랜드는 봄가을로 서브 모델이 바뀐다. 상대방에게 딱히 관심을 가진 적은 없지만 그 여자가 그 여자 같은데 왜 자꾸 모델을 바꾸는지 모르겠다. 아깐 새로 바뀐 모델이 들어오는데 언젠가 백성현이 입었던 옷을 입고 있었다. 자세히 보니 디자인이 약간 달랐지만 순간적으로 모델 얼굴이 그녀의 얼굴로 보여 당황스러웠다.

종일 스케줄의 연속이다. 연습실에 들러 저녁밥을 시켜 먹으며 안무팀 단장 형과 두 번째 활동 곡 안무 컨셉에 대한 의견을 나누었다. 이젠 내 아이디어가 쓰일 때도 꽤 많다. 댄서들은 한쪽에 앉아서 노닥거리고 있고, 승연 누나와 진후 형이 커플로 춤을 추었다. 두 사람은 실제로도 커플이다.

한 시간에 걸쳐 안무 연습을 한 뒤 출출해질 무렵 녹음 스튜디오에 들렀다. 이형원 프로듀서와 녹음 엔지니어, 작곡가가 날 기다리고 있었다. 이번 미니 앨범 타이틀곡은 드라마 속 김재현의 이미지를 따 만든 미디엄 템포 댄스곡이다. 뒤늦게 합류한 곡인데, 후하게 쳐서 70퍼센트 정도 만족스럽다.

처음 가이드* 녹음을 들었을 땐 멜로디 라인은 그런대로 마음에 들었지만, 전문 작사가가 쓴 게 아니라 가사가 영 어설펐다. 타이틀곡을 만든 작곡가와 의논해 제목을 바꾸고 가사도 다듬었다. 제목을 〈렛 미 인Let Me in〉으로 바꾸자고 한 건 내 의

---

* 노래 부를 가수에게 들려줄 목적으로 정식 녹음을 하기 전에 미리 음정, 박자 등을 가녹음하는 것. 데모(Demo)라고도 함.

견이었다. 가사 일부도 내가 맡아 썼다.

녹음실 부스 안에서 노래하는 모습만 봐도 어느 정도 수준을 가늠할 수 있다. 콘덴서 마이크는 예민해서 숨소리조차 조심스러워진다. 실력 있는 가수는 마이크부터 자유자재로 사용한다. 가창력이 뛰어날수록 노래를 끊지 않고 한꺼번에 이어 녹음한다.

지금은 1절과 2절을 따로 불러서 녹음하지만, 신인 때는 한두 소절씩 끊어 가며 녹음한 뒤 오토 튠*으로 일일이 틀린 음을 보정하고 음역을 조절했다. 가이드 보컬이 부른 걸 들었을 땐 좋았던 노래가 내가 부르면 순식간에 평범해졌고, 나는 수시로 좌절했다. 아직도 나는 오토 튠을 사용하지만, 라이브에 강한 보컬리스트일수록 튠을 사용하지 않는다.

목 관리를 한다고 했는데도 체중이 줄어서인지 높은 음역으로 올라갈수록 자꾸 힘이 빠졌다. 연습실에서 기운을 너무 뺀 것 같다. 녹음된 걸 들어 보니 역시나 불만스럽다. 신인 때처럼 다시 한 소절씩 끊어 가며 녹음해야 하나. 이렇게 체력 관리를 못 하는 것도 프로다운 모습이 아니다.

"오늘 다 할 수 있겠어?"

"이번 주는 시간 없다면서요?"

"그렇긴 한데, 정 마음에 안 들면 다음 주 초로 미루지 뭐. 그때 있잖아. 〈온리 원〉 OST 부른 날. 그날 너 진짜 잘했는데.

---

* 음정(pitch) 보정을 위한 오디오 플러그인의 이름이자 기술 그 자체를 의미함.

중간에 자를 수가 없더라. 그때 필로 다시 가 보자. 그날 너 우는 줄 알았다?"

"……그랬어요?"

"그랬잖아. 이상하게 그날은 너하고 말 섞기가 어렵더라고. 다른 사람 같은 게, 꼭 진짜 드라마 속 김재현 같더라니까."

재능을 타고난 사람을 이기려면 얼마만큼의 노력이 필요한 걸까. 천 번, 만 번을 불러 본대도 동생을 따라잡긴 어려울까. 잠시 쉬었다 다시 하기로 했다. 작곡가가 근처에 볼일이 생겼다며 자리를 비우자 기다렸다는 듯 이형원 프로듀서가 입을 열었다.

"며칠 전 정 대표님이 곡 두 개 보내 줬는데, 들어 볼래?"

"누구 곡인데요?"

"나도 처음 본 작곡가야. 재미 교포라던데? 작곡을 전공한 사람 같진 않아. 데모 파일하고 악보 보니까 화성학을 정식으로 배운 사람이 아니더라고. 하기야 돈 퍼부어 가며 배우면 뭐하냐. 이렇게 한 번씩 천재가 나타나면 기운 쫙 빠지는데. 동네 피아노 학원도 한 번 안 다녔던 사람이 히트곡을 줄줄이 만들고, 학벌도 열라 좋은 인간이 작곡까지 하는 세상에서 나보고 어떻게 버티라는 건지. 인간이 아니라니까. 괴물들이지. 이 사람도 조짐이 보여. 뭐 하던 사람인지."

"곡이 얼마나 좋길래 서두가 이렇게 길어요?"

"다듬어야 할 것 같긴 한데 멜로디 라인이 진짜 좋아. 코드 진행도 특이하고. 이거 대표님이 너 아직 보여 주지 말랬는데."

"제목이 뭐예요?"

"하난 제목 없고, 하나는 〈하얀 밤〉."

"〈하얀 밤〉?"

"어. 화이트 나이트는 좀 웃기고, 백야는 너무 무겁겠지? 가사도 같이 썼던데. 악보 볼래?"

"둘 다 보여 주세요."

"〈하얀 밤〉은 짧아. 3분 겨우 넘어. 다른 곡은 4분 50초짜리인데, 달랑 곡만 있어. 그건 가사 없이 연주곡으로 가도 좋겠더라. 들어 봐."

이형원 프로듀서가 피아노를 치며 노래를 부르기 시작했다. '나 좀 재워 줘. 잠들 수가 없잖아. 네 검은 눈 속에 나의 밤은 하얗게 바래.' 그렇게 시작하는 곡이었다.

……다른 여잘 보면서 널, 널 떠올리는 난, 난 정말 바보야.
어쩌면 날 기억 못 할 널, 널 잊지 못하는 날 이젠 뭐라고 부를래?
제발 나 좀 재워 줘. 잠들 수가 없잖아.

후렴구의 가사가 두 번 반복됐다.

마지막 부탁이 있어. 부디 내 꿈에 나타나지 마.

노래가 끝날 때까지 꼼짝 않고 서서 듣기만 했다. 만약 내가 이 곡의 가사를 쓴다 해도 이 이상은 쓰지 못했을 것 같다. 마지막으로 그녀를 봤던 날 내가 했던 말과, 하고 싶었지만 차마 못 했던 말들. 요샌 액션 영화를 보다가 잠들 때가 많다. 그 여자 꿈을 꾸지 않으려고. 피아노 연주가 끝나자마자 한숨이 흘러나왔다.

"너도 한숨 나오지? 나도 그랬어. 어때?"

"……아파요."

"사랑하는 여자랑 헤어지고 쓴 곡인가? 분위기가 딱 그건데. 멜로디 죽이지? 특히 인트로 부분. 짧은데 강해."

"형, 난 왜 작곡도 못하는 거지?"

"이거 보세요. 댁 같은 사람이 그것까지 잘하면 우린 뭐 먹고 삽니까? 나 가수 하고 싶어도 못 하는 거 몰라? 내가 어떤 어휘로도 커버가 안 되는 마스크잖아. 얼굴이 못나면 날씬하기라도 하든가."

"난 형처럼 작곡하고 프로듀싱만 하면서 살고 싶은데."

"다 제 몫이 있는 거야. 잘생기고 재능 많다고 너처럼 되는 거 아니다. 재유야, 넌 그저 난 하늘이 선택한 사람이구나, 그렇게 생각하고 팬들 아끼면서 살면 돼."

스타는 하늘이 내리는 것. 타고나는 것. 이젠 너무 많이 들어서 지겨운 말. 아무리 들어도 위안이 되지 않는 말. 특별한 재능도 없이 이 자리까지 올라온 사람에게 해 줄 수 있는 가장 적당한 위로의 말. 나는 방금 들은 〈하얀 밤〉이 탐났다.

"이 노래 내 앨범에 넣으면 안 되나. 발라드가 아직 약하잖아요."

"그럴래? 어쿠스틱 버전으로도 만들어 볼까. 그것도 어울릴 것 같은데."

"괜찮을 것 같아요. 대표님껜 내가 말할게요."

"안 그래도 니 앨범에 넣을지도 모른다고 하셨어. 멜로디하고 가사 좀 다듬어서 이번 주 안에 가이드 떠 놓을 테니까 본 녹음은 다음 주 안에 하자. 아우, 피곤해. 출출한데 뭣 좀 먹고 할래?"

"전 생각 없어요."

"넌 어떻게 드라마 끝나고 살이 더 빠지냐? 뭐라도 먹어야 기운이 나지. 뭐 시킬까?"

스튜디오 안의 사람들이 밤참을 먹는 사이 내내 고민했다. 전화를 걸지, 말지. 천 년을 기다려도 오지 않을 것 같은 그녀의 전화. 〈하얀 밤〉을 들은 뒤부터는 무엇에도 집중할 수가 없었다.

여기까지가 내 한계인 것 같다. 1층 계단으로 올라가서 외워 둔 번호를 하나하나 눌렀다. 익숙한 컬러링이 들렸다. 나는 신발 끝을 세워 짓이기며 초조한 마음을 애써 눌렀다. 아무래도 이 여자, 내 번호를 지워 버린 게 맞다. 서운하다. 목소리까지 못 알아들을 줄은 몰랐는데.

"……내 목소리 벌써 잊었어?"

갑자기 전화가 끊겼다. 재발신을 눌러 봤더니 이번엔 전원까지 끊겨 있었다. 나를 거부하는 건가. 전화 받을 상황이 못 되는 건가. 그렇다면 처음부터 전화를 받지 않거나 문자로 누군지 물었을 텐데. 내가 이 정도밖에 안 되는 사람인가. 분명 백성현도 나를 싫어하진 않았는데. 녹음실 쪽에서 수환이 목소리가 들렸다.

"재유 형! 5분 안에 다시 녹음 시작해요!"

녹음실로 들어가기 직전 전화가 왔다. 그녀였다. 잠깐 양해를 구하고 다시 밖으로 나왔다. 이상할 정도로 긴장한 목소리가 날 찾았다.

— 정말, 서재유 전화 맞아요?

"나 맞아. 무슨 일 있었어? 전화기까지 꺼져 있던데. 놀랐잖아."

— 그게…… 갑자기 끼어드는 차가 있어서.

"놀랐겠네. 괜찮아? 운전 중이야?"

— 아니. 괜찮아.

"누나 연락 기다렸는데. 전화 왜 안 했어?"

— 지금 어디야? 뭐 해?

"서초동. 녹음실이야."

— 아! 가을에 음반 나온댔지. 저…… 오늘 잠깐 볼 수 있어? 일 다 끝났으면.

"미안한데 같이 일하는 사람들이 있어서 바로 못 나가. 새벽에 끝날 것 같아. 내일 오후엔 시간 되는데."

— 내일 언제? 낮엔 일이 있어서.

"나도 그래. 7시 정도면 좋을 것 같은데."

— 어디서 만나?

"누나가 편한 장소를 말해."

— 우리 집 근처로 올래? 어딘지 알지?

"정발산 단독 주택 단지."

— 그래, 거기. 출발할 때 연락해.

"목소리가 왜 그래? 무슨 일 있는 거 아니지?"

— 도시락 준비해서 갈게. 저녁 먹고 오지 마.

"진짜? 누나가 직접 만든 도시락 먹을 수 있는 거야?"

— 그래, 진짜.

결국, 참지 못하고 묻고 말았다.

"나 안 보고 싶었어?"

— ……널 좀 봐야 할 것 같아. 오기 전에 다시 전화해. 문자나.

당장에라도 보고 싶긴 했다. 하지만 녹음 일정을 내 맘대로 바꾸긴 힘들다. 일이 끝날 때까지 기다려 달라고 하기엔 너무 늦은 시간이다. 만난다 해도 몰골이 말이 아니었다. 살이 쏙 빠진 얼굴. 푸석한 머리카락. 헐렁한 회색 후드 티에 검은색 청바지 차림. 멋있게는 못 보여도 깔끔하게는 보이고 싶었다.

새벽의 퇴근. 녹음실과 집 건물 앞에 그 시간까지 날 기다리는 팬들이 있었다. 저 사람들은 잠도 없는지. 늦게 다닌다고 야단치는 가족도 없는지. 아무리 좋게 생각하려 해도 이해가 안 된다. 초대도 안 했는데 남의 집 앞에서 뭐 하는 짓인가.

지치고 피곤한 하루였다. 그 전화가 아니었다면 더 힘들 뻔했다. 들어와서 바로 씻고 수면 팩까지 발랐다. 여자한테 잘 보이려고 팩을 바르는 꼴이라니. 거울 안에 내가 웃고 있었다.

몇 시간 못 잤는데도 연이틀 푹 잔 것처럼 개운했다. 오랜만에 제대로 차린 아침도 먹었다. 더 말라 보이진 말아야겠기에. 낮에 자질구레한 일을 보고 샵에 들러 머리를 손질한 뒤 매니저를 먼저 보냈다.

집에 다시 들러 옷을 갈아입고 바로 주차장으로 내려갔다. 휴대폰은 한 대만 갖고 나왔다. 개인적인 일로만 쓰는 번호다. 아직 시간이 넉넉했지만 한 번 더 통화하면서 만날 장소를 구체적으로 확인했다.

도시락을 준비한댔는데 난 뭘 선물하지? 꽃을 사 갈까? 아니, 아직은 안 돼. 보석? 그건 더 말이 안 되잖아. 원하는 걸 직접 사라며 두 손 가득 5만 원권 지폐를 쥐여 줄까. 거절의 순간을 상상하는 것조차 설렜다.

퇴근 시간과 맞물려서인지 길이 꽤 막혔다. 그래도 한 시간 안에는 볼 수 있겠지. 빨리 어두워지길 바라면서 제이슨 므라즈를 틀었다. 〈The Woman I Love〉. 첫 소절부터 피식 웃음이 나왔다.

Maybe I annoy you with my choices.

(어쩌면 내 선택이 당신을 귀찮게 할지도 몰라요.)

정발산 도착을 20분 앞둔 지점, 권혁주 이사의 전화번호가 떴다. 순간 받아야 하나 말아야 하나 망설였다. 벨 소리가 끊임없이 울렸다. 전화를 받자마자 화를 억누르는 목소리가 다짜고짜 들려왔다.

— 너 어제 어디 있었어!

"무슨 일이에요? 어제 언제요?"

— 밤부터 오늘 새벽까지.

"실장님하고 연습실 들렀다가 녹음실 갔었어요. 끝나고 바로 집에 오고."

— 그게 다야?

"앞뒤 얘기를 정확히 하세요. 왜 이러시는지."

— 너 스캔들 터졌어. 미치겠네! 음반 발매 몇 주 앞두고 이게 무슨 날벼락이야!

"네? 누구하고요?"

— 그걸 나한테 묻냐? 어젯밤에 성현 씨 만났지?

"……아뇨."

— 근데 이 사진들은 뭐야! 지금 어디야?

"차 안이요."

— 너 스마트폰 안 쓰지. 태블릿 PC는 갖고 나왔어?

"피처폰 하나만 들고 나왔는데."

— 빨리 어떻게든 인터넷에 접속해 봐. 벌써 댓글 장난 아니게 달리네. 기사가 계속 새끼를 치는구만.

"도대체 무슨 일이에요? 누나 만난 적 없어요. 드라마 끝나고 한 번도 못 봤다고요."

— 일단 회사로 와. 와서 이 사진들 보고 다시 말해. 사장님도 아직 모르거든. 지금 일본 기획사 사람 만나고 계셔. 참, 너 지금부터 누구 전화도 받지 마. 내 전화만 받아.

방금 내게 화냈던, 나를 제법 잘 아는 남자는 점점 말라 가는 날 보며 이렇게 구슬렸다. 우선 이번 앨범 활동만 마치고 그다음에 사장님 모르게 만나. 내가 다 커버해 줄 테니까. 길어 봐야 두세 달이야.

스마트폰을 안 쓴 게 처음으로 후회됐다. 상엽이한테 전화해 보니, 안 그래도 막 통화하려던 참이었다며 걱정이 구만리였다.

— 그거 너 아닌 거 맞아?

"너도 못 믿냐?"

— 사진이 세 장인데, 하난 드라마 촬영할 때 찍힌 거 같고, 세 장 다 성현 씬 확실해. 한 장은 니가 맞는데 나머지 두 장은 살짝 비껴선데다 야구모자하고 안경까지 써서. 근데 너 같긴 해.

"나 아니라고. 드라마 끝나고 어제 처음 통화는 했는데 시간이 안 돼서 못 봤어."

— 민규도 너 같다는데? 이거 서재유야 그러면 그런가 보다 할 수준이야. 어젯밤 사진은 화질이 선명하진 않은데, 마지막에 웃는 게 꼭 너 같아. 사진 찍힌 게 하필 청담동…… 이거 설마!

짚이는 게 있었다. 서둘러 통화를 마치고 성현 누나에게 전화했다. 휴대폰은 꺼져 있었다. 이번엔 동생에게 연락했다. 만약 재유가 전화 받는 곳이 스웨덴이라면 백성현이 만났다는 그 남자는 누구인가.

— 어쩐 일이야?

"지금 어디야?"

— 왜?

"어디냐고."

— ……공항.

"어느 나라 공항!"

— 왜 그래?

목소리에서 이미 느껴졌다. 스웨덴이 아니라는 걸.

"로케, 내 말 잘 들어. 나 지금 백성현 만나러 가는 길이었어."

— ……누굴…… 만난다고?

"성현 누나 몰라?"

— 니가 왜?

"왜? 내가 만나자고 했다, 왜! 난 만나면 안 돼? 근데 지금 얼굴도 못 보고 회사로 불려 가게 됐어. 인터넷 들어가서 실시간 검색어 찾아봐. 맨 위에 네 이름하고 누나 이름 떠 있을 테니."

— …….

"너 지금 어제 누나 만날 때 입은 차림 그대로야?"

— 아니.

"어제 그 옷, 다 버려. 모자도. 한국이지? 출국하지 마. 니가 무슨 짓을 한 건지 곧 알게 될 거야."

그녀의 휴대폰은 다시 켜져 있었지만 이번엔 통화 중이었다. 백성현은 우리의 비밀을 눈치챘다. 그걸 알고 마침 전화를 건 내게 만나자고 한 것 같다. 어떻게 설명해야 덜 실망할까. 어디서부터 이해시켜야 덜 놀랄까.

회사 정문 앞은 기자들이 잔뜩 진을 치고 있었다. 근처에 차를 대고 백 실장님께 연락한 뒤 다른 사람 차를 타고 회사 뒷문으로 들어갔다. 마주친 여직원들의 시선이 따가웠다. 이런 반응은 말 그대로 빙산의 일각일 터다.

권혁주 이사가 날 보자마자 인터넷에 올라온 사진을 보여줬다. 사진 속 여자는 백성현인 게 확실했지만 사진 속의 남자는 셋 다 내가 아니었다. 장례식장으로 보이는 건물에서 백성현의 두 팔을 잡고 있는 것도, 모자와 검은 뿔테 안경을 쓴 얼굴로 미소 짓고 있는 남자도. 아래 두 개의 사진은 흐릿했지만 동생이 분명했다. 아니길 바랐는데.

백 실장님이 사진을 가리키며 설명했다.

"맨 위에 건 재유 맞아요. 그날 니가 장례식장에서 성현 씨 팔 잡고 말다툼하고 있었잖아. 기억나지?"

할 말이 없었다. 실장님은 내가 다툰 거로 알고 있겠지만.

"말다툼? 그런 걸 했다고? 성현 씨하고? 어이구, 참."

"그럼 이 남자는 누구지? 재유 너 어제 나하고 내내 같이 있었잖아."

"백 실장, 나가서 동향 좀 살펴봐."

"예. 어떻게 돌아가는지 알아볼게요."

둘만 남았다. 난 소파로 가서 눈을 감고 등받이에 기댔다. 실내에 숨 막히는 침묵이 흘렀다.

"장례식장 간 건 너 다쳤을 때니까 니 동생일 테고."

"아래 사진도 저 아니에요."

"그럼 이거 진짜 니 동생……."

그때 실장님이 노크를 하자마자 급하게 들어왔다.

"재유 한시름 놨어요! 어제 녹음실에 있었던 사진, 영상 둘 다 녹음실 기사가 블로그에 올렸었나 봐요. 새벽에 재유 가자마자 올렸다니까 알리바이가 확실해진 셈이죠. 새벽 2시 15분에 서로이웃 공개로 올렸다가 기사 터지고 바로 전체공개로 돌려놓은 거래요. 확인해 줄 사람도 몇 있대요. 다행히 어제 연습실에서 안무 연습하는 것도 영상으로 찍어 놨고. 그 자료 배포해서 보여 주면 지들이 어쩌겠어요? 빼도 박도 못할 증거가 떡하니 있는데. 재유 너 아니잖아. 녹음실 갈 때까지 계속 우리하고 같이 있었는데 뭘. 수환인 내내 너 따라다니고. 녹음실 사람들도 말하더구만. 화장실 갈 때 빼곤 계속 거기 있었다고. 아! 너 집에 들어갈 때도 집 앞에 팬들 있었다며? 걔네들이 뭐라도 찍었을 텐데."

권혁주 이사가 백 실장님에게 지시를 내렸다.

"일단 보도 자료 준비하고, 영상이랑 사진도 준비해 둬. 대표님 오는 중이니까 다시 얘기해 보고 결정하자고. 나가서 일 봐."

사태가 묘하게 흘러갔다. 어쩌면 더 나쁘게. 최악으로. 백 실장이 나가자마자 권혁주 이사가 긴 한숨을 뱉었다.

"이젠 스캔들이 문제가 아니야. 너희 쌍둥이인 거 알려지면 어떡하냐?"

# 재유

또 거짓말을 했다. 강북인데 청담동이라고. 시간에 맞춰 도착하려면 샤워는커녕 세수를 다시 할 시간도 없었다. 콜택시는 3분도 안 돼서 왔지만, 오늘따라 길이 막혔다.

오지 말라는 전화가 올까 봐 가는 내내 조마조마했다. 약속한 시간에서 20분이나 지나서야 겨우 도착. 손에 비닐봉지를 든 백성현이 지하 주차장을 가로질러 걸어가는 게 보였다. 석 달만인가. 이름을 부르고 싶은 걸 참고 전화 버튼을 눌렀다. 7시 방향을 보랬더니 엉뚱한 쪽으로 고개를 돌린다. 귀엽게도.

차 내부에선 은은한 허브 향이 났다. 마지막에 봤을 때보다 살집이 약간 오른 게 더 어려진 모습이었다. 나는 그녀의 얼굴을 감싸 안고 조목조목 뜯어보고 싶은 걸 참았다. 목적지는 정하지 않았지만 우선 주차장부터 벗어나기로 했다.

늘 만나던 사람처럼 편하진 않았다. 나도 느꼈고, 그녀는 더 그래 보였다. 몇 마디 시답잖은 소릴 지껄이고 있을 때 그녀에게 전화가 왔다. 남의 전화를 엿듣는 몰지각한 취미는 없다. 통화 소리에서 멀어지려고 창밖을 바라보고 있을 때 갑자기 차가 끼익 소리를 내며 급정거했다. 바로 뒤에 차도 급정거하는 소리가 들렸다. 다행히 사고로 이어지진 않았다.

"괜찮아? 안 다쳤어?"

그녀가 가슴께를 부여잡고 숨을 몰아쉬더니 놀란 얼굴로 내 얼굴을 쳐다보았다. 화가 난 뒤차의 운전자는 미친 듯이 클랙슨을 눌러 댔다. 그것도 성에 안 차는지 옆 차선으로 변경하면서 우리 쪽을 보고 격하게 삿대질까지 해 댔다.

"진짜 어지간하다! 쫓아가서 혼내 줄까?"

"……그럴 수 있어? 니 얼굴 알아볼 텐데?"

"아! 일 커지겠지? 운전해야 할 것 같은데. 뒤에 차 또 와."

차는 바로 움직였다. 성현 누나는 말없이 운전만 했다. 정적이 흐르는 게 싫었다. 그러나 무슨 말을 하지?

"좀 전에 왜 그랬어? 전화 받다가."

"……이상한 남자가…… 전화로 이상한 말을 해서."

"혹시 변태?"

"……어."

"남자들이 정신 차려야 하는데. 대신 사과할게."

어디로 가는지는 묻지 않았다. 중요한 건 내 옆에 백성현이 있다는 사실이니까.

"넌 요새 뭐 해?"

어쩌다가 난 거짓말쟁이가 됐을까.

"궁금하면 인터넷으로 검색해 봐. 다 나와 있어."

"니가 직접 말해 줘."

이 정도면 완벽한 거짓말은 아니겠지.

"음반 준비."

"준비는 잘돼 가?"

"그냥 그래."

속이는 건 싫은데. 진짜 싫은데. 뒤늦은 후회가 바윗돌처럼 가슴을 눌러 왔다.

"다른 얘기 하면 안 돼? 일 얘기하려고 만난 거 아니잖아."

"그래. 먹을 것 좀 사 올게."

"난 괜찮은데."

"난 배고파."

"그럼 내가 갔다 올게. 뭐 사 올까? 콜라비? 주황색 파프리카?"

"기억하네. 내가 가는 게 편해. 오래 안 걸려. 너무 말라서 니가…… 사람 같지가 않다."

기다리면서 차 안을 둘러봤다. 차가 주인을 닮은 건가. 연식이 오래된 차지만 군더더기 없이 깔끔한 실내였다. 운전대 앞쪽에 작은 가족사진이 붙어 있었다. 어머니에게선 갸름한 얼굴선과 도톰한 입술을 물려받고 나머진 아버지에게 물려받은 것 같다. 전체적으로 미남인 아버지를 많이 닮았다.

사진 속의 그녀는 순하고 순수해 보인다. 화보나 화면으로 보는 것과는 다른 이미지. 실제로도 착한 딸 노릇을 하지 않을까. 어쩌면 이게 백성현의 진짜 모습일지도 모르는데.

시간이 꽤 지나서야 누나가 돌아왔다. 비닐봉지엔 껌에 초콜릿까지 들어 있었다.

"이걸 누가 다 먹어?"

"먹다 남기면 되지."

그녀가 내 얼굴을 물끄러미 바라보았다.

"왜 자꾸 봐? 좋으면 좋다고 말해도 되는데."

"얼굴이 너무 까칠해서."

"서재유는 화장발이었어. 메이크업 안 하면 달라 보이지?"

"응. ……집에 데려다줄게."

"이거 다 먹고 헤어지자."

"좀 피곤해."

"그럼 내가 운전할까?"

"아니."

"나 운전 잘해. 피곤하면 누나 집 쪽으로 가. 난 거기서 택시 타고 오면 되니까."

"우리 집?"

"정발산. 피곤할 땐 초콜릿이 좋다는데. 내가 까 주면 받아 먹을 거야? 물향기 수목원에 갔을 때처럼? 그때 거기 좋았지?"

그녀가 앞을 바라보며 말했다. 마치 혼잣말처럼.

"어. 그때가 좋았어."

차가 막혔으면 좋겠는데 길이 술술 뚫렸다. 시간의 바짓가

랑이를 잡고 제발 가지 말라고 애원하고 싶을 정도였다. 그녀는 처음 운전대를 잡은 사람처럼 운전에만 몰두했다. 거짓말을 보탤까 봐 자꾸 떠들 수도 없었다.

이 순간 솔직할 수 있다면 얼마나 좋을까. 나는 서재유지만 서재유가 아니라고. 나와 똑같은 얼굴이 이 서울 아래 또 있다고. A부터 Z까지 전부 밝히진 못해도 H나 K 정도까지라도 고백할 수 있다면.

"오늘…… 만나자고 해서 미안해. 통화만 할 걸 그랬다."

"내가 미안하지. 전화 건 건 난데. 자, 아 해 봐."

초콜릿을 까서 눈앞에 흔들어 보였다. 백성현은 입을 벌리기는커녕 눈길도 주지 않았다. 문득 〈온리 원〉 대사가 생각났다.

"선우진, 또 고집부린다. 주면 그냥 먹는 거야."

"……김재현."

"응?"

"서재유."

"왜?"

"그냥 불러 봤어."

"누나, 먹어 주라. 아, 팔 떨어질 거 같아!"

설핏 웃던 백성현이 고개를 돌려 내가 건네준 초콜릿을 받아먹었다. 〈온리 원〉의 선우진이 그랬던 것처럼. 이상하게 나는 슬퍼졌다.


공항에 갈 때면 시간을 빠듯하게 맞춰 가는 편이다. 가급적이면 눈에 안 띄는 복장으로. 연예인 서재유와 최대한 달라 보이게 꾸미서. 면세점 여기저기엔 형의 사진이 걸려 있다. 사진은 올 때마다 바뀐다. 이젠 세상 어디에나 형의 사진이 걸려 있는 것 같다.

어디에 내 몸을 숨겨야 할까. 고작 1년에 한 번 찾을까 말까 한 나라. 이젠 아예 오지 말아야 하나. 아무리 닮아 보이지 않게 꾸며 본들 우린 너무 닮게 태어났다. 좀 전에 내게 티켓 발권을 해 준 여직원은 여권 안의 사진을 보더니 내 얼굴을 한 번 더 쳐다봤다. 나는 짐짓 무심한 얼굴로 돌아섰다.

내내 후회하고 있다. 같이 있던 시간은 길어야 한 시간 남짓. 만나지 말걸. 전화만 할걸. 전화도 하지 말걸. 아예 한국에 오지도 말걸. 보고 나면 괜찮아질 줄 알았는데 착각이었다.

탑승 시간을 기다리면서 휴대폰 메모장에 뭔가 끼적이고 있을 때 낯익은 번호가 떴다. 왜 이렇게 받기 싫을까. 서준유는 무시무시하게 화가 나 있었다.

— 니가 무슨 짓을 한 건지 곧 알게 될 거야……

나는 무슨 짓을 한 걸까. 어떤 일부터 처리해야 하나. 내가 할 수 있는 일이라는 게 있긴 한 건가. 성현 누나는 계속 통화 중이었다. 문자를 보내 놓고 티켓을 취소했다. 통화가 된다 한들 무슨 말을 지껄일 수 있나. 일이 어떻게 돌아갈지 감이 잡히지 않는다. 분명한 건 오늘의 스캔들이 흐지부지 끝나지는 않을 거라는 것. 아무리 머리를 굴려 봐도 방법은 하나밖에 떠오르지 않았다.

택시를 타고 집으로 가면서 인터넷에 접속했다. 포털 사이트마다 서재유와 성현이 열애 중이라는 비슷비슷한 제목의 기사가 여러 개 떠 있었다. 끝없이 달려 있는 댓글은 몇 개만 읽어봐도 전화기를 집어 던지고 싶을 정도다. 다시 누나에게 전화를 해 봤다. 다행히 이번엔 통화가 됐다. 마음이 너무 급했다.

"누나! 전화 끊지 말고 내 말 좀 들어 줘. 지금 어디야?"

— 그거 알아서 뭐 하게?

"놀란 거 알아. 화내도 좋은데 사과부터 할게. 미안해. 진짜 미안해."

— ……세상에 서재유가 몇 명이니?

"더는 없어. 지금 택시 안이라 자세히 말하기 곤란해. 만나서 얘기하자."

— 너희…… 정말 쌍둥이야?

"맞아. 내가 데리러 갈까? 집 근처야?"

— 안 돼. 나도 연락받고 집에서 바로 나왔어. 기자들이 여기까지 수소문해 올지도 몰라.

"그럼 내가 문자로 주소 찍어 보낼 테니까 거기로 와. 거긴 안전할 거야."

— 오늘 나하고 만나기로 했던 재유가 형이야? 동생이야?

"내가 30분 늦게 태어났어. 오면 다 말해 줄게. 궁금해하는 거 전부."

— 사방에서 자꾸 전화 와. 뭐라고 해야 하니?

"그 사진들은 사람들이 아는 서재유가 아니잖아. 그러니까 무조건 아니라고 해. 아무 전화나 받지 마. 형이 알아서 처리할 거야. 너무 걱정하지 마. 그냥 아는 사람이라고만 해.”

— 갈게. 문자 보내 줘.

집으로 돌아가는 내 마음은 말할 수 없이 착잡했다. 이 순간 내가 하느님 같은 존재여서 이 모든 상황을 내려다볼 수 있다면, 이 모든 사태를 아무 일 없던 것처럼 처음으로 돌려놓을 수 있다면.

집에 도착하자마자 난방부터 했다. 다행히 청소를 해 놓았던 터라 더럽진 않았다. 먹을 게 아무것도 없어서 뭐라도 사 와야 할 것 같았지만, 누나가 언제 올지 몰라서 나갈 수도 없었다. 한 시간 넘게 통화가 안 됐던 형에게서 연락이 왔다.

— 성현 누나하고 좀 전에 통화했어.

“뭐라고 해?”

— 너한테 가고 있다고 하더라. 니가 그 아파트로 오라고 했다고.

“그게, 형.”

— 잘했어. 누나 지금 집은 물론 아무 데나 편히 못 갈 거야. 우리 회사에서 좀 전에 반박 기사 냈어. 그건 내가 아니니까.

“그래?”

— 난 그 시간에 다른 곳에 있었으니까. 어제 녹음실 사진, 연습실 영상 다 올렸어. 장례식장 사진만 갖고는 뭐라 못 하겠지. 그게 진짜 나라고 해도. 그래도 쉽게 마무린 안 되겠지만.

“일이 이렇게 될 줄 몰랐어. 설마 쌍둥이인 것까지 알려지는 건 아니겠지?”

— 알려질 수도 있겠지. 나도 아까는 차라리 밝히자고 했는데, 아무리 생각해도 이런 식은 아니야. 이렇게 밝혀지면 나만 욕먹는 게 아니고 누나한테까지 영향이 가. 그 사진이 너라는 게 밝혀지면 성현 누나 또 이상한 사람 돼.

"그러겠네."

— 누나 오면 걱정 말라고 해. 내가 다 처리한다고. 잘 다독이고 있어. 밤늦게라도 갈 테니까 그때 다시 얘기하자. 니가 전부 말하지 마. 잘 들어. 백성현한테 무슨 일 생기면 그냥 안 넘어갈 거야. 그게 누구든.

"그건 나도 걱정해. 형 앞가림이나 잘하고 와. 사장님이 뭐라 그러면 나한테 다 넘겨. 날 죽이든 살리든 알아서 하라고 해. 내가 만든 일이니까 내가 감당해야지."

— 니가 감당한다고? 이젠 니 문제가 아니라 내 문제가 됐어. 나하고 성현 누나 문제.

전화를 끊고 정문용 대표에게 연락했다. 한참 신호가 가서야 그는 내 전화를 받았다.

"제가 발단이에요. 내가 누나한테 먼저 전화했어요. 만나자고 졸랐어요."

— 성현 씨 연락처는 언제 알았어? 알고 있었니?

"아뇨. 그저께 처음 알았어요. 우연히."

— 우연히?

"사장님 서재 책상 위에 메모가 있던데요. 성현. 키앤. 휴대폰 번호. 일부러 본 건 아니에요."

— 급해서 그냥 나갔는데 하필 그걸 봤냐. 봐도 모른 척했어
야지. 그런 생각은 안 들디?

날 이렇게 만든 게 누구냐고 묻고 싶었다. 사람이 사람을 그
리워하는 게 죄냐고 따지고 싶었다. 하지만 일이 너무 커져 버
렸다. 어떤 빌어먹을 인간이 그 사진을 제보했을까.

"그러니까 이번 일은 제가 잘못한 거예요. 이제부터 어떡하
실 거예요?"

— 지금 수습하고 있어. 키앤 쪽하고도 연락했고. 성현 씨 키
앤하고 정식 계약한 거 아니야. 며칠 안으로 하기로 했다는데,
지금 그 계약도 틀어지게 생겼어. 새로 들어갈 드라마, 광고 다
잘릴 판이라고. 이제 좀 감이 오냐? 니가 무슨 일을 저질렀는지.

"왜 그렇게까지 하는데요? 성현이 음주 운전을 했어요? 사람
을 죽였어요?"

— 성현 씨 스캔들 때문에 망가진 사람이야. 겨우 재기해 가
는데 니가 거기에 재를 뿌린 거고. 니 형이라고 안 보고 싶었겠
어? 도대체 둘 다 왜 그러는데? 이게 말이 되는 소리야? 한 여
잘, 한 형제가.

당신은 모르겠지. 우리가 왜 이러는지. 당신이 그 여자와 연
기를 한 게 아니니까. 당신 같은 사람은 죽었다 깨도 모르겠지.
돈과 명예가 제일인 사람이니까. 내가 얼마나 죄책감을 느끼면
서 그 여잘 보고 싶어 했는지, 절대 모르겠지.

"정문용 대표님, 우릴 이렇게 만든 게 누군지 생각해 보세
요. 서준유가 저렇게 살고, 내가 이렇게 살게 된 게 누구 때문

인지 가르쳐 드릴까요?"

— 그건 나도 미안하게 생각해. 나도 사람이야.

"우리가 쌍둥이인 거 언제까지 숨길 건데요?"

— 이젠 시간문제야. 어차피 다 밝혀지겠지. 성현 씨가 알았으니까.

"사장님은 그 여잘 몰라요. 그 누난 자기 입으로 그걸 떠들고 다닐 사람이 아니라고요. 이참에 다 털어놓으세요. 나도 더는 이렇게 못 살겠어요. 앞으로 이 비밀이 얼마나 유지될 것 같아요? 여태 안 들킨 게 기적이지."

— 재유야, 니 말처럼 그렇게 단순한 문제라면 나도 좋겠다. 지금은 타이밍이 최악이야. 하고 싶어도 못 해. 단지 몇 사람만을 위해서가 아니고 성현 씨, 네 형, 너희 부모님, 광고주들, 일본 기획사, 우리 회사 직원들, 연습생들, MO아티스트 주식을 산 주주들까지 걸린 문제라고. 너하고 성현 씨하고 어떻게 알게 된 사이라고 밝힐 건데? 니가 형 대신 드라마 찍고, OST까지 불렀다고 하면 어떤 일이 벌어질 것 같아? 이건 서재유의 도덕성하고 관련된 문제야. 다 밝혀지면 형은 매장이야.

내가 무슨 짓을 한 건지 확실히 감이 왔다. 한마디로 나는 미친 짓을 한 거다.

— 지금 제일 힘든 건 형하고 성현 씨야. 밝혀도 지금은 아니야. 절대 안 돼.


아파트 지하 주차장이라는 문자가 온 지 5분도 안 돼서 초인종 소리가 들렸다. 내가 이끄는 대로 신발을 벗고 소파에 앉으면서도 누나는 내 얼굴을 계속 주시했다. 초조해 보이는 그녀의 얼굴은 하룻밤 새 눈에 띄게 해쓱해져 있었다. 미안했다. 미안하다는 말을 꺼낼 수도 없을 정도로.

"여긴 누구 집이야?"

"내 집. 아무도 모르는 데야. 걱정하지 마. 마실 거라도 주고 싶은데 물도 없어. 금방 사 올게."

"아니, 나가지 마. 물 있어. 이게 무슨……. 진짜 현실성 없다."

"이 평범한 아파트를 보고도 그런 말이 나와?"

"너 하나만 있으니까 실감이 안 나."

"미안해. 언제 알았어? 알고 일부러 형 만나려고 한 거야?"

"계획했던 건 아냐. 전화가 와서 알게 됐어. 어제 너하고 같이 있을 때."

"……어제 전화했던 그 변태가 혹시 형이었어? 사고 날 뻔했을 때?"

"어, 그때. 내가 다시 연락해서 만나자고 했어. 늘 이상하다고 생각했었어. 드라마 할 때부터."

"그땐 왜 안 물어봤어?"

"그러게. 따져 물어선 안 될 거 같더라. 솔직히 서재유가 둘이라고까진 상상하지 않았어. 그게 가능할 거라고도. 너 같으면 내가 둘이라는 생각을 할 수 있겠어?"

나는 누나의 얼굴을 바라보며 고개를 저었다. 쌍둥인 나 하나로도 지겹다.

"너 아프다고 며칠 안 나왔을 때, 아픈 게 형이었어?"

"형이 갑자기 사고가 나서 내가 하게 된 거야. 처음부터 계획한 일은 아니야."

"사고?"

"교통사고. 빗길에 오토바이 타다가."

"오토바이? 하아……. 너 설마 여기서 살아?"

"내 집은 맞는데 여기서 살진 않아. 이 나라에선 편히 살 수가 없지. 스웨덴에 있어. 진짜 내 집은."

"스웨덴?"

"어. 아까 공항에서 프랑크푸르트행 비행기 기다리던 중이었어. 형이 어릴 때 외국에서 살았단 말 안 해?"

"형한테는 말고 다른 사람한테 듣긴 했어."

"스웨덴에서 불리는 내 이름은 로케야. 원래 이름은 서재유고. 그 이름이 내 거였어."

그녀의 눈이 커다래졌다. 나는 그 아름다운 눈을 보며 변명이나 해 대는 이 시간이 한심하고 끔찍했다.

"근데…… 왜 형이 니 이름을 써? 그럼 형은?"

"그럴 만한 사정이……. 정문용 대표가 유학 비용 대 준다기에 팔아먹었어. 그 이름. 형 오면 자세히 들어. 배 안 고파? 저녁부터 먹고 따지면 안 돼? 종일 굶었어."

"그래, 먹자. 이런 상황에서도 배가 고프네. 미쳤나 보다."

"누난 지극히 정상이야. 우리가 미친놈들이지. 뭐 시킬까? 생각해 봐."

"아! 저기 천 가방에 먹을 거 들어 있어. 음료수도 있고. 형은 오늘 못 오지?"

"늦더라도 온다고 했어. 형 소속사에서 잘 처리한댔으니까 긍정적으로 생각하고 있어."

누나가 가방을 열어 꺼낸 것들을 주섬주섬 내 앞에 늘어놓았다.

"아마 오기 힘들 거야. 김밥인데 국도 있으니까 식기 전에 얼른 먹어."

"형 주려고 싼 거야? 사람 차별하네. 나한텐 편의점에서 산 거 주더니."

"오늘 널 만났대도 그랬을 거야. 너든 형이든 둘이 식당 들어가서 편히 밥 먹을 수 있을 거 같아?"

네모난 3단 도시락은 눈에 익은 패턴의 작은 보자기에 둘러싸여 있었다. 도시락 용기조차 익숙했다. 이 기시감은 뭐지? 형과 같이 먹으려고 쌌다는 도시락은 평범한 메뉴지만 특별한 김밥이었다. 맨 아래 칸엔 먹기 좋게 자른 과일과 채소가 가지런히 담겨 있었다. 보온병에 담아 온 미소된장국은 아직 따뜻했다.

이상하다. 이런 식으로 싼 김밥을 본 적이 있는데. 우엉과 소고기를 넣은 김밥은 많이 봤지만, 유부를 조려 넣고 단무지를 넣지 않고 김밥을 만드는 사람은 딱 한 명 안다. 게다가 저 특이한 디자인의 도시락 보자기는 어떻고.

"혹시, 이런 보자기 파는 거야? 마트나 인터넷 쇼핑몰에서?"

"내가 만들었는데?"

"이런 거 똑같이 만들어서 누구한테 선물한 적 있어?"

"아니. 선물할 솜씨는 아니라서. 어서 먹어. 국물 좀 마시고."

충무김밥은 충무에 직접 가서 먹어 본 것보다 맛있었다. 짭짤하고 달착지근한 간장양념에 조린 유부와 우엉을 길게 채 썰어 넣은 김밥은 더 좋았다. 스웨덴에서 만들어 보고 싶었지만 우엉을 구하지 못해 만들 수 없었던 음식이다.

"천천히 먹어. 체하겠다."

"맛있어서. 이 유부김밥 어디서 배웠어? 요리 학원에서? 아님 요리 사이트 같은 데?"

"우리 엄마한테서."

"혹시 이거 누구한테 가르쳐 준 적 있어?"

"레시피? 먹어 본 사람들은 거의 다 물어보던데. 왜?"

"직접 아는 사람들한테만 가르쳐 줬어?"

"그건 아니고. 이 김밥이 뭐라고 자꾸 물어?"

"……혹시, 혹시 말이야. '세상의 모든 음식'이라는 인터넷 카페 알아?"

"……어."

"거기 회원이야?"

"왜? ……어."

"설마, 누나 닉네임이 풀잎……."

"향기."

"맞아? 진짜 풀잎향기야?"

누나가 조심스럽게 물어 왔다. 자길 아느냐고. 안다 뿐인가.

"나한테 레시피 여러 번 보내 줬잖아!"

"한 사람한테만 보내 준 거 아니었어. 너, 누군데?"

"맞혀 봐."

"……혹시, 유럽에서 학교 다니던 대학생? 여행지에서 사진 찍어 올리는 타임리스?"

"얼마 전에도 나한테 해장국 레시피 보내 줬잖아. 채팅도 하고."

"니가 진짜 타임리스라고?"

"진짜."

그녀가 기가 막힌 표정으로 나를 쳐다보았다. 내 기분을 묻는다면 오늘 일어나서 최고라고 하고 싶다.

"그럼 내가 누나를 먼저 안 거네? 형보다 훨씬 먼저!"

내 말을 듣던 백성현이 한숨을 폭 내쉬며 고개를 옆으로 돌렸다.

# 성현

대다수 여자애가 그렇듯 어려서부터 난 상상하는 걸 좋아했다. 상상 속에선 무엇이든 가능했으니까. 무언가를 얻기 위해 무언가를 버려야 하는 통과의례 같은 아픈 대가는 치르지 않아도 됐으니까.

백마를 타고 온 왕자님의 아름다운 신부가 되거나, 커다란 성에 살면서 온갖 보석으로 치장하는 삶은 내 취향이 아니었다. 삐삐 롱스타킹처럼 엉뚱하고 슈퍼맨만큼 힘이 센 여자가 되는 상상은 즐거웠으나, 키다리 아저씨 같은 돈 많고 능력 있는 후원자를 기다려 본 적은 없다. 왕자의 마음을 얻기 위해 목소리를 바치고 가족을 버리고 결국 물거품이 되어 사라지는 인어공주의 사랑은 아름답기보다는 무서웠다.

나는 마른풀 더미를 침대 삼아 별을 세다 잠드는 하이디가 되고 싶었고, 빨간 머리 앤이 되어 길버트 같은 똑똑한 남자애와 선의의 경쟁을 하고 싶었다. 꿈에서나 현실에서나. 그 시절의 나는 그저 하이디나 앤 정도면 충분히 행복했다.

서재유를 상대로 해 본 상상이 전혀 없다고는 하지 않겠다. 그 남자가 먼 별로 떠나야만 하는 어린 왕자가 아니었으면. 김재현을 닮은 모습으로 한 계절만 내 곁에 머물렀으면. 그것이 힘들면 가끔 편하게 만나 차라도 마실 수 있는 존재가 돼 줬으면. 그러나 그런 얼굴이 세상에 둘이라고는 한 순간도 생각 안 했었다. 못 한 게 아니라 하지 않았다.

때때로 서재유가 낯설고 버거운 순간이 없진 않았으나 이런 식의 결말을 상상할 순 없었다. 세상에 그렇게 웃는 남자가, 그런 눈길을 가진 남자가 하나 더 있다는 건 정말이지 말도 안 되는 상상이니까.

— 백성현, 내 목소리 벌써 잊었어?

이렇게 난 이 한밤, 한 번도 상상하지 못한 세상에 발을 들여놓는다. 나쁜 상상은 슬픈 현실이 됐다.

두 남자가 본인이 서재유라고 주장하고 있다. 눈에 새길 듯날 바라보는 내 옆의 남자. 이 순간, 이 사람의 직업이 무엇인지는 그리 중요하지 않다. 그가 세상에 단 하나뿐이라면. 그러나 이 남잔 날이면 날마다 텔레비전 광고에 얼굴을 비추고 검색창에 이름을 치면 수도 없이 자료 화면이 뜨는 그 사람이 아닌 것 같다.

먹을 걸 사 오겠다는 핑계로 차 안에 그를 남겨 두고 내렸다. 편의점을 찾으면서 덜덜 떨리는 손으로 최근 통화 기록을 검색했다. 오래전 발라드 곡으로 설정한 컬러링을 들으며 떨지 않으려고 이를 악물었다. 그 짧은 통화에서 느낀 전화 속의 재유가 더 연예인다웠다. 두 남자에게 일부러 던진 몇 가지 질문과 대답만으로 충분했다. 누가 진짜 서재유인지.

생각해 보니 재유가 사석에서 안경 쓴 걸 본 기억이 없다. 그 검은 뿔테 안경은 멋을 내거나 얼굴을 가리려고 쓴 게 아니라 실제로 눈이 나빠서일지도 모른다. 그렇다면 내가 알던 서재유와 똑같이 생긴 좀 전의 남자는 누구인가. 물향기 수목원에서 내 입에 청포도와 체리를 넣어 주었던, 〈온리 원〉의 선우진을 연기한 나를 아는 것이 분명한 그 남자의 소속은 도대체 어디란 말인가. 두 사람이 한 사람 역할을 하는 건가. 아님, 미처 내가 상상하지 못하는 이유로 다른 사람의 인생을 잠시 살았던 걸까.

주섬주섬 보이는 대로 담아 계산을 하고 차로 되돌아갔다. 어쩌면 진짜 재유가 아닐지도 모르는 남자가 눈을 감고 시트에 기대 있었다. 내가 좋아하던 옆모습. 어떻게 저 남자가 서재유가 아닐 수 있지? 믿고 싶지 않은 진실과 마주친 드라마 속 주인공처럼 입술이 바짝바짝 말랐다.

"왜 이렇게 늦었어? 찾으러 가려고 했잖아."

이 남잔 서재유가 아니다. 진짜 재유라면 섣불리 날 찾아 나서지 못했을 테니. 그가 날 바라보고 씩 웃으며 초콜릿을 건넸다. 반칙이다. 한쪽 입꼬리를 살짝 올리며 더없이 다정하게 초콜릿을 권하는 건. 그걸 받아먹는 나를 바라보는 남자의 표정도 심하게 반칙이다. 갑자기 딸꾹질이 나왔다. 별일도 아닌 내 딸꾹질에 화들짝 놀라며 물을 건네고 등을 두드려 주는 이 남자의 친절한 손길도 반칙이다.

차라리 좀 전에 나와 통화했던 그 남자가 내 착각이라면, 내 불온한 상상력이 빚어낸 찰나의 거짓이라면. 목이 메고 가슴이 답답해 가슴팍을 두드렸다. 운전이 힘들어 잠시 길가에 차를 댔다. 옆에서 걱정스러운 목소리가 들렸다.

"왜 그러지. 괜찮아?"

말도 안 돼. 어떻게 괜찮겠니.

"물 좀 더 마셔 봐. 목에 걸렸어? 많이 답답해? 초콜릿 괜히 줬네. 거기 가슴팍 누르면서 둥글게 비벼 봐. 두드리지 말고. 응. ……천천히. 심호흡하면서……."

기를 쓰고 눈물을 참았다. 어서 이 남자와 헤어져 집으로 가고 싶었다. 더는 견디기 힘들었다. 그냥 대놓고 물어볼까? 그 생각도 했다. 좀 전에 어떤 남자가 전화를 했는데 혹시 너도 아는 사람이야? 너랑 목소리가 똑같아. 심지어 이름도 똑같아. 미친 거 아니야? 그 사람, 자기가 서재유래. 그럼 너는 도대체 누구야?

차마 그렇게 물을 수가 없었다. 그의 눈을 보니 물어선 안 될 것 같았다. 청담동 근처 골목에 그를 내려 주기로 했다. 인적이 드물어지길 기다리느라 잠시 정차했다. 차 안의 정적이 목을 조여 오는 것 같아 결국 내가 먼저 입을 열었다.

"어서 들어가."

이번엔 그 남자가 내 얼굴을 외면했다. 다시 막막한 침묵이 흘렀다. 말없이 차 문을 열고 내린 그가 반대편으로 돌아와 운전석 쪽 창문을 두드렸다. 창을 내리고 그의 얼굴을 올려다보았다.

"나 배웅 좀 해 주라. 언제 또 볼지 모르는데."

"잘 가."

"잠깐 내리면 안 돼?"

"잘 지내고."

"안 되나? 백성현……."

"내릴게."

차에서 내린 내게 남자가 악수를 청해 왔다. 말랐지만 크고 따뜻한 손. 차가워진 내 손을 적당히 감싸는 악력. 드라마를 찍으면서 이 손을 여러 번 잡았었다. 잡힌 적도 많았다. 손길에도 표정이 있고 감정이 있다는 걸 알고 있을까. 그의 손이 내게 말을 건다. 놓기 싫다고.

"누나, 건강해. 아프지 말고. 이건 명령!"

손을 거두어들인 남자가 날 향해 씩 웃었다. 나는 늘 저 미소가 좋았다. 그 모습을 보려고 떨지 않아도 될 수다를 떤 적도 있었다. 그렇게 은근슬쩍 여우 짓을 하곤 했다. 어떤 파트너에게도 하지 않았던 행동을. 이 순간, 나와 '서재유'란 이름 사이에 돌이킬 추억이 많다는 게 너무 슬프다.

"쌀쌀한데 옷 좀 따뜻하게 입고 다녀. 가을이야."

잠시, 입은 옷을 내려다봤다. 치마가 너무 짧은가. 웃옷이 너무 얇은가. 아니면 목덜미가 너무 휑한가. 집에서 나올 때 걸쳤던 풍성한 스카프를 가방에 넣어 두었던 게 기억났다. 찻집 실내가 너무 더워서 풀었었지. 갑자기 소름이 돋으면서 잊고 있던 추위가 느껴졌다.

"그렇게 안 입어도 충분히 예뻐."

그게 마지막 대화였다. 재유가 떠나는 것도 보지 않고 서둘러 액셀을 밟았다. 돌아오는 차 안에서 조금 울었다. 백미러 안의 나에게 묻고 싶다. 그 남자와 네가 이렇게 울 만큼 가까운 사이였냐고. 〈온리 원〉 팬들이 간절히 바라는 것처럼, 그네들이 근거도 논리도 없이 우리의 사랑을 맹목적으로 믿는 것처럼, 서재유와 내가 특별한 사이가 된다는 건 말도 안 되는 일이라고 웃어넘겼다.

처음 드라마가 끝났을 땐 하루에도 몇 번씩 그 남자가 생각났다. 몇 주가 지났을 땐 하루에 한두 번쯤 생각났고, 이달 들어선 며칠에 한 번. 그렇게 그를 떠올리는 간격을 늘려 왔다. 겨울이 지나기 전엔 잊을 수 있을 거라 기대했는데. 다시 원점으로 돌아간 것 같다. 나쁘다. 처음보다 더 나쁘다.

쌓이기만 하는 생각을 하나하나 지우다 새벽녘에야 겨우 잠들었다. 그 전엔 미처 모르고 지나갔던, 정말 이상했지만 이해해 보려고 노력했던 일들이 얼추 정리가 됐다. 그래서, 그러므로, 그럴 수밖에 없던 일들. 예를 들면 번지점프, 시월이, 정발산 같은 것. 한 얘기를 또 하고, 들은 얘기를 처음 듣는 것처럼 듣던 것.

눈을 떠 보니 11시 10분 전. 어이없게도 늦잠을 자 버렸다. 벌떡 일어난 나는 부랴부랴 낮의 선약을 취소했다. 식탁 위에 동생의 메모가 놓여 있었다. 교수님하고 1박 2일로 대전에 내려가니 문단속 잘 하고 있으란 내용이었다.

집 안은 무서울 정도로 고요했다. 라디오를 틀어 놓고 커피를 준비했다. 스피커로 익숙한 팝송이 흘러나왔다.

My life is so cool (인생은 정말 멋져요)

From a different point of view (조금만 다른 눈으로 바라본다면)

나는 '반드시 멋진 인생을 살 거야!' 그렇게 스스로를 세뇌시키는 사람이 아니다. 그래도 이 하루, 조금만 다른 시선으로 바라본다면 내 인생도 평범하게 비춰지려나.

두 명의 서재유. 적어도 그 부분만큼은 내가 선택한 삶이 아니다. 인생이 내 뜻대로만 살아지지 않는다는 건 이미 오래전 눈치챘다. 하지만 까다로운 인생이여, 한 번쯤 내 소원을 순순히 들어줄 수는 없나. 한 번쯤은 날 가만히 내버려 두면 안 되나.

거실 유리창에 기대 커피를 마셨다. 집 앞 골목은 한산했다. 저 하늘, 저 거리, 저 나무들. 붉게 물든 나뭇잎은 서둘러 시들 테고, 부질없이 떨어져 누군가의 빗질에 쓸려 가겠지. 겨울이 오면 그 자리를 눈이나 시린 바람이 채우겠지. 그렇게 시간은 꾸역꾸역 흘러가겠지. 어김없이.

입맛이 없어서 늦은 아침 대신 두유 한 병을 데워 마셨다. 또 다른 서재유와 만나기로 한 시간이 일곱 시간 앞으로 다가왔다. 서둘러 씻은 뒤 모자를 눌러쓰고 가까운 마트에 갔다. 장을 거의 다 봤을 때 오늘 만나기로 한 서재유가 전화를 걸어왔다. 그는 내가 준비할 도시락 메뉴를 몹시 궁금해했다.

"평범한 거야. 기대하지 마."

— 그런 게 더 좋아.

재유가 다정한 어조로 이어 물었다.

— 나도 뭐 준비해 갈까? 필요한 거 없어?

"그냥 몸만 와."

— 조금 일찍 도착할 수도 있어. 서두르지 말고 준비해. 기다려도 되니까.

쑥스러워하면서도 더없이 친절한 목소리. 묘하게 들뜬 어투. 넌 아직 내가 만나려는 이유를 짐작 못 하는구나.

"조심해서 와. 이따 봐."

이건 데이트가 아니다. 만약 첫 데이트라면 좀 더 화려한 도시락을 준비해 숨겨 둔 솜씨를 자랑했을지도 모르겠다. 가끔 동생에게 싸 주던 정도의 도시락을 준비하기로 했다. 차 안에서 먹기에 불편하지 않은, 한국인이라면 누구나 좋아할 만한 메뉴로.

엄마에겐 정형화된 레시피가 따로 없었다. 그래도 좁은 부엌에서 뚝딱뚝딱 만들어 내는 엄마의 요리는 언제나 맛있었다. 김밥 하나를 싸도 다른 집 엄마들과는 다르게 싸 주시던 엄마.

소풍날이면 친구들과 나눠 먹으라며 김밥을 넉넉히 준비해 주셨다. 친구들은 내 도시락 안의 김밥을 하나라도 더 먹으려고 치열하게 젓가락을 들이밀었다.

나들이가 뜸한 한겨울엔 김밥을 싸 달라고 졸라서 어린 동생과 거실에 돗자리를 펴고 소풍 놀이를 하기도 했다. 엄마는 집안일을 하면서 이따금 우리 남매의 놀이에 참견하셨다. 세상 누구도 부러울 것 없는 시간이었다.

엄마가 가족을 위해 음식을 만들었다면, 나는 속상한 일이 있을 때 주방에서 시간을 보낸다. 내가 차린 음식을 먹는 이들을 보며 상한 속을 비우고, 다친 마음을 툭툭 털어 버렸다. 오늘은 그것도 쉽지 않다.

충무김밥부터 만들기로 했다. 레시피의 비밀은 적절한 양의 까나리 액젓이다. 충무김밥과 함께 먹을 무를 어슷 썰어 초절임해 놓고 오징어와 우엉을 손질했다. 다진 소고기는 양념에 재어 놓고 유부는 길게 썰어 조렸다. 달걀지단을 두툼하게 부치고 오이만 자르면 완성이다. 속 재료는 다섯 가지밖에 안 들어가지만 어중간한 재료 열 가지를 넣은 것보다 깔끔하고 감칠맛 난다. 막상 만들어 놓으면 별것도 아닌데 은근 손이 많이 가는 메뉴다. 다시마 우린 물로 옅은 미소된장국도 끓였다. 마지막으로 팽이버섯과 쪽파를 송송 썰어 넣고 한소끔 끓인 후 보온병에 담았다.

도시락이 다 준비됐을 때 시계는 5시 10분을 가리켰다. 깨끗이 다려 놓은 보자기를 꺼내 사방리본을 만들어 3단 도시락을 포장했다. 대추차와 드립 커피를 담은 작은 보온병, 생수 두 병과 음료수까지 넣으니 천으로 만든 가방이 묵직하게 늘어졌다. 이걸 다 누가 먹는다고. 남은 재료를 냉장고에 정리해 넣고 설거지를 시작했다. 20분 뒤, 주방은 만족스럽게 깨끗해졌다.

김밥 자투리를 몇 개 집어 먹은 나는 두 번째 샤워를 하고 화장대 앞에 앉았다. 이 와중에도 얼굴의 부기를 걱정하는 내가 우스웠다. 도대체 뭘 확인하려고 이러는 걸까. 어차피 한 사람이 아닌 건 아는데. 오늘 밤, 울다가 화장을 망치는 일이 없기 바라며 나는 양쪽 볼에 핑크색 음영을 넣었다.

약속 장소는 집에서 멀지 않았다. 너무 일찍 도착하지 않도록 시간을 조절해야지 하며 옷을 고를 때 전화가 왔다. 도의 씨였다.

— 누나! 어디예요!

"집. 왜 그래?"

— 집에서 얼른 나와요!

"무슨 소리야?"

— 기자들 누나 집 알아요? 거기까진 모를라나? 아무튼 얼른 나와요!

"도의 씨, 알아듣게 말해."

— 저, 누나…… 어제 서재유 만났어요?

"그게 무슨……. 왜?"

— 좀 전에 아우라 엔터 오 이사님을 만났는데, 금방 특종 터진다는 거예요. 누나하고 서재유 열애설.

"열애? 말도 안 돼. 그 사람이 어떻게 알아?"

— 낮에 그 회사 신인 걸그룹 인터뷰를 했는데, 투데이빅뉴스 기자가 슬쩍 흘리더래요.

"투데이빅뉴스? 그런 데도 있어?"

— 생긴 지 얼마 안 된 인터넷 신문사예요. 사진도 몇 장 있대요. 누나하고 서재유 둘이만 찍힌 거.

"사진? 언제 거?"

— 그것까지는 모르고요. 일단 안전한 곳으로 피해 있어요. 그거 아니죠? 그냥 만나기만 한 거죠?

아니라고도 그렇다고도 할 수 없었다. 이건 나만의 문제가 아니다. 어제 만난 재유가 정확히 누군지도 모르는데 무슨 대답을 할 수 있나. 무엇보다 같이 찍혔다는 사진이 궁금했다. 차에 동석한 것만으로도 열애설은 얼마든지 엮을 수 있다. 상대가 서재유 같은 스타라면. 게다가 늦은 시간 단둘만의 만남이라면. 머릿속이 어지러웠다. 어제의 사진이 아니길. 제발 촬영장에서 찍힌 사진으로 팬들이 장난친 수준이길.

"내가 좀 알아볼게. 별거 아닐 거야. 너무 걱정하지 마."

— 누나가 언젠 별게 있어서 볶였어요? 말은 얼마든지 만들면 되잖아요.

"끊자."

— 서재유가 누나…….

"도의 씨, 끊으라고."

그사이 나의 열애 기사는 '단독 특종'이라는 타이틀을 달고 인터넷에 떴다. 기사 속의 사진은 어젯밤 나와 그 서재유가 분명했다. 5분도 지나지 않아 키앤에서 연락이 왔다. 일주일 안으로 계약을 하기로 약속했던 터였다. 적어도 1년간 스캔들은 안 됩니다, 웃으면서 말하던 김호규 이사였다. 그럴 일은 절대 없을 거라고 대답한 건 나였다. 김 이사가 조심스레 물어 왔다.

— 서재유 아니죠?

"네. 열애설은 말도 안 돼요. 사진의 그 앤 아는 동생일 뿐이에요."

길게 할 말도 없었다. 세상에 알려진 그 서재유는 절대 아니니까.

"죄송해요. 어쨌든."

— 나한테까지 미안할 건 없는데, 계약 앞두고 좀 그러네요. 드라마에 차질이나 안 생겼으면 좋겠는데. 우리 대표님이 성현 씨한테 기대가 크셨는데.

김 이사는 아무 전화나 함부로 받지 말라는 말을 남기고 전화를 끊었다. 그 말이 아니더라도 누구의 전화도 받고 싶지 않았다. 어떤 기사도 읽고 싶지 않았다. 오만 가지 상상력이 가미된 댓글들은 더더욱.

휴대폰 전원을 끈 뒤 식탁 의자에 주저앉았다. 너무 기막힌 일이 생기면 눈물도 나오지 않는다. 끝을 알 수 없는 바닥으로 까마득히 추락하는 기분. 이렇게 난 또 스캔들의 주인공이 됐다.


5분 뒤, 후다닥 짐을 챙겨 집을 벗어났다. 마땅히 갈 곳이 없었다. 시은인 지방의 본가에 갔고, 가까운 지인들 대부분이 방송 일을 하는 터라 괜한 일에 휘말릴까 봐 걱정이 앞섰다. 그렇다고 이 얼굴을 쳐들고 제주행 비행기를 탈 수도 없었다. 후미진 곳의 모텔이라도 찾아 들어가야 하나.

아무래도 안 될 것 같아서 동생에게 연락했다. 놀라는 성찬에게 대충 상황을 설명하고 부모님 얘기를 꺼냈다. 다시는 이런 일로 가슴 쓸어내리게 하고 싶지 않았는데.

"아무 일도 아니니 아무 걱정 마시라고 해. 정리 좀 되면 전화 드린다고 하고."

날 걱정하는 사람들에게도 잘 있다는 내용의 단체 문자를 보냈다. 이미 충분히 겪었다고 생각한 스캔들인데, 그 전과는 느낌이 달랐다.

그로부터 10분쯤 지나 서재유의 전화를 받았다. 어젯밤 만났던 재유였다. 그는 내게 변명할 시간을 달라고 했고, 망설이던 나는 그를 만나기로 했다. 피한다고 해결될 일이 아니었다.

강북의 아파트로 가는 길에 오늘 만나기로 했던 재유에게서도 연락이 왔다. 그 남자 역시 내게 미안하다는 말부터 했다.

— 너무 걱정하지 마. 최대한 빨리 처리할 테니.

"어떻게? 니 얼굴이잖아."

— 아닌 거 누나도 알잖아. 기사 터지기 전에 다 알고 있었잖아.

"그 사진, 너처럼 보여."

— 난 그 시간에 녹음실에 있었어. 어제 낮부터 오늘 새벽까

지 혼자 돌아다닌 적이 10분도 없다고. 그 흐릿한 사진 몇 장보다 내가 제시한 증거가 더 확실해. 좀 전에 반박 기사 내보냈어. 놀란 거 아는데, 그 부분은 나한테 맡겨.

"나도 나지만 넌 어떡할 거야? 광고도 그렇고 음반도. 니 팬들은……. 아무리 증거를 들이대며 아니라고 해도 안 믿는 사람은 못 당해."

— 누나가 지금 내 걱정 할 때야? 사람이 왜 그렇게 약질 못해? 우리한테 화를 내야지.

"그런다고 뭐가 달라져? 어차피 벌어진 일인데."

— 미안해. 피해 안 가도록 최대한 노력할게. 집 말고 갈 데 있어?

"지금 니 동생 만나러 가고 있어. 수유동으로 오래. 거긴 아는 사람 없다고."

— 그래. 거기 있는 게 낫겠다. 나도 늦더라도 꼭 갈게. 내 얼굴도 봐야지.

주차장 구석에 차를 세우고 호수를 한 번 더 확인했다. 가방만 챙긴 채 무심코 내리려는데 뒷좌석에 놓인 천 가방이 눈에 띄었다. 도시락은 주인을 못 만났다. 진짜 서재유를 만나기 전에 열애설이 터진 게 그나마 다행이었다. 조금이라도 덜 거짓말을 하는 셈이니까.

스카프로 얼굴을 반쯤 가리고 계단으로 걸어 올라갔다. 11층. 문이 열리길 기다리는 시간까지가 너무 길게 느껴졌다. 신발을 벗겨 주고 내 손에 들린 두 개의 가방을 가져가 테이블에 올려

놓은 뒤 소파에 나를 앉힌 건 또 다른 재유였다.

　단출한 살림이 드문드문 놓인 아담한 아파트였다. 공간마다
제법 어울리게 발라 놓은 포인트 벽지. 살림살이가 없어 휑해 보
이는 집 안. 그리고 어제와 똑같은 얼굴로 나를 바라보는 남자.
앞으로 다가올 긴 밤도 진짜 현실성 없는 시간이 될 것 같다.


　언젠가 시은이에게, 또 다른 누군가에게도 그 말을 들은 적
이 있다. 재유가 자랄 때 외국에서 컸노라고. 구체적으로 알려
진 건 없지만 유럽 쪽의 한 나라에서 살았던 건 사실이라고. 그
는 일본어 외엔 내 앞에서 어떤 외국어도 하지 않았다.

　스웨덴. 한 번도 구체적으로 상상해 본 적 없는 나라다. 아
빠가 좋아하는 그룹 아바의 조국이자, 내가 좋아하는 영화감독
잉그마르 베르히만의 조국. 서씨 성을 가진 쌍둥이 형제가 사
춘기를 보냈다는 나라.

　이름마저 바뀐 것이라곤 생각지도 못했다. 먼 대륙에 살면
서 대학에 다니고, 여행을 하고, 가끔 형의 대타로 일했다는 이
남자의 본명은 서재유다. 나는 늘 그 이름이 좋았다. 나무재료
재材와 부드러울 유柔 자를 쓰는 그의 이름이.

　현실성 없는 일은 그것만이 아니었다. 종일 두유 한 잔과 김
밥 몇 개를 집어 먹은 게 전부인 나는 허기져 있었다. 하루 내
내 굶었다는 재유는 더 배고파 했다. 집 안에 먹을 게 하나도
없는데다 금방 상하는 김밥을 언제 올지 모르는 사람을 위해
남겨 둘 수가 없었다.

도시락을 개봉하기 전부터 앞의 남자가 자꾸 물어 왔다. 훈민정음 글씨 패턴의 천으로 만든 도시락 보자기는 내가 만든 거다. 유부와 우엉을 조려 넣은 김밥은 엄마에게 배운 조리법이고. 두 종류의 김밥 레시피를 원하는 사람은 많았다. 나는 그 레시피를 유럽에 산다는 젊은 남자에게도 보냈었다.

재유가 Timeless였다. 그는 오래지 않아 '세상의 모든 음식' 카페에서 쓰는 내 닉네임을 눈치챘다. 풀잎의 향기라니. 물티슈 이름으로 쓰기엔 미안할 정도로 고운 상품명이었다. 그는 내게 진짜 '풀잎향기'냐고 몇 번이나 되물었다. 이 모든 게 현실 같지 않기는 나도 마찬가지였다.

"밤늦게 식당서 설거지한다면서? 그래서 바빴다며?"

"얼굴이 너무 못나서 인증도 못 한다던 게 누구더라."

"밥 차려 주고 도시락 싸 주던 남자가 백성찬이야? 유부녀인 줄 알았네."

내가 가입한 요리 카페 회원들에겐 금요일 오후쯤 자신의 얼굴을 인증하는 오랜 관행이 있다. 나 역시 얼굴 보여 달라는 말을 수없이 들었다. 정모 때 나오라는 연락 역시. 풀잎향기의 실제 얼굴이 알려지는 순간, 이 즐거운 취미는 접어야 한다. 바쁘다는 핑계로, 베일에 싸인 인물로 남고 싶다는 농담으로 미루고 미뤄 왔던 터였다.

사실 나도 타임리스가 궁금하긴 했다. 처음 들어 보는 음악 파일을 선물하고, 여행지 사진을 보내 주던 남자. '풀잎님'으로 시작하는 짧은 메일과 낯선 곳의 풍경 사진들. 그가 올린 손 인증 사진을 보면서 또 다른 남자를 떠올렸었다.

서재유의 형에게선 연락이 없었다. 못 올 가능성이 훨씬 크다. 이해한다. 이 갑작스러운 스캔들로부터 그를 보호하려는 사람들에게 내 생각까지 해 달라는 건 무리일 테니까. 나는 반쯤 마음을 비우고 맨 거실 바닥에 차린 저녁밥을 먹었다. 그 모든 악조건에도 불구하고 그와의 식사는 제법 즐거웠다. 재유는 촬영할 때처럼 유머러스했고, 가끔 짓궂었고, 때때로 느긋했다.

저녁 식사 후 내가 두 잔째 커피를 마실 동안 재유는 스캔들 관련 기사를 하나하나 검색했다. 안 봐도 뻔하다. 어떤 방식으로 난도질당할지. 우리의 열애설을 반기는 사람들이 〈온리 원〉 커플 팬들 말고 또 있을까.

휴대폰을 켜 보니 부재중 전화와 문자가 수십 개 찍혀 있었다. 도의 씨는 장황한 문구로 열애설이 진정되고 있다는 내용의 메일을 보내왔다. 내 앞의 재유는 매니저를 구한다는 말만 들었지 도의 씨를 몰랐다. 어제 이 질문을 했더라면 확실히 구분할 수 있었을 텐데. 쌍둥이 형제에겐 공통점이 하나 더 있었다. 김도의를 다짜고짜 경계하는 것. 특별한 이유도 없이 싫어하는 것.

재유가 처음 형의 대타를 하게 된 경위를 말하기 시작했다. 6주 진단이 나왔다는 오토바이 사고. 비 오는 날 정발산 근처라며 전화하던 재유가 생각났다. 그날은 아니었다. 그 다음 날 함께 촬영했으니까. 날 만나려고 오다가 일어난 사고라고 생각하면 더 끔찍하다. 어떤 장소에서 어쩌다가 일어난 사고인지 궁금했다.

"가평. 갑자기 비가 쏟아져서 턴 하다가 미끄러졌나 봐."

우리 집과 반대편이다. 거긴 왜 갔을까. 그렇게 김재현의 육체는 바뀌었고, 새로 온 서재유는 나를 호기심 어린 눈으로 바라볼 수밖에 없었던 것이다.

"어떤 여잔지 궁금했어. 형이 보고 놀라지 말라고 했거든."

"뭘?"

"실물이 훨씬 예쁠 거라고 해서."

이 남자의 솔직한 대화법이 편하지만은 않다. 나 하나를 두고 두 남자가 나눴을 대화 역시. 화를 내야 옳겠지. 하지만 뭐라고 화를 내지? 사람 갖고 노니까 재밌어? 아니다. 이런 식은. 내가 아는 두 남자는 그게 누구라도 날 갖고 놀 사람은 아니다.

재유가 필요한 것 몇 가지를 사러 나간다고 했을 땐 잡고 싶었다. 집도 낯선데다 애써 침착한 척했지만 초조한 게 사실이었다. 당장 의지할 사람이라곤 재유뿐이었다.

"물도 없어. 금방 갔다 올게."

"그럼 나도 집에 갈래."

"지금은 누나 집이 제일 위험하지 않아? 형 온다고 했으니 그때까진 기다려."

재유가 나간 집은 너무 고요해서 무서울 정도였다. 매너 모드로 해 놓은 폰엔 그새 또 부재중 전화와 문자 메시지가 몇 개 와 있었다. 제발 하던 일들이나 하시라니까. 관심조차 부담스럽다. 문자를 쭉 훑어 내리던 나는 제일 먼저 키앤 김 이사에게 전화했다.

— 성현 씨, 지금 어디예요? 안전하죠?

"네. 대충 정리돼 가고 있다던데, 그래요?"

— 아까 서재유 쪽에서 선수 쳐서 괜찮아요. 증거가 아주 확실하구만 뭘. 영상도 있고, 사진도 있고. 새벽까지 녹음실에서 내내 있던 거 본 증인들도 많고 말이야.

"제가 만난 애는 그 서재유가 아니니까요."

— 근데 그쪽 이상하게 순순하네. 서재유 열애설 터진 건 이번이 처음이잖아요. 데뷔하고 처음일걸. 일부러 그런 건 아니라도 길길이 날뛸 줄 알았거든요. MO 정문용 대표 별나기로 소문났는데, 어째 이번 일은 빨리 덮으려는 것 같아. 안 이상해요?

"제가 그것까지⋯⋯."

— 서재유가 그러지 말라고 했나? 아무리 정 대표라도 서재유 말이라면 들을걸요.

"MO에서 서재유 파워가 센가요?"

— 세죠. 함부로 못 건드리지. 계약 만료 반년도 안 남았을 텐데 건드려서 좋을 게 뭐 있겠어요? 지금 서로 데려가려고 난리인데. 누가 그러데. 책잡힐 짓을 워낙에 안 해서 정 대표가 뒤로 협박할 부스러기도 없을 거라고. 기자들도 재미없어서 안 따라다닌다잖아요. 동선이 너무 빤하니까.

그 부분은 다행이다 싶었다. 제 앞가림은 잘하는 것 같아서.

— 서재유가 벌어들인 돈으로 MO 사옥 지었다는 말도 있어요. 아마 맞을걸. 이젠 부동의 톱스타지. 걔가 보기보다 성격이

장난 아니라던데, 진짜 그래요?

"아뇨. 그렇게 까다롭지 않아요."

― 하긴 이번 스캔들로 요상하게 가수 서재유 이미지도 업그레이드되고 음반 광고까지 됐으니 딱히 손해 본 장사도 아니네. 성현 씨가 문제지. 드라마 제작사에서는 아직까진 별 움직임이 없는데, 태클 걸까 봐 그게 신경 쓰이네요.

"이사님, 이 계약 없었던 거로 하셔도 돼요."

― 그 소린 아니고. 어제 그 남자 구체적으로 누구예요? 서재유 닮은 동생.

"외국 사는 애예요. 한국 왔다길래 잠깐 본 건데. ……그렇게 닮아 보여요?"

― 우리끼리 얘기지만 진짜 닮긴 했던데. 그렇게 생긴 얼굴이 흔한가. 사진이 좀 선명했으면 확실히 아닌 증거가 됐을 텐데 흐려서 더 서재유 같더라고요. 그나저나 투데이빅뉴스 고소해야 하는 거 아닌가. 내일이라도 고소장 접수할래요? 이참에 연이틀 검색어 1위 할 마음 없어요?

"이사님, 그건……."

― 농담이에요. 서재유 측에서 열애설 보도한 기자랑 신문사 데스크하고 통화했대요. 확인도 안 하고 이딴 식으로 터트리면 되느냐고 뭐라고 했나 보더라고. 나도 전화하려다가 말았네. 아직 정식 계약 전이라 적극적으로 나서기도 그렇고 해서.

나는 그 사진들이 찍혀 기사화된 경로가 궁금했다.

― 아, 그게 〈온리 원〉 이규석 감독 상 당했을 때 신입 기자

가 취재하러 갔다가 우연히 둘이 있는 거 보고 찍었나 봐요. 기자 말로는 그 사진 찍을 땐 정말 둘밖에 없었다면서 억울해했다더라고요.

"사실 그때 재유하고 좀 다툰 건데. 서재유 따라다니는 실장님도 바로 나왔어요. 기자가 그 얘긴 쏙 뺐나 보네요."

— 진짜 이것들 고소해야 하는 거 아니야? 아무리 기삿거리가 없어도 그렇지!

"다른 건요?"

— 길거리 사진 두 장은 오늘 새벽에 누가 신문사 대표 메일로 보냈다는데요? 휴대폰으로 찍은 걸 제보했나 본데, 사진 제보한 사람이 어린 것 같다네. 알고 보니 거기만 보낸 게 아니라 여러 신문사에 같이 보냈대요. 다른 신문사에선 사진도 흐리고 긴가민가해서 뒷조사 좀 하려고 했었는데, 마침 이 기자는 장례식장 사진까지 있었으니까. 그럴듯하잖아요? 별 내용은 없는 사진이지만. 암튼 세기의 열애설은 그렇게 탄생한 거지. 눈치 없고 겁 없는 피라미 기자 손에서.

"저 때문에 죄송해요. 키앤 대표님께도."

— 뭐, 좋은 일로 터진 건 아니지만 아직은 별일 없으니까 두고 봅시다. 아, 어제 성현 씨가 만난 그 동생 말이에요. 지금 신인 탤런트 노이즈 마케팅 하는 거로 소문 도는 거 알아요?

"노이즈 마케팅이요? 허, 진짜 말도 안 돼."

— 하여간 말도 잘 만들어 낸다니까. 말 나온 김에 그 동생 우리한테 소개해 주면 안 되나? 실물 좀 봅시다.

"죄송한데 이쪽 일 전혀 관심 없는 애예요."

— 아깝네! 대충 입었는데 그 정도면 꾸미면 장난 아니겠던데. 그럼, 다시 연락합시다!

# 준유

열애설의 수습은 회사와 팬들이 했다. 내가 한 일이 있다면 사진 속 남자가 내가 아니라고 부정한 것뿐. 결과야 어찌 되든 그 남자가 나라고 해 버릴까, 그 생각도 잠깐 했다. 그러나 그 시간 다른 장소에서 날 본 사람들이 너무 많았다.

일본 기획사와 미팅을 마치고 온 정문용 대표는 나와 권혁주 이사를 대표 이사실로 불렀다. 이사님이 지난 몇 시간의 일들을 정리해서 간단히 브리핑했다. 동생이 그녀를 좋아했다는 건 알았지만 한국에 몰래 들어와 만날 줄은 몰랐다. 전화번호는 어떻게 알았을까. 정 대표가 다시 기사를 열어 세 장의 사진을 확대했다.

"권 이사, 이게 재유가 아닌 것처럼 보여?"

"그렇다고 하면 그런가 보다, 아니라고 하면 아닌가 보다 정도인 것 같은데요?"

"니가 보기엔 어때?"

"저 같아요. 라섹 수술 하기 전."

"내가 너희 형제를 알아서 그런가, 나도 너처럼 보이는데. 아니라는 증거가 아무리 확실해도 그냥 넘어갈 일은 아닌 것 같다. 성현 씨가 그 전엔 전혀 눈치채지 못한 거 맞나?"

권혁주 이사가 나 대신 대답했다.

"세상에 강동원, 현빈, 정우성이 두 명씩 있다고 누가 생각이나 하겠어요? 먼저 고백한다면 모를까, 거기까지 상상하진 않았을 거예요. 게다가 재유가 워낙에 꾸미기에 따라 달라 보이는 외모를 가졌잖아요."

"그거야 열애설 터지기 전이고. 예전에도 쌍둥이라는 루머 잠깐 돌았었잖아."

더는 들어 줄 수가 없다.

"사실이잖아요. 루머가 아니라."

정문용 대표가 내 얼굴을 흘깃 보더니 목소리를 낮췄다.

"그래. 그러니까 문제 아니냐."

"재유가 더 조심해야 할 것 같아요. 아, 스웨덴 재유요."

"너 진짜 드라마 끝나고 성현 씨 만난 적 없어?"

"사장님, 그건 제가 잘 알아요. 준유는 성현 씨 만난 적 없다니까요."

"너한테 묻잖아."

"못 만났어요."

"안 만난 게 아니고?"

이런 식의 집요한 화법은 정 대표의 특기다. 무시하고 싶은데 쓴웃음이 먼저 나왔다. 네, 만나고 싶어 죽을 것 같았는데 죽을힘을 다해 참았습니다, 해 버릴까.

"권 이사, 키앤에서는 뭐래?"

"괜히 미안해하죠. 오금 저려서 원. 잘 얼버무렸어요. 우리 쪽 기사가 벌써 나갔으니까요. 증거가 이렇게 확실한데 뭐라겠어요? 이젠 투데이빅뉴스가 욕먹죠. 키앤에서도 그 신문사 고소하자고…….."

"고소의 '고' 자도 꺼내지 말라고 해. 이 정도로 그친 걸 다행으로 알아야지."

"안 그래도 안 된다고 했어요. 괜히 깊이 들어갔다간…….. 다른 이사들도 증거가 이리 확실한데 왜 고소 안 하냐고 난리던데. 참, 말도 못 하겠고."

"어제 녹음실 안 갔으면 어쩔 뻔했어? 아무래도 내가 성현 씨를 한번 만나야겠지? 권 이사 생각은 어때?"

참기 힘들다. 이 모든 현실이.

"만나서 무슨 얘기 하시려고요? 한 번만 봐 달라고요? 아직은 더 벌어야 하니까?"

권 이사가 날 달랬다.

"그래도 만나 봐야 하지 않겠냐. 상황 설명하고 소문 안 나게 수습해야지. 아직 별말 없는 거 보니까 성현 씨 입이 가볍진 않은 것 같지만."

나는 이런 식으로 그 여자 이름이 오르내리는 게 싫었다. 우리 같은 직업이야 늘 평가를 받게 마련이지만, 이 사무실에서까지 백성현에 대한 평가를 듣고 싶진 않다. 무엇보다 성현 누나에게 말할 수 없이 미안했다.

"좋은 애기든 나쁜 애기든 만나지 마세요. 우리가 할 말이 뭐가 있어요? 속인 건 우리 쪽인데. 제가 누나한테 연락해 볼게요."

"그건 좀 생각해 보자. 아직은 만나지 마. 이번에 걸리면 끝이야."

권혁주 이사와 정문용 대표가 대화를 나눌 동안 내 생각은 수유동에 있다는 동생 집으로 가 있었다. 지금쯤 둘이 만났겠지. 재유의 얼굴을 들여다보며 우리 형제의 공통점과 차이점을 찾을 수도 있겠지.

"근데 재유 스웨덴에 있던 거 아니었어요? 언제 왔지? 너한테 연락은 했었어? 했을 리가 없지."

"올 일이 있었겠지. 워낙에 동에 번쩍 서에 번쩍하는 애니까."

"사장님, 진짜 성현 씨 보려고 온 걸까요? 몇 주나 알고 지냈다고."

"시간이 중요한가. 아, 출출하다. 저녁이나 먹으러 가자."

"네? 스캔들 마무리되는 거 봐야……."

"우리가 굶는다고 더 빨리 마무리되나? 다 먹고 살자고 하는 짓인데. 오랜만에 재유 집으로 가서 시켜 먹자. 너 요샌 쇼핑 안 한다면서?"

"……."

"쇼핑이라도 해. 너도 스트레스는 풀고 살아야지."

"밖에 팬들도 있고, 기자들도 몇 남아 있답니다. 지금은 나가기가 좀 그렇잖아요."

"그러니까 더 보란 듯이 나가야지. 아무 일도 아니라는 듯. 저녁 먹고 간만에 셋이 술도 한잔하자고. 오다가 통화했는데, 이형원 프로듀서가 어제 녹음 겨우 한 곡 했다던데? 권 이사, 음반 제날짜에 출시돼야 해. 늦어지면 괜한 오해 받아."

이렇게 철저한 사람이다. 분명 내가 어제 정말 자리를 비운 게 아니었는지 궁금했을 터다. 그는 이 스캔들로부터 서재유가 얼마나 당당한지 티 내고 싶었을지 모르지만, 나는 사옥 정문으로 나갈 마음이 전혀 없었다. 기자들에게 어떤 변명도 하기 싫었다. 지하 주차장에도 팬들이 여기저기 무리 지어 모여 있었다.

오빠, 아니죠? 재유 씨, 아니죠? 열애설 거짓말이죠? 조작된 거죠? 끊임없이 질문을 던지는 그녀들을 향해 이사님이 나 대신 입을 열었다.

"반박 기사 난 거 보셨잖아요. 재유 절대 아니니까 안심하고 다들 돌아가세요."

철없는 미성년자들만 있으면 말을 안 한다. 저 사람들은 왜 이 밤, 집에도 안 가고 저러는 걸까. 도대체 무슨 대답을 듣고 싶은 거지? 나는 '성현'이라는 여자로부터 절대 안전하다는 말? 그러니 당신들은 여태까지 그랬던 것처럼 앞으로도 날 쭉 좋아하면 된다는 말?

차에서 떨어지지 않으려는 일부 팬들 때문에 건물을 빠져나오는 데도 시간이 꽤 걸렸다. 나는 뒷좌석에 기대앉아 이 모든 일에서 무관한 사람처럼 눈을 감았다. 오늘, 더 이상의 팬 서비스는 불가능하다.

권혁주 이사가 멀어져 가는 팬들을 등지고 돌아앉으며 긴 한숨을 내뱉었다.

"아…… 진짜 10년을 하루같이 봐도 저런 팬들은 적응이 안 되네."

운전하던 수환이 권 이사님 말에 대꾸했다.

"열애설에 이 정도면, 결혼설 터지면 난리 나겠는데요?"

"그걸 말이라고? 자기 게 안 될 바엔 차라리 총각으로 늙어 죽길 바랄 거다."

"왜 그렇게 니 거, 내 거 구분을 못 하죠? 저 정도면 병 아니에요? 솔직히 형도 젊은 남잔데, 연애할 수도 있잖아요. 20대 중반에 여자 안 만나는 게 더 이상하지. 저 얼굴에. 자기들은 연애, 결혼, 출산, 기타 등등 할 거 다 하면서 왜 그런데. 재유 형님이 연애한다고 하늘이 무너져요? 땅이 꺼져요?"

"아마 오늘 하늘도 무너지고 땅도 몇 번 꺼졌을 거다. 누가 말리냐. 못 말려."

이사님이 고개를 절레절레 흔들었다. 내내 침묵을 지키던 정문용 대표가 내 쪽을 보며 말문을 열었다.

"재유야, 그래도 팬이다. 왜 저렇게까지 하나 싶어도 다 네가 좋아서 저러는 거야. 아무리 이해가 안 가도 한결같이 대해.

처음처럼. 그건 네가 이 직업 갖고 살 동안 지켜야 할 의무 같은 거야."

헛웃음이 나오는 걸 눌렀다. 진짜 대단한 의무 아닌가. 내가 세상에서 제일 좋아하는 여자를 그렇게 싫어하고 욕하는데도, 내 사생활 같은 건 눈곱만큼도 지켜 줄 마음이 없는 사람들인 걸 알면서도 손을 흔들어 주고 미소 지어야 한다니. 단지 나를 좋아하는 팬이란 이유만으로.

"사장님, 솔직히 저 사람들이 정상이에요? 진짜 팬이라면 저렇게까지 하진 않죠. 저건 사랑이 아니라 집착이잖아요. 여긴 도대체 어떻게 들어오는 거야."

"수환이 니 열애설 난 거 아니야. 그만 흥분해."

"죄송해요. 아까 기사 댓글 좀 봤는데 괜히 열 받아서. 성현 누나 그렇게 이상한 여자 아닌데."

"한번 박힌 이미지란 게 그렇게 무서운 거야."

"한밤중에 재유 형 데려다주다가 저런 여자들하고 마주치면 얼마나 무서운 줄 아세요? 잠도 없어, 잠도."

"니가 왜 무서워? 너 좋아하는 것도 아닌데?"

"이사님은. 그냥 보는 것만으로도 무섭다고요. 아우, 멘탈 털려. 재유 형님은 어떻게 사나 몰라. 나 같으면 밤마다 가위눌릴 것⋯⋯."

옆에서 정문용 대표의 나지막한 목소리가 들려왔다.

"다들 좀 조용히 가자. 정리가 안 되네, 정리가."

집 건물 앞에도 팬들로 보이는 사람들이 꽤 있었다. 허구한 날 내 집 앞을 지키는 사생들을 피해 몇 번을 이사했지만, 그때마다 그들은 오래지 않아 새 주소를 알아냈다. 이젠 포기했다. 우리 집에 CCTV라도 달아 놓고 내 일거수일투족을 감시하고 싶어 하는 사람들. 내가 연애를 한다고 해서 노래를 안 할 것도 아니고, 연기를 안 한다는 것도 아닌데 상상만으로도 질색하는 사람들. 오늘만큼은 가식으로라도 친절하기 힘들다.

수환이를 바로 퇴근시키고 셋이 엘리베이터를 탔다. 어제 도우미 아주머니가 치워 놓고 간 집은 깨끗했다. 며칠 전 엄마가 다녀가셔서 냉장고에도 뭔가가 그득했다. 성격이 사근사근한 이사님이 음료수를 꺼내 사장님과 내게 건넸다. 뭐라도 시켜 먹자고 하는데 떠오르는 음식이 없다. 원래 계획대로라면 성현 누나와 저녁을 먹고도 남았을 시간이다. 도시락 메뉴가 뭔지 자세히 물어볼걸. 평범한 거라던 그 메뉴.

다시 한 번 지난 몇 시간을 돌이켜 봤다. 왜, 이 모든 현실이 사실이어야만 할까.

"집에서 전화 왔었어?"

"아까 왔었는데 안 받았어요. 사고 났던 거 모르시잖아요."

"본가에 전화해서 넌 모르는 일이라고 말씀드려."

"엄마는 재유 알아보실 거예요."

"참 어렵다. 오토바이 사고 난 것부터 말해야겠네. 왜 성현 씰 만나서 일을……. 말을 말아야지. 만나면 절대 안 된다고 한 적도 없으니."

사장님과 나의 대화를 듣던 권혁주 이사가 내게 물어 왔다.

"근데 성현 씨 연락처는 어떻게 알았지? 니가 가르쳐 줬어? 아니지?"

"저한테 물어볼 애가 아니잖아요."

"코디들이 가르쳐 줬나? 성현 씨 코디하고 우리 코디 애들하고 친하던데."

일본 기획사와 만났던 얘기를 전해 들을 때, 주문한 음식이 도착했다. 얼핏 봐도 비싸 보이는, 전문가의 손길로 만들어진 최고급 도시락. 내가 지금 먹고 싶은 건 전복구이 도시락이 아니다. 늦은 저녁밥을 억지로 집어넣고 있을 때 동생이 사장님께 전화를 걸어왔다. 둘의 짧은 통화가 끝난 뒤 휴대폰을 넘겨받았다.

살면서 변명을 해 본 적이 거의 없다. 잘못을 인정하고 용서받거나, 아예 입을 꾹 다물어서 매를 더 번 때는 있었지만. 차라리 몇 대 맞고 끝날 일이라면 얼마나 좋을까. 돈으로 해결할 수 있는 일이라면 얼마나 편할까.

이 밤 안으로 그녀에게 갈 수 있으면 좋겠다. 아무리 늦어도 가야 한다. 변명이든 고해든 한 번은 꼭 털어놓고 싶었던 말들을 하러.

저녁을 먹고 나서도 두 상사는 여기저기 전화를 걸거나 받았다. 사진 속의 남자가 내가 아니란 걸 거듭 강조하기 위해. 욕실로 들어가 휴대폰 전원을 켰다. 동생이 보낸 주소가 찍힌 문자가 끼어 있었다. 다시 전원을 끄고 거실로 나왔다.

소파에 누워 있던 사장님이 일어나 충혈된 눈으로 나를 응시했다. 정문용 MO아티스트 기획 대표. 사시사철 내 노래를 컬러링으로 설정해 놓는 사람. 노래도 춤도 그저 그랬던 나를 발탁했고, 키웠고, 결국 스타로 만들어 준 사람. 이런저런 당근과 미끼로 나를 달래고 구슬려 가며 구속하는 사람. 마냥 미워할 수도, 속 편히 사랑할 수도, 함부로 배신할 수도 없는 사람. 그 사람이 내게 잔뜩 갈라진 목소리로 말을 건다.

"니가 성현 누나를 어떻게 생각하는지도 알고, 우리가 지금 성현 씰 어떻게 대해야 하는지도 잘 알아. 네가 알아야 할 게 또 있어. 우리가 욕먹는 건 그렇다 치고, 성현 씬 어떡할 거야? 안 그래도 루머 때문에 힘들게 지내다 겨우 재기한 건데."

"그 스캔들 사실이 아닌 거 사장님도 아시잖아요."

"우리가 알아준다고 뭐가 달라져? 시작이야 어쨌든 결과를 가장 중요하게 여기는 데가 이 세계야. 성현 씨의 진실, 진심, 노력, 고통, 그런 거 일일이 헤아려 주는 세상이 아니라고."

"그게 전부예요? 이 문제에 대해 하실 말씀이? 성현 누나가 뭘 잘못했는데요? 서재유라고 생각한 사람을 잠시 만난 거요?"

이사님이 내 팔을 잡고 부드러운 어조로 다독였다.

"왜 또 그래. 그래도 팬들이 꽤 생겼나 보던데요. 어울린다고 두둔해 주는 사람들도 의외로 많고. 사실 좀 놀랐어요."

"〈온리 원〉 팬들? 솔직히 그 사람들 몇 년이나 갈 거 같아? 그러다 마는 거지. 너 지난번 드라마도 그렇고, 그 전 드라마도 그렇고, 커플 팬 처음도 아니잖아. 이번에 열애설 터졌지? 예전 드라마 커플 팬들 안티로 돌아서는 거, 일도 아니야. 내 말이 틀렸는가 봐라. 자기네들이 정한 사람 아니면 안 되는 게 그 사람들이라고. 니가 정말 챙겨야 할 팬들은……."

커플 팬이 아니라고 해서 날 자유롭게 놔두는가? 그들이 바라는 나는 여자를 만나도 절대 들키지 않는, 연애는 해도 절대 결혼까지 꿈꾸지 않는 서재유일 뿐이다. 그것도 많이 양보해서. 그들이 가장 좋아하는 '나'는 만인의 연인 서재유일 때다. 누구에게나 상상의 여지를 주며 0.0001 퍼센트의 가능성이라도 열어 놓은 존재. 오직 한 여자만의 남자가 되는 걸 가장 못 참는 건 개인 팬들이다. 그들은 내게 한 여자조차 허락하지 않는다.

팬이 없는 연예인은 있지만, 팬이 없는 스타는 없다. 내가 스타라면 그들은 '나'라는 별을 더 빛나게 하는 조력자이기도 하다. 그들이 나를 어떻게 생각하는지 몰라서가 아니다. 팬들에게 나란 존재는 가상의 애인이고 남편이며 동생이자 아들이다. 또 다른 역할을 부여받을 수도 있다. 때로 버거웠지만 묵인하고 이해하고 받아들이려 노력했다. 그게 내가 치러야 할 인기의 대가라면. 내가 벌어들이는 돈의 반대급부라면.

그네들이 주고 싶어 하는 모든 걸 전부 받아들일 수는 없었다. 하지만 그 마음마저 모르는 사람은 되고 싶지 않았다. 팬들에게 사근사근한 연예인이 되진 못했으나 늘 진심으로 대했다. 엄살을 부리거나 투정하는 건 내 역할이 아니므로 아무리 힘들어도 웃어 주려고 했다. 그러나 이 밤, 나는 그들이 미워지려고 한다. 제발 하루만이라도 내게서 관심 끄고 멀어져 주길. 제발 이 밤만이라도.

"술 좀 사 올까요? 재유야, 몇 잔 마시고 푹 자. 넌 그냥 지금 처럼 너 할 일 묵묵히 하면 돼. 뒤처리는 우리가 다 할 테니까."

"집에 양주 있어요. 와인도 있고."

"아니, 나가서 마시자. 궁상맞게 남자 셋이서 이게 뭐냐. 권 이사, 바로 예약해. 우리 자주 가는 데."

주차장엔 여태 가지 않고 남아 있는 팬들이 몇 있었다. 지겹 지도 않은지 같은 질문을 하고 또 하는 사람들. 내 화가 폭발할 까 봐 걱정된 이사님이 잽싸게 나를 뒷좌석으로 밀어 넣었다. 차 문을 닫은 그는 밖의 사람들에게 소리쳤다.

"이젠 제발 가요! 자꾸 이러면 재유 이 건물에서 또 쫓겨납 니다."

이사님이 운전대를 잡았다. 차 안의 누구도 더는 내 팬들에 관한 얘기를 꺼내지 않았다. 말은 안 해도 다들 질렸을 터다. 권 이사님은 가장 빠른 길을 두고 빙빙 돌아 술집을 찾아갔다. 다행히 우리가 탄 차를 미행하는 차는 보이지 않았다. 바에 도 착할 즈음 정문용 대표 휴대폰으로 전화가 왔다.

"박 감독이 웬일이에요? 반갑네. ⋯⋯아, 그거. 당연히 아니 지. 그럼요. 반박 기사 못 봤어요? ⋯⋯아니라니까. 재유 지금 같이 있는데? ⋯⋯그 말은 들었어요. ⋯⋯그래요? 알죠. 구 대 표님. ⋯⋯그런 말 나올 만도 하네. 〈온리 원〉 끝난 지 얼마나 됐다고. 그래도 스캔들은 아닌데. ⋯⋯그 정도예요? 여주를 바꿔? 아니라고 벌써 반박 기사 났는데. 혹시 처음부터 맘에 안 들어 했던 건 아니고? ……뭐 그렇긴 하지만. ……알았어요. 우리도 좀 알아보죠. 내가 구 대표님께 연락해 볼게요.”

전화를 끊자마자 사장님이 긴 한숨을 토해 냈다.

‘자꾸 한숨 쉬지 마. 그 한숨으로 네 복까지 다 달아나는 거니까.’

데뷔 후 이 세계에 쉽게 적응하지 못했던 내게 생겼던 작은 습관. 그런 내게 한숨 쉬는 것조차 절대 허락하지 않던 사람이 내 앞에서 한숨을 뱉는다. 정확한 내용은 박지형 감독에게 직접 들어 봐야겠지만, 혹시나 싶었던 일들이 역시나 일어난 것 같다. 더 나쁜 건 이게 끝이 아니라 시작일지도 모른다는 것. 권혁주 이사가 조심스레 물었다.

“성현 씨 새 드라마 들어간다던 거 안 좋대요?”

“간당간당하다는데? 열애설 터지니 잘됐다 싶은 거지. 안 그래도 제작사 대표가 얼마 전부터 다른 앨 넣으려고 노리고 있었나 봐. 박 감독 데려가려고 성현 씨 오케이 하는 척했던 모양이야.”

“누구요?”

“전소윤.”

“아, 걔 소문이 좀 그렇던데요? 아낌없이 주는 나무라고. 전소윤은 CF용이지 배우 타입은 아니죠. 얼굴은 그런대로 반반하지만.”

“가르쳐 가며 찍어야지 뭐. 근데 권 이사, 전소윤이 아낌없이 주는 거 봤어?"

"저번에 술집에서 우연히 마주쳤었어요. 걔야 내가 누군지 모르니까 그냥 지나쳤지만."

"남자하고 있었어? 누군데? 나도 아는 사람인가?"

"일하는 애한테 슬쩍 물어봤더니 오마주 구 대표하고 룸에 들어갔다고."

"하, 일 또 꼬이네."

"진짜 바꾼대요? 그거 알면 성현 씨가 그냥 넘어갈까요?"

두 사람의 핑퐁 같은 대화를 들으니 이젠 더 터질 게 있나 싶을 정도다. 사장님이 어디론가 전화를 걸었다.

"아, 저 MO아티스트 정문용입니다. 바쁘신데 전화 드린 거 아닌가요? ⋯⋯그러게 말이에요. 스캔들이 그렇게 어이없이 나 버리네요. 하하하. ⋯⋯우리 재유가 왜요? 그냥 같이 작품 한 누나죠. ⋯⋯에이, 만나긴요. 기사 오보인 거 아시면서 왜 이러실까. 첫 사진만 재유예요. 11월부터 촬영 들어간다던데, 캐스팅은 다 끝났죠? ⋯⋯왜요? 성현이 연기는 잘하잖아요. 실물도 좋고. 화면발도 이젠 꽤 받던데요? 다른 배우, 생각하는 애 있어요? ⋯⋯아, 전소윤! 나쁘진 않죠. 늘씬하고. 근데 연기가 좀 서툴지 않나. ⋯⋯그렇죠. 뭐. 다 배워 가면서 크는 건 맞습니다. 조만간 술이나 한잔하시죠. ⋯⋯하하하, 그냥 하는 말 아니고요. 우리 회사에도 쓸 만한 애들 있는데 언제 한번 봐 주시죠. ⋯⋯그럼요. 또 연락드리겠습니다."

전화를 끊은 그는 말을 아꼈다. 물어보나 마나 좀 전의 대화로 얼추 짐작할 수 있었다.

"이거 첩첩산중이네요."

"박 감독하고 다시 전화해 봐야겠네. 작가도 성현 씨 오케이 했다드만. 돈 줄 쥔 사람이 마음에 안 들어 하니 원. 가서 술 시중이라도 들라는 거야 뭐야?"

강 너머 강. 〈온리 원〉을 촬영하면서 이 비슷한 이야기를 나눈 적이 있다. 그때 나는 아무것도 모르는 신인처럼 이런 질문을 해 댔다.

"누난 마스크도 좋고 연기도 잘하는데 왜 이렇게 못 떴어? 작품 까다롭게 고르지? 하기 싫어서 안 한 거지?"

그녀는 내 말에 말없이 웃기만 했다. 옆에 있던 우진 형이 대신 대답해 주었다.

"술을 못 따라서 그렇지. 웃음도 더 헤퍼야 하는데, 우리 같은 아그들한테나 웃어 주니 누가 찾겠느냐고?"

"박우진, 같은 배우들까지 그런 말 하고 다니니까 여배우들은 다 뭘 팔아야만 배역 따내는 줄 알잖아. 말조심해."

그러나 그런 일이 왜 없겠는가. '비일비재'란 사자성어는 이럴 때 쓰는 말이란 걸 모르지 않는다. 연기가 아닌 다른 무언가를 팔아야만 찾는 곳이 많아진다면 차라리 그 자리에 머무는 쪽을 택할 사람이다. 내가 아는 백성현은 그렇다.

"뭐 일이 꼬여도 이렇게 꼬이냐. 이런 일로 드라마 하차하면 광고에도 문제 생길 텐데. 열애설 때문에 하차하는 꼴이잖아요. 키앤에서 그러더라고요. 하필 계약 며칠 앞두고 딱 맞춰 스캔들 터졌다고."

산 넘어 산, 강 너머 강. 다음엔 또 무엇이 그 여잘 기다리고 있을까. 나는 세상이 공평하다고 생각하지 않는다. 그건 동화에서조차 불가능한 일이다. 세상은 하나를 얻기 위해 노력한 사람에게 정직하게 하나를 주지 않는다. 어떤 이는 열만큼 노력해야 겨우 한두 개를 얻고, 어떤 이는 하나만큼만 노력해도 아홉, 열 개를 차지한다. 그 여잔 그저 나란 사람으로 생각한 남자를 잠깐 만났을 뿐인데 겨우 몇 개 차지한 걸 한꺼번에 빼앗기게 됐다. 그걸 다시 그녀의 손에 쥐여 주려면 어떤 일을 해야 하나.

"재유, 너 내려라."

방금 정문용 대표가 내게 한 말의 속내는 뭘까. 내리라고? 누굴 위해서?

"권 이사, 저 앞에서 차 세워 봐. 가서 성현 씨를 만나든 통화를 해 보든 해. 동생도 만나 보고. 오마주 측엔 내가 다시 연락해 볼게."

"사장님, 그 일로 두 번이나 전화한다는 게 좀 그렇지 않아요? 성현이 우리 애도 아닌데. 더군다나 밖에서 볼 땐 우리가 편들 이유가 전혀 없는 스캔들이잖아요. 화를 내면 모를까."

"권 이사 말도 틀린 건 아닌데, 잘 둘러대야지. 지금 재유 팬들한테 어마어마하게 씹히고 있잖아. 누가 보면 나라라도 팔아치운 줄 알겠어. 성현 씨 입이 아무리 무겁대도 그렇지, 그런 애한테 배역 뺏기고 광고까지 캔슬 되면 가만있겠느냐고."

"그렇긴 해요. 솔직히 성현 씨가 재수 더럽게 없는 거죠. 톱여배우한테 배역이 넘어가는 것도 아니고 새파란 애한테."

나는 몸을 틀어 정 대표의 눈을 바라보았다. 그 눈에 대고 할 말이 있다.

"만나서 뭐라고 할까요? 미안하다고요? 진짜 미안하니까 우리가 쌍둥이인 거 절대 소문내지 말라고요? 나한테 손해 볼 일 생기면 안 되니까 입 꾹 다물고 있어 달라고요?"

"그런 의미가 아니잖아. 서로 손해 안 보게 하려는 거지. 좀 전에 사장님 통화하는 거 못 들었어? 다 수습해 보려고 이러는 거잖냐."

"이해시켜야지. 정 안 되면 손해 본 거 금전적으로라도 보상해 주고."

"아, 돈이요? 그걸 생각 못 했네. 얼마나 생각하시는데요? 1억? 3억? 통 크게 10억?"

"아니면 우리가 지금 뭘 해 줄 수 있는데? 그러니까 함부로 정 주지 말랬지."

"돈 주면 되잖아요. 돈. 좋네요, 그거. 3억이면 통 치려나? 성현은 톱클래스가 아니니까. 스캔들 한 번에 3억이면 나쁘지 않은 딜이네."

정문용 대표가 여전히 충혈된 눈으로 나를 바라보았다. 잔뜩 경직됐던 그의 입술이 천천히 열렸다.

"니가 아직 겁이 없을 나이인 건 아는데, 정신 차려. 지금 감정이 천년만년 영원할 거 같지? 이게 세상 전부인 것 같지?

애 둘, 셋 낳고 살다가도 틀어지는 게 남녀 사이야. 그게 인간이라고."

내가 철없는 사랑에 빠져 미친 짓을 하는 것처럼 보인다고? 지금 그 말을 하고 싶은 건가요?

"저 그렇게 로맨틱한 놈 아니에요. 사랑에 목숨 거는 건 아무나 하나요? 제가요? 설마. 하! 내가 얼마나 재고 따지는 놈인지 아직도 모르세요? 내가 얼마나 메마르고 싸가지 없는 놈인지 사장님은 아시잖아요. 그런데요, 정문용 대표님. 전 그런 놈 맞는데요, 그 여자가 그 돈 받을 사람처럼 보여요? 우리의 추잡한 비밀을 빌미로 돈이나 뜯어낼 여자로 보여요? 네?"

"아우, 너 왜 이러냐. 맨 정신에."

권혁주 이사가 내 팔을 잡아 가며 말렸다. 난 흥분하지 않았다. 이런 사람을 믿고 나의 20대를 바친 것이 억울해서도 아니다. 이 모두가 내 잘못된 선택이 첫 시작이라는 걸 누구보다 잘 아니까. 이리저리 꼬인 과거를 돌이킬 수 없어서도 아니다. 내가 가슴 아픈 건, 태어나 가장 좋아한 여자에게 이런 일을 겪게 해서다. 백성현은 이런 취급을 당할 이유가 없다.

"어떻게든 해결부터 해야지. 말 그대로 돈을 주자는 게 아니잖아. 뜯어내긴 누가 뜯어낸다고 그랬다고. 이 시점에서 너 쌍둥이인 거 밝혀지면 죽도 밥도 안 돼. 너도 잘 알면서 왜 이래. 일 아예 그만둘 거야? 그만둘 땐 그만두더라도 이런 식으로는 아니지. 게다가 니 동생까지 성현 씨하고도 아는 사이인 거 밝혀지면 너만 죽는 거 아니다. 다 같이 죽자는 거지. 성현 씨 입장은 또 뭐가 되냐? 지금 홧김에 너 하나 잘못되면 그만이라고 생각할 때가 아니라고. 너한테 딸린 식구가 몇인 줄 알아? 너 밑으로 신인들에 연습생에……. 니가 잘 버티고 있어 줘야 걔들도 살지. 우리도 이런 말 하기 정말 미안한데……."

내가 먹여 살려야 하는 애달픈 식구는 직계 가족만이 아니다. 가족에 대한 부담감에선 많이 벗어났지만, 이젠 더 많은 사람들이 나를 바라보고 있다. 그들이 날 위하는 것도, 나 때문에 전전긍긍하는 것도, 심지어 날 롤 모델로 삼는 것도 안다. 그걸 알기 때문에 괴롭다. 함부로 내칠 수도 버릴 수도 없는 것들이 너무 많아서.

"그래서 전부 아니라고 했잖아요. 나는 그 여잘 만난 적도 없고, 그 사진의 남자도 절대 내가 아니라고. 뭘 더 부정해야 하는데요? 아! 단 한 순간도 좋아한 적 없다? 그걸 안 했네."

"내가 지금이라도 박 감독을 만나든 구 대표를 만나든 해 볼 테니까 넌 성현 씨부터 만나 봐. 만나서 맘 상하지 않게 잘 설명해. 서재유가 둘인 건, 밝혀도 우리가 먼저 밝힐 일이지 이런 식으로 터트리면 안 돼. 그건 너도 잘 알 거야. 내일 오후까지 잘 해결하고 회사로 들어와."

나는 그녀를 위하는 척하는 정 대표의 얼굴을 차갑게 응시했다. 나도 안다. 아무리 같은 일을 겪어도 사람마다 할 수 있는 말이 다르다는 걸. 차에서 내린 이사님이 뒷좌석 문을 열고 내 팔을 부드럽게 잡아끌었다.

"이쪽 일은 우리가 처리할 테니까 가서 성현 씨 잘 달래고

와. 많이 놀랐을 거야. 동생도 만나 보고. 조심해 다녀라."

정문용 대표는 마지막 순간까지도 날 재유라고 불렀다.

"재유야, 니 마음 다치는 거 난 싫다. 그게 가장 큰 이유야. 여기까지만 해. 좋은 선배, 좋은 누나. 딱 거기까지만."

그렇게 씁쓸하게, 공식적으로 그 여잘 만나도 된다는 허락을 받았다. 바로 택시를 잡고 기사에게 아파트 이름을 말했다. 창밖을 바라보고 있는데 엄마에게서 전화가 왔다. 무슨 얘기를 어떻게 해야 할지 막막하다.

— 이제야 통화가 되네. 걱정했잖아. 백 실장이 사장님하고 이사님하고 같이 나갔다고 하던데.

"휴대폰 꺼 놨었어요. 같이 저녁 먹고 술 마시러 가요. 엄마, 지금 길게 통화 못 해요."

— 그래. 기사 봤어. 집에도 전화 오고 난리였어. 어떻게 된 거야?

"저 아니에요."

— 너 아닌 건 엄마도 아는데, 그거 혹시 재유 아니야?

"……지금 한국에 없잖아요."

— 재유도 전활 안 받더라고. 재유 맞지? 근데 걔가 성현 씨를 어떻게……. 혹시 너, 드라마 하다가 또……. 아니지? 그거 아니지?

"잘 처리될 거예요. 나중에 전화 드릴게요."

— 사진 보는데 엄만 가슴이 철렁 내려앉아서. 하필 왜 그런. 기사 댓글 읽는데 기가 막혀서 원. 사람들 입이 어쩜 그렇

게……. 너 괜한 구설수에…….

"엄마, 제발. 제발요."

— 그래, 그래. 이번 주말에 올래? 엄마가 갈까?

"제가 갈게요. 끊어요."

엄마는 내겐 더없이 좋은 분이지만 세상 모든 이에게 너그러운 사람은 아니다. 엄마가 나와 관련된 사람들을 판단하는 기준은 아들에게 도움이 되는지 아닌지가 가장 먼저일 수도 있다. 아무리 그래도 왜 엄마까지 그녀를 싫어해야 할까. 그깟 댓글 몇 줄로 사람을 판단하는 걸까. 본인 아들도 그런 일로 늘 힘들어한다는 걸 잘 아시면서.

이젠 나 혼자 감당하고 내 힘으로 해결할 수 있는 선을 벗어났다. 엉킨 실을 풀어야 하는데, 어디서부터 이 긴 실이 엉켰는지 시작점을 찾기도 힘들다. 엄마와 통화를 끝내자 기다렸다는 듯 민규 전화가 왔다.

— 이제야 통화되네. 어떻게 됐어?

"지금 만나러 가."

— 누구?

"둘 다."

— 설마 둘이 지금 같이 있어?

"어."

— 진짜 둘이 사귀는 거 아니야?

"공민규, 기운 없어. 작작해."

— 발끈하긴. 너 그 누나 좋아하지? 둘이 같이 있을 거 상상

하니까 그냥 막 열 받아 죽겠지?

"그만하라고. 지금 정수리까지 꽉 찼으니까."

— 야, 말도 마. 열애설 때문에 여기도 난리였어. 지금도 바글바글해. 식재료도 다 떨어지고, 가게 문 닫고 싶은데 다들 갈 생각을 안 하네. 여기서 죽치고 있으면 니가 오냐? 참 내. 애인이 바람을 피웠나, 남편이 바람을 피웠나. 아니, 너하고 성현 씨 사귀는지 아닌지 그걸 우리한테 왜 묻느냐고?

"그걸 대놓고 물어봐?"

— 어. 몇몇 간 큰 분들은. 막말로 우리가 알면 곧이곧대로 가르쳐 줄 거 같은가. 잠깐, 상엽이가 바꿔 달래.

"됐어. 또 무슨 소릴 하려고?"

— 감히 내 전화를 안 받아?

상엽이 목소리다.

"민규가 충분히 했으니까 적당히 해."

— 나 할 얘기 있어. 이건 민규도 못 들은 소리야. 좀 전에 카운터 옆 테이블 손님들이 그 기사 사진 몇 년 전 너 같다고 하더라고. 정말 쌍둥이 아니냐고. 아닌 거야 맞겠지만 정말 이상하다고 하면서 수군대더라. 못 들은 척했는데 둘 다 더 조심해. 이건 성형을 해서 얼굴을 바꾸랄 수도 없고…….

언제까지 이 버거운 비밀을 숨길 수는 없다. 20대 중반의 동생을 한없이 떠돌아다니게 할 수도 없다. 비밀은 바로 내일이든, 1년 후든, 10년 후든 드러나게 마련이다. 다만 시기와 방법이 문제일 뿐. 그 뒤를 짐작해 보는 일은 사실 두렵다.

〈온리 원〉으로 나는 시청률과 연기력 두 마리 토끼를 다 잡은 배우가 됐다. 이젠 나를 가수보다는 배우로 보는 사람이 더 많다. 나는 성현이란 여자를 잘 몰랐다. 늘 그랬듯 파트너의 사생활이 궁금하지도 않았다. 돌이켜 보면 많이 미안하다. 네 편의 드라마에서 모두 여섯 여자를 상대했다. 나를 좋아한 여배우도 몇 있었다. 잠시 내 관심사 안에 들어왔던 여자도 있었다. 하지만 내가 먼저 좋아한 여자는 성현이 처음이다.

멜로 연기를 하는 배우라면 누구나 가질 수 있는 감정의 오류. 그녀는 내게 그런 말을 하고 싶어 했다. 이건 그저 김재현에게 빙의된 서재유의 뇌가 일으킨 일시적인 착각일 뿐이라고. 많이 양보해서 그렇다 치자. 어리석은 내 뇌가 지난봄부터 이 가을까지 계속 착각에 빠져 산다고. 그런데 왜 이토록 오래 착각에서 깨어나지 못하는 건지, 그 질문을 하러 간다.

막 자정이 지난 시간. 문자라도 보낼까 하다가 그냥 들어가기로 했다. 급습이라니. 바람피우는 애인이나 아내를 찾아 나선 남자처럼.

아파트 후문 입구에서 내려 잠시 서 있었다. 불빛이 어스름 비치는 11층 창. 아파트를 사 두었다는 소린 들었어도 와 보는 건 처음이다.

계단을 걸어 올라 초인종은 무시하고 바로 비밀번호 버튼을 눌렀다. 문을 열자 거실 끝에 서 있는 동생이 바로 보였다.

현관에서 바라본 집 안은 텅 빈 느낌이었다. 그 빈자리를 채워 줄 여자가 거실에 있었다. 소파에 웅크리고 앉은 백성현의

몸은 입력된 기억보다 작았다. 날 올려다보는 그녀의 눈빛은
뭐라 말할 수 없이 복잡했다.

내 마음 역시 그렇다. 선뜻 안아 줄 수도, 입에 발린 위로를
할 수도 없다. 이렇게 멋대로 가슴이 아파도 되는 건가. 이게 그
토록 길었던 뇌의 착각인가. 이 순간, 변명조차 구차하고 미안
하다. 나는 그녀 앞에 다리를 구부리고 앉아 첫인사를 건넸다.

"너무 늦어서 미안해."

"……못 올 줄 알았는데."

"온다고 했잖아."

# 재유

인터넷을 열어 새로운 기사가 올라왔는지 확인했다. MO아티스트에서 내보낸 반박 기사는 간단명료했고, 사실이라고 느낄 만한 어휘들로 가득 차 있었다.

형이 안무 연습을 하는 5분짜리 영상과 이른 새벽 녹음실에서 찍힌 사진도 같이 공개됐다. 저녁 내내 연습실에서 안무 팀과 새 노래 안무 연습. 저녁밥까지 연습실에서 시켜 먹음. 연습실에서 바로 녹음실로 직행. 밤 11시 직전 지하에 있는 녹음실로 들어갔던 서재유는 새벽 3시가 넘어서야 나왔다는 다수의 증언. 그들의 스타가 나올 때까지 기다렸던 징글징글한 팬들에게 한류 스타 서재유는 어서 집에 가라며, 위험하니 밤늦게 다니지 말라며 걱정의 멘트까지 던졌다. 이 영상은 두 사람이 지난밤 개인적으로 만날 시간이 없었다는 물리적 증거로 더없이 훌륭했다.

몇몇 팬 카페에서는 청담동 집까지 따라가서 찍은 직캠까지 공개됐다. 평소 같으면 끼리끼리만 돌려 볼 영상이었다. 그 직캠의 캡처 사진들과 영상은 여기저기 잽싸게 퍼졌다. 서재유의 충직한 팬들은 일사불란하게 움직였다. 사생이라면 지긋지긋해하던 형이지만 그들이 찍어 올린 깊은 밤의 영상은 반박의 증거로 톡톡한 역할을 해냈다.

영상 속의 서재유는 피곤해 보였으나 스타에 대한 애정이 지나친 팬들에게 단호하면서도 적당히 다정했다. 심지어 검은색 민소매 티에 편한 7부 바지를 입고 무표정한 얼굴로 안무 연습을 하는 모습은 남자가 봐도 매력적이었다. 여자들이야 더 말해 무엇 하랴.

그렇다면 배우 성현이 만났다는 서재유를 닮은 젊은 남자는 도대체 누구인가, 하는 의문으로 이 스캔들의 초점이 옮겨 간 건 너무나 당연한 일이었다. 네티즌들은 그 남자가 성현의 새 소속사에서 데뷔하는 신인 배우다, 이 뜬금없는 열애설 또한 서재유를 이용한 노이즈 마케팅이다, 하는 헛소문까지 만들어 냈다. 대단히 몹쓸 창의력이었다.

서재유의 팬들은 더 흥분해서 다양한 방식으로 난리를 쳤다. 이런 게 서재유를 향한 애정 표현이라면 다들 때려치우라고 충고하고 싶다. 당신들이 좋아하는 서재유는 이러면 이럴수록 마음을 닫는 사람입니다. 사람 봐 가면서 팬질 하세요. 내가 가장 안타까운 건 성현에겐 현재 소속사가 없으므로 자신의 의견을 적절하게 피력할 공식 채널이 없다는 점이다.

결과적으로 이 갑작스러운 열애설을 통해 서재유는 밤낮으로 노력하는 프로인 동시에 팬 사랑이 지극한 연예인으로 비쳤다. 안타깝게도 이 열애설로 성현이란 연예인에게 득이 된 건 거의 없어 보인다. 저급한 어휘를 써 가며 지나간 스캔들까지 들먹이는 인간도 꽤 많았다. 그동안의 루머와 스캔들이 어디까지 거짓이고 어디부터 진실인지 난 모른다. 그러나 내가 아는 백성현은 유부남하고 불륜이나 저지르는 여자가 아니다.

두 사람의 열애설이 사실이면 좋겠다는 사람들도 적지 않았다. 어울린다. 그럴 줄 알았다. 〈온리 원〉 때도 두 사람 눈빛이 남달랐다. 키스신 봐라. 그게 연기냐? 그게 연기면 서재유는 아카데미 남우주연상을 받아야 한다. 진짜 사실이 아닌 게 맞느냐? 사실이 아니어서 정말 아쉽다. 둘이 진짜 사귀면 안 되나. 기타 등등.

읽을수록 짜증이 솟구치는 기사뿐이다. 베란다에 나가 있던 성현 누나를 불러들였다.

"기사 대충 훑어봤어. 브리핑해 줄게."

"듣고 싶지 않아."

"트위터에라도 해명 글 올릴래?"

"뭐라고 올려."

"빌어먹을 서재유는 드라마 끝나고 그림자도 본 적 없다고. 덕분에 이젠 더 꼴도 보기 싫어졌다고. 너무 약해?"

그녀는 웃지 않았다. 나는 이 열애설을 반기는 사람들도 있다는 말까지 해 주긴 싫었다.

"도의 씨한테 문자 왔는데, 대충 정리돼 가고 있다던데?"

"도의 씨가 누구야?"

"아, 내 매니저. 넌 모르겠네. 너 가고 바로 일 시작했으니까."

"남자야?"

"어."

"젊어? 믿을 만한 사람이야? 뒷조사는 철저히 하고 뽑은 거지?"

"어떻게 그런 건 똑같니. 당신보다 세 살 많은 형이에요. 군대도 다녀왔고. 됐어?"

"나도 군대 다녀왔어. 스무 살 때."

"진짜? 현역으로?"

"당연하지. 걔보다 내가 더 의젓해 보이지 않아? 잘 생각해 봐."

성현 누나가 피식 웃어 보였다. 부정인가. 긍정인가. 나는 가능한 한 객관적으로, 서준유가 할 말을 남겨 둔 채 내가 연기를 하게 된 경위를 말하기 시작했다. 오토바이 사고 이야기에 이르자 그녀가 내 말을 끊었다.

"사고가 어디서 일어났는데?"

하필 왜 가평일까. 텔레파시가 통한 것처럼. 어쩔 수 없이 내가 대타로 뛰게 된 것까지 말했을 때 누나가 얼굴을 찡그렸다.

"서재유는 다중인격인가 그런 생각마저 했는데. 틀린 생각은 아니었네."

"미안해. 내가 그때 심했지."

"알긴 아는구나. 혹시 지수빈 보고 싶어? 너 수빈이한테 관심 있지 않았어?"

"아니! 난 그 여자 이름도 잊어버렸어!"

"이름도 잊었다면서 펄쩍 뛰네? 수빈이한테 먼저 말 걸고, 그 옆에 앉고 그런 거 너잖아."

"그냥 호기심 정도였지 그 이상은 아니었어. 정말이야. 왜 내 말을 안 믿어?"

"내가 그때 왜 이상하다고 생각했는지 알아? 형은 절대 안 그러거든."

순간, 장례식장에서 들었던 말이 떠올랐다.

'너 서재유 아니야. 재유는 안 그래. 나한테 안 그래.'

서준유. 나처럼 평범한 남자도 이상하게 만들어 버리는 돌덩이 같은 인간. 졌다.

그녀가 장난스러운 표정으로 한마디 보탰다.

"소개해 줄 수가 없어서 안타깝네. 연락처는 아는데, 전화번호라도 간직할래?"

"하. 나 진짜 너무 억울해서 못 살겠다! 잘 있어."

"어? 어디 갈 건데!"

"나 같은 건 나가 죽어야지. 살 가치가 없어."

그녀가 이 집에 들어와 처음으로 크게 웃었다. 부디 나에 대한 안 좋은 기억은 그 웃음과 함께 다 날려 주길.

"편히 입을 옷이라도 사 올게. 마실 거하고."

"그렇게 하고 나간다고?"

"모자하고 마스크는 늘 챙겨 다녀. 필요한 거 있으면 말해."

"······알아서 해."

"화장품 필요해? 클렌징크림 같은 거? ······있어? 저······
그······ 아냐. 오래 안 걸려. 문 꼭 잠그고 있어."


형한테 온 전화나 문자는 없었다. 서준유의 침묵이 신경 쓰
였다. 아파트 입구를 빠져나오면서 정문용 대표에게 전화를 걸
었다.

— 어디냐?

"일 처리는 잘되고 있어요?"

— 대충 수습 단계야. 증거 자료가 다 있으니까. 그나마 안
경 쓰고 모자 써서 다행이었지. 사진도 흐렸고. 사생들도 한몫
단단히 했고. 신문사에서 정정 기사 내보내기로 약속했어.

"형은 지금 뭐 해요?"

— 같이 저녁 먹어. 당분간 공항 근처도 가지 마. 무슨 말인
지 알지?

"알아요."

— 그동안 어디 있을 거야? 우리 집에 와 있을래?

"양양이나 가려고요."

— 양양에 숨겨 놓은 애인이라도 있어? 가기 전에 얼굴 좀
보자.

"준유 좀 바꿔 주세요."

5초도 지나지 않아 형의 목소리가 들렸다. 최대한 빠르게 말
했다.

"알아서 적당히 대답해. 좀 있다 주소하고 집 비밀번호 찍어서 보내 줄 테니까 아무 때나 와. 누난 잘 있어."

— 사장님하고 이사님하고 같이 술 한잔하려고.

"금방 안 끝나겠네."

— 아마도. 지금 바로 양양 갈 거야? 늦었는데 아침에 가.

"누나 간다는 걸 잡았어. 하룻밤은 어떻게 잡아 둘 수 있을 거야. 한 번은 다 같이 봐야 할 거 같아서."

— 그래. 잘 생각했어. 낼 밝을 때 출발해. 나중에 보자. 끊는다.

통화를 마치고 현금 지급기와 의류 매장, 속옷 가게를 차례로 들러 몇 가지 물건을 샀다. 가능하면 '서재유'가 뭐 하는 물건인 줄 모르는 나이 지긋한 분들이 지키는 매장으로만 다니느라 시간이 더 걸렸다.

여자 속옷은 태어나서 처음 사 본다. 고르기가 정말 어려웠다. 내 여자에게 준다고 생각하면 사 줄 게 많았지만, 그 여자와 난 참 애매한 사이가 아닌가. 멋대로 속옷 사 왔다고 욕이나 안 먹으면 다행이지. 속옷 치수를 물어보는 아저씨껜 그냥 날씬하다고만 했다.

"어디가 날씬하냐고? 마르고 바스트까지 날씬하면 75에 A컵이야. 젤 작은 거. 그 정돈 알지?"

"아, 그게 그 정도로 빈약하진 않은데. 허리는 요만 해요. 한 줌."

"속옷 가게선 허리 사이즌 별로 중요하지 않아. 힙은?"

"네?"

"설마 여자 속옷 처음 사 보나?"

"그냥 제가 고를게요."

"허린 한 줌이래도 의외로 가슴하고 힙이 빵빵한 복 받은 여자들이 있어요."

"글래머까진 아니에요."

"그럼 75나 80에 B컵, 팬티는 90은 돼야 편할 텐데……."

내 속옷도 몇 장 샀다. 매장 주인아저씨가 계산하려고 카드를 꺼내는 내게 말했다.

"애인 줄 건가?"

"아, 뭐."

"이왕이면 남녀 세트로 고르지 뭘 제각각 사. 저거 안 좋나? 그 옆에 것도 괜찮고. 우리 매장 직원이 오늘 일찍 퇴근해서 설명을 잘 못 하겠네."

아저씨의 손가락이 멈춘 곳에 걸려 있던 속옷은 호피무늬 천이 극도로 적게 쓰인 절약형 속옷이었다. 그 옆의 흰색 속옷은 과하다 싶게 레이스가 달려 있고 시스루룩처럼 속이 훤히 비쳤다. 둘 다 훅 불면 10미터는 날아갈 듯 하늘거리고 디자인 역시 비범했다. 아마 저걸 사 갔다간 11층 베란다에서 나보고 뛰어내리라고 명령할지도 모른다. 미친놈에겐 이게 약이라고 하면서.

"저건 너무 심하지 않을까요……?"

"젊은 사람이 왜 이리 꽉 막혔어? 둘 다 얼마나 인기가 많은데."

아저씨가 내가 고른 여자 속옷을 보더니 혀를 끌끌 찼다.

"이게 뭔가? 요샌 중년 남자들도 이런 거 안 사 가. 이렇게 여자를 모르니 원. 인물이 아깝네그려."

"화낼 거예요. 저거 사 가면."

"아마 이걸 사 가면 화낼걸? 사 줘 보기나 하고 말하지. 가서 꼭 물어봐."

마지막으로 작은 마트에 들러 맥주와 안주, 생수, 신문, 아침거리 등등을 샀다. 맥주는 긴 밤을 보내기 위한 선택이었다. 가면서 괜히 초조해져 전화를 걸었다. 누나의 목소리가 맹맹하고 낮게 가라앉아 있었다.

"목소리가 왜 그래?"

— 아직 멀었어?

"5분 안에 도착할 거야. 조금만 더 기다려. 정문용 대표하고 통화했는데 일 처리는 그런대로 잘된 거 같아. 그 빌어먹을 찌라시에서 정정 기사 내보낸다고 했대. 혼자 있기 무서우면 전화하면서 갈까. 뭐 샀는지 맞혀 봐."

— 술.

"어떻게 알았어?"

— 너 술 좋아하잖아. 어떻게 술이 싫어요, 했던 거 너지?

"나에 대해 좀 아는데? 그리고?"

— 안주, 생수, 휴지, 먹을 거.

"또?"

— 그만하자. 생각하기 싫어.

"그래. 하지 마. 거의 다 왔어."

그녀의 눈은 나가기 전보다 부어 있었다. 집을 비운 한 시간 남짓 또 무슨 일이 일어난 걸까. 세상이 이렇게 복잡하게 돌아가야 하는 이유를 모르겠다.

"뭐가 이렇게 많아?"

"다 필요한 거야. 울었어?"

"부모님이 걱정 많이 하셔. 동생도 난리고. 이런 일 처음 아니잖아."

누나의 눈이 다시 붉어졌다. 내가 죽일 놈이다. 전화만 하지 않았어도 이렇게 복잡한 상황은 안 생겼을 텐데.

"잘 해결될 거야. 오늘은 기사도 댓글도 읽지 마."

"못 참고 읽어 버렸어. 괜히 읽었나 봐."

"위로해 주고 싶은데 말로는 어떻게 해야 할지 모르겠어. 한 번 안아 줘도 돼?"

대답도 듣지 않고 여자의 어깨를 안아 버렸다. 화를 내면 무슨 말이든 다 듣고, 때리면 곱게 맞고, 발로 차면 기꺼이 차이리라 생각하며. 고맙게도 누나는 내 품에 잠시 안겼다. 내게도 할 말이 없는 건 아니다. 그러나 이 시점에서 어찌 그따위 일은 어서 훌훌 털어 버리라느니, 대중들은 금방 잊을 거라느니 하는 무책임한 말을 할 수 있겠는가. 그녀가 날 슬쩍 밀어냈다.

"같이 한잔해. 주사 부려도 이해해 줄게."

"그래. 내가 술상 차릴게. 넌 좀 쉬어."

"앉아 있어. 내 집이잖아. 저기, 옷 좀 사 왔는데 갈아입을래? 불편해 보여서."

트레이닝복을 담은 종이 가방에 속옷을 같이 넣어 건넸다. 누나가 방으로 들어가 옷을 갈아입을 동안 냉장고 안에 사 온 것을 정리해 넣었다. 쥐포를 굽고 일회용 접시에 자질구레한 안주를 담아 술상을 차렸을 때 누나가 부엌으로 걸어왔다. 짙은 보라색 트레이닝복은 맞춘 것처럼 어울렸다. 세수를 하고 왔는지 화장을 지운 얼굴엔 아직 물기가 남아 있었다.

"옷 고마워. 다른 옷도."

"사실 화낼까 봐 긴장했는데. 사이즈를 몰라서 대충 사 왔어."

"여자 옷 많이 사 봤나 봐? 둘 다 얼추 맞아."

"아니! 나 여자 거 처음 사 봐. 진짜야. 진짠데."

"겉옷도 처음 사 본 거야?"

"……속옷은 처음 맞아."

그녀의 눈매가 철없는 막냇동생을 대하듯 부드럽게 휘었다. 왠지 자꾸만 억울했다. 겉옷이건 속옷이건 여자 옷은 처음이라고 우길걸.

"맥주나 마시자. 이거 거실로 갖고 가면 되지?"

그녀는 쌍둥이로 자란 우리의 어린 시절을 듣고 싶어 했다. 나는 그 시절 이야기를 하고 싶지 않았다. 하지만 딱히 다른 시절의 나에 대해서도 들려줄 게 없어서 주섬주섬 지난날을 떠올렸다. 쌍둥이면서도 이토록 오래 노출이 안 될 수 있었던 이유부터, 형처럼 보이려고 촬영장에 향수까지 같은 걸 뿌리고 다녔던 것까지.

"니가 눈썹이 더 짙은가 봐?"

"어. 그땐 다듬고 뽑고 꾸미고 한 거야."

"묘하게 거칠어 보이더라. 말투까지도."

"속으로 욕 많이 했겠네. 뭐 저런 자식이 다 있어? 그 정돈 했지?"

"그뿐이겠어? 다시는 서재유하고 일하지 말아야지 이를 갈았잖아, 내가."

"다른 얘기 할래?"

"쌍둥이로 자라는 거 싫었을 거 같아."

"우리 둘 다 싫어했어. 어려선 형이 나보다 작았거든. 웃긴 게, 어릴 때부터 난 형 이름이 더 좋았어. 재유는 남자 이름치 곤 약해 보인다고 생각했거든. 나한테 형 이름을 붙여 주지, 그런 생각도 많이 했는데, 진짜 바란 대로 되더라고. 이름 한 글 자를 너무 쉽게 생각했어."

"넌 가수 했으면 잘했을 텐데 왜 안 했어?"

"처음엔 건방진 마음에 좋아하는 일은 직업으로 삼기 싫었고, 나중에 진짜 하고 싶어졌을 땐 이미 형이 스타가 돼 있었으니까. 대단한 비하인드 스토리 같은 건 없어. 처음부터 대타를 해 주는 게 아니었는데."

"오늘 너한테 들은 말, 누구한테도 안 할 거야. 그건 신경 쓰지 마."

"신경 안 써. 죽을 때까지 이렇게 살기야 하겠어."

"왜 처음부터 쌍둥이인 걸 안 밝혔는지 이해가 안 되네. 도대체 누구 생각이야?"

"정문용 대표. 우리한테 칼 들이밀고 한 결정은 아니었지만. 그땐 이게 얼마나 미친 짓인지 미처 몰랐어."

"너희 둘 다 힘들었겠다. 스웨덴에선 어떻게 지내?"

"그냥 살았어. 학교도 슬렁슬렁 다니고, 놀고, 여행 다니고. 어떻게 살아야 할지 몰라서 내키는 대로 하고 살았어. 근데 별로 안 행복하더라고. 이젠 어떻게 살아야 할지 좀 알 거 같아."

"난 아직 잘 모르겠던데. 안다고 생각하면 또 아닌 거 같고. 사는 게 계획대로 잘 안 돼. 참, 계획대로 안 된다."

그녀의 쓴웃음을 보니 속이 상했다. 세상 사람 아무도 안 믿는대도 내가 믿어 줄게. 내가 할 수 있는 말은 이런 것밖에 없다. 술기운에 취해 붉어진 얼굴. 피곤하고 슬픈 눈. 무능력한 내가 한심했다.

"서재유, 니가 왜 울려고 해. 내가 울어야지."

지금 이 순간이 좋아서. 이렇게라도 같이 있는 시간이 너무 벅차서. 내일이면 헤어지겠지만, 언제 또 만날지 모르지만, 그래도 이 순간만큼은 당신이 나만의 차지인 거 같아서. 슬퍼서 그런 게 아니라 너무너무 행복해서.

우리는 말없이 맥주 캔을 부딪쳤다. 뭐라고 한들 내 맘이 온전히 전해지겠는가. 지금은 좋아한다는 말을 할 타이밍이 아니다. 그러나 이렇게 난 온 마음으로 다음 단계의 사랑에 빠져 버렸다. 그 끝이 어디인지 모르지만, 끝까지 가 보기로 했다.

# 성현

부재중 전화와 문자를 확인하다 궁금해 미치려고 하는 시은에게 연락했다. 이미 재유 측에서 내보낸 반박 기사를 두루두루 섭렵한 시은인 서재유보다 내가 만난 그 젊은 남자를 더 알고 싶어 했다.

"너는 모르는 사람이야."

— 내가 모르는 남정네가 도대체 누구야? 언니한테 그런 남자가 있었다고?

"구시은, 나라고 비밀이 없겠어? 너한테 보여 주고 말고 할 사이도 아니야. 그렇게만 알아."

— 진짜 닮긴 했던데. 안 꾸민 서재유. 후줄근한 서재유. 도플갱어도 아니고 뭐야. 무섭게.

통화를 마치고 곰곰 생각했다. 트위터에라도 글을 올려 짧게나마 변명을 해야 할 것 같았다. 긴말은 할 수도, 쓸 것도 없었다.

오늘 오후 뜬금없는 기사에 놀란 건 저뿐만이 아니겠지요? 저는 잘 있어요.
본의 아니게 저와 함께 기사가 난 서재유 씨에게도 미안합니다.

이번엔 성찬이 잔뜩 화가 난 채 전화를 걸어왔다.
— 누나, 그 자식하고 절대 만나지 마!
"그 자식이 누군데."
— 서재유지 누구야!
"서재유 아니라고 기사 난 거 못 봤어? 넌 믿어야지."
— 믿어. 아니라는 거. 근데 서재유는 앞으로도 만나지 말라고. 그 자식이 그렇게 대단해? 별 미친 사이코 집단도 아니고 사람을…….
"대단한 건 맞잖아. 냉정하게 말하면 이번 스캔들은 그쪽에서 더 화낼 일이지."
— 누나가 서재유보다 못한 게 뭐가 있어? 학벌이 못해? 인물이 못해? 머리가 부족해?
"여기서 학벌이 왜 나와? 누가 들으면 하버드라도 나온 줄 알겠네. 나보다 훨씬 인기도 많고, 팬들도 천 배는 더 많잖아. 그저 그런 여배우 성현하곤 비교가 안 되지."
— 지금 남 얘기해? 사람들이 누나보고 뭐라고 하는지 알아?

아, 씨!

"백성찬, 그만해. 대충 수습되고 있으니까 성질 죽여."

— 막말로 누나하고 스캔들 나면 큰일 나? 죽어? 조목조목 변명도 잘해 놨대. 절대 아니라고? 나도 싫다! 나도 싫어. 더러워서 원. 세상에 남자가 서재유 저 하나야?

"너까지 유치하게 왜 이러니? 정신없으니까 끊어. 일 잘 보고 올라오고."

— 암튼 서재유하고 다신 일하지 마!

"내가 하고 싶어도 절대 그럴 일 없을 거야."

— 근데 누나, 그 남잔 누구야? 같이 사진 찍힌 그 남자?

"신경 안 써도 될 사람이야. 전화할 데 많아. 엄마한테 해야 해. 끊어."

전화를 받은 건 아빠였다.

"아빠, 일 잘 수습됐고요. 저도 잘 있으니까 주무세요."

— 성현아, 이젠 그 일 그만둬라. 네가 할 수 있는 일이 세상에 없겠냐. 엄마 아빠가 있는데 뭐가 걱정이야.

나는 이 말의 의미를 안다. 이 말을 할 수밖에 없는 아빠의 마음도 어느 정도 안다. 그래서 더 속상하다.

"저 괜찮아요. 기사 그런 거 읽지 마시고 댓글도 보지 마세요."

— 아빤 괜찮아. 여기저기서 전화가 와서 엄마가 속상하지 뭐.

얼굴도 예쁜데 더 나이 들기 전에 적당한 혼처 잡아 시집이나 가지 왜 그 고생이냐는 식의 말들. 아니지? 그거 진짜 아니지? 하며 스캔들의 진실 여부를 떠보는 말들. 또 그런 기사가 나서 어떡해. 한두 번도 아니고……. 혀를 차 가며 하는 말들. 위로라고 하는 말이겠지만 전혀 위로가 되지 않는 말들.

옆에서 엄마의 목소리가 들렸다.

— 이리 줘 봐요. 애한테 별소릴 다 해.

엄마가 내 이름을 불렀다.

— 백성현!

"엄마."

— 걔 진짜 서재유 아니야?

"그 시간에 재유는 녹음실에 있었대."

— 그래? 닮았던데. 솔직히 엄만 둘이 만날 수도 있다고 생각해. 네가 엄마 딸이라서가 아니라, 너 같은 여자한테 매력을 못 느끼면 그게 남자니? 서재유도 남자잖아?

"하하, 엄마까지 왜 그래. 그 앤 그저 자기 자리에 가만히 있었다고."

— 그런 남자 열 트럭, 그래 이건 좀 오버다. 한 트럭을 준다고 해도 싫다고 해. 너 혹시라도 서재유가 좋아한다고 고백하면 이틀만 뜸 들이다 뻥 차 버려. 알았지?

"아우, 누가 들을까 봐 무섭네. 난 친구 집에 있으니까 너무 걱정하지 마시고요."

— 친구 누구?

"아, 시은이. 내 코디."

— 시은이가 친구야? 너보다 어리잖아.

"두세 살 차이는 친구지 뭐. 끊을게요."

— 시간 내서 한번 내려와. 아빠가 같이 바다낚시나 가자신다.

"네. 할머닌 모르시죠?"

— 그런 건 드라마나 뉴스에 안 나오니까. 모르시게 해야지. 밥 잘 먹고 잠도 잘 자고 그래. 누가 자꾸 뭐라 그러면 다 때려치워. 성현이 배우 안 하면 저들만 손해지 뭐.

아빠가 옆에서 뭐라 하시는 소리가 들렸다.

— 이 양반이 또 뭔 소릴 하시려고? 딸, 끊는다!

전화는 칼같이 끊겼다. 여자는 남자보다 강하고, 엄마는 여자보다 강하다. 그게 엄마다.

어릴 땐 쉬울 줄 알았다. 엄마가 드라마 속 여주인공이 입은 옷을 보며 저 옷 예쁘다, 그러면 그 옷을 사 드리고 싶어서 얼른 어른이 되고 싶었다. 어른이 되면, 노력만 하면, 누구나 원하는 만큼 부자가 되는 줄 알았다.

비싼 차도 아니고 큰 집도 아닌 그저 마음에 드는 옷 한 벌 마음껏 사지 못하는 엄마가 딱해서, 그런 집안의 가장인 아빠가 원망스러울 때도 있었다. 아빠는 늘 열심히 일하는데 우리 집은 왜 늘 이 모양일까. 엄마는 점점 늙어 가고, 어느 순간 아무리 돈이 많아도 예쁜 옷이 어울리지 않는 나이가 될 텐데. 인생의 골목골목 이렇게 수많은 변수가 도사리고 있음을 그땐 미처 몰랐다.

맥 놓고 앉아 있을 수가 없어서 휴대폰을 열어 봤다. 아예 읽지 말아야 했을까. 내키는 대로 댓글을 쓰는 사람들이야 그렇다 쳐도 팩트 없이 떠돌던 지난 스캔들까지 슬쩍 언급하는 이 기사는 뭔가. 기자에게 스캔들의 상대로 소문난 그 남자들과 내가 개인적으로 만나는 사진을 한 장이라도 본 적이 있는지 묻고 싶다.

원색적인 비난. 근거 없는 추측. 앞뒤 안 맞는 유언비어. 밑도 끝도 없는 욕설. 어려서도 듣지 않고 자란 욕을 얼굴도 모르는 사람들에게 일방적으로 듣는다. 나를 싫어하는 것까진 이해한다. 하지만 우리를 응원하고 옹호하는 사람들까지 싫어하는 건 이해가 안 된다. 서재유 한 사람을 좋아할 수 있는 것처럼, 우리 두 사람을 같이 좋아할 수도 있지 않나?

차마 눈에 담기조차 구역질 나는 댓글도 있었다. 어쩌면 이토록 더러운 말들을 지어낼 수 있을까. 나와 마주 앉아 말 한 번 안 섞어 본 사람들이. 모멸감에 손이 부들부들 떨렸다. 휴대폰을 집어 던지고 소파에 드러누웠다. 그 상태로 넋 놓고 있다가 재유의 전화를 받았다.

5분도 지나지 않아 현관문이 열렸다. 목소린 잠겼고 눈은 벌게졌을 것이다. 양손에 무언가를 잔뜩 사 들고 온 재유가 가만히 날 안고 달래듯 등을 톡톡 두드렸다. 그 작은 몸짓이 내겐 큰 위로가 됐다.

재유가 술상을 차릴 동안 세안을 하고 옷도 갈아입었다. 뜻밖에 종이 가방 안엔 속옷이 들어 있었다. 단순한 디자인의 속옷 세트를 펼쳐 보는데 어이가 없어서 웃음이 다 나왔다. 겁도 없이 저 얼굴을 하고 여자 속옷을 사러 다닌 건가.

머리를 하나로 묶은 나는 트레이닝복 차림으로 방 문을 열었다. 재유가 그런 내 모습을 뚫어질 듯 바라보았다.

　내 앞에 자신의 이름을 형에게 주고 다른 이름으로 살아온 남자가 있다. 먼 나라를 떠돌며 살았다는 이 남자의 지난 시간을 유추해 본다. 온전히 한 사람의 인생을 살 수 없었던 그 시간들을. 누구에게나 사는 건 참 만만치 않다.

　"왜 잘 모르는 걸 잘 아는 척하면서 죄책감을 느끼지 않는 거지? 난 그게 이해가 안 돼."

　"내가 믿어 줄게. 세상 사람 아무도 안 믿는대도 내가 믿어 줄게."

　이 젊은 남자가 하는 말도 진부하긴 마찬가지다. 하지만 이 말이 진심이라는 건 안다. 서재유는 나를 좋아한다. 흔들리는 그의 눈빛에서 내가 읽은 글자는 그랬다. 그러므로 지금은 침묵할 때다. 괜한 말을 보태서 이 젊은 남자의 마음을 흔들어선 안 된다. 재유에게서 한 걸음 더 떨어져 3인용 소파에 기댔다. 술기운이 훅 올라왔다.

　안방 화장실에 들어와 손을 닦고 세수도 다시 했다. 거울로 본 나는 어제 낮보다 나이 들고 지쳐 보였다. 머리를 풀어 손으로 빗어 보았다. 조명에 비친 갈색 머리카락에 붉은 기가 돌았다.

　너무나 비현실적인 24시간이었다. 어젯밤의 나는 오늘 밤의 나를 손톱만큼도 짐작할 수 없었다. 이 시간 이후도 짐작이 안 되기는 마찬가지다. 풀었던 머리를 다시 질끈 묶었다. 거실에 나와 보니 재유가 창밖을 바라보고 있었다.

"누나, 이리 와 볼래?"

"왜?"

"그냥 오면 안 돼? 같이 바깥 보자고. 여기 야경 볼 만해."

"이따가 볼게. 스웨덴 말 좀 해 볼래?"

"왜?"

"궁금해서. 영화에서 말고 실제로 들어 본 적이 없거든. 발음이 특이하더라."

"스웨덴 사람들은 자기네 언어에 대한 자, 자비심? 프라이드가 뭐였지?"

"자부심."

"어, 그거. 그게 대단해. 발음은 노르웨이어나 덴마크어와 비슷해."

"난 독일어하고 불어 정도만 겨우 구분하는 사람이라고. 그렇게 말해 줘도 몰라."

"그게 어디야. 영어를 제대로 배운 사람은 스웨덴어도 어렵지 않게 익힐 수 있어. 워드 오더word order……."

"어순."

"응. 어순은 영어랑 같고 문법도 비슷하거든. 그 나라 젊은 사람들은 영어도 잘하는 편이야. 방송이 영어로 많이 나오니까. 자랄 때 미국에서 수입한 텔레비전 프로그램도 되게 많이 봤어. 크리스마스이브엔 매년 디즈니 만화 영화를 그렇게 틀어 줘. 웃기지?"

흥미로운 얘기였지만, 난 스웨덴어가 더 궁금했다.

"아무 말이나 해 봐. 성현 누나 꼴도 보기 싫어 죽겠어! 그런 것도 괜찮아. 어차피 못 알아들으니까."

그의 입에서 낯선 언어가 흘러나왔다. 타국의 언어를 말하는 그의 모습은 다른 사람을 보는 것 같았다. 뭐라고 하는 걸까. 마지막쯤에 내 이름이 얼핏 들렸다.

"지금 한 말 무슨 뜻이야?"

"시키는 대로 했는데? 백성현 꼴도 보기 싫어 죽겠어!"

"그 말이 그렇게 길다고? 앞에는 뭐라고 한 건데?"

"다음엔 만나면 가르쳐 줄게."

다음에 또 만날 수 있을까.

"왜, 만날 수 없을 거 같아?"

"못 만난다에 10만 원."

"만난다에 100만 원."

"니가 질걸. 내가 이기면 온라인으로 송금해 주라."

"받으러 와. 스웨덴으로."

"언제더라? 책에서 읽었는데, 스웨덴엔 삐삐 롱스타킹 작가 이름을 딴 초등학교가 150개가 넘는다던데?"

재유가 고개를 끄덕였다. "그런가 보더라." 하고 덧붙이며.

"금방이라도 훅 갈 것 같더니 깼네. 생각보다 술이 센데?"

"성찬이하고 너하고 한 살 차이인 거 알아?"

"그래서?"

"난 바쁜 엄마 대신 동생 기저귀도 갈아 줘 가며 키웠어. 내가 여덟 살 때 태어났거든. 성찬이한테 한글을 가르쳐 준 것도 나야. 난 아직도 동생이 애 같기만 해."

"그게 나하고 무슨 상관인데?"

"그렇다고."

"누나가 나 키웠어? 그깟 나이로 기죽이려고 하지 마. 나한 텐 그런 거 안 통해."

내 시선을 꽉 잡고 놓아주지 않는, 내 동생 또래의 어린 남 자. 분위기가 더 이상해지기 전에 화제를 돌려야 했다. 사방으 로 토막 난 말을 주워 담는 것처럼 조금만 대화를 이어 가도 벽 에 부딪혔다. 거실 한쪽에 갈색 피아노가 있었다.

"오래된 피아노네?"

"어렸을 때 형하고 같이 치라고 부모님이 사 주신 거야. 우리 모친이 형이라고 불러야 사 준다며 한 달은 간을 보셨지. 쌍둥 이 형제 역사상 나처럼 형이란 호칭 많이 쓴 사람이 없을 거다."

"착한 동생이었네."

"그건 아니고."

"피아노 잘 치겠네?"

"조금. 누난 칠 줄 알아?"

"아주 조금. 체르니 40번 중간까지 배우다 그만뒀어."

"같이 쳐 볼래? 〈젓가락 행진곡〉 같은 거? 음주 피아노 연주 좀 해 볼까."

피아노를 치려면 재유 옆으로 가야 한다. 악기 연주를 하기엔 너무 늦은 시간이기도 하다. 예민한 이웃이 있다면 미친 듯이 현관문을 두드리거나 문밖에서 고래고래 소리 지를 수도 있다.

잠시, 똑같이 생긴 어린 쌍둥이를 상상해 봤다. 나란히 앉아 〈젓가락 행진곡〉을 치는 두 꼬마의 동그란 뒤통수. 걱정 없이 행복만 해도 좋았을 시간. 이렇게 복잡한 삶이 기다릴 거라고 누가 짐작이나 했을까. 그새 16일에서 17일이 됐고 시간은 12시 5분을 가리켰다.

"피아노 치기엔 너무 늦었어. 니 형 못 올지도 몰라."

"온다고 했으니까 올 거야."

"못 오게 할 수도 있을 거야. 나 때문에 괜히 엄한 사람이 스캔들 터졌네. 첫 스캔들이 하필 나하고 터져서 어떡하냐."

"누나 바보야? 누나 걱정이나 해. 어차피 스캔들 아닌 거로 결론 났고, 형은 특별히 손해 볼 일 없어."

"나 그렇게 이타적인 사람 아니야. 내 걱정을 제일 많이 해. 겨우 다시 일어났나 했더니 스캔들이 또 내 발목을 잡는구나, 그 생각 당연히 하지. 화나고 속상하고 욕도 나와."

"지금보다 더 착하게 굴면 바보 수준이야. 더 이기적으로 살아도 돼. 누가 알아준다고."

"딱 한 캔 남았네. 마지막 건 내가 마신다?"

"그만 마셔. 내 거야."

그때 현관문 버튼 누르는 소리가 들렸다. 나와 재유는 거의 동시에 그쪽을 바라보았다. 재유가 성큼성큼 현관 쪽으로 걸어 갔다. 곧 문 열리는 소리가 들렸다. 온몸의 피가 얼어 버리는 듯한 느낌에 두 팔을 감싸 안았다.

나는 잔뜩 긴장한 채 데칼코마니 같은 두 사람이 현관에서 마주 보는 장면을 상상했다. 그림자의 실루엣마저 빼닮은 두 남자.

형제가 나란히 서서 소파에 웅크리고 앉은 내 얼굴을 내려다본다. 가루약을 잔뜩 물고 있는 것처럼 입안이 썼다. 무릎을 곧추세우고 두 남자의 얼굴을 올려다보았다.

하나라고 생각할 땐 잘 몰랐는데 나란히 있는 걸 보니 완벽한 데칼코마니는 아니었다. 옷차림이, 머리 스타일이, 표정이, 눈빛이 미세하게 달랐다. 쌍둥이 중 형이 내 머릿속에 각인된 서재유와 더 닮았다. 깔끔하게 스타일링 된 갈색 머리. 짙은 청색 블레이저 재킷에 회색 배기 팬츠를 입은 모습이었다.

그가 내 앞으로 다가와 앉았다. 소리 내 말하지 않아도 온전히 전해지는 것. 이 남자는 그걸 할 줄 안다.

"택시 타고 바로 오는 길이라 어디 들를 여유가 없었어. 미안한데 나가서 술 좀 더 사 와라. 안줏거리도."

신문이 깔린 거실 바닥을 훑어보던 남자가 지갑을 꺼내 동생에게 내밀었다.

"넣어 두셔. 우리 집에 온 손님인데 내가 대접해야지. 근데 사생들이 안 따라다녀? 더군다나 오늘 같은 날?"

"오늘 같은 날 만날 거라곤 생각 못 할 거야. 눈치채지 못하게 왔으니까 그건 걱정하지 마."

눈을 감고 들으니 한 사람이 1인 2역을 하는 것 같다. 세상의 모든 쌍둥이에겐 익숙한 일일 테지만, 난 쌍둥이와 가까이 지내 본 적이 한 번도 없다. 똑같은 얼굴로 살면서 겪었을 불편함과 괴로움도 잘 모른다. 저 두 사람에게도 어제의 일이 황당했겠지만, 나 역시 생각할수록 기가 막혔다. 닮은꼴 형이 동생에게 말했다.

"그리고 너, 나한테 이렇게 당당할 때가 아닌 것 같은데?"

"미안한 건 미안한 거고. 서재유 팬들 대단하더라. 내가 성현 누나였으면 형 얼굴도 쳐다보기 싫을 거 같은데. 뒤에서 온갖 더러운 욕은 다 하면서 형 앞에선 순진한 척 미소 짓겠지? 사랑해요, 서재유! 죽, 을, 때, 까, 지. 그래도 팬이지?"

"빈정거리지 마. 그건 내가 누나한테 사과할 문제야. 왜 그 사람들이 다 내 팬이라고 생각하는데? 진짜 팬이면 그런 말 못 해. 그렇게 안 해."

"팬도 한우처럼 등급이 있나 보지? C급, D급은 팬 아닌 것 같지?"

"그런 사람들은 등외야."

"그 사람들도 다 서재유 팬이거든. 정상인도 팬이고, 또라이도 팬이거든."

"아무리 마음에 안 들어도 팬을 내 취향대로 고를 순 없어. 나도 정말 화나지만 일일이 대응하면 일만 더 커져. 너처럼 대놓고 화낼 수 있는 처지가 아니라고. 초점 흐리지 마. 적어도 어제 일은 니가 시작한 거야. 내 사진은 세 장 중 한 장도 없었어. 그것도 부인할래?"

듣다못해 내가 끼어들었다. 싸운다고 해결될 일이 아니다. 이미 그 선을 넘어섰다.

"둘 다 그만해. 내가 먼저 만나자고 했어. 결국 내 잘못이야."

재유의 형인 서재유는 내 쪽을 바라보지 않았다.

"누나가 보자고 했어도 만나지 말았어야지."

"말은 참 쉽지. 형 같으면 안 만날 수 있었을 거 같아? 나도 누나한테 정말 미안한데, 바랄 걸 바래라."

"그만하라고. 둘 다 앉든지, 둘 다 나가든지. 아님 편히 싸우게 내가 나가 줄까?"

형이 조금 빨랐다.

"알았어. 그만할게. 손님 대접 좀 해라. ……술 사러 안 가?"

동생 재유가 걱정스러운 눈으로 나를 보았다.

"누나, 괜찮겠어?"

형 재유의 입매가 삐딱하게 휘었다.

"내가 성현 누날 너보다 더 오래, 더 많이 봤거든. 걱정을 해도 내가 더 해."

"더 오랜 아닌 것 같다."

"뭐?"

"나중에 말해 줄게. 누나, 필요한 거 없어? 배 안 고파?"

"아니. 나 칫솔 좀 사다 줄래?"

"아, 그걸 잊었네. 또?"

"내 것도 사 와. 나도 자고 갈 거니까. 누나 덮고 잘 이불은 있어? 깨끗한 거?"

"이 밤중에 나가서 새 이불을 어디서 사 와? 나도 나가면 서재유인 줄 알거든? 사람들이 흘끔거린다고."

"난 괜찮으니까 신경 쓰지 마."

"얼른 갔다 올게."

현관문 닫히는 소리가 났다. 이제부터 이 남자와 둘이 있을 걸 생각하니 또 막막해졌다. 막무가내 화를 낼 수도, 이래저래 힘들었다고 어리광을 부릴 수도, 꼬치꼬치 캐물을 수도 없다. 내가 할 수 있는 질문은 어차피 한계가 있다. 어떤 걸 먼저 물어야 하나?

"내 얼굴 좀 봐. 내 발 말고."

눈을 들어 그를 바라보았다. 한쪽 입꼬리가 부드럽게 올라가는 미소. 더없이 따뜻한 눈빛. 분명 서재유가 맞는데 서재유가 아니래. 이게 말이 돼?

"재킷 벗고 편히 앉아서 얘기해."

그는 내가 시키는 대로 상의를 벗고 내 발치 근처에 앉았다. 나는 그의 다리 위에 얹힌 재킷을 달래서 소파에 올려 두었다.

"더 일찍 오고 싶었는데 미안해."

"니가 미안할 게 뭐 있어. 만나지도 않고 스캔들 터졌는데, 내가 미안하지."

"내가 누날 속였잖아. 나쁜 의도로 그런 건 아냐. 그건 믿어 줘."

"나 아니라 다른 파트너였대도 말 못 했겠지."

"〈온리 원〉 촬영할 때 누나한테는 말하고 싶었어. 속이는 게 너무 힘들었는데 말 못 한 거 미안해. 잘못했어."

쫑파티 하던 날, 네가 그랬지? 내가 아는 서재유가 전부가 아니라고. 이 말도 했었지. 힘든 건 참을 수 있지만 보고 싶은 건 어떻게 못 한다고. 어쩌면 나를 많이 그리워했을까. 집 밖에 내놓은 어린아이처럼 불안해했던 걸까. 나 하나 속이자고 이 많은 일을 꾸민 게 아니라는 걸 잘 안다. 이 모든 혼란은 누구 한 사람만의 잘못이 아니다. 심지어 나까지 일조했다.

"몸은 괜찮아? 오토바이 사고였다던데 후유증은 없어?"

"괜찮아. 동생이 내 본명 말했어?"

"아니. 너한테 직접 들으라고."

"부모님이 처음 내게 붙여 준 이름은 서준유야. 준걸 준俊 자에 부드러울 유柔."

"준유. 서준유."

"난 동생보다 30분 먼저 태어났어. 혈액형, 얼굴, 목소리 같은 건 빼닮았지만 많이 다르게 자랐어. 재유는 늘 건강하고 씩씩하고 잘하는 게 많았고, 난……."

목이 타 보여 음료수를 건넸다. 그는 그걸 마시는 시늉만 했다. 뭐라고 호칭을 불러야 적절할까. 준유란 이름이 낯설었다. 그의 목덜미에선 별 모양 펜던트가 달랑거렸다. 그러고 보니 두 사람에겐 작은 차이점이 있었다. 서준유는 늘 목걸이와 시계를 하고 다녔다. 좀 전에 바깥으로 나간 서재유의 손목엔 아무것도 채워져 있지 않다.

"이 얘기도 들었는지 모르겠는데, 내 주민등록상 이름은 서재유야."

"왜 그것까지 바뀐 거야? 어쩌다가?"

준유가, 그렇게 될 수밖에 없었던 이유를 짧게 들려주었다. 한 글자 바뀐 이름은 과거만 바꾼 게 아니었다.

"그럼 널 재유라고 불러야 맞겠네."

"아니, 준유라고 불러 줘. 나하고 둘이 있을 땐."

나는 가만히 고개를 끄덕였다.

"스웨덴에선 뭐라고 불렀어? 동생은 로케라고 하던데."

"다니엘. 다니엘 서. 동생이 말했을지 모르겠는데, 예전엔 내가 먼저 도망갔어. 정말 하기 싫을 땐. 그렇지만 〈온리 원〉은 끝까지 하고 싶었어. 누나가 다른 파트너하고 연기하는 게 싫어서. 사고만 아니었다면 절대 동생이 하는 일은 없었을 거야. 나는…… 배우 성현하고 연기하는 게 좋았어."

마지막 촬영 날, 인사동 거리에서 내 손을 놓지 않던 재유의 더운 손이 떠올랐다. 시간을 거슬러 올라가 내 볼에 흐르는 눈물을 입술로 닦아 내던 서재유. 수영복 차림의 나를 흘끔거리는 스태프들을 차갑게 쏘아보던 서재유. 〈온리 원〉을 찍으며 나는, 내게도 김재현 같은 남자가 한 번쯤 와 주길 바랐다. 김재현 같고 서재유 같은 남자가.

"연기하면서 행복했던 건 그때가 처음이었어."

이 순간이 꿈이 아니라는 게 너무 싫다. 이 모든 일이 현실이라는 게 정말 싫다. 어젯밤부터 지금 이 순간까지 계속 마음을 비워 왔다고 생각했다. 그러나 비울 마음이 더 남아 있었다.

이제 나는 마른 풀 더미에 누워 별을 헤며 잠을 청하는 것만으론 충분히 행복을 느끼지 못한다. 이제 나는, 똑똑한 남자와 경쟁하기보다는 뜨거운 사랑을 나누고 싶은 나이가 됐다. 세상에 이런 얼굴을 가진 어린 왕자는 둘이어도 된다. 그럴 수밖에 없다면. 그러나 내가 마음 편히 그리워할 남자는 오직 하나여야 한다.

"너무 힘들어서 내 마음 다 접으려고도 했는데, 그게 더 힘들었어. 누나를 속이는 게, 사람들을 속이는 게 힘들어서 세상에 다 밝혀 버리고 싶은데⋯⋯."

"그만 말해. 나중에 후회할 말은 하지 마. 그 정도면 됐어."

"내가 정말 하고 싶은 말은 시작도 안 했어."

"이제 됐어. 이해했어. 난 그저 너무 놀랐고, 무서웠고, 널 내 눈으로 확인해 보고 싶었을 뿐이야."

"아니. 이해 못 할 거야. 나도 내 마음을 잘 모르겠으니까."

한 사람의 스물여섯 해를 온전히 이해한다고 단언하는 건 자만일지도 모른다. 다만 나는 이 남자를 위로해 주고 싶었다. 오직 그 생각 하나로 소파에서 내려와 그의 어깨를 끌어안았다. 잠시 후 억지로 울음을 참는지 그의 어깨가 흔들렸다.

아직도 서재유라는 이름이 더 익숙한 이 남자를 위해 내가 해 줄 수 있는 일은, 조금 더 그를 끌어안아 주는 것뿐이었다.

## 준유

　내겐 국적과 이념, 성별과 나이를 초월한 팬들이 있다. 팬들의 숫자는 점점 더 늘어난다. 그 많은 팬에 대해 어찌 할 말이 하나도 없을까. 내겐, 어떤 팬이 좋고 어떤 팬이 나쁜지 판단할 권리가 있다. 그러나 그것을 대놓고 표현할 권리까지는 없다.

　적당히 나를 사랑하면 안 되나요? 내가 원할 때만 나를 좋아하면 안 되나요? 연예인 서재유와 일반인 서재유를 구분해서 대해 주면 안 되나요? 할 수가 없다. 감히 그건 내가 건드리기 어려운 영역이다. 스무 살부터 나는 그렇게 교육받았고, 그렇게 살아왔다.

　동생은 나와 내 팬들에게 화가 나 있었다. 이건 그들을 적절히 조련하는 것과는 다른 차원의 문제다. 동생이 미처 모르는 게 있다. '서재유'는 사람 이전에 하나의 브랜드다. 내가 날 어떻게 생각하는지는 중요하지 않다. 구매란에 상품평을 적는 것처럼 대중은 날 평가하고 마음껏 누리고 싶어 한다. 흠집이 생긴 상품을 좋아할 소비자는 어디에도 없다.

'팬'은 내 취미 생활이 아니다. 그러므로 취향대로 고를 수가 없다. 그들은 나란 존재를 선택하거나 아무 때나 버릴 수 있지만, 나는 그들을 먼저 고를 수도, 내 성깔대로 버릴 수도 없다. 오늘처럼 화가 나는 슬픈 날에도.

어디서부터 이 긴 이야기를 시작해야 할까. 나는 과거를 돌아보는 걸 좋아하지 않는다. 세상에 알려진 내 과거는 나만의 것이 아니니까. 카메라 앞에서 유창한 스웨덴어를 구사하면서 한 번쯤 날 돋보이게 할 수도 있었지만, 그러지 않았다. 나는 그 시절의 추억을 금단의 영역처럼 남겨 두었다.

그녀가 물끄러미 내 얼굴을 바라본다. 화장기 없는 얼굴. 단정한 이마. 표정이 많은 눈. 붉게 달아오른 볼. 웃음을 잃은 입매. 걱정 없이 웃게만 해 주고 싶은데. 이렇게 둘이 있어도 다시 예전 같은 마음으로 돌아갈 수 없을 거라 생각하니 서글펐다.

어떤 질문을 해도 가감 없이 대답해 주리라 마음먹었는데 그녀는 내게 묻지 않았다. 백성현이 나를 안심시키듯 말했다. 누구에게도 우리 형제의 비밀을 떠들지 않을 테니 걱정하지 말라고.

"그거 확인하려고 온 거 아냐."

스웨덴의 나는 행복했다. 태어나서 가장 건강하고 자유로웠던 시절이었다. 쌍둥이란 이유로 사람들의 집요한 시선을 받는 일도, 사사건건 비교당하는 일도 드물었다. 동생보다 6, 7센티 작았던 키도 그 나라에 가서 얼추 따라잡았다.

한국으로 돌아가고 싶지 않았지만 엄마는 나를 억지로 데리고 왔다. 가끔 후회한다. 엄마를 끝까지 거역하지 못한 것을. 또 후회한다. 엄마가 나를 편애하도록 방치한 것을. 7년 전 한국으로 돌아올 때만 해도 지금의 나는 상상조차 할 수 없었다. 오늘 같은 날은 더더욱.

나는 재유가 부러웠다. 그건 질투나 시기의 감정이 아니었다. 동생의 자유분방함, 건강한 육체, 뛰어난 재능. 평범하게 질투하기엔 그 애의 재능은 너무나 뛰어났고, 동생을 모질게 시기할 만큼 내 성정은 거세지 못했다.

사춘기가 되기 전까진 늘 동생보다 작았고 약했다. 엄마는 그런 내가 기죽을까 봐 끼고 도셨다. 하지만 동생이 가져온 우등상장을 건성으로 보며 애써 날 두둔하는 엄마가 고맙지 않았다. 동생과 더 잘 지내고 싶었다.

어릴 적 우리 형제의 관심사는 우주, 사라진 대륙, 극지점에서 벗어나면 겹치는 부분이 많지 않았다. 정말이지 오랜만에 공통의 관심사를 가지게 됐다. 그러나 오래전 그때처럼 '백성현'을 소재로 이야기 나누며 킥킥대거나 그 이상을 자유롭게 상상할 수가 없다.

적지 않은 시간 동안 내 일상엔 여자와 관련된 어휘가 없었다. 여자란 존재가 주는 행복. 남자들은 알 것이다. 그게 어떤 느낌인지. 그걸 포기하는 게 얼마나 힘든 일인지. 나는 백성현의 특별한 남자가 되고 싶었다. 거꾸로 그녀가 내게 남긴 모든 기억을 까맣게 지워 버리고도 싶었다.

안다. 이게 얼마나 말이 안 되는 생각인지. 그래서 알아낸 게 하나 더 있다. 비워 보려고 했지만 비워지지 않고, 아무리 채워 보려고 해도 담기지 않는 게 세상에 있다는 것을.

이 낯선 시간. 거짓말 같은 순간들. 어떻게 해야 내 마음을 온전히 전할까. 하고 싶은 말은 시작도 못 했는데 무슨 말을 해도 후회할 거라는 걸 이미 난 알고 있다.

"내가 누군지, 어떤 사람인지 전부 말해 버리고 싶은데 할 수가 없어. 하고 싶어도 못 해. 지금은 이게 최선이래. 다들 그래. 미안하지만…… 내가 생각해도 이게 최선이야. 이렇게밖에 못 하는 날 이기적이라고 욕해도 좋아. 어떤 식으로 비난해도 받아들일게."

"당장은 다른 방법이 없다는 거 나도 알아."

내 팬들은 성현을 싫어한다. 내가 이 여자 때문에 그토록 행복했는데도. 내가 소속한 회사의 누구도 성현과 나의 관계를 반기지 않는다. 내가 이 여자 덕분에 그렇게 많은 걸 갖게 됐는데도. 엄마도 나와 이 여자가 사적으로 연결될까 봐 걱정부터 한다. 나는 이 여자 얼굴만 봐도 좋은데. 이렇게 행복한데. 아무도 반기지 않는다. 다들 나를 사랑한다면서, 나를 아낀다면서, 내가 진짜 원하는 것을 소유하게 될까 봐 경계하고 걱정한다.

그러니 나와 연결되면 될수록 자기 몫을 빼앗기게 될 것이 분명한 이 여자에게 어떻게 내 손을 잡아 달라고 할 수 있을까.

당신만을 사랑한다는 흔한 고백. 너 없인 못 살겠다는 자기애적 발언. 어떤 일이 생겨도 내 곁을 떠나지 말아 달라는 순진한 애원 같은 것. 이 순간 이 여자에게 할 수 있는 게 하나도 없다. 정말 단 하나도 없다.

그래서…… 이 한밤 나는 창피한 줄도 모르고 여자의 품에 안겨 눈물을 참는다. 울음소리가 밖으로 기어 나올까 봐 이를 악문다. 아무리 노력해도 내 인생은 '평범'이라는 단어와 멀어져만 간다. 이렇게 예쁜 여자가 안아 주는 이 순간조차 망설임 없이 더 끌어안지 못하는 이 삶이 진저리 나도록 싫다.

더불어 1년, 5년, 10년 후에도 이 여자만이 내 삶을 단단히 지탱해 줄 존재가 될지, 내가 이 여자에게 한 치의 후회도 없는 삶을 선물할 수 있을지 1년, 5년, 10년 후의 나를 100프로 믿을 수가 없다.

이렇게 이기적이고 겁 많은 나를 위로하려고, 바보 같은 백성현은 내 어깨를 더 감싸 안는다. 그녀의 품엔 안겨 나는 태어나서 가장 격한 질투와 시기의 감정을 느낀다. 거리낌 없이 당당하게 이 여자 주위를 맴돌 수 있는 내 동생에게. 그 무엇도 생각 안 하고 한 여자에게만 집중할 수 있는 동생의 삶에.

창밖의 세상은 내 마음처럼 어둡다. 인간의 마음이 가장 약해지는 시간이 있다면 하루 중 이쯤일까. 내게 충고하던 사람들 말대로 좋은 선배, 좋은 누나, 바로 거기까지가 정답일까.

정리해야겠다. 그것이 최선인지는 모른다. 어떻게 해야 나도 행복해지고 저 여자도 행복해지는지, 세상에 그런 방법이 있기는 한 건지 난 모른다. 그래도 정리해야겠다.

세수를 하고 나왔을 때 그녀는 싱크대 앞에 서 있었다. 드라마 할 때가 생각났다. 부엌에서 무언가를 만드는 선우진을 뒤에서 끌어안는 신을 찍을 때면 심장이 고장 난 것처럼 뛰곤 했다. 아직도 생생히 기억난다. 선우진의 목덜미에 얼굴을 묻고 속삭이던 김재현의 대사가.

'눈이 멀어도 알 수 있어. 여자가 아무리 많아도 체취만으로도 당신을 찾아낼 수 있어.'

고백건대 그건 백성현의 향기였다. 짜 맞춘 것처럼 내 품에 들어오던 그녀를 그때처럼 안고 싶었다. 그러므로 지금은 저 여자 가까이 가선 안 된다. 지친 나는 소파에 드러누워 눈을 감았다. 머지않아 현관문 열리는 소리가 들렸다.

"뭐가 이렇게 많아? 이리 줘."

짐을 받으려는 그녀의 말을 장난스럽게 무시하며 재유가 신혼의 신랑처럼 조잘거린다.

"아, 비켜! 비켜! 다쳐. 이거 보기보다 무거워. 돗자리도 사왔어. 차에서 칼이랑 코펠도 가져오고."

"차? 차가 있어?"

"캠핑카가 한 대 있거든. 지하 주차장에 세워 놨어."

"여행 다닐 때 타고 다니던 게 그 차야?"

"어. 아까는 돗자리 생각도 못 했네. 괜히 신문 값만 날렸다."

"사람들이 너 정말 몰라보는 거 같아?"

"대놓고 묻는 사람은 없더라. 알아보거나 말거나. 싹 정리했네?"

"심심해서. 좀 쉬어. 내가 술상 준비할게."

"같이 하자. 난 뭐 할까?"

"쥐포 또 사 왔네?"

"누나가 잘 먹길래. 편의점엔 과일이 사과, 배, 그런 거밖에 없더라."

대화 내용만 들으면 평범한 하루를 마치고 조촐한 술상을 준비하는 젊은 부부 같다. 한밤중 신혼부부가 사는 집에 불쑥 나타난 불청객이 된 느낌이다. 동생이 나를 두고 소곤거렸다.

"근데 자는 거야? 잘 리가 없는데."

"글쎄."

눈 감은 채로 말했다.

"미안하지만 안 잔다."

"미안한 거 알면 그냥 자든가. 인상 좀 펴라. 사람 들어오면 일어나는 척이라도 하고."

순간, 도시락 생각이 났다. 날 위해 준비한다던, 별거 아니라는 메뉴.

"도시락! 내 도시락은? 도시락 어디 있어?!"

"쟤, 준유, 아, 그게……."

당황한 누나가 말을 더듬는 동안 동생이 재수 없을 만큼 간단히 정리해 버렸다.

"내가 먹었어."

"그걸 니가 왜 먹어? 내 건데!"

"아효, 그래 미안해. 배가 너무 고파서 먹었다."

"진짜 별거 아니었어. 넌 와도 아주 늦을 것 같고, 김밥이라 상할까 봐 내가 먹자고 했어. 시켜 먹기도 그렇고 해서."

"무슨 김밥인데?"

"충무김밥하고 유부김밥."

"두 가지나?"

이 아이는 언제부터 이렇게 얄미워졌을까.

"미소된장국하고 샐러드, 과일 같은 거 제외하면."

제외하면? 된장국이나 샐러드라는 말 때문에 사람을 때릴 수는 없겠지. 그래도 소리 정도는 질러도 된다고 생각한다.

"야! 내가 충무김밥을 얼마나 좋아하는데!"

몹시 미안해하는 누나의 표정에 화가 누그러졌지만 아쉬움이 말끔히 가시지는 않았다.

"사진이라도 찍어 놓지 그걸 홀랑 다 먹어 치우냐?"

"소풍 왔냐? 사진 찍을 정신이 어디 있어? 지금이라도 나가서 김밥 사다 줘?"

"나가면 누나가 만든 거랑 똑같은 거 파냐? 사 올 수 있음 사 와 봐. 유부김밥은 또 어떻게 생긴 거야."

"있어, 그런 게. 평범한 분식집엔 팔지 않는 거."

"저게 진짜!"

우리가 이 정도로 유치한 형제는 아니었다. 이 모습을 보고도 믿어 주는 사람은 없겠지만. 성현 누나가 한숨을 폭 쉬더니 내 쪽을 바라보았다.

"별것도 아닌 거 갖고 왜 그래. 그냥 흔한 김밥이었어."

"별거인지 아닌지는 먹어 봐야 아는 거지."

"알았어. 내일 아침에 해 줄게. 그럼 되지?"

그녀의 옅은 미소를 본 순간 마음이 풀어졌다. 백 번이고 되고말고. 말만 들어도 한 줄은 맛본 기분이다. 순간 태클을 걸어 오는 인간이 있었으니.

"참 내. 그걸 아침에 어떻게 다 만들어? 두 가지 다 하려면 다섯 시간은 걸리겠네. 재료만 해도 몇 가지인데. 시장 봐 와서 무 절이고 우엉 손질…… 그냥 포기해. 먹었다고 생각하라고. 아! 공홈에 김밥 먹고 싶다고 슬쩍 글 올려 봐. 사랑하는 팬들이 유기농 유부로 싼 김밥 천 줄이라도 만들어 올걸?"

"넌 그것 좀 하지 마. 깐죽대는 거. 누나, 김밥 하는 거 어려워? 나도 방송에서 김밥 만들어 봤는데."

"어렵진 않은데 시간은 좀 걸려. 둘 다 앉아. 키 큰 남자 둘이 서 있으니까 더 정신없다."

동생이 또 깐죽거렸다. 내 귀엔 무슨 말을 해도 깐죽대는 것으로 들린다.

"상식적으로 생각 좀 해라. 여기가 살림집도 아니고 양념도 없는데 어떻게 그걸 만들어? 말이 김밥이지, 캠핑 가서 잡탕찌개 끓이는 정도로 가볍게 생각하면 안 된다고."

"그렇게 상식적인 인간이 남의 도시락을 탐하냐?"

"탐하긴 뭘 탐해? 누가 들으면 남의 여자라도 가로챈 줄 알겠네."

내가 그 자식에게 하고 싶은 말이 바로 그거였다. 순식간에 백성현에 대한 소유욕이 하늘 끝까지 솟구쳤다. 정말 생각지도 못한 타이밍에서 발현된 감정이었다. 갑자기 동생의 얼굴에 당황한 표정이 떠올랐다.

"누나! 왜? 어디 가?"

"편히 싸우게 자리 비켜 주려고. 난 할 말도 다 했고, 들을 말도 들었으니까 갈게."

이게 무슨 천지개벽할 소리인가. 우선은 잡아야 했다.

"가긴 어딜 가? 안 돼!"

"어디서 명령조야? 누나가 형 와이프라도 돼?"

"넌 와이프한테 명령을 하냐? 그리고, 선우진의 남편은 당연히 나지."

"김재현 코스프레는 이제 그만하지? 둘이 결혼도 못 했잖아!"

"뭘 못 해? 방송에서 안 보여 준 것뿐이지. 두 사람 빼닮은 1녀 1남 낳고 알콩달콩 꿀 떨어지게 잘 산다더라. 종방연 하던 날 오 작가님이 그랬어. 그분이 깐깐하긴 해도 괜한 소리는 안 하시거든."

"1남 1녀? 허, 1남 1녀! 누구 마음대로 애를 낳아?"

"그게 니 허락 받을 일은 아니지."

백성현이 포기했다는 눈빛으로 우리를 바라보았다. 답 없는 형제라고 생각해도 싸다.

"둘 다 목소리 좀 낮출래? 남들은 잘 시간이야. 그럼, 잘들 지내."

동생이 잽싸게 누나의 어깨를 잡았다. 누나가 휘청하면서 그 녀석 쪽으로 기우뚱했다. 재유가 그녀의 어깨를 가볍게 감싸 안으며 씩 웃었다. 저거 진짜 돈 거 아냐? 그것도 모자랐는지 혓바닥이 반 토막 난 것처럼 애교를 부렸다.

"아라써~ 아라써~ 그냥 장난한 거야. 우리 원래 이래. 싸우는 거 아니야. 진짜루."

아예 혀가 돌돌 말리는구만.

"형, 우리 안 싸우는 거지? 이거 싸우는 거 아니잖아. 얼른 대답해."

"남자 형제들은 원래 이래. 누나, 나하고도 한잔해야지."

"싸움은 나 없을 때 해. 머리 아프니까."

"그래, 그럴게. 소파로 가서 앉아 있어. 가방 주고."

"이번엔 형이 술상 차려. 내가 사 왔으니까."

"알았다. 누나 거실로 데리고 가."

"쥐포 대충 굽지 마. 누난 바싹 굽는 걸 더 좋아하더라."

"탄 거 먹으면 암 생겨. 적당히 구워야지."

내가 술상을 차릴 동안 동생은 그녀에게 끝없이 실없는 소리를 주절거렸다. 저 실없는 소리에 웃어 주는 이유가 뭐야? 저 말이 웃겨? 저게? 아, 웃음 헤픈 여자는 질색인데. 타임리스는 뭐고 풀잎향기는 또 뭔데? 쥐포를 굽는데 얼마나 심술이 나던지 티도 못 내고 태울 뻔했다.

술상이 다 차려졌다. 벌써 새벽 2시다. 동생이 쥐포를 보더니 기어이 한마디 했다.

"탄 거 먹으면 암 생긴다며?"

"탄 건 니가 먹고, 안 탄 건 누나가 먹으면 되겠네."

"하하, 어쩜. 너흰 얼굴만 좀 못났으면 개그맨 해도 되겠다."

농담이 아니어서 농담이 아니라고 했다. 동생이 질세라 대꾸했다.

"어련하시겠어."

동생이 잽싸게 누나에게 맥주 캔을 건넸다. 친절하게 뚜껑까지 따서. 하여간 사사건건 거슬린다. 나는 가장 덜 탄 쥐포를 골라 먹기 좋게 자른 뒤 누나에게 건넸다. 그러면서 이런 생각을 했다. 엄마가 지금 두 아들의 모습을 본다면 얼마나 기 막혀하실까.

"딱딱해지기 전에 먹어. 아깝다고 탄 거 먹지 말고."

누나가 맥주를 한 모금 마시더니 작은 한숨을 내쉬었다. 벌써 몇 번째 보는 한숨인지 모른다.

"건배는 하지 말자. 오늘 같은 날하고 진짜 안 어울리니까."

잠시 침묵이 흘렀다. 그 정적 안에서 우리는 각자의 생각에 잠겨 자기 몫의 술을 비웠다. 자정은 이미 오래전에 지났다. 누구 할 것 없이 다 피곤할 터였다. 누나가 붉어진 얼굴로 내 쪽을 바라보았다.

"술은 니가 더 센 거 같다."

딱히 칭찬이 아닌 것 같아 가만히 있었다.

"나도 술 세."

동생의 말에 그녀가 헛웃음을 흘렸다.

"술 센 게 뭐 좋은 거라고."

"그럼 약해."

"타임……. 아, 넌 정말!"

"아까부터 그게 무슨 소리야? 타임리스?"

내 말을 들은 동생이 가진 자만이 지을 수 있다는 여유 만만한 미소를 지어 보였다.

"그 웃음은 뭐냐?"

"형이 누날 처음 본 게 언제라고 했지? 2월 말? 3월 초? 풀잎향기님, 우리의 비밀을 밝혀도 될까요?"

"별것도 아닌데 뭐."

별거 아닌 김밥, 별거 아닌 비밀. 오늘따라 날 열 받게 하는 말이다.

"밝히지 마? 그럼 말고."

"장난해?"

"서재유, 너 형한테 왜 그러니?"

이러니 백성현을 안 좋아할 수가 있나.

"형은 무슨. 같은 날, 같은 시에 태어났으면 맞먹는 거지. 서준유, 세상이 넓은 것 같으면서도 은근 좁더라?"

'세상의 모든 음식'이란 요리 카페엔 '풀잎향기'와 'Timeless'라는 우수 회원이 있다. 한 사람은 여자고 한 사람은 남자다. 둘은 2년 전부터 온라인상에서 친하게 지냈다(이건 재유의 일방적인 주장이다). 가끔 개인적인 메일이나 선물을 주고받거나 그룹

채팅을 하기도 했다. 메일이라야 별건 아니고 주로 음식 레시피. 선물이라고 해서 대단한 건 아니고 그저 음악 파일.

정말 안타깝게도 둘 다 내가 아는 사람이다. 더 안타까운 건 그까짓 걸로 동생이란 놈이 자랑을 한다는 거다. 사소한 놈. 자랑할 게 더럽게도 없는 놈. 나까지 점점 유치하게 만드는 놈.

"어제 김밥 먹으면서 처음 알았어. 재유하고 내가 예전부터 알던 사이라는 거."

"풀잎향기님, 정말 놀랍지 않아요? 이런 걸 사람들은 보통, 운명이라고 부르지 아마?"

뻔뻔한 놈. 아예 얼굴에 제철소를 차렸구만.

"만나기는커녕 사진도 본 적 없다며? 그게 잘 아는 거냐?"

"중요한 건 누나와 내가 이미 오래전부터 선물까지 주고받던 각별한 사이라는 거지."

"각별이란 단어는 이럴 때 쓰는 말이 아니지. 책 좀 읽어라. 만화만 보지 말고."

"너희 원래 이렇게 유치하게 놀아?"

동생과 내 입에서 동시에 같은 대답이 튀어나왔다.

"그럴 리가!"

성현 누나가 배를 가져와 종잇장처럼 얇게 껍질을 벗기기 시작했다. 껍질은 끊기지 않고 길게 이어졌다. 그 모습을 보던 동생이 기네스북에 올려야 한다며 감탄했다. 그녀가 일회용 접시에 대충 쪼개 놓은 배를 나와 동생에게 한 조각씩 건넸다. 그러더니 살점이 거의 뜯긴 배의 심지를 들어 입으로 가져갔다. 가만 보면 이 여자, 참 생긴 대로 못 논다.

"이런 거 먹지 마."

그녀에게서 그것을 빼앗아 싱크대 볼 안으로 던지고 일회용 포크로 배를 찍어 건넸다.

"그냥 버리긴 아깝잖아."

"멀쩡한 거 놔두고 왜 그런 걸 먹어."

물끄러미 배를 바라보던 누나가 입을 벌려 한 점 베어 물었다. 나도 배 한 조각을 입에 넣고 씹었다. 술 말고는 단 게 없다. 짧은 정적도 못 견디겠는지 재유가 술을 벌컥벌컥 들이켰다.

"나 어디서 자?"

그녀의 질문에 동생이 안방 문을 가리켰다.

"큰방에서 자. 침대 있는 방."

"너흰 어디서 잘 건데? 맨바닥 불편할 텐데."

고맙게도 그녀의 시선이 내게로 향해 있었다.

"우리가 알아서 잘게. 신경 쓰지 마."

"그래. 저기……."

이 여자는 아까부터 내 이름을 제대로 부르지 않는다. 재유라고 할 수도, 준유라고 할 수도 없는 걸까.

"준유라고 불러."

"나중에 혹시 실수할까 봐. 낼 아침에 김밥 해 줄게."

"안 먹어도 돼. 오래 걸린다면서."

"재료만 있으면 하는 건 어렵지 않아. 재유 넌 아까도 먹었는데, 안 질리겠어?"

"괜찮습니다. 한 달 내내 먹어도."

"차라리 내가 장 보러 갈까? 너희보단 내가 돌아다니는 게 낫겠다."

구경도 못 한 도시락을 상상하며 누나에게 말했다.

"안 돼. 아무것도 안 먹어도 되니까 나가지 마."

"짝퉁 서재유가 시장 봐 온다니까. 한류 스타가 드시고 싶다는데 재료라도 사다 바쳐야지."

성현 누나가 동생의 말에 설핏 웃어 보였다.

"미안해서 그러지. 너만 일 시키는 것 같아서."

"대신 누나가 한 음식을 얻어먹잖아."

난 아무거나 좋았다. 뭐라도 해 주기만 한다면 기꺼이 먹을 수 있다.

"그럼 김밥은 말고 간단히 밥 한 끼만 차려 줘. 국하고 밥하고 반찬 두 가지만. 아, 해 줄 수 있으면."

"어떤 거? 각자 먹고 싶은 거 말해 봐."

"그거 해 주라. 누나가 카페에 올렸던 집밥."

"어떤 집밥?"

"10월 초에 올렸던 거 있잖아. 긴 제목 달린 거."

"아, 그거 그냥…… 집에서 해 먹는 흔한 음식이야."

식사 장면이 한 번도 나오지 않는 드라마는 없다. 그녀와 나는 함께 음식을 만들거나 먹는 장면을 여러 차례 찍었다. 촬영하는 동안 같이 무언가를 먹을 때도 많았다. 난 특별히 가리는 음식은 없지만 먹는 데 관심이 적은 편이다. 일할 땐 더 먹지 않는다. 거의 굶다시피 할 때도 있다. 그런 내가 걱정돼 나를 따라다니는 매니저들은 늘 전전긍긍한다. 누나는 어쩌다 내가 잘 먹는 모습을 보이면 유심히 바라보곤 했었다.

동생이 그 밥상에 올랐던 메뉴를 하나하나 말하기 시작했다. 하나같이 내가 좋아하는 음식이었다. 이젠 성현 누나가 만든 음식을 먹고 사는 성찬이 다 부러웠다.

"자야겠다. 먼저 일어날게."

"술 남았는데."

남은 맥주 캔을 가리키는 재유를 보며 누나가 고개를 저었다.

"많이 마셨어. 피곤해."

"그래. 생각 같은 거 하지 말고 푹 자."

그녀의 시선이 스치듯 내게 왔다가 바로 떠났다. 동생이 일어서는 누나의 등 뒤에 대고 문단속 잘 하라는 말을 던졌다. 미친 자식. 들어가라고 등을 떠밀어도 안 들어간다.

백성현이 자리를 뜨니 할 말도 술맛도 뚝 떨어졌다. 거실을 정리한 뒤 간단히 씻고 나왔다. 작은 방이 있었지만 나나 동생이나 그 방에 들어가고 싶어 하지 않았다. 동생은 3인용 소파에, 나는 침낭이 깔린 거실 바닥에 누웠다. 피곤했지만 잠자리가 불편해서 쉽게 잠이 오지 않았다. 이러나저러나 쉽사리 잠들긴 어려운 밤이다.

"미안해. 일 복잡하게 만들어서."

"다신 만나지 마."

"괜히 왔어. 누나 만나려고 온 건 아니야. 그건 믿어라."

"전화번호는 어떻게 알았어?"

"사람들마다 그 소리. 그게 그렇게 중요해?"

이 순간, 가장 중요한 게 뭘까. 아무리 생각해도 모르겠다.

"아까 누나가 카페에 올렸다던 그 밥상 제목이 뭔지 알아?"

"밥상에도 제목이 있냐?"

"있더라. ……사랑하는 사람과 함께 먹고 싶은 밥상."

차라리 유부김밥이나 충무김밥이 아니면 아무것도 안 먹겠다고 박박 우길걸. 정리하겠다고 마음먹은 게 세 시간도 안 지났는데. 솔직히 나는 무섭다. 한나절에도 몇 번씩 내 마음을 흔드는 저 여자. 솔직히 나는 두렵다. 백성현이 나 아닌 동생을 선택할까 봐. 어쩌면 우리 둘 중 누구도 선택하지 않을 수 있다. 그 가능성이 제일 크다.

이 한밤, 셋이 한집에 누워 잠을 청하려니 더 막막해진다. 아무리 애를 써도 저 방 안의 여자를 평생 잊지 못할 것 같은 예감에. 소파 위에서 한참을 뒤척이던 동생이 내가 하고픈 말을 대신 했다.

"밥상에 뭐 그따위 제목을 붙이냐? 사람 심란하게……."

## 성현

사랑을 주제로 한 소설을 읽다 보면 종종 이런 문장을 만나
게 된다.

'한 사람이 운명의 상대를 만나는 건 일생에 단 한 번뿐이다.'

난 늘 그 숫자가 너무 야박하다고 생각했다. 한 번뿐인 인생
이라지만 두 번 정도는 허락해야 하는 거 아닌가. 어쩌면 세 번
이나 네 번까지도.

나는, 내게도 운명적인 순간이 반드시 올 거라고 소심하게
기대하며 살았다. 아, 이게 사람들이 말하는 운명인지도 몰라,
그렇게 느낀 순간도 있었다. 그러나 이제 와서 생각하면 그것
도 운명까지는 아니었다. 왜냐하면 지금까지 내가 가슴 아프게
기억하는 남자는 하나도 없으니까.

이름이 널리 알려진 브랜드의 소형 아파트. 그 집의 가장 큰

방 침대에 누워 억지로 잠을 청해 본다. 힘들고 긴 하루였다. 육신은 바닥으로 꺼질 것처럼 자꾸 가라앉는데 정신은 점점 날카롭게 살아나 잠을 쫓아낸다.

만약 문밖의 남자가 둘이 아닌 하나라면 이 밤 얼마나 설레며 잠을 청했을까. 지금쯤 저 거실에 나란히 앉아 애틋한 눈길을 주고받을 수도 있었다. 김재현과 선우진이 그랬던 것처럼. 어쩌면 내가 먼저 그의 손을 잡아끌어 이 방으로 들어왔을지도 모르겠다. 그래도 될 나이니까.

저 밖에 두 명의 서재유가 있다. 먼저 도착해 있던 재유와 둘이 있을 때만 해도 이렇게까지 심란하진 않았다. 닮은 듯 달라 보이는 두 남자와 몇 시간을 보내고 들어온 지금 행복함보다는 서글픔이 밀려온다.

이 상황을 아는 사람이 있다면 분명 궁금해할 것이다. 그렇다면 네가 진짜 좋아한 서재유는 누구지?

내가 좋아했던 재유는…… 하나가 아닌 것 같다. 둘이라고 할 수도 없다. 예상을 비껴 나는 재미있는 말로 날 웃기고, 황당하게 만들던 재유가 좋았다. 드러나게 표현은 안 하지만 은근한 눈길로 나를 배려하는 재유도 좋았다. 커피 컵에 콜라를 넣어 주며 능청을 떨던 재유도, 잘해 준다고 좋아하지 마. 누구도 전적으로 믿지 마. 그렇게 화난 사람처럼 날 걱정하던 재유도…… 좋았다.

운명을 느끼는 각별한 사이. 내가 잠시나마 바란 게 그거였을까. 셋이 같이 있을 땐 두 남자 모두 나와 둘이 있을 때와는 사뭇 달랐다. 그런 모습도 나쁘지 않았다. 티격태격하며 그 나이 때의 모습을 보여 주는 거. 세상으로부터 위장한 자기를 한 꺼풀 벗고 본래의 모습으로 돌아가는 거. 그러면서도 다시 마음 한구석에서 이런 생각이 스멀스멀 자라난다.

내가 지금 이 형제 사이에서 뭘 하고 있는 거지?

양다리 걸친 철없는 여자처럼 이렇게 마음 편히 웃어도 되는 건가. 이 시간이 이토록 즐거워도 되는 건가.

끊기지 않고 길게 이어지는 배 껍질을 보며 감탄하던 재유가 생각난다.

"이거 기네스북에 올려야 하는 거 아냐? 어떻게 여태까지 이런 재주를 숨기고 살았어?"

그런 남자를 미워하기란 얼마나 어려운 일일까. 재유를 싫어하게 되는 날이 오긴 할까.

멀쩡한 살점을 두고 배 심지나 뜯어 먹는다며 내 손에 걸 빼앗아 던지던 준유도 떠오른다. 그 모습을 보며 나는 아빠를 떠올렸다. 아빠는 엄마가 사과나 배를 잘라 낸 뒤 남은 부분을 드시면 질색하셨다. 내가 먹는 것도 싫어했다. 살점이 적게 붙은 과일 심지나 못난 과일은 늘 아빠나 남동생의 몫이었다.

준유는 내가 아는 누군가를 많이 닮았다. 상처받기 쉬운 영혼. 한번 눈에 담으면 먼저 버리기 힘든 그런 사람. 그래서 난 그의 얼굴을 마주 보며 웃는 대신 침묵을 지킬 수밖에 없다.

방에 들어가려는 나를 두 형제가 또 잡았다. 내일엔 내일의 태양도 뜨지만 일용할 양식도 필요하니까. 10월 초 세상의 모든 음식 카페에 'The 집밥'이라는 게시물을 올리면서 처음으로 긴 소제목을 달았다.

'사랑하는 사람과 함께 먹고 싶은 밥상.'

이렇게 나는 또 뒤늦은 후회를 한다. 그런 제목은 다는 게 아니었다고. 동생과 함께 먹은 음식이었지만, 동생을 위해 차린 밥상이 아니었다. 날 붙잡고 기억에서 사라지지 않는 남자가 잘 먹던 음식으로 차린 한 끼. 양식보다는 한식을, 상큼하고 신선한 맛을 좋아하고 기름지고 밍밍한 맛을 싫어하던 식성. 그날 성찬은 잡곡이 섞인 밥을 숟가락으로 푹 뜨며 무심코 물어 왔다.

"오늘 밥상은 뭔가 조화가 안 맞는데? 왜 이렇게 많이 차렸어?"

동생의 콧잔등에 송골송골 맺힌 땀을 보면서 아무렇지도 않은 척 떠들었다.

"너, 내가 차린 밥 먹고 싶어 하는 사람이 얼마나 많은지 알아? 남이 해 준 밥은 고맙습니다, 하고 군말 없이 먹는 거야."

"누나가 남이가?"

"그럼 니가 나냐?"

"아, 무셔. 누난 가끔 너무 냉정하다니까. 오늘은 매운 게 좀 많다? 누이, 청소 좀 안 했다고 이런 식으로 심술을 부리는 겐가?"

그날 밤 나는 저녁 밥상 사진으로 포스팅하면서 짧은 글을 같이 올렸다.

늦은 밥상을 차리며 생각한다.

사랑하는 이를 위해 밥을 차릴 수 있는 건 행복이라고.

나는, 특별한 날의 화려한 요리보다는

평생 먹어도 질리지 않는 밥 같은 사람이 되고 싶다.


Timeless가 그 게시물을 본 것 같다. 몰래 한 짝사랑을 들킨 것 같아 당황스럽고 민망했다. 재유가 그때 올렸던 음식이 먹고 싶다며 메뉴를 하나하나 되짚었다.

"그거 있잖아. 돼지고기 덩어리째 넣고 만든 김치찜하고 오징어랑 오이, 도라지 같은 거 넣고 매콤하게 무친 거, 양송이버섯하고 메추리알 넣고 간장 양념에 조린⋯⋯."

그날의 메뉴는 돼지고기 김치찜, 오징어초무침, 두부 달래장 구이, 우엉채 볶음, 메추리알 조림, 잘 익은 파김치와 갓 담근 열무김치였다. 동네 마트에서도 쉽게 구할 수 있는 흔한 재료로 만든 음식들.

준유는 재유가 말하는 반찬 이름을 들으며 내 얼굴을 가만히 들여다보았다. 두 남자 사이에서 길을 잃고 헤매던 내 시선은 거실 바닥으로 내려앉을 수밖에 없었다. 달래장을 얹은 두부구이를 좋아했던 게 누구였는지, 오징어초무침을 좋아했던 게 누구였는지는 헷갈리지만, 김치찜과 파김치를 좋아한 게 누군지는 선명히 떠오른다. 이번에도 한 사람이 아니다.

누군가를 좋아하는 건 이렇게 마음을 드러내는 일이다. 아무리 티를 내지 않으려고 애써도, 꼭 그 사람 앞이 아니어도 한 번 정도는 티가 나고야 만다. 그 공간에 내 설렘을 아는 사람은 하나도 없을 거라고 안심했다. 그런 식으로라도 깊숙이 박아

둔 내 마음을 잠시나마 꺼내고 싶었는지 모르겠다.

차라리 내가 좋아했던 서재유의 모습이 한 사람으로만 모인다면 좋을 텐데. 그러면 이렇게까지 잠을 설치지 않아도 됐을 텐데. 이쯤에서 난 다시 질문을 던지고 싶다.

왜 저 두 사람이 꼭 두 사람이어야 하는 거냐고. 도대체 왜?


일어나 보니 8시를 막 넘긴 시간이었다. 속은 괜찮은데 머리가 아팠다. 얼굴은 부었고 낯빛은 창백했다. 방에 딸린 작은 욕실 샤워기 아래에 한참을 서 있었다. 뜨거운 물줄기 아래 멍하니 있다가 갑자기 생각해 냈다. 언젠가 서재유의 대타로 들어온 재유가 했던 말.

'지금 내가 사는 모습. 이 상황이 진짜 드라마고 영화야. 아닌 것 같아?'

그땐 그 말의 의미를 정확히 몰랐다. 마음을 감추는 건 어렵지 않다. 지난 10년 동안 배운 게 그거니까. 본래의 나를 드러내지 않는 것. 가짜인 나를 진짜 나처럼 보이게 하는 것. 유쾌하게 시작해서 슬프게 끝나는 드라마는 얼마나 찝찝한가. 나는 어제와 다른 하루를 보내야겠다고, 이 드라마를 끝까지 기분 좋게 만들자고 스스로를 다독였다.

샤워를 마친 뒤 트레이닝복을 입고 천천히 머리를 말렸다. 립스틱이라도 바를까 하다가 참았다. 예쁘게 보여서 어디에 쓸 거라고. 가방에서 머리띠를 찾아낸 난 앞머리를 깔끔하게 뒤로 넘겼다.

거실의 두 남자는 불편해 보였다. 소파에서 잠든 건 서재유, 바닥에 침낭을 깔고 잠든 남자는 서준유. 서로의 얼굴을 바라보는 모양새다. 준유가 약간 더 말랐지만, 신기할 정도로 닮긴 했다. 나는 두 남자를 머리 스타일로 구분해야 했다.

생수를 한 잔 마시고 집 안을 둘러봤다. 어젯밤 만든 쓰레기와 오늘을 위해 사 온 잡다한 물건들이 여기저기 대충 정리돼 있다. 조심해서 움직인다고 했는데도 잠을 깨운 것 같다. 먼저 일어난 건 준유였다. 그는 어제는 못 본 티셔츠를 입고 있었다.

조용히 일어나 앉은 준유가 입가에 부드러운 곡선을 그리며 손을 흔들었다. 나는 좋아하는 연예인을 바라보는 팬처럼 마주보고 손 인사를 했다. 침낭을 정리한 준유가 손가락으로 머리를 빗어 넘기며 내 쪽으로 걸어왔다. 넓은 집이 아닌데도 식탁이 없어서 부엌이 횅하다.

"언제 일어났어?"

"한 시간 전쯤?"

"나도 깨우지."

딱히 할 대답이 없어서 그냥 웃었다. 그런 나를 바라보며 준유가 다시 미소 지었다. 그 미소를 오래 보기 힘들어 냉장고에서 생수통을 꺼내 건넸다. 고맙다는 말 대신 따뜻한 웃음 한 자락. 인스턴트커피를 한 잔 만들어 부엌 바닥에 주저앉았다. 스테인리스 재질을 통과한 열기가 손바닥으로 전해졌다.

"왜 안 마셔?"

너무 뜨거운 커피는 마시지 않는다. 입안이 데는 건 싫으니까. 20대 후반의 나는 뜨거운 사랑은 위험할 거라 지레 겁먹었다. 적당히 따뜻해진 커피가 마시기 좋은 것처럼, 날 다치게 하지도 위험하게 하지도 않을 온도의 안전한 사랑. 그 정도면 된다고 생각했다.

"뜨거워서."

사랑이란, 시간표에 맞춰 책을 챙기는 것처럼 쉽지 않다. 축구나 야구처럼 정해진 룰이 있는 것도 아니다. 판타지만으로 이루어지는 사랑은 절대 없다는 것도 안다. 그러나 이렇게까지 현실적일 줄은 몰랐다. 너무나 놀라울 정도로 사랑이란 감정은 현실에 깊이 뿌리박고 있다.

뜨거운 마음 하나만으로는 절대 완성될 수 없는 것.

만지고 싶지만 만질 수 없고, 사랑한다 말하고 싶지만 말할 수 없는 것을 사랑이라 부를 수 있을까. 이제 분명히 알게 됐다. 마음대로 볼 수도, 안을 수도, 만질 수도 없는 것에 사랑이라는 이름을 붙이는 건 분에 넘치는 짓이라는 걸. 그건 그저 공허한 상상일 뿐.

커피 잔을 가만히 지켜보던 준유가 조용히 입을 뗐다.

"속은 괜찮아?"

"어."

"은근 술 세단 말이야."

"내 위장이 꽤 튼튼한 편이라. 자주 안 마시니까."

"아주 좋은 습관이네요."

"그런 면에서 댁은 습관이 잘못 들었죠."

"내가? 내가? 어떤 점에서?"

여기까지 말한 준유가 빙긋이 웃어 보였다.

"나 요새 술 안 마셔. 전혀는 아니고 거의."

시은이에게 들어서 안다는 말은 하지 않았다. 대신 소리 없이 손뼉 치는 흉내를 냈다. 미소 짓는 그의 눈꼬리에 옅은 주름이 짧게 잡혔다.

"누나 믹스커피 안 마시지 않나?"

"싫어해선 아니고 몸에 안 좋잖아. 살도 찌고."

찡그리는 내 얼굴을 보는 남자의 눈이 다정하게 빛난다. 하루는 이제 겨우 시작일 뿐인데 이 두 남자는 오늘 나를 몇 번이나 웃게 할까. 그래서 이 미련한 미련未練을 얼마나 질질 끌게 할까.

"씻고 와."

"어. ······어디 가지 마. 여기 있어."

"밥해 주고 가야지. 집밥."

커피는 그새 식었다. 뜨거운 커피는 따뜻해지기를 기다려 마시면 되지만 식어 버린 커피는 버린다. 미련도 이런 것이었으면 좋겠다. 식어 버린 걸 확인한 순간 수챗구멍에 쏟아 버려도 아깝지 않은 커피처럼.

손잡이가 달린 스테인리스 컵을 씻어 엎어 놓았을 때 준유가 젖은 머리로 나왔다. 그는 곧바로 내게 다가와 물었다.

"난 뭐 할까? 같이 하자."

짧지만 다정한 어투. 마치 데자뷰처럼 〈온리 원〉의 김재현이 한 행동을 준유가 무의식적으로 하고 있었다. 어쩌면 이게 이 남자의 본래 모습인지도 모른다. 그러나 그게 나와 무슨 상관인가.

"지금은 딱히 할 거 없어."

과일을 먹을지 주스를 먹을지 묻는 내게 나, 주스, 이런 대답이 돌아왔다. 가까이서 본 그의 피부는 깨끗했지만 눈 아래 다크서클은 여전했다.

"다크서클 봐. 니가 동생보다 더 심한 거 같아."

"애기 때도 있었대."

웃었다. 웃음이 나니까.

"뛰어난 재능을 타고난 게 아니라 남다른 다크서클을 타고 났나 봐."

또 웃었다. 웃기니까. 준유도 날 보며 웃었다. 어쩌자고 자꾸 웃음이 나오는 걸까.

"누나."

"⋯⋯?"

"아침은 해장하게 라면 끓여 먹고 점심 해 먹자. 시장도 아직 못 봤잖아."

"그래도 되겠어?"

"시장 보고 밥하는 거 기다리다간 쓰러져. 배고파."

"속은 안 쓰려?"

"라면 먹으면 풀어져. 내가 맛있게 끓여 줄게."

"니 동생이 싫다고 하면?"

"재유도 라면 좋아해. 잠깐 일어나 봐."

준유가 부엌 바닥에 돗자리를 깔 동안 나는 싱크대 주변을 한 번 더 정리했다. 계속 히죽히죽 웃을 수도 없고, 마주 앉아 얼굴만 쳐다보고 있을 수도 없으니. 이 남자와 나는 무언가를 같이 고민하거나 툭 터놓고 나눌 만큼 친밀한 사이가 아니다. 그저 알고 지내던 선후배 사이.

"키앤에서 별말 없어?"

"대충 마무리했어. 모르지. 시은이 데리고 가고 싶다니까 꺼리더라고. 거기 코디도 이미 넘친다면서. 그게 자꾸 걸리네."

"오마주에선? 드라마 촬영 언제부터 들어가? 최종 계약은 아직 안 한 거지?"

"도장까진 안 찍었는데 거의. 왜? 무슨 말 들었어?"

"그건 아니고 혹시나 해서."

"둘이 뭐 해?"

"어마! 깜짝이야!"

등 뒤에서 재유 목소리가 들려왔다. 준유가 내 뒤쪽을 넘겨 보며 말했다.

"하긴 뭘 하냐."

내가 먼저 재유에게 아침 인사를 건넸다.

"잘 잤어?"

"난 왜 안 깨웠어?"

어린애처럼 투정 부리는 모습을 보니 동생은 동생이다 싶다. 준유가 다시 시니컬하게 대꾸했다.

"애냐? 깨우게. 각자 알아서 일어나는 거지."

재유가 삐죽 솟은 머리로 휘적휘적 걸어와 나, 물, 하며 내게 손을 내밀었다. 두 사람의 차이점. 한 사람은 직업병인지 스타일에 늘 신경을 쓰고 한 사람은 대충 다닌다. 그러고 보니 촬영 때도 그랬던 것 같다. 이런 차이점이 왜 이제야 눈에 띄는 걸까.

"넌 손 없어?"

"누나, 물 좀 줘. 차가운 거로."

"니 팔에 매달린 건 얻다가 쓸 건데?"

내가 건넨 500밀리 생수를 그 자리에서 벌컥벌컥 다 마신 재유가 빈 통을 쓰레기봉투에 던져 넣었다. 골인! 곧이어 형제는 지난밤에 이어 은근한 실랑이를 시작했다.

"아, 이제야 손이 돋아나네?"

"많이 늘었다?"

"다 형한테 배운 거지. 아, 넌 타고났지?"

그러니 내가 중간에서 잘라 낼 수밖에.

"잠자리 불편했지? 둘 다 불편해 보이더라."

"누나가 불편했겠지. 난 막 자라서 괜찮아. 형은 좀 힘들었겠다. 곱게 자라서."

"너하고 나하고 같은 집에서 자랐거든? 우리 몰래 꽈배기랑 스크류바라도 먹고 왔냐?"

"처먹었느냐고 하고 싶었지?"

"알면 됐고."

"요샌 욕 끊었나 봐?"

"너 끊을 때 같이 끊었잖아."

"와, 둘이 욕 배틀 좀 해 봐. 볼 만할 것 같은데."

재유가 날 보더니 능청맞은 목소리로 되물었다.

"욕이 뭐야? 먹는 거야? 도시 이름인가? 뉴~욕?"

"어디서 천 년 전 개그를."

"누난 웃는데?"

"어이없어서 웃었겠지. 애쓰는 게 가여워서."

손을 들어 두 사람의 입을 막은 뒤 재유에게 앉으라고 나직이
말했다. 재유가 냉큼 내 옆으로 와서 자리 잡았다. 맞은편에 앉
은 준유가 동생을 힐긋 쳐다보았다. 몹시 못마땅한 눈길이다.

"도대체 언제부터 둘이 이러고 논 거야?"

"놀긴. 부엌 치운 거 안 보여? 아침엔 라면 먹기로 했어. 밥
은 점심때 해 먹고."

"그때까지 여기 있어도 돼? 회사에서 안 찾아? 형은 일찍 가는
게 낫지 않을까? 가서 팬들 안심시켜야지. 그게 스타의 의무지."

"저녁까지 들어가기로 했어."

"정문용 대표님 많이 너그러워지셨네. 하긴 서재유가 쌍둥
이라는 거 들키는 것보단 낫겠지. 누나, 씻고 올게."

벌떡 일어나 욕실로 걸어가던 재유가 되돌아서더니 내 쪽을
바라보았다.

"어디 가지 마! 여기 고대로 있어."

하나의 수정란이 두 개로 갈라져 만들어졌으므로 유전자,
외모, 성격까지 닮는다는 일란성 쌍둥이. 두 남자의 영혼은 다

른 듯하지만 닮았다. 다른 사람인 척 행동할 뿐. 준유는 고개를 숙인 채 주스 병의 라벨을 들여다보고 있었다. 나는 뭔가 가벼운 대화를 나누고 싶었다.

"사과부터 먹을까? 아침이니까 사과가 나을 것 같은데."

"아침마다 백성찬도 이렇게 챙겨 줘? 물 주고, 과일 주고, 밥도 차려 주고?"

"그럼 나만 먹어?"

"혼자 다 하지 마. 누나가 더 힘든 일 하잖아."

이 남자는 지나치게 친절하다. 좀 전에 욕실로 들어간 남자도 마찬가지. 둘 다 내게 그러면 안 된다. 나 역시 두 남자에게 과하게 친절한 것 같다. 나도 그러면 안 된다. 그걸 알면서도 내 마음을 더는 말리지 못하겠다. 지금이 아니면 언제 또.

내가 사과를 뽀득뽀득 소리가 날 정도로 씻을 동안 준유가 제일 큰 코펠에 물을 끓였다.

"아직 사과 깎지 마. 내가 할게."

사과 두 개를 가운데 놓고 그와 마주 앉았다. 작은 과도를 든 준유가 제법 진지한 표정으로 입을 열었다.

"일단 사과를 이렇게 칼날로 탁 쳐서 기절시켜. 으악! 기절했을 거야."

내 웃음소리에 준유가 씩 웃어 보였다.

"그리고 이걸 4등분 하거나 8등분 하는 거야. 4등분 하자. 자, 이젠 이렇게 사과 씨 부분을 살짝…… 도려낸 다음…… 껍질 벗기면 돼. 쉽지?"

사과 껍질이 접시 위로 뚝뚝 떨어졌다. 어젠 취해서 대충 자른 것뿐인데. 이것보다 예쁘게 깎는 방법도 몇 가지 알고 있지만 몰랐던 것처럼 고개를 끄덕였다. 다음 말이 궁금해서.

"이럼 사과 속 버려도 하나도 안 아깝지?"

준유가 사과 조각을 내 입에 물려 주었다. 〈온리 원〉의 한 장면처럼 자연스럽게. 향긋한 사과즙이 입안으로 스며들었다. 잠시 나를 지켜보던 준유가 사과 한 쪽을 물고 돌아섰다.

"라면 어떻게 끓이는 거 좋아해?"

"남이 해 주는 건 다 잘 먹지만, 적당히 익혀서? 달걀 넣어 주면 더 좋고."

"그래. 사과 더 먹어. 맛있네."

접시에 김치를 덜고 그릇과 나무젓가락을 씻어 놓았다. 끓는 물에 라면을 집어넣은 준유가 코펠의 뚜껑을 꾹 누르고 있었다.

"왜 그렇게 해? 높은 산도 아닌데?"

"이렇게 꾹 누르고 있으면 더 맛있어져."

"진짜? 몰랐어. 난 뚜껑 열고 끓이는데."

"뭐가 더 맛있어? 똑같지. 참 잘 속아. 성현 누나 은근 속 터지는 거 알아?"

"왜 이래. 내가 얼마나 철두철미한데. ……아니냐?"

"약아빠진 사람이 그렇게 살아? 누가 알아준다고."

"꼭 누가 알아줘야 하나."

"혹시, MO아티스트 정문용 대표하고 딜 할 생각 없어?"

"딜? 무슨 딜?"

준유가 한숨을 삼키며 이맛살을 찌푸렸다.

"그러니까 어디 가서 약은 척하지 말라고. 바보같이……."

"라면 국물 다 쫄겠네! 형, 적당히 좀 하지?"

재유가 수건으로 머리를 털며 부엌으로 걸어왔다.

"머리에 물만 붓고 나왔냐? 감을 시간이 안 됐을 텐데?"

"감았거든. 샤워까지 다 했거든. 라면!"

다행히 라면은 불지 않았다. 국물이 적어서 좀 짜긴 했지만. 준유는 아직 젓가락질이 서툴렀다. 드라마를 찍는 동안 젓가락질을 교정한 게 아니었다. 교정해 보려고 노력은 많이 했는데 손가락을 다쳤던 터라 한계가 있었다고.

준유는 김치에 거의 손을 안 댔다. 재유는 음식을 짜게 먹었다. 짜게 먹으면 안 좋으니 물을 마시라든지, 라면 위에 김치를 얹어 주는 행동 따윈 할 수가 없다. 두 사람이라서. 하나가 아니라서.

묵묵히 내 몫의 라면을 먹어 가는데 매너 모드로 바꿔 놓은 전화가 우웅 울렸다. 김도의 팀장이었다. 두 남자가 동시에 내 얼굴을 바라봤다.

"어, 도의 씨."

쌍둥이 형제의 눈길이 내게서 떨어지지 않는다. 자리에서 일어나 베란다 쪽으로 걸어갔다. 도의 씨는 내가 어디 있는지를 제일 궁금해했다.

"어딘지 알면 데리러 오려고?"

— 갈까요?

"아냐. 친구 집이야. 도의 씨, 오늘까지만 쉬어. 내일부터 열나게 일하자."

— 별일 없죠?

"여기서 더 별일이 있어야 하나? 난 잘 있어. 용건 없으면 끊고. 밤에 전화할게. 저녁 전엔 집에 들어갈 거야."

— 누나, 그게…… 새 드라마 들어가는 거요.

"어."

— 아무래도 문제가 좀 커질 것 같아요. 여주를 교체한다고 해서 박 감독님하고 오마주 대표하고 한판 했나 봐요. 구두 계약까지 다 해 놓고 그런다고. 박 감독님이 연락 안 했어요?

"어제 문자로만. 기사 때문에?"

— 그걸로 걸고넘어지는 거죠 뭐. 내정해 놓은 애가 있다는 소문이 있어요. 우진이 형한테 들은 소린데, 오마주 대표가 스캔들이 진짜든 가짜든 당분간 누나 얼굴 보면 서재유 생각밖에 안 날 거라고, 여주로 성현만 고집하면 드라마 망한다고 그러나 봐요. 그것 때문에 박 감독님하고 좀.

"알았어. 까짓것 그 일만 일이냐. 박 감독님하고 따로 통화할게."

이런 일이 생길지도 모른다고 예상은 했다. 제작사 대표는 처음부터 나를 탐탁지 않게 여겼다. 그쪽 입장에서 보면 아주 근거 없는 말은 아니다. 성현을 보면 어떤 남자가 옆에 있어도 서재유만 생각난다. 그래도 이건 너무 빠르지 않나. 스캔들이 터지기만을 기다렸던 것처럼.

통화를 끝냈을 때 준유가 다가왔다. 표정에서부터 걱정이 묻어났다.

"무슨 일 생겼어?"

"일은 늘 생기잖아."

"말해. 어떤 일인지."

"라면 다 먹었어?"

"누나, 감춘다고 감춰지는 일 아니야. 전화 몇 통화만 하면 다 알 수 있어."

"어떤 일이 생기든 그건 네 탓 아냐. 이런 경우 아주 흔하잖아. 나만 겪는 일도 아니고. 그러니까 넌 니 걱정만 해. 니가 만든 일도 아닌데."

"그게 왜 나하고 관련이 없어? 서재유가 둘이라서……."

"열애설은 아닌 거로 밝혀졌고, 날 만난 것도 니가 아니고, 내가 재유한테 만나자고만 안 했어도 이 지경까진 안 됐을 거야. 결국 내 실수고, 내 능력 안에서 해결할 일이었어. 아직 확정된 건 아무것도 없잖아. 그러니까 우린 오늘만 생각하자. 응?"

재유가 코펠과 그릇을 정리해 싱크대에 넣고 있었다. 둘이서 싱크대 앞에서 복작거리기엔 적은 양이었으나 같이 치우자고 했다.

"나야 좋지!"

그러면서도 설거지는 재유가 거의 다 했다. 다만 내가 옆에 있어 주길 바란 것 같다. 재유가 그릇을 헹구며 말했다.

"사람들이 서재유를 그래픽 미남이라고 부르대. CG남? 아무리 팬심이 넘쳐도 그렇지, 간지럽지도 않은가 봐. CG남이 뭐야. 오그라든 게 펴지지가 않는다, 진짜."

"너희 둘 잘생겼어. 보기 드물게."

"어려선 예쁘게 생겼다는 말을 더 많이 들었어. 그 말 정말 싫었는데. 남자한테 예쁜 게 뭐야? 차라리 말을 말지."

"그게 사실이니까."

"난 어렸을 때 말이 별로 없었어. 형보다 더."

"그래? 너 되게 재밌게 말하는데?"

"하고 싶은 말이 없었던 게 아니라 하고 싶은 말도 참았던 거 같아."

"왜?"

"그래야 한다고 생각했거든. 그럴 필요까지는 없었는데. 사람들은 말을 안 하면 잘 몰라주더라고. 아무리 가까운 사이라도."

"그렇긴 하지. 스웨덴 여자들은 어때?"

"뭐가?"

"그냥 전반적으로. 갑자기 궁금해서."

"음……. 키가 크고 대개 날씬한 편이고 미인이 많아. 옷도 모델처럼 잘 입는 편이고. 유럽에서 제일 인기 좋은 여자가 스웨덴 여자들이라지."

"그래? 그건 몰랐네. 모델 같은 스웨덴 여자 친구는 없어?"

"있었으면 좋겠어?"

"있을 수도 있지. 한창 연애할 나이잖아."

"다들 스웨덴 여자가 예쁘다는데 내 눈엔 그저 그래. 한국 여자가 최고지."

"립 서비스도 최고다."

설거지는 끝났다. 싱크대 주변까지 싹 치운 재유가 키친타월로 손을 닦으며 내 눈을 똑바로 응시했다.

"진짠데? 늦어도 2, 3년 안에 한국 여자하고 결혼해서 거기서 살려고."

"스웨덴에서 계속 살 거야?"

"와이프 될 여자가 좋다고 하면. 싫다면 못 사는 거지. 결혼하면 아내하고 아이들한테만 집중해서 살 거야. 아, 물론 돈은 벌어야지."

"20대 중반 남자가 그런 말 하니까 좀 의외다. 아직은 놀 나이잖아."

"혼자 지내는 게 이젠 싫어. 여행 다니고 사진 찍고 하던 거 둘이서도 얼마든지 할 수 있는 거니까."

"넌 가족한테 잘할 거 같아."

"서준유는?"

"글쎄. 준유한테는 아직 먼 얘기겠지만 형제니까 비슷하지 않을까."

"……스웨덴은 여름엔 밤 10시까지 환하고 겨울엔 오후 4시 정도면 캄캄해져. 저장식품 많이 만들어 놓고 겨울 내내 긴 밤을 집에서 보내는 데 익숙해져야 해. 난 집에서 즐겁게 지낼 방법을 백만 서른두 가지 정도는 알고 있어. 아닌 것 같아? 못 믿는 얼굴인데? 확인하고 싶으면……."

"스웨덴 오라고? 100만 원 받으러?"

"스웨덴 가 보고 싶지 않아? 보여 주고 싶은 곳 많은데."

두 남자가 자랐다는 그 나라가 궁금했다. 미인이 많고 겨울엔 해가 일찍 진다는 나라.

"더 늦기 전에 시장 볼 목록 적자."

"피한다고 피해질 거면 굳이 피할 필요도 없겠지. 열무김치 잘 먹던 건 나야. 메추리알 조림하고. 그게 나였어."

바로 돌아선 재유가 베란다로 가서 준유를 불렀다. 난 그가 남기고 간 말을 되새겼다. 서재유. 동양에서 온 아도니스* 같은 남자. 경영학을 전공하고, 사진이 취미고, 요리 만들기를 즐기는 남자. 몇 시간의 고즈넉한 낚시에도 지루해하지 않고 만화책만큼이나 여행을 좋아하는, 모델처럼 늘씬한 서양 여자들보다 동양 여자가 더 예쁘다고 생각하는, 서른 전에 한국 여자와 결혼해 아이를 낳고 가족에게만 집중하고 싶다는. 순식간에 내 머릿속엔 그를 중심으로 한 폭의 그림이 그려졌다.

두 남자가 동시에 내 쪽으로 걸어왔고, 내 상상은 거기서 멈췄다. 어쩌면 저렇게 똑같이 생겨서, 어쩌면 저렇게 다른 인생을 살까. 그게 저 형제의 운명일까.

내 상념을 끊은 건 준유였다.

---

* Adonis, 그리스 신화에 나오는 미소년. 미의 여신 아프로디테의 극진한 사랑을 받음.

"무슨 생각 해?"

"······점심 메뉴 생각."


두 남자가 원한 메뉴는 김치찜과 두부 달래장 구이, 오징어 초무침이다. 열무김치와 파김치는 애초에 포기했다. 우엉채 볶음은 날 너무 번거롭게 한다는 이유로 그들이 거절했다. 집이라면 그다지 번거로운 식단은 아니지만, 재료는 물론 양념이라곤 소금과 설탕밖에 없었다.

즉석밥을 사 오라는 내게 재유가 '특허받기 직전'인 냄비 밥을 해 주겠다고 했다.

"누나가 잘하는 그 김치는 꼭 먹어 보고 싶었는데."

"뭐?"

"오이랑 배추, 쪽파 같은 거 넣고 물김치처럼 만드는 거."

"아, 그거."

"내가 그게 너무 먹고 싶어서 해 보려고 했거든. 못 따라 하겠더라. 스웨덴에선 똑같은 재료 구하기도 어렵고."

"우리 집 김치냉장고에 있는데. 며칠 전 담근 거. 어떡하니."

"김치 가지러 일산 갔다 올까? 주소 좀 가르쳐 줘 봐. 현관 비밀번호하고."

서준유가 서재유를 대놓고 비웃었다.

"그런 건 다른 여자한테나 써먹어."

동생은 형의 말을 가볍게 무시했다.

"백성찬은 그런 거 매일 먹을 거 아냐? 진짜 부럽다."

"그럼 지금부터 성현 누나 배다른 동생을 하든지."

"남동생보다 더 좋은 포지션이 하나 있지."

이젠 마음을 감추지 않기로 한 걸까. 재유의 발언이 점점 수위가 높아져 간다. 준유가 헛웃음을 터트렸다.

"아무래도 니가 그 김칫국물을 통째로 마셔야 할 것 같다."

재미있지만 은근 날이 선 형제의 대화. 평범한 삼각관계라도 부담스러운데, 이 상황에서 이 대화를 다 들어 줘야 하나.

"둘 다 그만하고. 서재유, 마트 가서 굴 보이면 사 올래? 요새 굴 철인데. 다 고춧가루가 들어간 반찬이라 굴전이라도 하게. 둘 다 굴전 좋아해?"

두 남자가 동시에 고개를 끄덕였다. 하, 내가 지금 여기서 뭐 하는 거지?

"달걀은 있으니까 부침가루만 더 사 오면 돼. 젤 작은 거로 사 와. 아, 식용유도 제일 작은 거."

"누나, 나하고 같이 장 보러 갈래? 나 싱싱한 굴 잘 못 골라. 고기도 그렇고."

"이건 바보도 아니고. 신문에 얼굴 팔리는 거 맛 들였냐?"

"재래시장 가면 되잖아. 모자 눌러 쓰고 마스크로 얼굴 가리면 못 알아볼 거야."

"어제 열애설 터졌는데 오늘 세트로 돌아다니겠다고? 그것도 시장 보면서? 차라리 둘이 손잡고 신문사를 찾아가."

마땅한 대안이 없다는 걸 인정한 재유가 못마땅한 얼굴로 일어났다. 현관에 뒹굴던 그의 운동화를 바로 신을 수 있도록 돌려놓았다. 가기 싫은 것처럼 뭉그적거리던 재유가 나와 눈을 맞춰 왔다.

"무슨 일 생기면 전화해. 바로 올 테니까. 알았지?"

조심해서 빨리 다녀오라고 했을 뿐인데 기분이 좋아졌는지 재유가 웃는 얼굴로 문을 열었다. 나는 커피를 한 잔 더 마셨다. 준유는 잠시 내 근처에서 머물다 베란다로 가서 누군가와 통화를 했다.

화장실을 다녀오니 준유가 재유의 태블릿 PC로 열애설 관련 기사를 살펴보고 있었다. 같이 보겠느냐고 묻지도 않았지만, 보여 준다고 해도 싫었다. 매너 모드로 해 놓은 휴대폰 액정에 박지형 감독의 이름이 떴다. 안방으로 들어가면서 전화를 받았다.

— 잘 있냐고 물어보지도 못하겠네.

"잘 있어요. 감독님이 잘 못 있는 것 같은데요."

— 할 말이 많은데 할 말이 없네요. 이게 어떤 건지 알아요?

"알아요."

— 성현 씨, 내가 할 수 있는 데까진 다 해 볼 거예요. 근데 알죠? 최선을 다한다고 꼭 최선의 결과가 나오진 않는다는 거.

"너무 잘 알죠. 지금도 넘치게 고마워요. 절대 박 감독님 탓 아니에요. 계획대로 일이 안 풀린다고 저한테 미안해할 것도 없고, 속상해하지도 마세요. 그럼 내가 더 미안하니까. 우리 자랄 때 그 고사성어 다들 외웠잖아요."

— 뭐요?

"새옹지마. 인생사 새옹지마라잖아요. 난 그 고사성어가 좋더라. 왠지 인간은 누구나 평등한 존재 같아서."

― 성현 씨는 이 드라마 하게 되든 아니든 꼭 잘 풀릴 거예요. 그래야 정상인 세상이지.

"무리하지 마세요. 그렇게까지 해서 출연하는 거 저 싫어요. 지금 오래 통화 못 해요."

박지형 감독과 통화를 마치고 시은이에게 연락했다. 시은인 내게 잘난 서재유와 연결되는 것의 폐해를 낱낱이 보고했다. 코뿔소처럼 씩씩거리는 모습이 저절로 그려졌다.

― 안 그래도 내가 하도 열 받아서 재유 코디들한테 막 뭐라 했어.

"뭐라고?"

― 우리 언니를 좋아한 건 서재유인데 왜 다들 성현 언니만 욕하는 거냐고.

"너까지 왜 그러니."

― 맞잖아. 내가 틀린 말 했어?

"그걸 코디들한테 왜 따져 물어. 그 사람들이 뭘 어쨌다고."

― 그럼 언니 안티 팬들한테 따지냐? 어디 사는 누군지도 모르는데? 얼굴 안 보인다고 별 소릴 다 지껄이고 있어!

"진정 좀 하고 재유 코디들한테 전화해서 사과해. 왜 엉뚱한 사람들한테 시비야."

― 안 그래도 돼. 그 언니들도 나 화내는 거 이해한대. 언니들도 팬들한테 무지 당했나 보더라. 못생겼다고 씹고, 늙었다고 씹고, 뚱뚱하다고 씹고. 옷을 못 입히니, 헤어스타일이 이상

하니, 메이크업이 어쩌고저쩌고, 말도 더럽게 많대요.

"시은아, 말 많은 코디라고 소문나면 너한테 좋을 거 하나도 없어."

— 알겠어, 알겠다고. 내가 또 참아야지. 근데 언니, 그 의문의 남잔 누구야?

"몇 번을 묻니. 알면 또 뭐 하게? 그냥 잠깐 알고 지낸 외계인이다! 됐냐? 그 남잔 그날 밤으로 자기 별로 돌아갔으니까 신경 꺼."

— 헐. 일반인 상대로 이게 무슨 말도 안 되는 발언이야? 언니 가끔 8차원 같을 때 있는 거 알아?

"4차원 정도만 해 주라. 이따 밤에 전화할게. 끊어."

시은이가 뭐라고 종알거리는 소리가 들렸다. 할 말이 남은 것 같았지만 못 들은 척하고 끊어 버렸다. 1초도 지나지 않아 노크 소리가 들렸다. 언제부터 그랬는지 문틀에 기댄 준유가 침대에 앉은 나를 지켜보고 있었다.

"누가 외계인이야? 나? 내 동생?"

"시은이가 전화를…… 누군지 알지?"

"나만 보면 째려보던 누나의 코디."

"시은이 너 좋아해. 니 팬이라니까."

"그런 말은 듣고 싶지 않고. 내가 들어갈까? 누나가 나올래? 나와."

거실로 나가자 소파에 앉아 있던 준유가 옆자리를 툭툭 두드렸다. 앉으라는 소리겠지. 조금 더 떨어진 자리에 슬쩍 엉덩

이를 걸쳤다. 그래 봐야 3인용 소파. 더는 물러날 자리가 없었다. 문득 드라마에서 캠코더로 서로의 모습을 찍던 장면이 기억났다.

"내가 무서워?"

"아니."

"근데 왜 그래? 재유한테는 안 그러면서."

"아냐. 그런 거."

"그러지 마. 나 어려워하지 마."

"시은이가 니 코디들한테 전화해서 뭐라고 했나 봐. 미안해."

"누나가 왜 미안한데?"

"걔가 말이 좀 거침없어서 그렇지 알고 보면 재밌고 좋은 애야."

"알고 보면, 사람들은 웬만하면 다 좋아. 좋은 점과 나쁜 점이 3대 7인지, 7대 3인지가 문제지."

가끔 이 남자가 하는 말에 감탄하게 된다. 타고난 직관일까. 짧은 시간 너무나 많은 것을 경험해서일까. 스물여섯의 나는 절대 말하지 못하고 생각지 못했던 걸 알고 있다.

준유가 소파에서 내려와 내 앞으로 다가왔다. 나는 그를 내려다보게 됐고 그는 나를 올려다봤다. 가슴이 저릿하다. 아픈 걸까. 슬픈 걸까. 설레는 걸까. 도대체 이 감정은.

"우리 회사에 내 비밀을 아는 사람이 딱 세 명 있어. 정문용 대표, 권혁주 이사, 정연 누나. 재유를 나처럼 만들어 촬영장에 내보낸 것도 정연 누나야. 누나 코디가 내 코디들한테 뭐라고 했는지 모르지만 이해할 사람들이야. 까칠하고 까다로운 나하고도 몇 년씩 일하는 사람들이니까."

"너 안 그래. 까다롭지도 까칠하지도 않아."

"그건, 백성현이었으니까. 아님, 내가 그런 놈이었단 걸 누나가 그새 잊어버렸거나."

그랬지. 이 남잔 처음부터 내게 친절하지 않았지. 촬영이 아니면 나와 눈 마주치는 일도 없었고, 먼저 말 거는 일도 드물었고, 심지어 촬영 중에 내 눈을 피한 적도 있었지. 너무 힘들어서 다시는 어떤 일로도 엮이지 않길 바라기도 했었지. 어떻게 난 그걸 까맣게 잊은 걸까.

준유가 갑자기 내 손을 잡았다. 빼내려고 했지만 뜻대로 되지 않았다. 내가 그 손에서 벗어나길 포기한 순간, 그의 눈동자에 온기가 차올랐다.

"잠깐만 이렇게 있자. 우리, 더한 것도 했었잖아. 일이었지만."

'더한 것. 네 번의 키스신.'

"늘 생각한 건데 손이 참 예쁘다. 손톱도 예쁘고. 누난 매니큐어 하는 게 어울려."

"……."

"집안일 많이 하지 마. 여배우가 손이 고와야지."

손을 더 꼭 잡은 것도 아니고 감싸 쥔 것도 아닌데, 이렇게 또 내 마음을 건드린다. 어떻게 해야 설레는지도 아는 것 같다. 그러나 난 설레는 마음을 단숨에 식게 하는 방법도 모르고, 상대방의 마음을 단숨에 식게 할 줄도 모른다. 다만 괜한 자극을

쥐서는 안 된다는 건 안다.

"스웨덴에서 살 때, 그때로 돌아가고 싶어. 그때가 제일 편했어."

"너도 스웨덴어 잘해?"

"많이 잊어버렸어. 안 간 지 오래됐으니까. 그 나라 가 본 적 없지?"

"지도에서만 봤어. 스칸디나비아 반도에 있는 나라 중 하나. 니가 존경하는 삐삐 롱스타킹을 배출한 나라."

그의 손이 내 손을 조금 더 감쌌다. 나는 그의 얼굴에 감도는 미소를 보며 이유 없이 안심했다.

"스웨덴 인구는 서울 인구만큼도 안 돼. 춥고 바람도 많고 한국만큼 재미는 없어. 그래도 거기서 계속 살걸, 그 생각을 가끔 해."

"그러고 보니 우리나라나 스웨덴이나 반도 국가네. 거긴 살기 편하다는데?"

"좋지. 결혼한 여자들한테는 더. 대학 학비도 공짜고, 병원비도 거의 무료야. 추운 걸 싫어하지 않으면 괜찮을 거야."

"난 추운 거 되게 싫어하는데."

"추운 거 싫어하는구나. 몰랐어."

겨울은 내가 제일 싫어하는 계절이다. 지금은 10월. 봄, 여름, 가을, 세 계절을 함께했다. 겨울까지 같이 보내긴 힘들 것이다. 잘 알고 있다. 잠시나마 이 가을을 함께한 것도 기적 같은 일이라는 걸.

"미안해."

"뭐가?"

"겨울 싫어하는 거 몰라서."

"그게 뭐가 미안해. 말 안 하면 당연히 모르는 거지."

"미안해. 다 미안해."

"왜 자꾸. 어제오늘 너무 많이 들어서 질린다. 그 말."

"누나를 드러내 놓고 보호해 주고 싶은데…… 내가 아직 그
럴 능력이 없어. 쥐새끼처럼 이렇게 몰래 들어와 숨겨야 하는
게 나란 사람이야. 한심하지. 남자도 아니지. 그러니까 누난,
그러니까 누나를…… 잘…… 나 같은 사람 말고…… 우리 같은
사람 말고. 진짜……. 하, 미치겠다."

내가 당신을 당신이라고 지칭할 때 오직 한 사람이어야 하
듯, 내가 서재유를 재유야, 이렇게 부를 때 오직 한 사람만 반
응했으면 좋겠다. 선우진의 한 사람이 오직 김재현이었듯. 서
재유를 마음껏 재유라고 부를 수 없어서, 서준유를 준유라고만
할 수도 없어서 이 남자가 이토록 괴로워하는 이유를 아는 체
할 수가 없다.

갑자기 준유가 벌떡 일어나 현관문 밖으로 나갔다. 문이 닫
힌 순간 덜컥 겁이 났다. 낯선 곳에 나 혼자 남겨진 기분. 집으
로 얼른 들어오라고도, 그냥 거기 있으라고도 못 한 채 현관문
안쪽에 우두커니 서 있었다. 재유에게서 전화가 온 건 꽤 오랜
시간이 지나서였다.

— 조금만 기다려. 15분만. 별일 없지?

"없어. 얼른 와."

— 알았어. 날아서 갈게. 형은 뭐 해?

"그냥 있어."

수천 번을 생각한대도 두 남자를 동시에 사랑할 수는 없다. 그건 그들에겐 모욕일 테고 나도 감당할 수 없는 일이다. 두 남자 다 포기하면 했지 내가 할 수 있는 일이 아니다. 현관문을 여니 준유가 계단 사이 창문 앞에 등을 보이고 서 있었다. 어떤 사람은 앞모습보다는 뒷모습에 더 많은 표정을 감추고 산다.

들어가자, 응? 조용히 그의 손을 잡아끌어 집 안으로 데리고 왔다. 이 남자는 언제부터 이렇게 울보였을까. 아무리 애를 써도 눈물이 안 나와 감독님의 화를 돋우던 게 불과 몇 달 전이었는데. 준유를 욕실로 데리고 들어가 목에 수건을 걸고 욕조에 걸터앉혔다. 손에 따뜻한 물을 적셔 얼굴을 닦아 주며 천천히 입을 열었다.

"니가 원하는 대로 그런 남자 만날게. 당당하게 날 보호해 줄 수 있는 남자. 나와 만났다는 이유만으로 쓰레기 같은 말들을 안 듣게 할 남자. 그럼 되지?"

준유가 대답 대신 고개를 끄덕였다.

"그래. 얼른 찾아서 너한테도 보여 줄게."

이번엔 고개를 가로저었다.

"보여 주는 건 싫어?"

준유가 다시 고개를 끄덕였다.

"니 말대로 할게. 세상에서…… 제일…… 좋은 남자하고."

준유가 천천히 고개를 끄덕였다. 동시에 잔뜩 붉어졌던 그의 눈이 다시 젖어 들었다. 그의 고통이 내게로 고스란히 스며들었다. 우는 모습을 보여 주고 싶지 않았다. 그가 우는 것도 더는 보고 싶지 않다.

그의 손에 수건을 쥐여 주고 욕실 밖으로 나왔다. 부엌으로 온 나는 과자 봉지를 뜯어 우적우적 씹으며 마음이 진정되길 재촉했다. 과자가 커다란 돌덩이처럼 식도에 걸려 자꾸 막혔다. 목이 메지만 계속 먹어야 한다. 다시 욕실로 들어가 저 남자를 위로하는 건 그를 선택하겠다는 뜻으로 보일 수도 있으니까. 그건, 또 다른 남자에게 상처를 주는 일이 될 수도 있으니까.

이쯤에서 난 또 그 문장을 인용해야 할 것 같다. 한 사람이 운명의 상대를 만나는 건 일생에 한 번뿐이라는 말. 한동안 나는 욕실 안의 남자를 가슴 아프게 기억할 것이다. 어쩌면 아주 오래. 내 앞에서 울지 않는 남자라고 해서 마음이 안 아픈 건 아니다.

평생에 단 하나뿐인 운명의 상대. 그 숫자는 너무 야박하다고 생각했지만, 동시에 두 남자가 오기를 바란 건 아니었다. 사랑하다 헤어져도 좋으니 천천히 한 명씩 와 주지. 사랑하다 헤어져도 좋으니 두 사람을 완벽한 타인으로 만들어 주지.

같은 부모에게서 빼닮은 얼굴로 태어난 비슷한 이름의 두 사람. 이제 확실히 알게 됐다. 내가 두 남자를 똑같은 무게와 밀도로 좋아한 건 아니라는 걸. 그리고 또 알게 됐다. 두 남자 중 누구도 선택하지 못할 거라는 걸. 절대, 그래서도 안 된다는 걸.

# 재유

언젠가 '사랑에 빠진 고양이'라는 제목의 사진을 본 적이 있다. 철사가 촘촘히 박힌 담벼락 위를 회색 고양이 한 마리가 걸어가는 사진. 고양이가 목숨 걸고 건너간 담벼락 끝에는 하얗고 예쁜 암고양이 한 마리가 기다리고 있었다. 주인을 따라 이사 가 버린 여자 친구를 잊지 못해 몇 년을 하루도 빼지 않고 늘 만나던 장소에서 서성이던 수캐의 영상을 본 적도 있다.

말 못 하는 고양이나 개도 사랑하는 존재를 만나려고 가시 밭길을 걷는다. 기약 없는 만남을 원망하지 않는다. 그러니 난 얼마나 운이 좋은가. 백성현은 철사로 온몸을 친친 감고 있지도 않고, 이렇게 내 가까이에 있으니.

"자, 이번엔 남존여비! 맞혀 봐."

"남자는…… 존경, 존중하는 마음으로 여자를 비난하면 안 된다? 이거 이상한가?"

"그거 아냐. 남자의 존재는 여자의 비위를 맞추는 것이다!"

백성현이 피식 웃는다.

"그건 좀 그렇다. 난 잘 보이려고 일부러 여자 비위 맞추는 남자는 별로던데."

"그래? 어, 생각보다 술이 센데? 술이 술술 넘어가지?"

서준유가 나를 비웃는다. 미간에 주름까지 잡아 가며.

"어디서 구석기 시절 개그를 하고 있냐."

내가 이렇게 실없는 소리를 자꾸 하는 건 불안해서다. 이런 내가 한심해도 할 수 없다. 그녀가 방으로 들어가니 형과 나 사이에 공통분모가 사라진 느낌이다. 생각하면 너무 기가 막힌 게, 형과 나는 같은 타입의 여자를 좋아한 적이 한 번도 없었다. 스웨덴에서 살 때도 형이 데이트하던 여자와 내가 만나던 여자는 외모부터 달랐다. 까놓고 말하면 백성현은 형의 이상형에 더 가깝다.

"형, 작은 방에서 편히 자지그래?"

"여기서 잘 거야."

"바닥 딱딱해서 불편하지 않아? 누가 옆에 있으면 잘 못 자잖아."

"작은 방에도 침대 없잖아? 그럼 니가 들어가서 자든가."

"난 소파에서 자려고."

"불편할 텐데? 다리나 다 펴지겠어?"

작은 방 붙박이장을 뒤져 반소매 티셔츠를 찾아냈다. 침낭을 가져와 깐 뒤 그 위에 티셔츠를 던져 두었다. 입든지, 말든지. 씻고 나온 형은 바로 불을 끄고 침낭 안으로 들어갔다.

3인용 소파는 역시나 불편했다. 오늘 밤도 금방 잠들긴 그른 것 같다.

"미안해. 일 복잡하게 만들어서."

일이 이렇게까지 꼬일 줄 정말 몰랐다. 더군다나 파파라치 사진까지.

"다신 만나지 마."

차라리 날 몇 대 치지. 어차피 이렇게 된 거 당당히 겨뤄 보자고 하지. 나에게 만나지 말라고 하는 그 소린 본인도 만나지 않겠다는 말로 들린다. 말을 아끼는 서준유가 무섭다.

10대 후반의 어느 날, 형과 주먹 싸움을 한 적이 있다. 자라는 동안 소소하게 툭탁거리긴 했어도 그렇게까지 크게 싸운 건 그날이 처음이었다. 그때도 내가 맞을 짓을 했다. 한밤중에 놀이터로 불려 나간 나는 형에게 대들었고, 결국 우리 형제는 주먹다짐을 하기에 이르렀다. 한국으로 돌아온 이후 노는 친구들과 어울리면서 주먹의 세기를 확인할 기회가 적지 않았던 난 그날 형의 주먹이 생각보다 센 것에 놀랐다.

악을 다해 싸웠다면 이길 수도 있었겠지만, 형은 형이었다. 끝까지 대들 수가 없었다. 요 며칠 일어난 모든 일이 그날처럼 몇 대 맞고 해결될 일이면 얼마나 좋을까.

잠이 오지 않아 휴대폰으로 인터넷에 접속했다. '성현'이란 이름과 '서재유'는 아직도 검색어 최상위권에 머물러 있었다.

누나가 트위터에 해명 글을 올렸던 모양이다. 두 줄짜리 글은 벌써 기사화됐다. 실시간 검색 트위터 글엔 성현은 왜 하필 비슷하게 생긴 남자를 만나서 서재유까지 곤란하게 만드느냐는 식의 불만이 여전했다. 아무리 근거가 명확한 백 번의 변명을 해도 서재유의 팬들은 받아 줄 마음이 없는 것 같다.

풀잎향기가 10월 초 카페에 올렸던 밥상의 소제목이 떠올랐다. 아무것도 모를 땐 부럽기만 했는데 배경을 알고 나니 심란한 제목이었다. 저 방 안의 여자가 사랑한, 아니 사랑하고 싶은 상대는 누구였을까. 3주 동안 같이 촬영했던 나만을 가리키는 건 아니겠지. 그녀가 처음 만난 남자는 형이고, 그녀가 아는 서재유는 언제나 형이라고 생각했을 테니까. 난 방 안의 여자와 같이 김치찜을 먹은 기억이 없다. 달래장을 얹은 두부구이나 파김치 같은 것도.

카페에 접속해 누나가 올렸던 게시물을 다시 찾아봤다. 풀잎향기는 게시물을 올릴 때마다 길든 짧든 꼭 사족을 붙이곤 했다. 그날 네 줄짜리 사족을 읽으며 참 괜찮은 사람이구나, 그 생각을 다시 했었다. 같이 올린 몇 장의 사진을 볼 때 이거 나도 좋아하는 음식들인데? 그런 생각도 했고. 아마도 그녀는 '서재유'가 좋아하는 음식을 만들었던 것 같다. 그날의 게시물엔 내가 달아 놓은 댓글도 있었다.

**풀잎향기님의 밥상을 평생 받는 그분은 천운을 타고나신 분! ㅎㅎ**

ㅎㅎ라니. 생각할수록 기가 막히다. 풀잎향기의 닉네임을 클릭해 그동안 올린 게시물을 쭉 훑어보았다. 첫 포스팅 제목 역시 'The 집밥'이었다. 그동안 이 여자, 참 많은 음식을 만들었다.

나는 한국이 그립거나 고국의 음식이 먹고 싶을 때면 풀잎향기의 '집밥'을 검색해 보면서 심리적 허기를 달래곤 했다. 그러니 이게 무슨 말도 안 되는 인연인가.

눈을 뜨기 전에 두 사람 목소리가 먼저 들렸다. 아마도 새 드라마 얘기를 하는 것 같다. 이런 순간 나는 작아진다. 토론하는 대학생들 틈에 낀 중학생이 된 것처럼.

슬며시 일어나 봤다. 세상에 아무도 없는 것처럼 서로의 얼굴에만 집중하는 두 사람! 그러니 내가 두 손 멀쩡하면서도 물 달라고 조르는 것쯤은 당신들도 이해해야 한다.

언제 일어나 씻었는지 둘 다 말끔한 모습이었다. 둘만 남겨두고 욕실로 들어가기 싫었다. 무조건 빨리 씻고 나와야 한다. 샴푸를 짜면서 생각해 보니 서두른다고 해결될 일이 아니었다. 잠시 진정하고 거울 속의 나를 살펴봤다. 염색 안 한 짧은 흑발. 키는 형보다 1센티 더 크지만 그 정도론 티도 안 나겠지. 몸무게는 내가 3, 4킬로쯤 더 나갈 것 같다. 짜증 나게도 어깨 너비는 비슷해 보인다. 가슴은 둘 다 발달했다. 스웨덴의 카리나가 만져 보고 감탄했을 정도로. 아, 밖에 백성현을 두고 이게 무슨 미친 생각이람.

나를 선택해 준다면 평생 다른 여자에게 눈 한 번 안 돌리고 살 자신 있다. 누구처럼 수시로 여자를 바꿔 가며 키스신이나 베드신을 찍을 일도, 허벅지가 발달한 여자 댄서의 허리나 등을 껴안고 춤출 일도 없으니. 꼭 그게 아니더라도 세상의 온갖 여자들로부터 날 원천 봉쇄시킬 자신이 있단 말이다. 그걸 저 밖의 여자가 좀 알아줬으면 좋겠는데.

욕실에서 나오면서 들은 첫 말은 이거였다.

"그러니까 어디 가서 약은 척하지 말라고. 바보같이……."

남자가 여자한테 하는 '바보 같다'는 표현은 곧이곧대로 들으면 안 된다. 의역하자면 '당신은 매우 사랑스럽고 대체로 귀엽지만 가끔 멍하게 행동해서 몹시 안타깝다' 정도 되겠다. 서준유는 어려서도 그랬다. 동서양을 막론하고 세상 여자들은 늘 저 인간에게 너그러웠다. 나도 인기가 없지는 않았으나 그 정도까지는 아니었다. 똑같은 얼굴임에도.

세상 여자들이 서준유를 대하는 태도엔 늘 안타까운 모성애가 깃들어 있었다. 아무리 생각해 봐도 노력한다고 따라잡을 일이 아니다. 그러니 내 입에선 이런 말이 나올 수밖에.

"적당히 좀 하지?"

아침으로 라면을 먹기로 했다. 좋다. 라면은 내가 좋아하는 음식 중 하나고, 그래서 또 한 끼를 같이 먹을 수 있게 됐으니까. 문제는 점심밥을 차리기 위해선 누군가가 장을 봐야 하는데, 그게 꼭 나여야만 한다는 불편한 현실. 내 형제가 그걸 왜 인정 안 하는지 모르겠지만 나도 서재유다. 나도 나가면 사람들이 흘끔거린다. 장 보는 거 그다지 싫어하지 않는다. 늘 하던 일이니까. 다만, 백성현을 이 좁은 집 안에 형과 단둘이 남겨 두고 나가는 게 싫다.

게다가 또 다른 남자. 누나가 도의 씨라고 부르는 매니저가 전화를 걸어왔다. 누나가 휴대폰을 들고 베란다로 나갔다.

"저 사람이 매니저야?"

형은 대답도 귀찮은지 고개만 끄덕였다.

"어때?"

"잘해. 누나한테."

"직업 정신이 투철하군."

"그 이상으로 잘해."

"백 실장님이나 권 이사님처럼?"

"더하면 더했지 덜하진 않을 거다."

백호민 실장이나 권혁주 이사보다 잘하기가 쉬운가. 라면 맛이 뚝 떨어졌다. 형도 마찬가지인 것 같다. 잠시 후, 형이 베란다로 가는 걸 보면서 나는 뒷정리를 시작했다. 일에 관련한 대화엔 도무지 낄 자리가 없다. 이런 내가 너무 바보 같다.

백성현은 단군의 자손답게 홍익인간 정신이 충만했다. 설거지하는 나를 도와주겠다며 내 옆으로 와서 팔을 걷어붙였다. 혼자 해도 될 일이지만, 같이 있고 싶어서 말리지 않았다. 우리 둘은 신혼부부처럼(이런 생각이 안 들 수가 없다) 나란히 서서 설거지를 했다. 이렇게 단숨에 행복해지는 내 모습이라니. 울고 싶을 정도로 나는 단순해지고 있다.

어려서 난 말이 없는 편이었다. 할 말이 없는 건 아닌데 누군가를 일일이 이해시키는 과정이 번거롭고 귀찮았다. 하고 싶은 말이 생기면 안 해도 될 이유부터 찾았다.

말주변이 없어서는 아니다. 나와 친한 사람들은 내가 얼마나 웃기는 인간인지 잘 알고 있으니까. 표현하지 않으면 누구도 타인의 마음을 전부 알아주지 않는다. 아무리 가까운 가족이라도 말이다. 그걸 깨닫게 된 시점에 집안에서의 내 이미지는 이미 1억 년 전 화석처럼 굳어진 상태였다.

형은 나보다 다정한 아들이었다. 엄마는 그 열애설 사진의 남자가 큰아들이 아니라 작은아들인 걸 짐작하실 거다. 그게 형이 아니라 나인 걸 그나마 다행으로 여길지도 모른다. 그러나 당신의 분신인 두 아들이 한 여자를 동시에 좋아한다는 걸 알게 되면 어떨까. 이 부분은 정말 머리가 아프다.

누나가 갑자기 스웨덴 여자들에 대한 질문을 해 왔다. 유럽 여자들은 대개 동양 남자를 안중에 없어 하지만 우리 형제는 그 리스트에서 제외되곤 했다. 한국에서와는 달리 나는 스웨덴 여자들에게 인기가 많았다. 어떨 땐 형보다 더. 놀랍도록 자주적이고 개방적인 유전자를 타고난 여자들. 그게 싫었던 건 아니지만, 서양 여자와 결혼하거나 아이를 낳고 싶다는 꿈까지 꾸진 않았다.

이 여자라면 분명 아이도 예쁘게 낳을 것이고, 예쁜 아이를 더 예쁘게 키우겠지. 이유식이나 반찬도 직접 만들어 주고 한글날엔 훈민정음 패턴이 그려진 옷을 만들어 입힐지도 모른다.

몇 달 전 내가 꿨던 그 꿈은 예지몽일까. 나를 아빠라고 부르던 천사 같은 두 아이. 남자애 하나, 여자애 하나. 행복하게 웃던 두 아이의 엄마, 백성현.

사랑하는 여자와 함께 밥상을 차리고 텔레비전을 보고 책을 읽다가 꼭 껴안고 잠자리에 드는 일상. 그게 내 꿈이다. 사소한 꿈이라고? 이런 약속조차 지키지 못하는 남자들이 세상엔 차고 넘친다.

평생 이 아름다운 여자가 만든 집밥을 떳떳하게 받을 수 있는 유일한 포지션. 나는 그 자리에 간절히 머물고 싶다. 노력을 안 한 게 아니다. 피해 봤다. 마음에서, 몸에서. 하지만 되지 않았다. 그러니 더 달려들 수밖에.


두 사람만 남겨 두고 나가기 싫었다. 전적으로 내 생각이다. 현실을 인정해야 했다. 누구 말대로 정신 박약이 아니니까.

최소한의 동선을 이용해 재빨리 시장을 봐 왔다. 아파트 입구에 도착하니 아침으로 먹은 라면이 도로 넘어올 것 같았다. 집안 분위기가 이상하게 썰렁했지만, 바로 점심 준비를 시작했다.

우리 형제는 요리 교실에 처음 온 사람처럼 누나가 시키는 대로 두부를 썰고 파와 달래를 다듬고 소금을 뿌려 가며 오이와 도라지를 절였다. 누나는 심술궂은 두 남자애와 요리 교실이라도 연 것처럼 누구도 소외되지 않도록 배려해 주었다.

꼼꼼하게 챙긴다고 했는데도 놓친 게 있었다. 비닐 손장갑을 안 사 왔다. 맨손으로 오징어초무침의 빨간 양념을 무쳐야 했을 때 형이 누나를 말렸다.

"내가 할게. 여배우가 왜 이리 손을 안 아껴."

"그건 내가 좋아하는 반찬이니까 내가 무칠게. 형도 배우 잖아."

"나도 이 반찬 좋아하거든? 밥이나 잘 봐. 태우지 말고."

돗자리 위에 앉은 누나가 할 말이 있는 것처럼 입을 달싹이다 말았다.

"왜? 말해."

"……너흰 나중에 결혼하면 아내한테도 이렇게 잘, 잘할 것 같다고."

"와이프한테는 더 잘해야지. 당연히."

이렇게 말한 건 내가 아니다. 서준유가 이상하다.

"그래야지. 간 좀 봐 봐."

백성현도 이상하다. 형이 먼저 맛을 봤다.

"난 괜찮은데. 먹어 볼래?"

서준유가 벌겋게 무친 오징어와 도라지를 돌돌 말아 내게 내밀었다. 둘 다 이상하다. 누나에게 맛을 보라고 해야 정상 아닌가.

"좀 싱거워."

"넌 짜게 좀 먹지 마."

"형이 싱겁게 먹는 거야."

살짝 태우긴 했지만 밥은 너무 질지도 되지도 않게 지어졌다. 두툼한 목살을 넣어 돌돌 말아 은근히 익힌 김치찜도, 달걀물에 부친 굴전도 잘됐다. 맛이 없을 수가 없었다. 다만 밥그릇이 비어 갈수록 분위기도 점점 가라앉았다. 이 밥을 다 먹으면 각자 갈 길로.

형은 그걸 잘 알고 있는 것 같다. 백성현 역시. 나도 안다. 인정하기가 싫을 뿐. 밥을 한 공기 가득 퍼 담았다. 형은 반 공기만 더 달라고 했다. 누나는 배가 부르다며 수저를 내려놓았다.

"누나, 재밌는 얘기 좀 해 주라."

"니가 더 재밌잖아."

"아니, 그냥 웃기는 얘기 말고. 일 안 할 땐 뭐 하고 사는지 그런 거."

"나야 요샌 맨날 비슷하지. 집 아니면 피트니스 센터, 일주일에 세 번 재즈댄스 학원에 가고. 가끔 아는 사람들 만나 연극 보고, 영화 보고⋯⋯. 또 뭐 하더라? 아, 밥한다, 집밥."

"춤도 배우러 다녀?"

"다음 작품 배역이 재즈댄스 강사라 다시 배우기 시작했어."

"댄스 강사면 춤 많이 추겠네? 헐벗고 나와서."

그녀가 콧잔등을 찡그리며 웃었다.

"수영 강사가 아닌 게 어디야? 그것만으로도 감사해야지."

"벗어야 하면 벗는 거지. 배우가. 이거저거 다 따지면서 무슨 연기를 해?"

나 역시 다른 여배우라면 홀딱 벗고 춤을 추든, 뒤집어져서 수영을 하든 말든 관심 없다.

"아, 그런 거예요? 누나가 에로 배우야? 잘 벗어야 배우면 포르노 배우는 대단한 연기파겠다?"

서준유가 나를 보며 이맛살을 찌푸렸다. 한숨조차 아깝다 이건가? 누나가 고개를 슬쩍 기울여 내 얼굴을 들여다봤다.

"솔직히 말해 봐. 너 야한 농담도 잘하지? 19금이 부전공이지?"

"내가 나이가 몇 갠데 19금? 적어도 26금은 돼야……. 여기까지만! 상대역은 누군데?"

"유영찬이라고 알아? 그쪽은 확정, 나는 미확정."

재밌어서 두 번이나 봤던 드라마의 주인공이던 남자다. 누나와 비슷한 나이의 연기파 배우. 호남형에 이미지가 좋은 사람이었다. 이 여자 눈엔 어떻게 비칠까. 내가 이렇게 빈티 나는 생각을 하고 있을 때 서준유는 다른 생각을 했던 모양이다.

"누나 어렸을 때 얘기 좀 해 봐. 어떤 애였어?"

누나의 입술이 장난스럽게 휘었다.

"나무랄 데 없는 어린이였지. 지금보다 그때가 몇 배는 효녀였어."

"나하곤 영 딴판이었군."

"니가 왜. 잘하면서 꼭 이런다. 난 배우를 하게 될 줄은 꿈에도 몰랐어. 스무 살 전까진 한 번도 생각 안 해 본 장래 희망이었는데. 아기 때부터 아빠한테 하도 세뇌당해서 결혼도 일찍할 줄 알았고. 서른둘 즈음이면 애가 둘은 있을 줄 알았다? 어쩜 해 놓은 게 하나도 없네."

이 질문은 내 이성이 작동하기 전에 나온 말이다. 내 물건과

심장을 걸고 말하는데, 서준유도 분명 궁금했을 터다.

"혹시, 결혼하고 싶었던 남자도 있었어?"

나는 그녀의 얼굴 대신 형을 슬쩍 곁눈질했다. 놀랍게도 형의 얼굴엔 미소가 어려 있었다. 종잡을 수 없는 인간. 징그럽다, 징그러워.

"그건 노코멘트! 다 먹었으면 치우자."

점심 설거지는 누나와 형이 같이 했다. 한심하게도 나는 아침보다 세 배는 많아진 설거지거리조차 부러웠다. 거실 청소를 하는데 두 사람의 나직한 목소리가 조곤조곤 들려왔다. 왜 저렇게 자연스럽지? 1년쯤 같이 산 부부처럼.

오후 5시. 시간을 끌고 싶어서 평소엔 거들떠보지도 않던 커피까지 두 잔이나 마셨다. 누나가 떠날 시간이 됐다. 그녀는 이미 일어날 시간이 지났다고 표현했다. 더는 잡아 둘 용건이 없었다.

타일 위에 놓인 누나의 굽 없는 구두가 참 작았다. 그것을 신기 편하게 돌려놓으며 생각했다. 이렇게 작은데 발이 들어가네. 신발을 감춰 놓을 걸 그랬나?

현관의 백성현이 형과 나를 번갈아 바라보았다. 마지막까지 공평하게. 그녀는 쌍둥이 아들을 멀리 유학 보내는 엄마처럼 마지막 인사를 건넸다.

"내가 제일 싫어하는 사람은 날 걱정시키는 사람이야. 그러니까 나한테 미움받지 않으려면 둘 다 잘 지내. 건강하게."

"모과차 보내. 새지 않게 잘 포장해서. 심심하면 전화하고."

그녀는 미소만 지을 뿐 내 말에 대꾸하지 않았다. 형의 대답은 아주 짧았다.

"누나도."

나는 이 말을 꼭 하고 싶었다.

"휴대폰 번호 바꾸지 마."

"나도 명색이 연예인인데 1년에 한 번은 바꿔 줘야지."

"그럼 바꾼 전화번호 카페 쪽지로 보내."

백성현이 말없이 빙긋 웃었다. 주차장까지라도 데려다주겠다고 했지만 깨끗이 거절당했다. 문밖으론 한 발짝도 배웅해줄 수 없었다. 현관문이 닫히자 집 안에 묵직한 정적이 내려앉았다.

엘리베이터를 탔을까. 아니, 계단으로 내려갔겠지. 베란다로 가서 지상으로 올라온 누나의 차가 단지 밖으로 나가는 걸 지켜보았다. 승용차는 시야에서 금방 사라졌다. 실감이 나지 않았다. 10분 전까지만 해도 내 앞에 있던 사람이 없다는 게. 어쩌면 영영 보지 못할 수도 있다는 게. 정작 잘 가라는 말은 하지도 않은 것 같다.

내가 지금 보낸 게 뭐지? 아주 소중한 걸 잃어버린 기분. 아주 많이 잘못한 느낌. 내가 지금 놓쳐 버린 게 도대체 뭐지?

얼마나 서 있었을까. 등 뒤에서 형의 목소리가 들려왔다.

"나도 간다. 스웨덴 들어가기 전에 집에 들러. 가기 싫으면 전화라도 드리고."

"형."

"······."

"할 말 있어."

어느새 옷을 갈아입은 형이 내 쪽을 응시했다. 지금 나도 저런 표정을 짓고 있을까.

"예전에 부탁할 일 있으면 하라고 했었지?"

"하지 마, 오늘은."

"꼭 들어줘. 처음이잖아."

"하지 말라고."

"처음이자 마지막 부탁이야. 형이 포기해."

"다른 걸 부탁해. 돈을 달라든가. 차를 사 달라든가."

"나도 너 때문에 포기한 거 많잖아. 한 번만 양보해 줘. 딱한 번만."

"사람은······ 양보하는 게 아니야."

서준유 말이 맞다. 사람도, 사랑도 양보하는 게 아니다. 그러나 포기할 수는 있다.

"너만 아니었으면 그렇게 안 보냈어. 절대."

"그래서 그다음엔 어떡할 건데?"

"넌 다 포기할 수 없잖아. 생각해야 할 게 너무 많잖아. 가진 모든 걸 버릴 수 있어? 다 놓을 수 있어? 하고 싶어도 못 하잖아. 그러니까 딱 하나만 포기하라고."

"······왜 난 할 수 없다고 생각하는데? 이건 너하고 나 둘이서 선택하고 양보하고 포기할 문제가 아니야. 착각하지 마."

"알아. 그러니까 마음 편히 좋아할 수 있게 해 달라고."

사람들은 사랑이나 고통은 나눠야 하는 거라고 쉽게들 말한다. 좋은 말이다. 그러나 사랑을 나누는 것도 생각만큼 쉬운 일이 아니다. 하물며 고통이라니. 나는 형의 고통을 보고 어떤 위로도 할 수 없었다. 형의 고통을 덜어 주는 건 내가 두 배로 힘들어지는 일이 될 테니까. 그래서 붉어진 형의 슬픈 눈을 보고도 모른 척했다. 세상에 하나밖에 없는 내 형제의 고통을.

"이 얘긴 너한테 안 하려고 했는데 해야겠다. 어차피 알려질 일이니까. 성현 누나 드라마도 광고도 다 취소되게 생겼어. 우리 때문에. 연기하는 게 제일 좋다고 한 사람이야. 그걸 너하고 내가 뺏은 거야. 이제 좀 알아듣겠냐?"

"그게 왜. 우리가 뭘."

"하나 더 말해 줄까? 소속사 전속 계약도 이젠 미지수야. 물 건너갔다고."

"왜 그렇게까지 해야 하는데? 누나가 뭘 그렇게 잘못했다고?"

"그게 니가 미처 모르는 세상이야. 난 포기했어. 그러니까, 너도 할 수 있을 거야."

사람들은 쉽게 판단할 것이다. 잘나가는 연예인 서재유가 여섯 살 연상의 배우 성현과 결혼하는 것보다 일반인 서재유와 배우 성현이 결혼하는 게 훨씬 쉬운 일이 아니겠느냐고. 과연 그럴까.

우리 가족이 스웨덴에 살 때, 형이 짝사랑하던 여자애가 있었다. 지금은 이름도 기억나지 않지만 북유럽 특유의 금발 머리가 탐스러웠던 소녀였다. 우연히 그 애가 형이 아닌 내게 데이트를 신청하는 일이 생겼다. 나는 그 여자애에게 관심이 없었지만, 형이 아닌 날 택했다는 이유만으로 한번 만나나 볼까 호기심을 가졌었다. 그걸 알게 된 엄마는 나와 그 여자애의 데이트를 반대했다. 왜냐하면, 사랑하는 큰아들이 상처를 받을 테니까. 엄마는 어떻게 네 형이 좋아하는 여자애와 데이트할 수 있냐며 화를 내기까지 했다.

"너한테는 관심 없는 보통 여자애일 뿐이지만 형한테는 특별한⋯⋯."

지금도 이해가 안 된다. 그게 그렇게까지 화낼 일인지. 둘이 사귀던 사이도 아니었는데. 그때의 나는 쉽게 포기했다.

"알았어. 알았다고요. 나도 그냥 궁금해서 한번 만나 보려던 거야. 안 만나면 되잖아."

그 일은 그렇게 지나갔다. 누구에게도 큰 상처를 남기지 않고.

밑도 끝도 없는 자신감, 그런 건 없다. 겁내는 걸 들키지 않으려고 기를 쓰는 것뿐. 백성현은 형이 잠시 짝사랑하던 소녀 정도가 아니다. 나도 데이트나 한번 해 볼까 하는 마음으로 그녀를 바라보는 게 아니다. 내가 그 여자에게 바라는 건 형이 그 여자에게 바라는 것과 같다.

백 번 양보해서 그녀가 날 선택한다 해도, 천 번 양보해서 부모님이 우릴 이해하고 허락한다 해도, 그녀와 결혼해 이 땅에서 편히 사는 건 힘들 것이다. 배우 겸 가수 서재유는 여전히 하나여야 하니까. 그녀가 나와 함께 이 나라를 떠날 때엔 사랑하는 가족과 수많은 인간관계, 배우의 길 모두를 포기해야 할지도 모른다. 나의 무엇을 보고 그 모든 것을 감수하면서까지 날 선택하라고 요구할 수 있을까. 가진 전부를 포기하고 내게 왔을 때 충분한 보상이 될 만한 무언가를 그녀에게 줄 수 있을까.

서준유가 인기와 돈에 욕심을 덜 부린다면, 팬들의 지나친 애정을 요령껏 무시한다면, 과정이 어려울 뿐이지 오히려 두 사람의 결혼이 자연스럽게 받아들여질 수 있다. 두 사람은 드라마에서 이미 사랑을 나누었던 사이니까.

형이 간절히 원한다면 부모님도 허락해 주실 것이다. 늘 그랬듯이. 그건 내가 백성현을 사랑한다고 밝히는 것보다 훨씬 이해가 빠를 일이다.

서준유는 내게 이 말을 남기고 떠났다.

"네가 제일 잘할 수 있는 일을 찾아. 그게 지금 니가 할 일이야."

안방은 깨끗이 치워져 있었다. 침대에는 아무 흔적도 남아 있지 않았다. 머리카락 한 올도.

# 준유

어려서 나는 식탁에 마주 앉아 나누는 부모님의 대화를 듣는 걸 좋아했다. 그분들의 대화가 어떤 내용인지는 중요하지 않았다. 태어나서부터 늘 들어 왔던 목소리. 익숙한 것이 주는 안정감. 그게 필요했을 뿐. 이른 아침 들려오는 두 분의 목소릴 들으며 다시 잠에 빠져들 때도 있었다.

불안한 기질을 타고난 아이. 그게 나였다. 무언가에 익숙해지는 데 오래 걸리지만 한번 익숙해지면 쉽게 빠져나오지 못하는. 많은 사람을 만나거나 사귀지는 않지만 친해진 사람은 먼저 버리지 못하는. 마음을 주는 걸 두려워하지만 한번 준 마음은 먼저 거둬 오지 못하는. 그게 나다.

눈을 뜨기 전부터 주방 쪽에서 나는 소리에 귀를 기울였다. 무언가를 졸졸졸 따르는 소리. 불규칙한 바스락거림. 조심스러운 움직임. 동생은 아직 깊은 잠에 빠져 있었다.

5미터 안쪽에 절대 좋아하면 안 되는 여자가 있다. 하지만, 잠깐의 평화 정도는 누려도 되지 않을까.

누운 그대로 눈을 떠 그녀를 바라보았다. 메이크업 안 한 깨끗한 얼굴, 머리띠로 단정하게 넘긴 머리카락, 잠든 사람을 깨우지 않으려고 애쓰는 작은 몸짓들. 순식간에 아이로 변한 마음이 날 미소 짓게 했다.

내게 잠시 허락된 시간과 공간.

여자의 눈이 나를 향해 웃는다. 나도 웃었다. 웃지 않고는 견딜 수 없으니까. 차가운 생수를 마시며 커피 만드는 모습을 지켜보았다. 믹스커피는 다 털어 내지 않고 남기는 것 같다. 플라스틱 숟가락으로 커피를 휘휘 저은 뒤 스테인리스 컵을 조심스레 안고 있다. 왜 마시지 않는 걸까. 너무 뜨거운가. 빈속에 커피를 마셔도 되나? 지난밤 술도 꽤 마셨는데. 걱정스러워 속은 괜찮은지 물어보았다.

"내 위장이 꽤 튼튼한 편이라. 자주 안 마시니까."

이 여자가 늘 건강하면 좋겠다. 아프지도 말고 힘들지도 말고 두 해에 한 해씩만 늙어 갔으면 좋겠다. 그러다 보면 머지않아 나와 같은 나이가 되겠지. 적어도 나이 차이로 너희가 무슨? 말도 안 돼! 그런 투의 말은 듣지 않겠지. 이젠 그것조차 부질없는 생각이지만.

"씻고 와."

두세 살 때까지 나는 엄마가 보이지 않으면 엄마가 나타날 때까지 엄마를 내놓으라며 울었다고 한다. 심지어 코앞에서 씻으러 들어간 걸 보고도 욕실 앞에서 울다 지쳐 잠이 든 적이 있다고. 그렇게 까다롭고 예민하던 나를 엄마는 너그럽게 이해해 주셨다.

돌아가신 외할머니는 나를 보면 몇 번이고 이 말을 하셨다.

"외동으로 자라서 자기밖에 모를 줄 알았는데 제 자식은 금이야 옥이야 하더라고. 어찌나 너희를 살뜰히 챙기던지 할미가 아주 깜짝 놀랐다. 준유 넌 엄마한테 잘해야 한다. 재유보다 두 배는 잘해야 해. 네가 두 배는 손이 더 탔으니 말이야……."

씻으러 들어와서도 자꾸 밖의 여자가 생각났다. 백성현은 우리 엄마가 아닌데, 백성현은 내 누이도, 딸도 아닌데. 이제 난 엄마 없이도 1년이고 2년이고 잘 지낼 수 있는데 왜 이렇게 불안한 걸까. 내 눈앞에 있어도 금방이라도 사라질 신기루 같을까. 머리를 감으면서 계속 그 생각을 했다. 하루만 더 같이 있고 싶다고. 아무도 없는 곳에 우리 둘만. 하고 싶은 말, 하고 싶은 행동 반만이라도 할 수 있으면 좋겠다고.

욕실에서 나오자마자 그녀에게로 갔다. 같이 무언가를 하고 싶어서. 아무 말이나 되는 대로 떠들었다. 웃는 모습을 한 번이라도 더 보려고. 새 드라마는 하차하게 될 가능성이 높다. 그걸 내 입으로 알려줄 수는 없지만. 다만 난 이 아침이 영원하기를 바랐다.

"둘이 뭐 해?"

동생은 어리광이 많은 아이가 아니었다. 내 기억에 없는 순간에 그런 적이 있었는지 모르겠지만, 내가 아는 재유는 아이치고 징징거리지 않았고 나보다 바라는 게 적었다. 지금 생각해 보면 이상할 정도로. 아픈 나를 돌보느라 피곤한 엄마 곁에서 말없이 블록으로 집을 짓고 레고로 성을 만들던 동생. 그랬던 아이가 이럴 수 있다는 게 믿기지 않는다. 몇 발짝만 움직이면 갈 수 있는 곳에 있는 생수를 달라고 조르고, 왜 안 깨웠느냐고 어리광을 부릴 수 있다는 게.

"누나, 어디 가지 마! 여기 고대로 있어."

놀랍게도 30분 전쯤 내가 그녀에게 했던 말이 동생 입에서도 나왔다. 당황한 나는 주스 병의 라벨을 읽는 척했다. 어쩌면 저 아인 나 대신 앓아누워 엄마의 사랑을 독점하고 싶었을지도 모른다. 다만 그걸 겉으로 표현 안 했을 뿐이지.

내가 동생한테 가져온 건 이름만이 아니다. 그 아이에게서 너무나 많은 것을 뺏어 왔다. 엄마의 사랑, 수많은 자유, 수많은 기회. 돌아가려야 돌아갈 수 없는 20대의 절반. 그러니 내가 동생이 좋아하는 여자까지 차지한다면. 그런 일이 생긴다면.

둘이 아침 설거지를 하는 동안 베란다로 나가 이사님께 연락해 봤다. 짐작대로 세상은 성현에게 너그럽지 않았다. 〈온리원〉 쫑파티를 하던 날 그녀가 술에 취해 했던 말이 떠올랐다.

'다신 연기하지 말아야지. 다른 일 찾아야지. 결혼이나 해야지. 그래도 또 연기를 하겠지. 배운 게 이거니까. 내가 제일 잘하는 게 이거니까.'

부엌의 두 사람은 무슨 대화를 나누는지 간간이 마주 보며 눈을 맞췄다. 한숨이 저절로 나온다.


'사랑하는 사람과 먹고 싶은 밥상'에서 우리 형제가 고른 메뉴는 세 가지였다. 고작 세 가지 음식을 만드는 데 준비할 게 그렇게 많은지 몰랐다. 아침나절의 재유는 정신 연령이 10년 전으로 돌아간 애처럼 굴었다.

"내가 기똥찬 냄비 밥 해 줄게. 코펠에다가. 풀잎향기님, 그게 내 전공인 거 잘 알죠?"

또 자랑 시작.

"캠핑카 운전하는 거 힘들어? 나도 해 보고 싶은데."

"아무래도 승용차보단 훨씬 크니까 불편하긴 하지. 주차도 그렇고. 캠핑카는 승합차로 등록돼 있어서 2종 보통은 안 되는데? 1종 보통은 돼야 운전할 수 있어."

"나 1종이야. 일부러 1종 땄어."

"진짜? 빌려줄까? 필요하면 아무 때나 말해."

또 작업 시작.

"그건 좀 부담스럽고."

잘한다! 백성현!

"근데 누구랑 가려고?"

"나중에 남자 친구 생기면?"

뭐야, 이 여자?

"됐어, 그럼. 그 남자한테 사 달라고 하든가."

혼자 장 보러 가기 싫으니 어쩌니 하면서 약간의 마찰이 있었지만 결국, 재유 혼자 시장을 보러 갔다. 괜씸한 건 괜씸한 거고 미안한 건 미안한 거다.

다시 둘만 남았다. 둘이서만 있으니 좋으면서도 어색했다. 왜냐하면, 내가 진짜 하고 싶은 건 아무것도 할 수 없으니까. 다시 베란다로 나가서 몇 사람에게 전화를 걸었다. 동생의 태블릿 PC로 하룻밤 새 달라진 여론도 훑어보았다. 하룻밤은 꽤 많은 것을 바꿔 놓을 수 있는 시간이다.

정신을 차리고 보니 누나가 보이지 않았다. 어디 간 걸까. 안방에서 그녀의 목소리가 들려왔다. 침대 헤드에 비스듬히 기댄 누나가 조금 격앙된 목소리로 누군가와 통화하고 있었다. 어이없게도 나는 베드신을 찍던 날을 떠올렸다. 그날처럼 나란히 누워 장난치고, 뒹굴고, 껴안고, 끝없이 입맞춤을 나누고 싶었다. 현실의 나는 어떤 것도 해서는 안 되지만.

"……내가 들어갈까? 누나가 나올래? 나와."

거실로 나온 백성현은 내게서 멀찌감치 떨어져 앉았다. 이 여잔 나보다 재유를 편하게 대하는 것 같다. 나를 더 오래, 더 많이 만났으면서. 재유에겐 장난도 잘 치고 잘 웃어 주면서. 서운하다기보다는 그 이유를 알고 싶었다.

누나의 무릎 앞으로 다가가 앉았다. 나를 내려다보는 그녀의 시선이 불안하게 흔들렸다. 내 심장도 불규칙하게 두근댄다. 나는, 이런 감정을 사랑이라고 배웠다. 김재현이 그랬던 것처럼 허락받지 않고 끌어안고 싶은데, 품에 안고 달래 주고 싶은데 어느 것 하나 마음 편히 할 수 있는 게 없다.

결국 참지 못하고 그녀의 손을 잡았다. 여자가 내 손에서 벗어나려고 애쓰다 금방 포기했다. 뒤늦게 후회한다. 처음부터 잘해 주기만 할걸. 내내 친절하기만 할걸. 그저 좋은 선배처럼, 좋은 누나처럼만 대할걸. 마지막까지 솔직하지 말걸.

나는 대체로 운이 좋은 쪽에 속했다. 이 사랑이 완성되지 못한다고 해서 내 인생이 끝나는 건 아니다. 시간은 많은 걸 해결해 줄 테고, 언젠간 이 순간의 기억조차 사라질 날이 올 것이다.

동생이 집을 비운 한 시간 남짓은 이제 그만 떠올리고 싶다. 내 손을 잡고 욕실로 들어가 어린아이 다루듯 나를 만지던 그녀의 손길도 묻어 두고 싶다. 섣부른 위로를 하지도, 붉어진 내 눈을 바라보며 같이 울지도 않던 여자.

나는 그녀가 내 눈을 보며 힘들게 눈물을 참았다는 것만을 기억하려고 한다. 내가 그녀에게 아주 사소한 존재는 아니라는 걸 알게 됐다는 것, 그것으로 만족하려 한다. 그녀는 욕실에 나를 두고 나갔고, 나는 그 작은 공간에서 오랜만에 마음껏 울었다. 눈물을 참아야 하는 수많은 이유 따원 잠시 잊고.

마지막 점심 설거지를 하면서도 그녀는 날 안심시켰다.

"너희 둘에 관한 말, 어떤 말도 안 나갈 거니까 걱정하지 마."

"내가 걱정하는 게 그거라고 생각해?"

"그걸 걱정해서 온 거 아니라는 거 알아. 그래도 알고 있으라고. 회사에도 그렇게 전하고."

"……."

"밥 꼬박꼬박 챙겨 먹고. 5킬로만 더 쪄 줄래?"

"……."

"너무 늦게 자지 말고."

"……."

"술은……."

"나한테 할 말이 그런 거밖에 없어? 그런 말은 팬들도 지겹게 하거든."

"나도 니 팬이야. 몰랐어?"

백성현이 소리 없이 웃어 보였다. 늦가을 낙엽처럼 파사삭, 부서질 것처럼.

"그거 알아? 나하고 연기했던 파트너는 다들 잘나간다는 거. 사람들이 그러는데, 그게 내 파트너들한테 일어나는 샐리의 법칙이래."

"누나가 더 잘 풀려야지."

"이 정도면 잘 풀렸지. 한류 스타와 연기도 했고, 시청률도 높았고, 몇 년 만에 광고도 찍어 보고, 팬들도 다시 생겼고. 난 스케일이 작아서 이 정도면 뭐."

"힘든 일 생기면 연락해. 내가 도와줄 수 있는 일이면……. 꼭 해."

"그건 안 되지. 너한테 전화할 일 안 생기게 기도해 주라. 이 누나한테 힘든 일 생기지 말라고 아무나 붙잡고 부탁해 줄래? 하느님, 예수님, 부처님, 알라신. 아, 단군 할아버지한테도."

설거지는 끝났다. 이별의 순간을 늦추려고 입에도 안 대던 커피까지 마시는 재유도 지켜봤다. 이제 그녀가 이 집을 떠날 일만 남았다. 하느님, 예수님, 부처님, 알라신, 단군 할아버지, 그 외 내가 미처 모르는 기타 신들께 제발 잘 봐 달라고 부탁하고 싶은 여자가.

현관의 백성현은 입가에 옅은 미소를 머금고 있었다. 나는 그녀의 작은 단화, 둥근 치맛자락, 느슨하게 꼬인 가방 끈 같은 걸 바라보았다. 어떤 말도 길게 나눌 자신이 없었다.

잠시 시선이 부딪혔다고 생각한 순간, 등이 보이고 발꿈치가 보이고 이내 현관문이 닫혔다. 동생은 베란다로 가서 누나의 차가 빠져나가는 걸 내내 지켜봤다. 저 애는 나보다 이런 일에 서툴 수밖에 없다. 아무렇지도 않은 척 연기를 할 수도, 그럴 필요성도 못 느낄 것이다. 그러나 떠나가는 차의 뒤꽁무니를 본다고 해서 뭐가 달라질까. 이미 놓쳐 버렸는데.

재유가 간다는 나를 붙잡고 처음이자 마지막 부탁이라며 매달렸다. 그건 애원이었다. 그 앤 딱 하나만 양보해 달라고 했지만, 내게 그건 들어주려야 들어줄 수 없는 부탁이었다.

세상 모든 사랑엔 크고 작은 고통이 따른다. 흔들리지 않고 피어나는 꽃은 어디에도 없다고 했던 늙어 가는 시인에게 물어보지 않아도 이젠 알겠다. 사랑은 수없이 우릴 흔드는 거센 바람 속에서 힘들게 피어나거나 파괴되는 감정이라는 걸.

동생이 내게 바라는 게 돈이나 고급 스포츠카 같은 거라면 얼마나 좋을까. 형으로서 나눠 줄 수 있는 무언가를 바란다면 얼마나 뿌듯한 마음으로 기꺼이 나누어 주었을까. 내게 남은 고통을 나눠 줄 수도, 아직 남아 있는 사랑을 양보할 수도 없는 나란 사람이 할 수 있는 말은 이런 것밖에 없다.

"……누나 드라마도 광고도 다 취소되게 생겼어. 우리 때문에."

자연인 서재유에겐 이해 안 되는 일일 수도 있다. 나는 이미 그 세상에 물든 사람이다. 이 하루, 누구에게도 큰 상처를 남기지 않고 날이 저물길 바랐지만 그건 이미 불가능한 것 같다. 누가 더 힘들 거라고 단정 짓진 않겠다. 그러나 내가 할 수 있는 거라면 동생도 할 수 있을 것이다. 그 아인 언제나 나보다 똑똑하고, 씩씩했으니까.

택시를 타고 오면서 생각했다. 만약 운명이라는 게 있어서 평생 한 명의 상대만 허락된다면, 난 오늘 그 기회를 놓쳐 버린 건지도 모르겠다고.

이런 생각도 했다. 그 여잔 내 운명이 아닐 거야. 더 좋은 여자가 분명 나타날 거야. 오늘 내가 흘린 눈물 같은 건 까맣게 잊어버릴 만큼 사랑스러운 여자가 분명, 나를 두고 망설이지 않는, 나만을 선뜻 선택할 여자가 분명 있을 거야. 그 여자보다 더 예쁜 여자. 그 여자 따윈 생각조차 안 나게 할 그런 여자가. 그게 아니라면…… 살기 힘들 테니까.

회사 여직원들의 눈길은 어제보다 많이 누그러져 있었다. 부르르 화도 잘 내고 사르르 용서도 잘하는 여자들. 왜 세상엔 남자와 여자 두 가지 성性만 있는 걸까.

정문용 대표와 권혁주 이사가 웃으며 반겨 주었다. 뭔가 대단한 일이라도 하고 온 사람처럼. 백성현이 남긴 말을 그대로 전했다. 이 모든 일은 비밀에 부쳐질 테니 절대 안심하시라고.

　해야 할 말들을 끝낸 다음 내가 하고 싶은 말을 꺼냈다. 그것도 줄이고 줄여서 한 것이었지만 내 말이 이어질수록 정문용 대표의 얼굴은 점점 굳어 갔다. 마지막으로 나는 시간을 드리겠다고 말한 뒤 대표 이사실 문을 열고 나왔다.

　문밖엔 내가 없으면 해결 안 될 일들이 잔뜩 기다리고 있었다. 그러므로 지금은, 이곳이 내가 있어야 할 곳이다.

# 성현

골목이 보이는 지점에서부터 맥이 탁 풀렸다. 집은 나갈 때 그대로였다. 들고 온 가방을 대충 부려 놓고 찻물부터 끓였다. 옷을 갈아입은 뒤 라벤더를 띄운 머그잔을 들고 발코니로 나갔다.

2층에서 보이는 풍경은 어제와 크게 다르지 않다. 한철 노랗고 붉었던 나뭇잎들은 천천히 탈색돼 가며 시들고 있다. 어제처럼, 그제처럼. 세상은 그대로인데 나만 달라진 걸까. 먼 세상을 긴 시간 떠돌다 혼자 돌아온 기분이다.

어스름해지기 전에 들어왔는데 그새 어둑해졌다. 미처 답장 못 한 메시지들을 확인하며 하나하나 정리했다. 문자를 보내고, 문자로 부족한 사람들과는 통화도 했다. 그 일만으로도 두 시간 가까이 걸렸다. 마지막 통화를 끝낸 나는 그대로 소파에 널브러졌다.

깜빡 잠이 들었던 모양이다. 문자 메시지 오는 소리에 잠이 깼다. 쌍둥이 중 동생이었다.

다음 주까지 한국에 있을 거야.

양양 갈 건데 바다 보고 싶으면 전화해.

아무 때라도 연락해.

10월의 양양은 한 번도 본 적이 없다. 가을의 바닷가도 가고 싶다. 어젯밤 재유가 내게 했던 스웨덴 말이 어떤 내용인지도 궁금하다. 그래도 긍정의 답은 하면 안 된다. 답장을 기다릴 남자에게 문자를 보냈다.

기다리지 마. 전화 안 할 거야.

밤 9시 반. 저녁 식사를 하기엔 어중간한 시간이었다. 한 끼 정도는 굶어도 되겠지. 이 시간 이후의 계획은 단출하다. 뜨거운 물을 받아 반신욕을 하고, 며칠 전 읽다 만 책을 마저 읽다가 금세 잠드는 것.

나는 오늘 하루를 두고두고 되뇌며 오래 슬퍼지는 않을 것이다. 왜냐하면 내겐 두 명의 좋은 친구가 생겼으니까. 아, 조금만 더 솔직해지자. 친구라니. 특별한 감정을 느꼈던 사람을 한순간에 친구로만 여긴다는 건 정말 어려운 일이다. 그 두 남자가 기꺼이 나의 친구가 되어 줄지도 미지수다.

그래도 이루어지지 못한 사랑엔 몇 가지 장점이 있다. 사랑한다는 이유를 들먹이며 서로에게 상처를 줄 일도, 받을 일도 없다는 점에서. 지지부진한 현실의 사랑보다 언제나 더 애절하게 기억된다는 점에서.


다음 날 오전, 키앤 대표와 김호규 이사를 만나 계약과 관련한 대화를 나누었다. 아예 없었던 일이 될 수도 있다고 예상했는데 그건 아니었다. 대신 저번에 말했던 것처럼 코디네이터는 자기네 사람을 써야 한다고 못을 박았다. 내 코디의 월급은 내가 따로 주겠다고 제안해 봤지만, 그러면 키앤에서 5년 넘게 일해 온 다른 코디를 해고해야 한다는 대답이 돌아왔다.

그 밖의 조건도 열애설 이전보다는 조금씩 까다로워졌다. 좋다고도 나쁘다고도 할 수 없는 계약 조건. 문제는 두 사람의 코디였다. 내 욕심 때문에 얼굴도 모르는 코디의 일자리를 빼앗을 수는 없었다. 키앤에선 생각할 시간을 더 주겠다고 했다. 대표이사가 웃는 얼굴로 점심이나 같이 하자고 하는 걸 선약이 있다며 양해를 구했다. 나는 3일 안으로 확답을 주겠다고 말하고 바로 일어섰다.

예약해 놓은 식당으로 갔다. 잘 가꾼 정원과 일본 전통 가옥풍으로 멋스럽게 꾸민 일식집이다. 시은이와 도의 씨에게 맛있고 몸에도 좋은 음식을 사 주고 싶었다. 궁금한 게 많았을 테지만 둘 다 평소보다 말을 아꼈다.

몇 번을 생각해도 하던 일까지 그만두고 와 준 시은이를 모른 체할 수는 없었다. 네일 샵에서 손톱 다듬는 시간을 지루해하는 나를 위해 네일아트까지 배운 아이다. 도의 씨는 갈 데가 있다며 날 다시 안심시켰다. 그나마 다행인 건가.

머릿속이 복잡했지만 눈앞의 음식에 집중하기로 했다. 1인당 5만 원짜리 코스를 음미하지 않고 먹는 건 죄악이니까. 저녁에 왔으면 두 배의 가격을 치러야 했을 요리다. 생선조림과 게장에 들어간 양념간장이 입맛에 딱 맞았다.

"여기 양념 잘 쓰네. 샐러드 소스도 좋고. 물어보면 가르쳐 줄까?"

"지금 소스가 문제야? 답답해 죽겠네. 언니야, 계약 얘기 좀 해 봐."

"이번 주 안으로 확답하기로 했어."

"그래도 없었던 일로 하자고는 안 하네? 드라마도 하차할 것 같은데."

"그러게. 생각보다 사람들이 좋더라."

"곧 좋은 작품이 다시 올 거예요. 누나 연기야 두말하면 잔소리니까."

드러내 놓고 말은 안 하지만 도의 씨가 나보다 실망한 것 같다. 나는 웃는 얼굴로 그를 바라보았다.

"둘 다 아직 어려서 잘 모르나 본데, 인생은 기다림의 연속. 난 진짜 괜찮아."

느긋하게 후식까지 먹고 두 사람을 먼저 보냈다. 웬만하면 개인적인 일로는 매니저를 데리고 다니지 않는다. 그들은 나의 종이 아니므로. 치과에 들러 정기 검진과 스케일링을 하고 간단히 장을 본 뒤 집으로 돌아왔다.

6년 넘게 다니고 있는 단골 치과에서도, 사람들이 우글대는 마트에서도 흘끔대는 시선이 끝없이 느껴졌다. 한동안 계속될 것이다. 서재유와 성현의 열애설은 진실 여부와 상관없이 내 뒤를 평생 따라다닐 수도 있다. 다른 루머들처럼. 한편으로 생각하면 끔찍하다.

다음 남자는 마음이 태평양처럼 넓은 남자를 만나야겠군. 너그럽고 질투심 없는데다 세상에서 제일 좋은 남자를. 서준유에게 약속했던 것처럼.


이튿날 혼란스러웠던 며칠에 정점을 찍는 일이 생겼다. 좋아하는 드라마 작가가 쓴 대본집을 읽는데 진도가 영 안 나갔다. 정신을 차려 보면 같은 장면을 다시 읽고 있었다.

영화나 한 편 볼까 하고 DVD를 고를 때 우진에게서 연락이 왔다. 요 며칠 내게 일어난 일들이 궁금한 건 너무 당연했다. 도의 씨를 소개해 준 사람도 박우진이니까. 오래 참았다고 생각했다. 전화를 받자마자 내 목소리를 확인한 우진이 대뜸 말했다.

— 어떻게 나랑 한마디 상의도 없이 열애설을 터트리나? 응?

덕분에 오늘 일어나 가장 크게 웃은 것 같다.

"내가 그렇지 뭐."

— 괜찮아?

"아임 오케이."

— 또 아무렇지도 않은 척 연기한다. 계약은?

"아직. 키앤에선 나 혼자 가는 조건으로 하자고 하는데 시은이가 걸려서. 도의 씨 갈 데 있다는 건 확실한 거야?"

— 그건 걱정 마시고요. 그럼 아직 계약 전이네. 거기서 뭐래? 조건 좀 말해 봐. 소문 안 낼게.

키앤에서 내건 계약 사항을 간단히 정리해 줬다. 말하다 보니 과연 이 계약을 해야 하나 싶기도 하다.

"그냥 전처럼 혼자 일할까, 그 생각도 자꾸 드네."

— 드라마로 대박이 터졌는데 이젠 제대로 매니지먼트 받아야지. 이 기회 놓치면 안 되는 거 누나도 잘 알 거 아냐. 내가 다른 소속사 소개해 줄까? 시은 씨도 같이 데려갈 수 있는 곳인데.

"다른 데? 설마 너희 회사?"

— 아니. 요새 우리 회사 사정 별로야. 신생 기획사인데, 대표가 믿을 만한 분이셔. 만나 볼래?

"어디? 대표가 누군데?"

— 지금 옆에 계시는데 바꿔 줄까?

"좀 불편한데. 누군지도 모르는 사람하고 통화하는 게."

— 누나도 아는 사람이야.

잠시 뒤 우진이가 나를 안다는 사람에게 전화를 연결해 줬다. 상대방이 말이 없어서 내가 먼저 인사했다.

"성현입니다. 말씀하세요."

— 백성현.

"누구…… 신지?"

— 백성현, 오랜만이다.

나를 부를 때 꼭 성까지 붙여 부르는 사람이 몇 있다. 그 깊숙한 기억의 어디쯤에서 그의 목소리가 재생되었다. 어쩌면 다시 만나기 힘들 거라고 생각했던, 한때 내가 가장 믿고 의지했던 사람.

"양 실장님."

— 그래. 양 실장 아저씨다.

한 시간 뒤, 일산 외곽에 있는 약속 장소에 도착했다. 주차장에 차를 대고 잠시 그대로 있었다. 왠지 긴장돼서 선뜻 들어갈 수가 없었다. 이제 와서 무슨 말을 하지? 만난다고 뭐가 달라지지?

실내는 전통찻집처럼 깔끔했다. 전국에서 공수해 온 막걸리와 동동주, 도토리묵 무침과 파전 같은 안주를 파는 민속 주점이다. 다행히 손님이 거의 없었다. 구석 자리에 앉아 있는 박우진이 보였다. 한 사람은 등을 보이고 앉아 있다. 나를 발견한 우진이가 손을 흔들었다. 맞은편의 남자가 천천히 고개를 돌렸다.

양승호 실장님은 마지막으로 봤던 때와는 꽤 달라 보였다. 7년 전엔 보이지 않았던 흰머리가 이마 언저리를 따라 제법 자리 잡은 모습이다. 선뜻 아무 말이나 할 수가 없었다.

"백성현은 그대로네. 아직 스물다섯 같다."

"……실장님은 늙었어요. 완전 아저씨 다 됐네요."

"그때도 아저씨였어."

그땐 아저씨로 보이지 않았다는 말은 하지 않았다. 외국으로 갔다는 소리를 들었는데 언제 돌아왔느냐고 묻지도 않았다. 기획사의 대표라는 말의 정확한 의미도 궁금했고, 귀여웠던 아들과 친하게 지냈던 주연 언니의 근황도 알고 싶었지만, 어떤 것부터 물어야 할지 선뜻 입이 떨어지지 않았다.

40대 후반으로 보이는 주인장이 오래지 않아 내 앞에 대추차를 놓고 갔다. 잔뜩 날카로워진 신경을 조금이라도 안정시켜야 했다. 더 닳을 신경이 내게 남아 있을까 싶지만.

우진이가 둥근 찻잔을 한 손으로 어루만지며 천천히 입을 열었다.

"김도의 말이야."

"어."

"누나, 화내지 마."

화내지 말라는 말을 듣는 순간, 양승호 실장님 쪽으로 시선을 돌렸다.

"김도의도 양승호 대표님이 보낸 거야."

"그래. 그런 것 같네. 왜 그러셨어요?"

양승호 실장님에게 한 질문이었지만 우진이 또 대답했다.

"누나가 그때 너무 힘들어하고, 아파서 쓰러지기까지 했잖아. 내가 그걸 양 대표님께 말했거든."

"우진이하곤 언제부터 만나신 거예요?"

"너 드라마 찍기 시작할 때. 봄에 한국에 돌아왔거든. 키앤 얘기는 우진이한테 대충 들었어."

다들 자의든 타의든 나를 감쪽같이 속였다. 서준유도, 서재유도, 박우진도, 김도의도.

"우진이한테 뭐라 하지 마. 내가 얘기하지 말라고 했어. 사실 이번 스캔들만 아니었으면 연락 안 하려고 했다."

"새삼스럽게 왜요? 저 스캔들 처음 아니잖아요."

"그냥 지켜보고 있으려고 했는데 하도 답답해서. 몇 년 동안 한국 소식은 아예 담쌓고 살았어. 백성현, 나하고 같이 일하자. 조건은 네가 정해. 난 너 상대로 돈 벌고 싶은 마음 없으니까."

"자선 사업 하시려고요?"

내 말에 그는 소리 없이 씨익 웃기만 했다. 그 미소를 보니 오래전 그때가 생각났다.

그렇게 울면서 붙잡았는데도, 나를 두고 나가지 말라고, 나하고 오래 일하자고 애원했는데도 뿌리치고 떠나 버렸지. 그 더러운 바닥에 날 팽개쳐 두고.

"날 지켜 주겠다고…… 아무도 건드리지 못하게 날…… 최고의 배우로……. 또 믿으라고요? 내가, 그 말을 믿을 거 같아요?"

거기까지가 한계였다. 그제부터 내내 참아 왔던 눈물이 쏟아지기 시작했다. 손등으로 눈물을 훔치며 가방에서 휴지를 꺼냈다. 이제 나는 나를 울리고 내 손에 손수건을 쥐여 주는 남자보다 나를 울리지 않는 남자가, 내 눈물을 직접 닦아 주는 남자가 필요하다. 어떤 이유였든 어떤 목적이었든 다 싫고, 다 밉다. 양승호 실장도, 박우진도, 두 명의 서재유도.

"차라리 화를 내라. 날 때리든가."

"어른을 어떻게 때려요?"

내 말을 들은 양 실장님이 20대 초반의 날 보듯 빙그레 웃었다. 눈가의 주름이 세월의 두께만큼 깊어져 있었다. 눈물은 어떤 샘에서 솟기에 마르질 않는 걸까. 그치고 싶은데 쉽게 멈춰지지 않는다. 하찮다, 이런 눈물.

"이제 그만 울어. 나도 내내 후회했으니까."

양승호 실장님이 차렸다는 회사는 연기자 전문 기획사였다. 무슨 돈으로 회사를 차렸지 싶었는데 박우진이 그에 대한 궁금증을 풀어 주었다. 조만간 이름이 꽤 알려진 연기자 몇 명을 더 영입할 모양이다.

"언니는 잘 있어요? 규원이도요?"

"둘 다 잘 있어. 규원이 동생도 생겼고. 여동생이야."

"몇 살이에요?"

양 실장님이 휴대폰 바탕화면을 보여 주었다. 막 40대에 접어들었을 착한 아내와 커 갈수록 아빠를 닮아 가는 아들, 그리고 네댓 살 정도로 보이는 예쁜 여자아이. 딸아이는 엄마와 아빠의 얼굴에서 장점만 물려받았다. 양하얀이란 예쁜 이름이었다. 새해가 되면 다섯 살이 된다고. 두 아이의 아빠가 된 그의 얼굴을 다시 바라보았다.

"염색 좀 하고 다니세요. 머리가 그게 뭐예요? 연예 기획사 대표라는 분이."

"염색하면 우리 회사 들어올래?"

"뭘 믿고요? 마음에 안 들면 또 버리고 떠나시게요?"

"여전하네. 은근 뒤끝 있는 것도."

내 인생만 버거운 건 아니겠지. 남들도 이 정도 시련은 겪고 살겠지. 최악이라고 생각한 때도 지나고 보면 바닥은 아니었지. 내일은 내일의 태양이 뜨겠지.

"배우는 서른부터야. 너 만 나이로 서른이지? 20대는 잊어라. 지금부터 니가 만들어 가는 게 진짜 너야."

"누가 실장님하고 일한대요?"

"누나는 언제까지 실장님이라고 부를 건데? 이젠 대표님이라니까."

"한 번 실장은 영원한 실장이다, 왜!"

"여기로 옮겨. 승호 형 돈 많아. 키앤보다 매니지먼트도 잘해 줄 거야. 김도의하고 같이 일하면 편하지 뭐."

"그렇게 좋으면 니가 가면 되겠네."

"난 계약 1년 남았어. 최소한의 상도덕은 지켜야지."

"백성현, 같이 일하자. 너만 나이 먹은 거 아니야. 나도 나이 들었어. 늦었지만 철도 들었고."

며칠을 고민한 뒤 키앤 이사님을 만나 계약은 없었던 일로 하는 게 좋겠다고 말씀드렸다. 나는 다시 양승호 실장과 손을 잡았다. 그의 가족을 만나고 온 다음 날 최종 결정했다. 양 대표는 제주도까지 내려가서 우리 부모님을 뵙고 왔다. 안심하는 부모님의 목소리를 들으니 잘했다 싶었다.

도의 씨는 내 일을 전담하는 팀장이 됐다. 그 전에도 편의상

팀장이라고 불러 주긴 했지만, 이젠 정식 명함을 받은 것이다. 시은이도 함께 일할 수 있게 돼서 마음이 좋았다. 시은이 역시 정식 직원이 됐다. 결과적으로 볼 때 최선의 결정이었다고 결론 내려야 마땅했다.

# 재유


형이 말한 대로 누나는 드라마에서 하차하게 됐다. 대신 처음 보는 여배우가 그 역할을 맡았다. 기사를 그대로 옮기면 '장래가 매우 촉망되는 배우'라고 한다. 촉망이라니. 아직도 그런 구닥다리 문구를 쓰는 기자가 있다니!

백성현은 내게 원망의 전화를 하지 않았다. 너 때문에 드라마 못 하게 됐잖아! 네가 그때 전화만 안 했어도! 그러니까 다 네 책임이야! 내 인생 책임져! 차라리 그래 주길 바랐지만 희망 사항일 뿐.

본가에는 들르지 않았다. 가서 무슨 말을 한단 말인가. 내가 하고 싶은 말과 엄마가 듣고 싶은 말에는 차이가 클 텐데. 정문용 대표와는 출국하기 하루 전 통화했다. 그동안 어디서 뭘 하며 지냈는지 묻는 그에게 나는 아무 대답도 하지 않았다.

— 형은 앨범 준비하느라 정신없다. 안무 연습도 매일 하고, 운동도 예전처럼…….

과연 그럴까. 우리 형제가 그 여자를 알기 전으로 돌아갈 수 있을까. 있는 힘을 억지로 짜내 버티는 게 아닐까. 일이든 뭐든 미친 듯이 하다 보면 잊힐 날이 올 거라고 기대하며 하루하루를 견디는 게 아닐까.

— 너도 작곡 공부 열심히 해. 어떤 곡이든 자꾸 써 보고. 10분 안에 계약금 넣을 거니까 가면서 확인해라.

"곡 히트하면 인센티브도 주시는 겁니다? 약속대로."

— 그래. 다른 돈은 떼어먹어도 네 돈은 절대 안 떼어먹을 테니 곡이나 많이 보내. 마음에 안 드는 곡도 버리지 말고 다 보내라. 부모님은 뵈었고?

"안 갔어요. 할 말도 없고."

— 너희 아버지가 나한테까지 전화를 하셨더라. 어떻게 된 거냐고. 웬만하면 연락 안 하시는 분인 거 너도 잘 알지?

"뭐라고 하셨어요?"

— 준유 사고 났던 거하고, 어쩔 수 없이 니가 대타로 잠깐 일했던 거 말씀드렸지. 성현 씨, 너하곤 친한 누나 동생 사이라고만 했어. 다른 일 때문에 왔다가 우연히 잠깐 마주친 거라고.

"그 말을 믿으세요?"

— 아니어도 할 수 없지. 다시 안 만나면 그만이니까. 쌍둥이인 건 밖으로 소문 안 나갈 테니까 걱정 마시라고 했어.

"그 누나가 걱정이겠죠. 드라마도 하차했으니."

— 그 일은 우리도 미안하게 생각해. 나도 성현 씨 도울 방법을 찾고 있어.

"도운다고요? 다 뺏어 놓고?"

— 니 탓은 안 할게. 근데 재유야, 살다 보면 오만 가지 일 다 겪고 그러는 거야. 계획대로, 뜻대로만 되지 않는 게 인생이라고. 이젠 너도 좀 알겠지만.

나이 든 사람들은 다 이렇게 말하나. 이런 걸 인정해야만 어른이 되는 건가.

"부모님도 제가 곡 쓰는 거 아세요?"

— 당분간 아무도 모르게 하자고 했잖아. 나중에 니가 말씀드려.

앞으로 3년간 '제이원 프로젝트'란 이름으로, MO아티스트 기획 전속 계약 작곡가로 살게 됐다. 통장에 계약금이 들어왔다는 문자가 왔다. 형의 대타로 벌어들인 돈과는 비교할 수 없을 정도로 가치 있는 돈이다.

식탁을 하나 살까. 그 생각이 가장 먼저 들었다. 혹시라도 그녀가 내 집에 또 온다면 신문이나 돗자리를 깔고 앉게 하고 싶지는 않으니까. 그러나 그럴 날이 과연 올까. 4인용 식탁에 둘러앉아 함께 밥을 먹을 날이. 둘이 아닌 셋이라도 말이다.

화려한 세팅도 대단한 요리도 없었지만, 백성현과 함께 먹은 점심밥을 우리 형제는 오래도록 잊지 못할 것이다.


한국에서 스웨덴의 거리는 어림잡아 1만 2천 마일. 직항이 없어 파리나 프랑크푸르트를 경유해야 한다.

프랑크푸르트에서 스톡홀름행 비행기로 갈아탔다. 기내식을 거절하고 와인만 마셔 댔더니 속이 쓰렸다. 다시는 그 여자 생각 따위 하지 않겠다는 다짐은 진즉 집어던졌다. 어차피 잠도 올 것 같지 않아서 탑승하기 전 베스트셀러 코너에 있던 책을 한 권 샀다. 소설이 끝나 갈 즈음 마음에 걸리는 구절을 발견했다.

이미 가져 본 것과 가지고 싶은 것의 차이.

나는 현실의 백성현을 한 번도 내 것으로 생각해 본 적이 없다. 너무나 갖고 싶었지만, 이율배반적이지만, 그런 마음까지 품을 순 없었다. 피를 나눈 내 형제가 그 여자를 어떻게 생각하는지 알기 때문에. 형은 한순간이라도 그녀를 가져 본 쪽일까. 그녀의 마음 한 자락이라도.

고작 30분 먼저 태어났을 뿐인데 나보다 3년은 더 산 사람처럼 굴던 형. 서준유가 끝없이 일을 만들고 쉼 없이 몰두하는 건, 사는 게 불안하기 때문일까. 한때는 왜 저렇게 사는지 의아했지만 이제 조금은 알 것 같다. 이런 식으로 이해하게 돼서 슬프지만.

스웨덴의 가을은 이미 깊을 대로 깊어져 있었다. 바로 이사하려던 생각을 접었다. 정원의 사과는 다 떨어져 빈 가지만 남았지만, 아직도 나는 2층에서 내려다보이는 풍경을 그녀에게 보여 주고 싶었다. 이런 내가 어리석어도 할 수 없다. 적어도 1년은 이렇게 살아도 버틸 수 있다. 아무것도 결정해 주지 않아도, 아무 희망을 주지 않아도 난 살 수 있다.

　4년 전부터 렌트 해서 살고 있는 주택의 2층 독채가 내 집이다. 1층에 살던 주인 내외는 2년 전 영국으로 이주해서 내년쯤 돌아온다. 이 넓은 집을 나 혼자 쓰는 셈이다. 두 개의 넓은 방과 거실, 아담한 욕실, 급하게 개조한 작은 주방. 단독 주택이라 아파트보다는 여러모로 불편하지만 동네에 정이 많이 들었다. 그게 이사를 망설이는 가장 큰 이유였다.

　도착하자마자 청소부터 했다. 버려도 될 건 싹 치우고 꼭 필요한 것만 남겼다. 이건 도대체 왜 샀을까 싶은 물건도 있었다. 이틀간의 대청소가 끝나고 인터넷 세상에 가입된 카페까지 정리했다. 자주 방문 안 하는 곳은 탈퇴하는 식으로. 탈퇴하기 전 내가 올린 게시글이나 댓글은 모두 삭제했다. 여기저기 흘리고 다닌 흔적이 꽤 많았다.

　마지막으로 '세상의 모든 음식'에 들렀다. 나와 백성현이 연결된 유일한 장소. 풀잎향기는 10월 초 게시물을 끝으로 새 글을 올리지 않았다. 여기 말고 또 어떤 카페에 가입돼 있을까. 다른 카페의 닉네임도 풀잎향기일까.

　컴퓨터 하드디스크까지 대청소하고선 알고 지내던 사람들을 돌아가면서 만났다. 마지막 모임엔 카리나까지 나왔다. 그녀는 날 보며 아무 일 없었던 듯 웃었다. 나 역시 가방으로 두드려 맞던 날의 기억 같은 건 없는 사람처럼 카리나를 대했다. 너무 아무렇지가 않아서 미안할 정도였다.

　술이 몇 잔 들어가자 며칠째 알코올에 절어 지낸 뇌가 과부하 걸린 것처럼 무기력해졌다. 하우스 맥주에 취한 카리나가 뜬금없이 질문을 던졌다.

"만나고 왔어? 그 여자?"

"어."

"어쩌기로 했어?"

"대답해야 해?"

"잘 안 됐으면 나하고 다시 시작하자고. 난 그러고 싶은데."

옆의 누군가가 길게 휘파람을 불었다. 이토록 감정에 충실한 마인드라니. 뭐라고 대답할까.

'그래도 너하고는 아니야.'

이 말은 할 수 있다. 잔인한 것 같지만.

'나도 잘 모르겠어.'

이 말은 마음에 안 든다. 날 속이는 것 같아서.

'잘됐어. 우리 이젠 애인 사이야.'

이 말은 거짓이다. 거짓말을 더 하긴 싫다.

'다시는 만나기 힘들지도 몰라.'

어쩌면 이것이 가장 정답에 가까운 대답이다.

"다시 만나러 갈 거야."

"와우! 로케, 역시!"

"너 진짜 대단하다. 그 여잔 네 마음도 모른다며?"

대단해서가 아니다. 완전히 포기하게 될 때까지 가 보고 싶다. 미련조차 사라질 때까지.

그날 밤부터 몸살을 앓았다. 며칠 내내 물만 마시며 침대에 누워 지냈다. 친구들에게 가끔 연락이 왔지만 문병도 귀찮아 바쁘다는 핑계를 댔다. 내가 아픈 걸 아는 사람은 세상에 아무도 없다. 나는 죽지 않을 정도로만 아프길 바랐다. 너무너무 아파서 아무 생각조차 나지 않도록.

너무 춥고 너무 외로웠다. 세상 여자 다 죽고 백성현만 남은 것처럼 누나가 보고 싶었다. 나 지금 너무 아프다고 문자라도 보낼까. 아파서 죽을 것 같다고 전화라도 해 볼까. 그녀와 함께 있던 순간의 향기, 숨결 같은 것. 그런 게 눈물 나게 그리웠다.

긴 여름도 싫었지만 이 가을도 싫긴 마찬가지다. 스웨덴은 한국보다 겨울이 빨리 온다는 게 그나마 작은 위안이 됐다.

며칠간의 몸살이 끝나고 11월이 가기 전에 한국으로 일곱 곡의 노래를 만들어 보냈다. 가사는 하나도 짓지 않았다. 쓰고 싶은 말들은 안으로 삭였다. 대신 곡 제목은 모두 내가 붙였다. 〈숨결, 향기〉, 〈이름 없는 사랑〉, 〈우주에서 온 편지〉, 〈말하고 싶은 비밀〉, 〈하이디에게〉, 〈내 꿈에 들어와〉, 〈Ending, 그리고 Opening〉 이렇게.

〈2만 킬로미터〉라는 곡이 하나 더 있었지만 보내지 않았다. 형이라면 누가 만든 곡인지 눈치챌지도 모른다. 정문용 대표는 내가 보낸 곡이 모두 마음에 든다고 했지만, 한국으로 오라는 말은 하지 않았다. 전화를 끊기 전 나는 노래 제목은 절대 고치지 말라고 부탁했다.

초겨울의 문턱에 접어들 무렵 접한 한국 소식은 가수 서재유의 새 앨범 〈The Second Promise두 번째 약속〉이 3주째 판매 1위를 한다는 거였다.

내가 만든 노래 〈하얀 밤〉은 그 앨범의 다른 곡들을 모두 제치고 음원 판매 1위를 했다. 형의 앨범은 곡의 완성도와 상관없이 늘 잘 팔렸지만, 음원 판매량은 인기에 비해 많은 편이 아니었다. 〈하얀 밤〉으로 가수 서재유는 대중적인 인기까지 얻게 된 셈이다.

형이 부른 〈하얀 밤〉을 듣고 싶었지만 참았다. 참을 게 너무 많아서 '도대체 내가 지금 무엇을 위해서 뭘 참는 거지?' 그 생각을 할 때도 있다. 나는 한국에 가고 싶은 걸 참고, 백성현과 관련한 궁금증을 참고, 그 여자 목소리가 듣고 싶은 걸 참고, 그 밖에 말 못 할 여러 가지를 참는다.

스웨덴의 겨울은 햇빛이 귀하다. 하루 한 번쯤 발코니의 의자에 앉아 반짝 비치는 초겨울 햇살을 해바라기 한다. 헤드폰을 쓰고 피아노 버전으로 녹음해 놓은 〈2만 킬로미터〉를 30분째 반복해 들었다. 그녀와 나의 물리적 거리 2만 킬로미터. 그녀와 나의 심리적 거리는 얼마나 될까. 얼마나 더 멀어졌을까. 내가 그 여자를 열 번 생각할 때, 그 여자는 나를 한 번이라도 생각해 줄까.

인간은 밥과 사랑을 먹고 산다. 식물은 물과 햇빛을 먹고 자란다. 나는 성적 욕망 같은 건 눈곱만큼도 없는 관상용 식물처럼 하루하루를 버티고 있다. 누가 알아준다고. 그래도 그래야 할 것 같다. 아직은 그게 마음 편하니까.

다리 위에 올려놓은 휴대폰이 살짝 움직인다. 잠시 받을까 말까 고민하다 휴대폰 액정을 확인했다. 서준유. 지난가을 이후 첫 통화다.

"전화 안 받으면 그냥 끊어라. 왜?"

— 잘 지내지?

"의미 없는 질문 좀 그만해. 음반 잘 팔리는 것 같더라. 이번 앨범이 제일 대박 나겠던데. 안 바빠?"

— 대기 중이야. 사녹이 있어서.

"사녹이 뭐야? 아, 사전 녹화! 바쁜 거 자랑하려고 전화했냐? 한가한 사람한테?"

— 그냥 했어.

"니가 그냥 전화할 사람이 아니잖아."

— 이번 주 토요일부터 새로 예능 프로 시작해. S 방송국에서.

"난 스웨덴 것도 잘 안 보거든. 다음 주에 게스트로 나와?"

— 나 말고 성현 누나가 나와. 고정이야.

"그런 거 왜 말해 주는데?"

— 그만 미안해하라고. 너 신경 쓰는 거 알아. 우리 회사 후배도 그 프로 같이 하는데, 누나 생각보다 적응 잘한대. 소속사도 정해졌어. 원래 가려던 곳은 아니고 다른 데로.

"……형, 이거 실수하는 거야. 실수하는 거라고."

# 성현

배우 성현과 휴먼스토리액터스 양승호 대표의 오랜 인연, 7년 만의 재회는 그럴싸한 사연으로 기사화됐다.

계약서에 도장을 찍자마자 양 대표는 나를 데리고 나가 최고 사양의 9인승 승합차를 계약했다. 도의 씨의 언질에 의하면 할부나 리스도 아닌 일시금으로. 딜러와 계약서를 작성하던 양 대표를 슬쩍 불러냈다.

"대표님, 고맙긴 한데요. 너무 무리하시는 거 아니에요? 나 돈 못 벌면 어쩌시려고?"

"나한테 고마워할 거 없어. 내가 고맙지. 백성현 덕분에 우리 회사 이름 공짜로 광고했잖아. 차야 너 안 쓸 땐 다른 애들 쓰면 되고. 근데 너 왜 자꾸 대표님이라고 부르냐? 부담스럽게."

"사람들이 그러래요. 대표님한테 실장님이 뭐냐고."

"너 편한 대로 불러."

"대표님이라고 부를게요. 이젠 그게 편해요."

새 드라마에선 하차하게 됐다. 예상된 시나리오였다. 꼭 그 역할을 하고 싶었다기보다는 선우진을 빨리 잊고픈 생각이 더 컸다. 날 걱정해 주는 사람들이 꽤 있었지만 그들이 걱정하는 것만큼 괴롭거나 슬프진 않았다. 이런 일이 처음도 아니고, 이것 역시 내가 감수해야 할 부분일 테니.

11월 초, 내게 두 가지 선택 과제가 주어졌다. 둘 다 예능 프로였다. 하나는 아예 처음부터 논외의 대상이었다. 다른 하나는 고민이 좀 됐다. 마냥 놀 수도 없는데다 공중파에서 새로 시작하는 예능 프로그램이라 놓치긴 아까웠다. 그 프로에 들어가고 싶어 하는 사람들이 줄을 섰다는 소문이 돌 정도였다. 양승호 대표는 이 프로를 꼭 해야 한다며 나를 설득했다.

"사람들은 널 제대로 몰라. 성현이 어떤 사람인지. 지금 너한테 가장 필요한 건 이미지를 바꾸는 거야. 연기도 좋지만 이것도 좋은 기회야. 짧으면 6개월, 길어도 1년만 잡고 해 보자."

어떻게 알았는지 박지형 감독까지 전화를 걸어왔다.

— 후배 통해서 알아봤는데 그 프로 담당 피디 엄청 독하대요. 포맷이 워낙 광범위해서 망가져야 할 때도 많을 거고. 할 수 있겠어요?

"공중파인데 독하면 얼마나 독하겠어요? 하게 되면 해야지."

— 잘하기만 하면 나쁜 선택은 아닐 거예요. 근데 여덟 명이 부대껴야 하는데 어떻게 하려고 그래요? 성현 씨보다 훨씬 어

린 여자애가 둘이야. 아이돌도 나온다고 하고. 그 드센 사람들 틈에서 버틸 수 있나?

"나도 드세요."

전화기 선을 타고 온 박지형 감독의 웃음소리가 귀를 울렸다.

— 차라리 나한테 20대 초반의 레오나르도 디카프리오와 닮았다고 해요. 그 말을 더 믿겠네.

"나 나름 드센데? 진짜예요."

— 그렇다 쳐요, 그럼. 이건 대외비인데, 성현 씨 이름 어떻게 나왔는지 알아요?

"말들이 많긴 하던데, 뭔데요?"

— 성현 씨가 원래 거론됐던 30대 초반 여배우 중 하나긴 했는데 살짝 밀리는 추세였대요.

"또 밀렸었구나."

— 들어 봐요. 〈온리 원〉 쫑파티 날 성현 씨 오 작가, 안 피디하고 미친 듯이…… 아, 이건 좀 아니다. 정신없이 놀…… 아, 이것도 아닌가. 암튼 신나게 놀았잖아요. 노래 부르고 춤추고. 그 얘기가 드라마 국장님 귀에 들어갔던 모양이에요. 성현이 제법 잘 논다고. 그게 또 예능 국장님한테 전해졌고. 두 양반이 같이 식사하다가. 그걸 예능 국장님이 그 프로 피디한테 말했고. 뭐 그렇게.

"아! 그럼 나름 내 능력을 인정받은 거네요? 내가 그날 좀 미친 듯이 놀긴 했죠. 인정. 촬영 안 바빠요?"

— 바빠요. 근데 심심해.

"뭐가요?"

— 여주가 머리가 나빠. 궁금한 것도 없고 따지는 것도 없고 그냥 시키는 대로 곧이곧대로만 해. 어디 백성현 같은 배우 또 없나?

"나 안 드세다면서요?"

— 그거하고 이거하곤 결이 다르지. 나도 예능 피디나 할 걸 그랬네.

그 주가 지나기 전에 담당 피디와 미팅을 하고 〈떴다! 8남매!〉에 나가기로 확정했다. 드라마만큼은 아니어도 마음부터 분주해졌다. 제주도에 미리 다녀오길 잘한 것 같다. 10월 말 제주도 집에서 일주일 정도 지내고 왔던 터다.

외할머니의 건강은 다행히 좋아 보였다. 내가 왔다는 소식에 겸사겸사 방문한 이모들과 오랜만에 제주도 관광도 했다. 제주도엔 몇 년 새 관광하기 좋은 장소가 꽤 많아졌다. 시월이는 여전히 날 기억하고 열심히 꼬리를 흔들어 댔지만, 이번에도 데리고 올 수는 없었다. 시월이 처지에서 생각하면 나처럼 얼굴 보기 어려운 주인보다는 제주도에 있는 게 훨씬 좋을 터였다.

외할머닌 자주 그랬듯 더 늦기 전에 시집가야 한다는 말씀을 몇 번이나 하셨다. 그 와중에도 아빠와 두 번이나 바다낚시를 나갔다. 엄마의 긍정적인 에너지는 언제나 내 기를 충전시켰다. 한라산 정상까지 등반하고 싶었는데 못 하고 온 건 좀 아쉽다.

11월은 내게 1년 중 가장 쓸쓸한 달이다. 작년도 재작년도 그 전해에도 그랬다. 부실하게 보낸 1년을 반성하기에 11월처럼 안타깝고 절실한 달이 또 있을까. 12월만 되어도 지레 포기하거나 잽싸게 다음 해를 기약하기 마련이니.

절대 그 이름을 떠올리지 말아야지 다짐했지만, 그게 내 의지만으로 가능한 일이 아니었다. 인터넷을 접속하면 '새로운 사랑에 빠진 서재유', '서재유의 새 연인 김예인' 같은 문구가 수시로 보였다. 심지어 나를 버림받은 여인처럼 표현한 헤드라인도 있었다.

새 앨범의 뮤직비디오를 찍은 모양이다. 포털 사이트 한 귀퉁이에 서재유가 주인공인 뮤직비디오 티저 광고가 보였지만 클릭하지 않았다.

하기야 내가 새 드라마에 들어갔대도 '새로운 사랑에 빠진 성현', '성현, 서재유 버리고 다른 남자 품으로' 따위의 유치한 제목의 기사가 도배됐을 테지. 절대 그의 잘못이 아니다.

며칠 후, 개점휴업이나 마찬가지인 내 블로그로 뜻밖의 선물이 도착했다. 선물은 새로 나온 서재유의 노래였다. 〈렛 미인〉, 〈하얀 밤〉, 〈지금〉. 누군지 모르지만 〈온리 원〉의 팬인 것만은 분명해 보였다. 아니, 아닐까. 이것조차 누군가 날 시험하려는 제스처일까.

'성현 언니, 꼭 받아 줬으면 좋겠어요.'

짧은 메시지와 함께 온 음원 세 곡. 선뜻 받기가 부담스러웠다. 망설인 끝에 선물을 수락했다. '미안하지만 다음엔 이런 선물 안 보냈으면 좋겠어요. 고마워요.'라고 썼다가 '다음부터는 직접 사서 들을게요. 고마워요.'로 고친 수락 메시지를 보냈다.

나는 그날 선물 받은 세 곡의 노래를 듣지도, 뮤직 리스트에 올리지도 않았다. 그것을 블로그에 올리는 순간 또 다른 추측과 소문이 난무하게 될 테니.

〈떴다! 8남매!〉라는 프로그램엔 여덟 남매가 등장한다. 아들 넷, 딸 넷. 첫째이자 맏딸 역할은 30대 후반의 개그우먼 김이연 씨가 맡았다. 그다음이 30대 중반의 성격파 배우 송지환 씨, 셋째는 발라드를 잘 부르는 것으로 유명한 가수 정성욱 씨. 내가 나이순으로 넷째다. 나머지 네 명은 20대. 서른여덟부터 스물한 살까지의 멤버들이 둘씩 파트너를 바꿔 가며 다양한 체험을 한다.

멤버 중 기혼자는 없다. 따지고 보면 '남매'라는 단어를 붙일 수 없는 컨셉이었다. 누구 생각인지 모르지만, 나는 그 프로그램의 제목이 영 마음에 안 들었다.

기본적으로 2주에 한 번 촬영하고 2주에 걸쳐 방송한다. 촬영 시간은 짧으면 하루, 길면 48시간 정도. 회당 방영 시간이 90분이나 된다. 그 시간 안에 2주 방송 분량을 맛깔나게 뽑아낸다는 건, 쉽게 말해 여덟 명의 멤버가 대충 먹고 놀아선 안 된다는 뜻이다.

촬영 전에 미리 파트너부터 결정한다. 파트너는 방송 기준으로 2주마다 바뀌는데, 그걸 정하는 게 좀 골치 아프다. 그 주의 미션이 뭔지 모르는 상태에서 상대를 선택해야 하니까(그 전주의 파트너는 연달아 선택할 수 없다). 각자 가진 재능이 다르기 때문에 파트너를 선택하는 것에 따라 결과가 달라질 수밖에 없다.

미션 수행 전 대형 노래방에 들러서 두 곡씩 부른다. 합산한 점수가 높은 순서대로 이성의 파트너를 선택할 권리가 생기는데, 무슨 노래를 부르게 될지는 아무도 모른다. 무작위이므로. 그나마 다행이라면 특별히 선정한 1,000곡의 가요 중에서 고를 수 있다는 점 정도다.

제작진은 우리에게 1,000곡의 가요 리스트를 미리 뽑아서 줬다. 노래 부르는 모습은 적당한 분량으로 편집되겠지만, 가수라고 늘 유리한 건 아니다. 요샌 매일 노래 연습을 한다. 잘 부르기 위해서라기보단 아는 노래를 늘리려고.

첫 촬영 전 멤버들이 다 같이 모여 미팅을 했다. 미팅을 마친 뒤 저녁 식사에 이어 자연스럽게 술자리가 벌어졌다. 치근거리는 남자만 없다면 술자리를 싫어할 이유가 없다. 적당히 마실 줄도, 즐길 줄도 안다.

여덟 명 중 원래부터 안면이 있던 사람은 두 사람뿐이다. 송지환 선배와 가수 정성욱 씨. 붙임성 좋은 사람들은 벌써 자리를 옮겨 가며 술잔을 주거니 받거니 했다. 개그맨인지 가수인지 구별이 안 되는 지하수라는 남자가 내 옆에 와서 술을 따라 주었다. 스물아홉인 줄 알았는데 우리나라 나이로 서른이란다.

"역시 배우 얼굴은 뭐가 달라도 다르네요. 원샷입니다!"

"싫은데요."

강기윤 피디가 지하수를 보며 한마디 했다.

"요새 누가 술을 강요하나? 촌스럽게."

"저 되게 촌스러운데. ㅎㅎㅎ. 성현 선배, 예쁘다고 튕기는 건가요?"

대각선 쪽에 자리 잡은 정성욱 씨가 지하수의 말을 들으며 픽 웃었다. 이런 식의 대꾸도 잊지 않았다.

"튕길 정도로 예쁜가?"

정성욱 씨와는 떨떠름한 기억이 있다. 20대 중반에 사귀었던 그룹의 리더와도 아는 사이라 비밀스러운 자리에서 동석했었다. 기분 좋은 인연이라고 할 수는 없지만, 그것 때문에 싫어할 이유도 없는 사람이다. 그의 노래만큼은 좋아하니까.

내가 영화음악 DJ를 할 때 게스트로 나온 적도 있었다. 강서환과 헤어지고 한참 뒤였다. 그날 라디오 부스 안에서 던지던 정성욱 씨의 유머는 까칠하면서도 즐거웠고 그의 박학함은 날 놀라게 했다. 그는 온 에어가 아닐 때도 강서환의 이름 따윈 절대 꺼내지 않았다.

"형, 튕겨도 될 만큼 예쁘잖아."

빙글빙글 웃으며 정성욱 씨와 나를 번갈아 보던 지하수가 내 얼굴에 시선을 고정했다. 붙박이가 된 것처럼 집요한 눈길이었다.

"화면발 더럽게 안 받죠? 감독들 눈이 다 삔 건가? 내가 볼 땐 우리나라 여자 연예인 탑 파이브 안에 들겠는데? 내 의견 마음에 들어요?"

말 많은 사람이 습관처럼 하는 빈말 같아서 웃어넘기고 말았다. 정성욱 씨가 나를 보며 싱거운 농담을 던졌다.

"애한테 돈 줬어요?"

나는 이 정도 조크에 웃는 사람이 아니다.

"그럴 만큼 돈이 많지도 않고, 빈말이라도 고맙잖아요."

나의 대답에 지하수가 신이 나서 떠들었다.

"이거든! 예쁘다고 칭찬하면 괜히 겸손한 척 '제가 뭘요, 호호호!' 이러는 여잔 딱 질색이거든. 지들 예쁜 건 지들이 젤 잘 알면서!"

이 남자는 9년 전 3인조 보이그룹 멤버로 시작했다는데, 가수보다는 개그맨이 더 어울려 보인다. 이름부터 얼굴까지. 아까부터 몇 번이나 자기 이름의 '수'는 '물 수水'가 아니라 '빼어날 수秀'라고 강조하는 걸 들었다. 얼핏 들었는데 본명이 더 근사했던 것 같다. 여러모로 언밸런스한 사람이다.

테이블 끝 쪽에서 여자 스태프의 목소리가 들렸다.

"강 피디님, 우리 노래방 가는 거죠? 컨셉에 맞게 놀아요!"

"안 그래도 가려고 했어. 자, 20분 뒤에 자리 옮깁시다!"

간단히 인사 정도는 했지만 특별한 대화를 나누지 못한 사람이 둘 있다. 스물네 살의 탤런트 소연주와 한시유라는 아이돌 그룹의 리더. 한시유는 준유와 같은 소속사였다. 이 프로에 나오는 남자 중 가장 어리다. 가장 연장자인 개그우먼 김이연 씨가 시유의 외모를 보며 거듭 감탄했다.

"쟤는 참 보기도 아깝게 생겼다."

"쟤가 리더로 있는 그룹이 한시유 비주얼로 떴다는 말이 있을 정도니까요. 시유 여기 집어넣으려고 무지 애썼어요. 다른 프로에서 데리고 간다는 걸."

"남편은 좀 부담스럽고, 나도 저런 아들 하나 있으면 좋겠네."

강기윤 피디가 씨익 웃으며 토를 달았다.

"아들도 상당히 무리수 아닌가요? 첫사랑에 성공했다 쳐도 말이에요."

"강 피디님, 상상도 못 해요? 상상도? 나도 마음만은 범 우주급 미녀라고."

"아이고, 시유 들으면 체하겠네. 애 생각도 해 가면서 말씀하셔야지."

시유라는 아이가 이쪽을 보며 빙그레 웃었다. 아, 저 아이는 누군가를 닮았다. 스물세 살의 서준유도 저렇게 순수하고 쑥스러운 미소를 짓고 살았을까. 순간 시유와 눈이 마주쳤다. 그 아이는 고개를 숙여 인사하곤 곧 시선을 피했다.

노래방으로 자리를 옮겼다. 스무 명도 여유 있게 놀 수 있는 대형 룸이다. 신발을 벗고 들어가 적당히 구석진 자리를 찾았다. 소파에 앉기가 무섭게 캔 맥주가 돌고 안주와 음료수가 세팅됐다. 성질 급한 누군가는 벌써 노래를 부르기 시작했다. 도의 씨가 걱정스러운지 전화를 걸어왔다.

— 이 동네 사람들은 술을 왜 그리 밝힌대요? 데리러 갈까요?

생각해 보니 김도의 팀장은 젊은 날의 양승호 실장 짝퉁 같다.

"나도 살짝 밝혀. 편히 놀고 있어요. 이따가 연락할게."

자리는 금방 무르익었다. 몇몇을 제외하곤 너나 할 것 없이 잘 놀았다. 평범한 사람들은 쑥스러워서라도 따라 하기 힘든 갖가지 모습으로. 저런 사람들하고 부대껴야 한단 말이지. 까짓것, 하지 뭐.

"성현 씨 은근 잘 마시네요."

"오늘은 좀 받네요."

정성욱 씨가 캔을 부딪치며 미소 지었다. 이 남자도 날 보면 그날이 떠오를까. 한때 친한 후배의 여자 친구였던 나를 보며 오래전 그 술자리를 기억해 낼까. 그때 강서환은 나를 어떻게 소개했더라.

'형, 친하게 지내는 후배야.'

그래서 이 남자는 뭐라고 대답했었지?

'그걸 지금 믿으라고 하는 말이냐? 넌 가수고 이분은 배우인데?'

그 비슷했던 것 같다. 그러니 이제부턴 아주 뻔뻔해지든가, 아예 기억에 없는 척하든가, 아니면 내내 민망해하며 이 남자를 대할 수밖에 없는 걸까. 이 바닥은 유리 어항처럼 좁다.

"뜻밖이었어요. 성현 씨가 이 프로 할 줄은. 나도 하게 될 줄 몰랐지만."

"돈 벌어야죠. 놀면 뭐 해요."

"나하고 이유가 비슷하네요? 난 정규 앨범 내놓기 전에 홍보 좀 하려고. 근데 마이너스 되면 어떡하지. 벌써 비호감 왜 나오느냐고 난리던데?"

"그것도 나하고 비슷하네요. 우리나라 사람들은 똑똑하고 자기주장 강한 사람을 좀 부담스러워 하잖아요. 아, 내가 그렇단 소리는 아니고요."

"그럼 내가 그렇단 소리?"

"네, 언제나처럼."

"성현 씬 좀 달라졌어요."

여기까지 말한 정성욱이 노래방 모니터 앞에 모인 사람들을 바라보며 투덜거렸다.

"아, 진짜 정신 사납게 노네. 왜들 저래? 미친 거 아냐?"

아닌 게 아니라 몇몇은 주어진 공간과 시간을 미친 듯이 즐기고 있었다. 소파에 푹 기대앉은 나는 맥주를 홀짝거리며 그네들이 노는 모습을 지켜봤다. 저건 정말 돈을 줘도 못 하겠다, 생각할 때 정성욱이 떠나고 한시유가 다가왔다.

"선배님, 정식으로 인사드릴게요. 아깐 너무 대충 인사드린 것 같아서."

가까이서 보니 남자다움을 잃지 않으면서도 남자치고 결이 고왔다. 젖살이 채 빠지지 않은 귀티를 흰 종이 위에 정성 들여 그린 것 같은 모습이다.

"괜찮아요. 나도 그랬는데 뭐."

"말 놓으세요."

"차차 하면 돼요. 노래 안 해요?"

"전 노래방에서 노래 부르는 거 싫어해요."

"왜? 가수잖아요?"

"마이크 잡는 순간 다들 저만 바라봐서 부담스러워요. 노래도 잘 못 하고."

"그럼 어떡해요? 새 미션 시작할 때마다 노래방 간다는데?"

"그건 돈 받고 하는 일이니까요. 카메라 불 들어오면 어떻게 든 해요."

이 아인 지금 내게 연예인 서재유를 떠올릴 만한 말만 골라 하고 있다.

"방송에서 본 적 있어요. 춤 잘 추던데요?"

시유가 쑥스러운 듯 눈을 찡그렸다.

"선배님 연기하시는 건 잘 봤어요."

"〈온리 원〉 봤나 보네."

"재유 형, 제가 정말 좋아하고 존경하는 선배님이거든요."

좋아하고 존경하는 선배. 스물세 살의 한시유는 스물여섯 살 서준유의 인생을 완벽하게 이해할까. 3년 전 시유 나이였을 때의 준유는 지금처럼 살게 될 거라고 짐작이나 했을까.

"곧 연기도 하겠네. 정극 해 본 적 있어요?"

"회사에선 내년 봄 정도에 계획하고 있대요. 저, 그럼."

꾸벅 인사를 하고 일어서려는 시유를 불러 세웠다.

"재유한테 내 말 좀 전해 줄래요? 그럴 수 있어요?"

시유가 진지한 눈빛으로 고개를 끄덕였다.

"앨범 사 들을 테니까 활동 잘하라고 전해 줘요."

"……그렇게만요?"

하고 싶은 말이 더 있었다. 하지만 그건 내 역할을 벗어난 일이었다.

"끝."

누군가 내 이름을 불렀다. 송지환 선배였다.

"어이! 거기 두 사람. 노래방에 대한 예의 좀 갖추지!"

대답은 내가 먼저 했다.

"안 그래도 막 일어서려고 했어요."

노래 번호를 말한 뒤 마이크를 들고 모니터 앞에 섰다. 친구들을 만나면 늘 부르는 애창곡. 나에게 최면을 걸었다. 이 사람들은 그저 직장 동료야. 평생 같이 살 사람도 아니고. 멍석을 펴 주면 열심히 놀아 줘야지.

댄스곡이니만큼 안무도 살짝 곁들였다. 평소에 '성현'을 어떻게 생각했는지 몰라도 다들 놀란 눈으로 날 쳐다보았다. 놀람은 곧 환호로 바뀌었다. 이게 또 다른 나의 모습이다. 아빠의 유전자와 엄마의 유전자가 절묘하게 뒤섞여 나오는 시간. 분위기에 맞춰 잠시 망가지거나 바뀔 수도 있는 사람.

동석한 강기윤 피디와 조연출이 나를 흐뭇하게 지켜봤다. 밥값은 하겠군, 하는 표정으로. 미친 척하고 테이블 위로 올라가 마저 불러 버릴까 하다 참았다. 테이블이 너무 지저분했다. 그래, 이렇게 재밌게 살면 되지 뭐. 무슨 대단한 인생을 살겠다고. 무슨 대단한 사랑을 하겠다고.

안타깝게도 시간이 흐를수록 술이 깼다. 적당히 술이 깬 나는 상당히 피곤해졌고, 집에 가고만 싶어졌다. 도의 씨에게 연락했다. 데리러 오라고.


〈떴다! 8남매!〉의 첫 촬영 미션은 김장이었다. 지방으로 가야 해서 이른 아침 대형 버스로 한꺼번에 출발했다. 1박 2일 코스다.

노래방 장면은 하루 전 모여 미리 찍었다. 정말 운 좋게도 내가 선택한 번호의 노래들은 나와 잘 맞는 곡이었다. 수없이 불러 본데다 원래 실력보다 잘 부르는 것처럼 보이는 노래. 여덟 명의 멤버 중 상위권 점수가 나왔지만 선택하기 전에 선택 당했다. 운 나쁘게도 지하수에게.

도착하자마자 의상을 갈아입고 머리부터 손질했다. 일하기 편하게 머리를 상투처럼 하나로 묶어 올렸다. 곧 촬영을 시작한다. 메이크업을 해 주던 시은이 투덜거렸다.

"의상이 이게 뭐냐고요? 요새 어떤 농부의 아내가 이런 옷을 입어? 시골 사는 여자들 개무시 하는 것도 아니고. 소연주는 안 입겠다고 난리라는데."

"평생 입을 거 아니잖아. 전통 한복 안 입히는 게 어디야."

"아 나. 그 뭐가 아닌 게 어디야 시리즈는 끝도 없어요. 언니야, 긍정적인 마인드도 때와 장소 좀 가려서 해라. 우아하게 다른 프로 하라니까 이게 무슨 생고생 예능이냐고."

"우아한 예능이 어디 있어? 어차피 지나간 버스야. 탈 마음도 없는 버스였고."

"언니가 짝짓기 프로를 해야 했는데. 그래야 누가 더 열이 확 받을 거 아냐."

"누가 열이 받아?"

"있어. 서 아무개 씨라고. 질투심에 눈이 확 멀어 봐야 본인이 놓친 게 뭔지 잘 알 건데."

"넌 도대체 왜 그러니? 툭하면 잘 사는 애를 끌어들여."

"잘 살긴 누가 잘 산다고 그래? 남들 눈엔 다 보이는데 자기들만 절대 아니라지."

"다 됐지?"

"좀 기다려 봐. 〈온리 원〉에서 그렇게 기를 쓰고 엘레강스하게 꾸며 줬더니 바로 아줌마 모드로 바꿔 버리네. 서 아무개 씨가 보면……."

"그만해. 코디 바꾸기 전에."

"나도 이젠 휴먼스토리액터스 정직원이거든? 언니 맘대로 못 자르거든!"

"진짜 하극상도 이런 하극상이 없네."

본격적인 시작이다. 김장에 필요한 모든 재료는 제공해 주지만 어떻게 담가야 하는지 가르쳐 주는 사람은 없다. 인터넷 검색도 금지. 각자 경험을 바탕으로 요령껏 하되 한 팀당 40포기를 담가야 한다. 강기윤 피디는 소문대로 어마어마한 사람이었다.

"완성된 김장 김치는 복지 시설에 기증할 겁니다. 맛없으면 매우 민폐겠죠?"

여덟 명의 네 팀을 한꺼번에 밭에 풀어 놓았다. 배추밭에 배추가 참 많았다. 한 통 한 통 포기도 엄청나게 컸다. 내 입에서 저절로 한숨이 나오는 걸 카메라가 놓치지 않고 잡은 것 같다.

지하수는 말에 비해 실속이 없었다. 그래도 시키는 일은 그럭저럭 해냈다. 배추가 너무 커서 네 쪽으로 쪼개야 했다. 그 일은 지하수가 훨씬 잘했다. 소금물을 만들어 배추를 절여 놓은 뒤 늦은 오후부턴 배춧속에 넣을 양념을 준비했다. 말 많은 내 파트너는 온갖 참견을 다 하고 설치면서 일만 더 만들었다. 일하다 말고 그는 이 모든 게 설정이라며 슬그머니 고백했다. 과연 그럴까 싶었지만, 짜증 낼 기운도 없어서 웃어넘기고 말았다.

긴 하루가 끝나고 겨우 뜨끈한 시골 방에 들어올 수 있었다. 네 명의 여자가 같은 방에서 묵는다. 몇 대의 무인 카메라를 설치해 놔서 방에서조차 자유롭지 못하다.

카메라를 절대 의식하면 안 된다. 그게 제작진이 가장 먼저 한 주문이었다. 옆방에 가서 트레이닝복으로 갈아입고 온 나는 '에라, 모르겠다!' 하는 마음으로 방바닥에 모로 드러누웠다. 막내인 걸그룹 멤버 리즈가 내 옆에 몸을 던지듯 엎드렸다. 리즈가 속눈썹을 무겁게 깜박이며 말을 걸었다.

"언니, 힘 안 들어요?"

"힘들어."

"난 죽을 거 같아요. 김장은커녕 김치도 처음 만들어 보는 거예요."

"아까 보니까 제법 잘하던데?"

"그냥 송지환 선배님이 시키는 대로 했어요. 어찌어찌 담근다 쳐도, 과연 삼킬 수 있는 맛일까요?"

말투와 표정이 독특한 아이다. 나는 나보다 열한 살이나 어린 여자애의 두꺼운 화장을 지워 주고 눈 크기에 비해 지나치게 긴 인조 속눈썹도 적당히 잘라 주고 싶었다.

"언닌 달인 같아요. 어떻게 그렇게 잘해요?"

"자랄 때 부모님이 김장하는 걸 자주 봤거든. 도와드린 적도 있고. 어려서 외국에서 살았다면서? 어디?"

"영국이요."

'유럽에선 영국 여자들을 제일 못생겼다고 해. 스웨덴 여자들을 제일 미인으로 치고. 난 그저 그렇지만.'

진짜 서재유는 벌써 스웨덴으로 돌아갔겠지.

"넌 한국 이름이 뭐야?"

"진이요. 참 진眞 자 써요. 황진. 황진이가 아니고요."

"진? 황진? 이 이름이 더 예쁘네."

"내 이름 말하면 사람들이 못생긴 황진이라고 놀려요. 리즈도 말이 안 된대요. 나한텐 리즈 시절이 아직 안 왔대. 앞으로도 절대 안 올 거래요. 그래서 리즈란 이름 뒤에 콜론Colon을 붙여 줬나 봐요."

꽁알대며 할 말 다 하는 리즈란 아이가 점점 귀여워져서 웃음이 나왔다. 너 예뻐, 하며 옆머리를 쓰다듬었다.

"괜히 장난하는 거야. 한 번만 들으면 바로 기억하겠다. 네 이름."

"언니 이름도 특이해요. 성현. 드라마에서도 저랑 같은 이름 썼잖아요. 선우진. 황진."

"정말 그러네?"

이마 위로 흘러내린 머리카락을 쓸어 넘겨 주며 그 애의 작은 얼굴을 들여다봤다. 거침없고 솔직한 말투에 어려 보이는 외모와 달리 가창력이 뛰어나서 인기가 많다고 들었다. 잠든 그 애의 얼굴을 보자니 터울 많은 어린 여동생이 생긴 것 같아 좋으면서도 짠했다.

다음 날 아침 일찍 일어나 밤새 절인 배추 맛부터 보았다. 조금만 더 두면 간이 딱 맞을 것 같다. 새벽같이 일어나 새로 메이크업을 마친 멤버도 있었지만 나는 화장발을 포기했다. 부지런한 VJ가 내내 따라다니며 세수하는 것까지 찍어 댔다. 예쁜 척하고 싶지 않다기보다는 자연스럽게 보이고 싶었다. 이렇게 졸졸 따라다니는 카메라 앞에서 처음부터 끝까지 일관성 있게 예쁜 척할 자신도 없다. 그건 너무 피곤한 일이니까.

비비크림만 바르고 파트너를 깨우러 갔다. 몇 번을 깨워도 일어나지 않아 먼저 절인 배추를 건져 내기 시작했다. 배추를 거의 다 헹궈 냈을 때 지하수가 벌건 눈으로 나타났다. 다 씻어 놓은 배추 더미를 본 지하수가 미안한지 지금부터 자기가 다 하겠다며 설치기 시작했다. 난 작은 목소리로 제발 조용히 좀 하라고 했다. 단지 시끄러운 게 싫었을 뿐인데 화를 낸다고 생각했는지 금세 조용해졌다.

점심도 거른 채 촬영이 계속됐다. 제작진은 우리에게 김치에 밥만으로 점심을 먼저 먹을 것인지, 김장을 끝낸 뒤 삶은 수육과 함께 먹을 것인지 선택하라고 요구했다. 난 고민하고 말 것도 없이 후자였다. 다들 돼지고기에 대한 미련을 버리지 못했다.

상상만으로 더 허기진 나는 시장기를 꾹꾹 누르며 배춧잎 사이사이 양념을 채워 넣었다. 지하수는 내가 배추 세, 네 쪽을 버무릴 동안 한 쪽밖에 하지 못했다. 앞으로 또 어떤 미션이 주어질지 모르지만 내가 먼저 지하수를 선택할 일은 없을 것 같다.

오후 3시가 넘어서야 네 팀의 1박 2일에 걸친 김장이 모두 끝났다. 드디어 고대하던 밥과 고기가 도착했다! 손으로 쭉 찢은 배추김치를 얹어 한 숟가락 크게 밥을 떠 넣은 김이연 선배가 카메라에 대고 소리쳤다.

"영혼을 울리는 밥입니다! 이건 슬로우Slow 푸드가 아니라 소울Soul 푸드네요!"

군말이 없는 편인 송지환 선배가 시詩적으로 한마디 거들었다.

"쌀밥은 영혼을 채워 주고, 수육은 욕망을 채워 주네!"

김장 김치에 돼지고기를 척척 감아서 먹음직스럽게 삼킨 정성욱 씨가 감탄했다.

"앨범 준비하느라 다이어트 중인데. 하아…… 이건 너무 맛있잖아!"

그 와중에도 나는 방송 자막에선 '너무'가 '정말'로 바뀔 거라는 생각을 했다. 혹은 매우? 진짜? 아무렴 어때. 말만 통하면 되지. 흐름을 깨서는 안 될 것 같아 얼른 한마디 보탰다.

"원래 다이어트랑 공부는 내일부터 하는 거예요."

예능이고 뭐고 나는 배고파 죽을 지경이었다. 이 정도면 방송 분량 다 뽑지 않았나. 강기윤 피디가 돌아가며 말을 시켰다. 내게로 다시 카메라가 왔을 때 나는 아주 솔직해지기로 했다.

"감독님, 말 좀 그만 시키면 안 돼요? 네?"

그 동네 아주머니, 할머니 판정단이 내린 최고의 김장 맛 1등은 우리 팀이 차지했다. 지하수가 기뻐 날뛰며 날 끌어안으려고 했다. 나는 두 팔을 활짝 벌리며 달려드는 파트너를 피해 송지환 선배 뒤로 숨었다. 송 선배의 팔에 잡힌 지하수가 버둥거리자 정성욱 씨가 슬쩍 다가와 그의 다른 팔까지 끌어당겼다. 지하수가 미션은 아직 끝나지 않았다며 자기 파트너를 내놓으라고 울부짖을 때, 강기윤 피디가 단칼에 상황을 정리했다.

"미션은 끝났습니다!"

그렇게 무사히 첫 촬영은 끝났다.


해파리처럼 흐물흐물해진 몸을 끌고 집에 돌아왔다. 동생이 거실 소파에 앉아 태블릿 PC 화면을 뚫어지게 보고 있었다.

"뭐 해? 사람 들어오는 줄도 모르고. 설마 야구 동영상 보는 건 아니지?"

"누난 언제 적 얘기를!"

"현재진행형 아니었어? 아니면 말고."

"아이, 씨! 진짜 이럴래?"

화제를 바꾸는 게 낫다고 판단했는지 성찬이 촬영은 잘했는지 물어 왔다.

"그런대로. 뭘 그렇게 보는데?"

여자 친구가 꼭 보라고 했다는 영상이었다.

"이걸 나한테 왜 보라는 거지? 보면 안다던데, 세 번을 봐도 모르겠네. 누나가 같이 좀 봐 주라. 도대체 뭘 느끼라는 거야."

거추장스러운 겉옷을 벗은 뒤 소파에 자리 잡고 앉아 10인치 크기의 화면을 들여다보았다.

"소리 좀 키워 봐."

여자가 표정 없이 앉아 있다. 여자가 웃는다. 여자가 윙크한다. 여자가 허공에 대고 뽀뽀하는 흉내를 낸다. 여자가 서툰 솜씨로 요리를 만든다. 여자가 포크로 돌돌 만 스파게티를 내민다. 여자가 토라진다. 여자가 이맛살을 찌푸린다. 여자가 짜증을 낸다. 여자가 화를 낸다. 여자의 그 모든 행동을 맞은편 남자는 한결같이 다정하게 바라본다.

남자는 서준유의 얼굴이었다. 하얀 밤. 하얀 커튼. 하얀 문. 하얀 창틀. 하얀색 침대 시트까지. 남자가 까만색 피아노를 치며 여자를 올려다본다. 장난스러운 표정이다. 여자가 그런 남자의 목을 끌어안는다. 갑자기 피아노 연주가 멈추고 남자의 등에 눌린 몇 개의 건반이 짧은 불협화음을 만들어 낸다.

두 남녀의 얼굴이 사라진 대신 여자의 허리를 꽉 끌어안은 남자의 손이 나타났다. 눈에 익은 손. 그 손이 주었던 감촉이 내 안에서 되살아났다.

잠시 멈췄던 음악이 다시 시작된다. 장소 이동. 식탁에 여자를 앉힌 남자가 여자에게 입을 맞춘다. 한 번, 두 번, 이번엔 연달아. 침대에 비스듬히 누운 여자에게 남자가 아이스크림을 떠먹이는 장면까지 자연스럽게 이어졌다. 그다음은 말하고 싶지 않다. 다시 아침. 맨 등을 드러낸 채 깊은 잠에 빠진 남자를 카메라가 비춘다. 행복에 겨운 여자는 지난밤 남자가 벗어 놓은 셔츠 하나만 걸친 채 집 안을 돌아다닌다.

진심으로 궁금하다. 애인과 자고 난 다음 날 아침에 남자 셔츠를 입고 돌아다니는 여자들이 진짜 있는지. 저것 역시 남자들의 로망인가.

미래의 남편을 배려해서라도 포옹 이상의 애정신이 있는 작품은 무조건 거절해야겠다, 그런 생각. 아, 내가 왜 피곤해 죽겠는데 이 짜증스러운 뮤직비디오를 보고 있어야 하지? 아무리 공식적으로 서재유와 내가 아무 사이가 아니라도 그렇지. 배려심이라곤 눈곱만큼도 없는 자식. 이건 동생도 아니야, 그런 생각.

여자의 하얀 손이 커튼을 활짝 열자 기다렸다는 듯 침대 위로 햇살이 쏟아졌다. 잠이 깬 남자가 한쪽 눈을 찡그리며 눈이 부신 듯 여자를 바라보았다. 남자는 몹시 행복해 보였다.

"오늘은 이 여자, 내일은 저 여자. 가만있어도 여자가 줄줄이 따를 텐데 하는 일까지 이러니 어떤 여자가 이 꼴을 다 봐주겠느냐고요."

"그걸 니가 왜 걱정해?"

"갑자기 그런 생각이 들어서. 풍요 속에 빈곤이란 말이 딱 이거네. 재유 형이 한번은 그러더라고. 자긴 서른 전에는 연애 안 할 거라고. 해서도 안 될 것 같다고."

"언제…… 그런 말을 해?"

"언제더라. 촬영 중반 지나서 그랬던 것 같은데."

서준유다. 그렇게 말할 사람은.

"아, 며칠 아프고 나서 다시 나왔을 때였다. 근데 누나, 이 여자 왜 이래?"

무슨 이유인지는 몰라도 여자가 떠났다. 남자는 여자를 잊지 못한다. 잠을 못 이룰 정도로 괴로워하면서도 여자의 흔적이 남은 집을 떠나지 못한다. 돌아올 공간을 남겨 둬야 하므로.

이렇게 아름다운 남자도 흔치 않지만, 아름다운 남자가 흘리는 눈물은 더 흔치 않다. 그래서 더더욱 슬픔의 강도는 진해진다. 이유는 중요하지 않다. 다만 나는 이런 남자를 버리고 떠난 여자가 미워졌다. 두 번은 보기 싫다. 두 번은 못 볼 것 같다.

"누이, 어느 시점에서 뭘 느껴야 하는 거야? 있을 때 잘해라. 뭐 그런 건가?"

"……여자가 아무리 화내고 짜증 내도 인내하고 웃어 주는 거. 변함없이."

"아! 윤지가 요새 짜증을 많이 내서 내가 뭐라고 했거든. 역시 여자 맘은 여자가 아네. 그건 그렇고 이 여자 많이 이상하지 않아? 비주얼 훌륭하고, 성격 좋고, 돈도 많아 보이고, 저만 사랑해 주는데 왜 지가 먼저 떠나냐고. 어이가 없다, 진짜. 하여간 이렇게 허황한 것들 좀 찍지 말라고 해. 이런 남자가 세상에 어디 있어?"

"백성찬, 니가 못 한다고 남도 못 할 거란 오만과 편견은 얼른 버려라."

# 준유

"새치가 또 났네? 아버님이나 어머니도 일찍 흰머리 생기셨다니?"

"글쎄요. 내 기억엔 안 그런 것 같은데."

앨범 컨셉에 맞게 머리 스타일을 바꿔야 해서 샵을 찾았다. 다들 퇴근하고 정연 누나만 남아 있었다. 이번이 몇 번째 머리 스타일이더라? 그런 계산은 하지 않는다. 무의미하므로.

머리숱이 많은 편이어서 다행이라고 해야 하나. 집안에 대머리 유전자가 없어서 다행이라고 해야 하나. 바람 잘 날 없는 머리카락이다. 정연 누나가 평소답지 않게 내 머리를 들여다보며 호들갑을 떨었다.

"어떡하니! 자꾸 늘어난다. 아휴, 이걸 어째."

"주름 생기는 것보단 낫지 않나?"

"차라리 주름이 낫지, 스물여섯에 새치가 웬 말이야. 재유는 새치 하나도 없던데."

"누나, 흰머리하고 새치의 차이가 뭔지 알아?"

"알지. 머리 만지는 사람인데."

"내가 그거 찾아보고 한참 웃었잖아."

"웃음이 나오디? 으이그."

"웃기잖아요. 젊은 사람 머리에 생기면 새치, 나이 든 사람 머리에 생기는 건 흰머리. 똑같은 흰머린데. ……내일 아침 눈 뜨면 마흔이 돼 있었으면 좋겠다."

"장가도 안 가 보고 마흔 살이 되고 싶어?"

세월이 지나면 흐려질까. 3년, 5년이 지나면 지난주에 일어난 일이 짧은 밤의 꿈처럼 덧없어질까. 10년, 20년이 지나면 스물여섯 봄에서 가을까지의 모든 기억을 술안주 삼아 회상할 수 있을까. 이 모든 감정이 깃털처럼 가벼운 것이었으면.

마흔 살의 나를 떠올려 보았다. 주름이 늘고, 머리숱이 줄고, 군살이 붙을 나이. 세월의 때가 켜켜이 묻어 인이 두껍게 박힌 가슴과 머리로 세상 모든 것에 둔감해질 나이. 그랬으면 좋겠는데 상상이 잘 안 된다. 그 어떤 것에도 미혹되지 않는 나이가 정말 있긴 한 건지, 그렇게 살 수 있는 날이 오긴 할지, 역시 상상이 안 된다.

"우리 남편이 마흔이잖아. 철없긴 마찬가지야. 나이 먹어도 철없는 사람이 있고, 어려도 안 그런 사람 있고 그렇더라. 너처럼. 너무 속 끓이지 마. 니 속만 상해."

"······못 할 짓을 너무 많이 한 것 같아요. 그 누나한테."

"아휴, 재유는 왜 성현 씰 만났다니. 안 하던 짓을 하고 그래. 만나면 안 되는 거 잘 알 텐데."

"요새 샵은 어때요? 매출은 좀 올랐어요?"

"덕분에. 너 관리하는 샵이라고 소문이 나서 꽤 붐벼. 이제 대출받은 거 원금도 같이 갚을 정돈 됐어."

"잘됐네. 누나, 이젠 나 그만 따라다니고 편히 일해요. 원장님이 미용실을 지켜야지."

정연 누나가 거울을 통해 나를 보며 푸근하게 미소 지었다. 누나의 얼굴은 7년 전 처음 봤을 때보다 세월이 느껴졌다. 나도 그만큼 변했을 것이다.

"내가 아직 많이 젊어서 버틸 만해. 눈 좀 붙여. 다 하면 깨울게."


녹음실에서 마지막 노래 두 곡을 녹음했다. 원래는 며칠 전에 마무리하려고 했지만 마음에 안 들어서 다시 불렀다. 〈하얀 밤〉의 가이드는 처음 피아노곡으로 들었을 때와는 약간 다르게 편곡됐다. 가사도 부르기 편하게 바뀌었다.

가이드 보컬이 부른 〈하얀 밤〉과 내가 부른 〈하얀 밤〉은 느낌이 달랐다. 나는 이 노래를 듣는 사람에게 어떤 감정도 강요하고 싶지 않았다. 여섯 번도 넘게 부른 후에야 겨우 오케이 사인을 받았다.

같은 작곡가가 보낸 다른 곡엔 가사를 붙이지 않았다. 이 곡은 일종의 보너스 트랙이다. 대신 휘파람 소리를 넣기로 했다. 이건 내가 낸 아이디어였다. 휘파람을 노래라고 우길 수는 없겠지만, 이것도 내 목소리로 녹음했다. 그리고 마지막에 이 대사.

사랑해. 사랑해. 사랑해. 사랑해.

이건 내 아이디어가 아니다. 똑같은 세 글자를 네 가지로 표현하는 게 너무나 힘들었다. 더군다나 '사랑해'라니. 싫다고, 안 하겠다고 하고 싶었으나 그것 역시 내가 해야 할 일이었다. 아주 어릴 땐 부모님께 사랑한다는 말을 자주 했다는데, 그런 낯간지러운 기억이 내겐 없다.

이 곡의 제목은 〈지금〉. 처음엔 〈당신, 지금〉이었지만 '당신'이라는 말을 빼자고 우겼다. 앨범 제목도 내가 정했다. 〈The Second Promise〉. 앨범 관계자들이 입을 모아 물어 왔다. 그렇다면 첫 번째 약속은 뭐지? 난 대답 없이 웃기만 했다.

〈지금〉은 두 번 만에 오케이 사인을 받았다. 내 앨범의 책임 프로듀서인 형원이 형이 헤드폰을 내려놓고 녹음실 밖으로 나오는 나를 지그시 바라보았다. 표정만큼이나 부담스러운 눈빛이다.

"이젠 진짜 사랑을 해 본 사람 같네. 재유 너 여자 친구한테 사랑한다는 말 잘하지?"

"그런 말 못 해요. 할 사람도 없고."

"에이, 믿을 수도 안 믿을 수도 없는 말이네."

믿거나 말거나 나는 돈을 벌기 위해 할 때를 제외하곤 어떤 여자에게도 사랑한다는 말을 한 적이 없다. 강요는 당해 봤지

만. 그 단어는 늘 어색했다. 실제로 사랑의 감정을 느꼈던 순간
조차도.

　낮엔 연습실에서, 저녁 내내 녹음실에서 보낸 터라 지쳤지
만 집으로 바로 가기 싫었다. 셔터가 내려진 카페테리아 '리허
설'의 뒷문을 통해 매장 안으로 들어갔다. 상엽이가 날 보자마
자 차 키부터 내놓으라고 손을 내밀었다.

　"왜?"

　"이것들 좀 갖다 놓게. 팬들이 주고 간 거야. 잊기 전에 넣어
두려고."

　여러 개의 종이 가방. 가방 안엔 또 크고 작은 상자들이 들
어 있다. 하나를 꺼내 보니 포장지에 컬러 사진이 붙어 있었다.
드라마 〈온리 원〉의 한 장면이 인쇄된 네모난 사진. 반지를 끼
워 주는 김재현과 재현에게 손을 맡기고 있는 선우진. 사진 속
의 재현은 내가 아니다.

　포장지를 뜯으면 무엇이 들어 있을까. 현실의 백성현과 서
재유의 사랑을 바라고, 우리의 인연을 축복하는 편지들. 행복
한 얼굴의 그녀와 우리 형제가 찍힌 사진들. 자잘한 〈온리 원〉
의 추억을 잊지 못해 두 사람을 두 사람으로 분리하지 못하는
사람들.

　어차피 모두 허구다. 지금 내가 딛고 있는 현실조차 거짓처
럼 느껴지는데 이 사람들은 도대체 그 드라마에서 무얼 건져
올린 걸까. 포기하고 나니 이렇게 편한 것을.

　"……니들 써라."

상엽이가 나를 보며 평소답지 않게 성질을 부렸다.

"인마! 이걸 우리가 왜 쓰냐? 너 주라고 갖고 온 거잖아. 여기 좁아서 둘 데도 없어."

"이거 가져다가 뭐 하라고?"

"그걸 우리한테 왜 물어? 갖고 가서 국을 끓이든 끌어안고 자든 알아서 하라고. 왜, 그 누나가 너 싫대? 재유가 더 좋대?"

"그런 거 아냐."

김이 모락모락 오르는 음식 접시를 테이블 위에 내려놓은 민규가 맞은편에 앉았다.

"아닌 게 아닌데 뭘? 새로 개발한 메뉴야. 먹어 봐."

퓨전 메뉴인가. 정체를 모르겠는 국적 불명의 파스타. 보기엔 예쁘지만 선뜻 손이 가지 않는다.

"둘 다 꼴도 보기 싫대. 됐냐?"

"와우! 그 누나 보기보다 시크한데? 맘에 든다!"

민규의 시답잖은 말을 상엽이 되받아쳤다.

"준유랑 안 사귀면 시크한 거냐? 어디서 말 같지도 않은 소릴 해."

"그게 말이 아니면, 서재유가 엄지은하고 사귄다는 건 말인가?"

"아, 이게 진짜 돌았나. 언제 적 드라마를 들먹여? 그 드라마 팬들 요샌 오지도 않더구먼."

포크로 불그죽죽한 음식을 푹 찍으며 두 녀석의 말을 끊었다.

"그 선배는 그냥 선배라고 했지? 몇 번을 말해."

도대체 이 음식의 포인트는 뭐지? 빈말로도 맛있다는 말이 나오지 않는다.

"그럼 성현 씨는 어느 정도 아는 선밴데? 〈온리 원〉 팬들은 그때하고 또 달라. 니 개인 팬들하고도 다르고. 내가 뭘 자꾸 받아먹어서는 아니고, 그냥 좀 그래."

"이거 너무 달다. 느끼하고."

"어, 반응 꽤 좋은데? 니가 입맛이 없는 거 아니야?"

내게서 포크를 뺏어 간 민규가 파스타를 맛보더니 괜찮은데, 하며 다시 포크를 건넸다. 그 모습을 보던 상엽이 드러운 놈! 하곤 새 포크를 가져다주었다. 고마운 놈.

배고프다는 말이나 하지 말걸. 이걸 어떻게 다 먹지. 하루에 두세 번 뭔가를 먹을 때마다 지지난 주 그 작은 아파트에서 만들어 먹었던 음식이 번번이 떠오른다. 살을 더 찌워야 활동하는 데 무리가 없는데, 떠나간 입맛이 돌아오지 않는다. 접시 위에 음식이 줄어들 기미가 없다.

"그분들 다음에 또 오시면 여기 와서 돈 안 쓰셔도 된다고 해. 그 누나하고 나는 아무 사이도 아니니까."

"어이구, 그리 비장한 얼굴로? 웃으면서 말할 수 있을 때 다시 말해. 사람 일은 한 치 앞도 모르는 거다. 니 동생 친구였던 우리가 너하고 이렇게 오래 인연을 맺고 살지 누가 알았겠어."

"그건 상엽이 말이 맞아. 시간에 맡겨. 이렇게 각자 살다가 진짜 인연이면 다시 만나질 테고, 아니면 다른 여자, 다른 남자 만나서 결혼하고 애 낳고 사는 거지 뭐. 인생 뭐 있냐."

진짜 인연이면. 진짜 인연이 아니면. 인연이란 말은 너무 비장하다. 술 많이 마시는 남자는 싫다고 했는데. 술 많이 마시지 말라고 했는데. 그래도 열흘에 한 번쯤은 봐주겠지.

"술 좀 가져와."

"설마 와인 같은 거 찾는 건 아니지? 끝내주는 칠레산 와인이 새로 들어오긴 했는데."

칠레. 거길 갔어야 했는데. 내년에나 갈 수 있을 것 같다.

"공민규야, 인간아. 농담도 분위기 좀 봐 가면서 해라."

술자리가 끝날 즈음 세어 보니 테이블 위에 빈 소주병이 일곱 개나 있었다. 그중 반은 내가 마신 것 같다. 소주병을 비우는 동안 우리 셋은 백성현과 〈온리 원〉을 제외한 온갖 이야기를 떠들었다. 오랜만에 즐거운 술자리였다. 딱 한 병만 더 마시자는 걸 두 자식이 뜯어말렸다.

"니들은 친구도 아냐!"

"그래, 그래. 오늘부터 절교하자."

언제 불렀는지 수환이가 날 데리러 왔다. 민규가 나를 차 뒷좌석에 구겨 넣고 수환이에게 미안하다고 말하는 게 들렸다.

집으로 돌아오는 길. 뒷좌석에 누워 생각했다. 전화하고 싶다고. 목소리라도 듣고 싶다고. 좋아하는 걸 이토록 빨리, 내가 먼저 보내 버린 건 처음이다. 보고 싶다. 1분, 1초라도 보고 싶었다. 그녀의 전화번호가 너무 또렷이 생각나 아예 휴대폰 전원을 꺼 버렸다.

수환이가 선물 가방들과 나를 곱게 옮겨 집까지 들여 넣어 주고 갔다. 네 개의 선물 가방을 한참 들여다보던 나는 그것들을 창고처럼 쓰는 방에 넣어 두었다. 설마 상하는 건 아니겠지. 뭔지 열어 보고 싶었지만, 그것도 내가 참아야 할 일 중 하나다.

이번 앨범엔 인트로와 보너스 트랙 포함해 모두 일곱 개의 곡이 수록된다. 나중에 합류한 두 개의 곡이 아니었다면 제날짜에 발매되기 어려웠을지 모른다. 한국에서 발매하는 다섯 번째 미니 앨범.

앨범 재킷과 미니 사진집, 달력 등에 들어갈 사진을 확인했다. 사진은 반은 마음에 들고 반은 별로였다. 매니시한 카리스마와 중성적 매력의 조화? 메이크업한 내 얼굴도 못마땅하긴 마찬가지. 날 왜 이렇게 여성스럽게 꾸며 놓지 못해 안달하는지 이해가 안 된다.

뮤직비디오는 더블 타이틀곡 둘 다 찍기로 결정됐다. 하나는 미디엄 템포 댄스곡. 하나는 발라드. 타이틀곡인 〈렛 미 인〉의 뮤직비디오는 지난주 캐나다 오타와에서 찍고 왔다. 공도 많이 들이고 돈도 많이 들었다.

오늘은 〈하얀 밤〉 뮤직비디오를 찍는다. 상대역은 3년 차 신인 여배우. K 방송사에서 얼마 전 종영한 일일 드라마 주연이었다고 소개를 받았다. CF에서 몇 번 본 적이 있는 얼굴이다. 실장님이 대기실로 쓰는 방으로 들어와선 내가 좋아하는 음료수를 건넸다.

"김예인 걔가 요새 블루칩이야. 섭외하느라고 고생 좀 했다더라. 얼마 전 끝난 그 드라마가 시청률이 높아서 여기저기 불려 다니느라 바쁜가 봐. 연기는 그저 그렇더구먼. 하긴 비주얼이 좋으니까. 무슨 미인대회 출신이라던데? 만나면 잘해 줘라. 알았지?"

"어떻게 잘하면 돼요? 가방이라도 들어 주나?"

"몰라서 물어?"

"모르겠어요, 이젠. 여자한테 잘해 주는 방법도 법으로 정해 줬으면 좋겠네. 이 정도 친해지려면 이 정도는 해야 한다, 그렇게 조항별로 나눠서. 하라는 대로 할게요. 어떻게 해요?"

"재유야, 요새 너 때문에 다들 불편해해. 말은 안 해도 코디 애들도 그렇고, 다른 매니저 애들도……."

"왜들 그러지? 다들 편하게 행동하라고 하세요. 난 상관없으니까."

"어떻게 상관을 안 해? 너 힘든 거 잘 아는데. 걔네들은 또 뭔 죄야."

백호민 실장이 아는 속사정과 내 속사정엔 차이가 있다. 실장님이 아는 나는 그저 인기 유지를 위해 좋아하는 여자를 포기해야 하는 젊은 남자 연예인일 뿐이다.

지금 내 마음을 가장 잘 아는 사람은 스웨덴에 있다. 내가 힘든 것 이상으로 동생도 힘들 것이다. 간절히 갖고 싶었지만 가져서도 안 되고, 가질 수도 없던 존재에 대한 열망. 눈앞의 목표를 두고 타의에 의해 포기해야 했던 힘든 순간을 같이 겪은 동지. 기가 막힌 형제애 아닌가. 핏줄을 위해 평생의 운명인지도 모를 여자를 포기하다니.

그녀는 한순간이라도 내 마음을 온전히 받아 주었을까. 동생은 단 한 순간이라도 그녀의 마음을 소유한 적이 있을까. 눈물이 흘러넘치지 않도록 눈가를 지그시 누르며 닦아 주던, 슬퍼하는 내 눈을 바라보며 눈시울을 붉히던 그 여자의 마음을.

김예인이 나보다 먼저 와 있었다. 싹싹한 성격인지 며칠 전 딱 한 번 봤을 뿐인데도 1년은 알고 지낸 사이처럼 인사를 해 왔다. 나는 연예인을 처음 만나면 남자든 여자든 습관처럼 전신을 스캔하곤 한다. 저 애는 뜨겠다. 저 애는 별로다. 내 예상은 대부분 들어맞는 편이다.

스물세 살. 미인대회 출신이라더니 키가 170센티는 훌쩍 넘어 보였다. 딱히 결점 없는 페이스. 이 애는 뜨겠다. 적어도 몇 년 간은. 늘 그렇듯 파트너에게 크게 바라는 건 없다. 그저 NG 나 많이 안 냈으면.

뮤직비디오 감독은 1집 앨범 때부터 같이 작업했던 사람이다. 그땐 조감독이었는데 그새 실력을 인정받아서 감독이 되었다. 나는 한번 마음을 준 사람은 끝까지 챙기는 편이다. 일과 관련된 사람도 마찬가지.

화이트와 블랙 컨셉으로 꾸민 실내와 노랫말에 어울리는 콘티가 준비돼 있다. 여자와 행복하게 지냈던 집은 그녀의 부재로 고통스러운 공간이 된다. 여자가 돌아올지 몰라 그 집을 떠날 수도 없다. 잠 못 이루는 남자. 그 하얀 밤의 틈을 파고드는 아름다운 추억. 추억은 행복해야 정석이다. 좋았던 일만 기억하는 것. 그게 추억이고, 추억의 의무다.

점심때부터 시작된 촬영은 저녁 식사를 마치고 나서도 계속 이어졌다. 억지로 삼킨 저녁밥이 소화될 무렵 두 개의 방송 연예 프로그램에서 나온 리포터들과 인터뷰를 했다. 김예인은 행복한 얼굴로, 나는 평화로운 얼굴로. 마음에 안 드는 질문도 있었지만 요령껏 받아넘겼다. 인터뷰 직전 백 실장님이 열애설 관련 질문은 아예 차단했다. 덕분에 성현이란 여배우와 내가 얼마나 사적으로 관련 없는 사람인지 거짓말을 하지 않아도 됐다.

뮤직비디오 줄거리는 평범하다. 행복이란 게 별건가. 같이 뭘 해 먹고, 사소한 대화로 웃고, 소소한 행동을 함께하다가 틈틈이 이런저런 스킨십을 나누는 것. 콘티로 짐작해 봤을 때 수위는 15금 수준을 넘지 않을 것 같다. 온종일 김예인과 만들고, 먹고, 웃고, 장난치고, 끌어안고, 심지어 양치질에 청소하는 흉내까지 냈으니 이제 이 여자와 같이 할 건 한 가지만 남았다.

자정이 넘은 시간. 짧은 휴식을 가졌다. 콘티를 넘겨보던 수환이 법석을 떨 모양이다. 이젠 말하기 전 표정만 봐도 안다.

"아, 부러워 미추어 버리겠네!"

"임수환, 밴에 가서 자라. 아예 나가서 놀고 들어오든가."

수환인 아랑곳없이 제 하고 싶은 말을 떠들었다. 몇 살 차이 안 나지만, '요새 애들은'이란 말이 절로 떠오른다.

"예쁜 여자들하고 원도 한도 없이! 아으."

"뭐가 원도 한도 없어? 진짜도 아닌데. 너도 가만 보면 오버가 꽤 심해."

"아, 제가 뭘."

실장님이 수환이 다리를 발로 툭 건드렸다. 나는 녀석의 펑퍼짐한 얼굴을 가만히 바라보았다. 이건 타고나는 걸까. 아직 어려서 그런 걸까.

"부럽다. 너의 편평한 뇌가. 바꿀 수 있으면 일주일만 바꾸자."

"재유 형님, 복잡할 게 뭐 있어요? 감독님이 하라는 대로 하면 되지. 리얼하게!"

백 실장님이 수환일 바라보며 혀를 끌끌 찼다.

"리얼은 얼어 죽을. 스킨십 같은 거 진짜 리얼하게 찍으면 좋나. 무조건 그림이 예뻐야 해. 슬퍼도, 괴로워도, 죽을 것처럼 아파도 화면으론 아름다워야 한다고. 알간?"

"실장님도 부러우시면서. 저런 미인이 어디 흔해요? 미스코리아 출신이라면서요?"

"난 내 주제를 너무 잘 알거든. 됐다고 해."

"그래도 예쁜 건 예쁜 거죠. 예쁘다는 여자들 꽤 봤지만 쟤는 눈에 확 띄는데요? 딱 22세기 스타일이야. 성현 누나도 되게 예쁘다고 생각했는데 김예인은 몸매까지. 아주 그냥 꿀벅지에 글래머에……."

"야! 나가! 쓸데없는 말 좀 그만하고."

"사람들은 참 이상한 게, 진실을 말하면 화를 내요. 왜 그런 거죠?"

"이게 어디서 개똥철학이야?"

노크 소리가 들리더니 정연 누나가 문을 열고 들어왔다. 메이크업을 다시 손봐야 했다. 눈을 감고 얼굴을 맡겼다. 나는 수환이가 방금 한 말을 되새겼다. 백성현이 김예인보다 안 예쁘다고? 김예인이 백성현보다 더 예쁘다고? 단순한 놈. 눈에 보이는 것만 보는 놈. 보는 눈도 없는 놈.

"김예인 예쁘지?"

오늘따라 짠 것처럼 왜 이래?

"나 참. 다들 김예인 팬클럽에서 왔어요? 보는 사람마다 예쁘다 타령이야. 그게 나하고 무슨 상관이라고."

"상관이 왜 없어? 니 파트넌데. 그럼 잘 나와야 하잖아."

"아, 난 이 뮤비 소품이었지. 그걸 또 잊었네."

"왜 또 그래. 근데 아까 둘이 있는 거 보니까 사이즈가 좀 안 맞는 거 같더라. 따로 보면 둘 다 예쁜데."

"……."

"니가 너무 살이 빠졌어. 김예인은 상대적으로 좀 크고. 키가 174란다. 딱 봐도 60킬로는 나가겠던데."

"나 때문에 살쪘다고 욕먹겠네요."

"안 그래도 그쪽 코디가 걱정하더라고. 살은 별로 없는데 뼈대가 굵다나 뭐라나. 어깨가 넓긴 하더라. 운동한 애처럼. 너 오늘 메이크업 너무 안 받는다. 요새도 잠 못 자?"

"자요."

"세 시간은 자?"

"더 자요."

"활동 시작하면 어떻게 견디니. 잘 먹고 잘 자 둬야 하는데."

"그 정도론 안 죽어요. 다 했어요?"

"잠깐, 머리 좀 만지고."

"어차피 또 흐트러질 텐데 뭐. 장면이 장면이니만큼. 전생에 카사노바였나. 여자도 더럽게 많아. 하여간."

"하하하. 그 정도로 어딜 카사노바를 넘보니?"

예전 여자 친구들은 내가 연예인 서재유인 걸 좋아하면서도 연예인 서재유이기 때문에 겪어야 하는 불편함은 견뎌 내지 못했다. 단 한 명의 예외도 없었다. 나 역시 그런 불만을 일일이 이해하고 헤아리면서 만날 만큼 여자에 절실하지 않았다. 차라리 그게 편했고, 어느 순간부턴 이렇게 사는 게 익숙해졌다.

촬영 준비는 이미 끝나 있었다.

"오빠, 이것 좀 드세요."

김예인이 내게 음료수를 내밀며 화사하게 미소 지었다. 얘도 거울 보고 웃는 연습을 하나.

"고마워요."

"말 놓으세요."

"그건 내가 부담스러워서요."

"오빠, 원래 그래요?"

그 오빠라는 말 좀 빼지?

"원래 그래요."

"드라마 할 때도요?"

"그때그때 다르죠. 그건 아무래도 오래 찍으니까."

"저, 우리 리허설 안 해요? 감독님이 하라는데?"

아이, 씨! 지훈이 형!

"가서 같이 연습 좀 하라고 하시던데요."

"뭐, 별거 없잖아요. 키스 안 해 봤어요?"

"네?"

"키스 처음 해 보냐고요. 해 본 적 있을 거 아니에요?"

"아, 저 그게……."

"드라마 몇 편 했다면서요? 키스신 없는 드라마도 있나?"

"아! 해 봤어요."

"그렇게 하면 돼요. 그 파트너들하고 했던 것처럼."

"……감독님이 침대 신도 구체적으로 동선 맞춰 보라고……."

남자랑 자 본 적 있을 거 아니에요? 그것도 그때처럼 하면 돼요. 그렇게 말해 버릴까 할 때 이 여자에게 이 짓을 시킨 남자가 등장했다. 나는 태지훈 감독을 지그시 노려봤다. 태 감독이 실실 웃으며 내 팔을 툭 쳤다.

"재유야, 뭐 하냐? 여자가 먼저 와서 말하게 만들어. 동선 좀 맞춰 보자. 식탁부터 가서."

"감독님, 드릴 말씀이 있어요."

태 감독이 김예인을 다른 곳으로 보냈다. 그 앤 모델처럼 등을 꼿꼿이 세우고 걸었다. 걸음걸이조차 라미네이트를 붙인 앞니처럼 공장에서 찍어 낸 것 같다.

"무섭게 왜 그래? 시간 없어. 어서 하자. 여기 낼 아침까지밖에 못 쓴다고. 이 빌라 대여료가 하루에 얼만지 알아?"

"대여료 없이 하는 거 알거든요? 이거 협찬 기사 낼 거잖아.

서재유 신곡 〈하얀 밤〉 뮤직비디오 촬영 장소였던 예작빌라 어쩌고 하면서."

"은근 아는 거 많다니까. 상당히 유식해."

"쟤 연기는 감독이 시켜야 하는 거 아니에요? 그걸 왜 나한테 미뤄?"

"누가 연기 지도하래? 나하고 키스하냐? 나랑 베드신 해? 니가 해야지. 동선 맞추는 게 뭐 대단한 일이라고. 여배우 자존심도 생각해 줘 가면서 해야지. 어떻게 파트너가 제일 무심해? 그것도 온종일. 딱해서 못 보겠네. 쟤 쓰려고 내가 얼마나 고생했는지 알아? 너 삼고초려라고 들어는 봤어?"

"그거야 감독 능력이고. 이 뮤비에 저런 비주얼이 어울린다고 생각해요?"

"왜? 얼마나 더 예뻐야 하는데? 저 정도면 우리나라 탑 텐 안에 들 비주얼이지."

"얼굴이 문제가 아니잖아요. 저 앤 너무 건강해 보인다고. 티 없고, 고민 없고, 밝기만 하고. 표정에 애절함이 없잖아. 〈하얀 밤〉 수십 번은 들어 봤을 거 아니에요? 오늘도 종일 틀어놓고 찍었잖아. 형, 가슴에 손을 얹고 생각해 봐. 잘나가는 신인 배우 덕 볼 생각만 하지 말고."

태지훈 감독이 왼쪽 가슴에 손을 얹더니 잠시 후 이런 대답을 내놓았다.

"나도 솔직히 이렇게 언밸런스 할 줄 몰랐어. 따로 봤을 땐 정말 어울릴 거라고 확신했거든? 이상하네. 안 어울릴 이유가 없는데? 니가 살이 너무 빠진 건가? 예인이가 은근 통뼈에 근육질이더라."

"나보다 마른 배우, 가수 천지거든요. 저 애보다 작은 여자 천지고. 미대 나온 사람이 왜 그래?"

"그래. 나 미대 나온 남자는 맞는데, 그래도 건강하게 예쁘긴 하잖아."

"김예인은 지금 이 노랠 이해 못 하고 있어. 이해하는 척만 하고 있다고."

"야, 솔직히 저런 애가 아픈 사랑을 해 봤겠어? 남자 때문에 고민하느라 밤새운 적 있겠냐고? 하나같이 발밑에 설설 기는 남자들만 상대했을 텐데?"

"그럼 CF나 찍지 뮤직비디오는 왜 해? 이것도 연긴데? 어떡하면 제 얼굴 예쁘게 보일까 그거에만 더 신경 쓰는 거 형한텐 안 보여요?"

"쟤도 여잔데 예쁘게 보이고 싶은 건 당연하지. 원래 예쁜 애들이 그런 건 더 신경 써."

"자면서 무슨 색조 화장? 감독이 그런 것도 지적 못 하면서. 형은 너무 물러. 무섭게 좀 해 봐요."

"저 정도면 양호하지. 메이크업 안 하고 카메라 앞에 서는 젊은 여배우가 어디 있어."

있다. 나는 그런 여배우를 안다.

"한 번만 더 솔직하면, 너 쟤 나이 땐 연기 더 못했어. 기억 안 나?"

"알아요. 나 연기 못하는 거. 그러니까 파트너라도 잘해야 할 거 아냐. 가! 가자고요. 바로 찍어요. 형이 설명만 잘해 줘. 내가 리드할 거라고. 키스신, 베드신 둘 다."

"안 돼. 키스신은 그렇다 쳐도 인간적으로 베드신은 동선 맞춰 봐야 해. 키스신이야 상체 위주로 클로즈업하면 되지만 베드신은 온몸이 다 필요한 거 알잖아. 모르는 사람도 아닌데 왜 그냐? 프로가."

키스신은 소파에서 한 번, 식탁에서 한 번이었다. 내가 식탁 키스신을 찍기 싫은 이유 중 하나는 〈온리 원〉에서 이미 했던 장면이어서다. 처음 그 장면의 콘티를 보자마자 백성현이 저절로 떠올랐다. 온종일 김예인은 내 머릿속에서 그녀와 비교당했다. 미안하지만 그건 내 소박한 이성으로는 억누르기 힘든 부분이었다. 물론 그 장면이 완벽히 같지는 않다. 그건 표절일 테니까.

손으로 여자의 얼굴과 머리통을 감싸 쥐며 시선을 겹쳤다. 여자가 날 보며 환하게 미소 지었다. 나는 살짝 웃는 얼굴로 여자를 달싹 들어 식탁 위에 앉혔다. 뭐가 이렇게 묵직해, 싶었지만 티는 안 냈다. 내게도 그 정도 매너는 있다.

어리광 부리듯 웃으며 여자가 긴 다리로 내 허리를 감쌌다. 이게 그 유명하다는 허벅지인가. 이제부터 나는 여자의 이마에서부터 코, 입술로 천천히 내려오며 키스를 해야 한다. 여자의 몸에서 풍기는 화장품 냄새와 향수 향으로 머리가 어지러웠다. 입을 맞춘 지 꽤 된 것 같은데 컷 소리가 들리지 않는다.

"NG!"

김예인이 얼른 내 몸에서 떨어졌다. 나는 파트너와 감독 어느 쪽도 보지 않고 욕실로 직행했다. 가자마자 입안에 고인 침과 화장품을 뱉어 냈다. 뭘 이렇게 많이 바른 거야? 수돗물을 틀어 입안을 헹구는데 실장님이 따라 들어왔다.

"왜 그래? 너 지금 NG 났어!"

"알아요. 생수 좀 갖다 주세요."

"파트너 무안하게 그게 뭐냐. 매너 없이."

"거기서 침 뱉어 내고 싶은 거 참은 거예요. 숨 막혀 죽는 줄 알았네. 근데 왜 NG래요? 하라는 대로 다 했구만."

"뭘 하라는 대로 다 해? 입에 키스 안 하고 인중하고 윗입술에 했다며?"

"형, 분명 입술에 했거든."

"살짝 하다 말았다는데?"

"아이 씨! 그런 게 더 아련한 거라고 가서 말 좀 해 줘요. 내가 에로 배우야? 혀라도 집어넣고 온 입안을 헤집으라는 거야 뭐야?"

"또 이래, 또. 이번엔 제대로 해. 김예인 손이라도 한번 잡고 싶어서 안달 난 전국의 남자들을 생각하면 이럼 안 되지."

"기꺼이 양보하고 싶네."

뮤직비디오는 새벽 5시가 넘어서 끝났다. 키스신에 이어 베드신. 남자의 셔츠를 걸친 여자가 누워 있는 내 몸의 반을 누르며 기대 왔다. 미안하지만 여전히 묵직했다. 껴안은 여자의 등이 꽤 넓었다. 두 여자의 비교가 극에 다다른 지점에서 촬영을 마쳤다. 김예인이 떠나고 립싱크할 장면과 혼자 괴로워하는 장면을 몰아 찍었다. 오히려 그게 몰입이 잘됐다.

반 실신한 상태로 차에 실려 오는데 뜬금없이 그 생각이 났다. 언젠가 책에서 읽었던 글. 창녀가 몸은 팔아도 키스는 안 해 주는 이유. 아무리 '예술'이란 단어로 포장해 봤자 돈을 받고 사랑하지도 않는 상대를 안는다는 측면에서 보면 나와 매춘부의 삶은 크게 다르지 않다.

언젠가 신문에서 인상 깊게 읽었던 기사. 여자들은 키스를 통해 자기 입맛에 맞는, 유전자가 원하는 남자를 고른다. 그게 남자에게도 해당하는 기사라면 나는 망설이지 않고 백성현을 선택하겠다. 나도 안다. 내가 미친놈이라는 걸.


앨범은 두 가지 버전으로 판매된다. 일반판과 한정판. 한정판엔 내 사진들로 만든 내년도 달력과 앨범 제작 관련 미공개 영상 CD, 미공개 사진집, 포스트잇 같은 게 더 들어간다. 두 배로 돈을 벌어 보겠다는 의미다.

〈The Second Promise〉란 제목의 미니 앨범은 발매된 날부터 아시아 차트와 국내 주요 음반 차트의 음반 판매 1위를 싹 휩쓸었다. 그동안의 앨범들도 대부분 인기가 높은 편이었지만 이 정도로 반응이 좋은 건 처음이었다.

10만 장이 팔린다고 해서 곧이곧대로 10만 명의 팬이 있다는 뜻은 아니다. 어떤 팬들은 한 사람이 수백 장을 구매하기도 하니까. 극성맞다고 표현하기엔 미안할 정도로 지극정성이다. 하기야 그들에게 2, 3만 원짜리 앨범이 문제일까. 내가 타고 갈 외국행 비행기의 남은 좌석을 싹 예약하기도 하는데. 단지 나와 같은 비행기를 타려는 목적 하나로.

가장 기뻤던 건 음원 판매량이었다. 음원 판매는 상대적으로 정직하다. 꼭 팬이 아니어도 곡이 좋으면 사 주니까. 그동안 내가 발표한 앨범은 앨범 판매량과 비교하면 늘 음원 판매가 저조했다. 난 그 이유를 너무 정확히 알고 있다. 그건 내가 아이돌 범주에 속한다는 방증이며, 팬덤 덕에 먹고 살았다는 뜻인 동시에, 팬이 아닌 대중에겐 노래로 어필하지 못했다는 물적 증거다.

음원 판매로 보면 〈하얀 밤〉이 제일 인기가 많았고, 타이틀곡 〈렛 미 인〉과 〈지금〉이 얼추 비슷했다. 사랑해가 네 번 연속 나오는 그 부분을 컬러링이나 알람으로 설정해 놓은 사람들도 많다고 한다. 눈코 뜰 새 없이 바쁜 시간이 본격적으로 시작됐다.

지난달 우리 회사 후배가 새로 시작하는 예능 프로에 발탁됐단 소식을 들었다. 한시유는 소속사에서 처음 만든 6인조 보이그룹 '파이6'의 리더다. 이 그룹을 만들고 유지하는 데 내가 번 돈의 3분의 1은 들어갔을 거라고 백 실장님은 가끔 투덜거리곤 했다.

파이6의 지난 앨범 반응은 기대에 미치지 못했다. 어떤 곡은 너무 파격적이라 외면당했고, 어떤 곡은 그동안의 인기곡들을 요령껏 샘플링 한 느낌이라 대중의 시선을 끌지 못했다. 타이틀곡은 한 곡에 너무 많은 걸 담으려다 보니 죽도 밥도 안 된 케이스였다. 너무 다양한 장르의 트랙을 신다 보니 앨범은 산만하고 난잡해졌다. 그에 비해 홍보 전략은 평범했다. 한마디로 다른 보이그룹과 차별화가 안 됐다는 말이다.

시유를 두고 사람들은 나와 비슷하다고 자주 평한다. 꼭 그래서는 아니지만, 그 앤 내가 우리 회사에서 가장 아끼는 후배다. 처음 시유를 봤을 땐 대성하겠다는 생각까지 하진 않았다. 만날 때마다 달라지는 모습을 보며 생각을 바꿨다. 특별한 변수만 없다면 이 앤 나보다 더 유명해질 수도 있겠다고.

언젠가 시유가 내게 이런 말을 한 적이 있다. 늦은 술자리였다.

"형, 난 형처럼 되고 싶어요. 주저앉은 우리 집도 다시 일으키고, 동생들 공부도 끝까지 시키고. 형이 제 워너비예요. 롤모델이고."

터울 많은 여동생이 둘이나 있다고 했던가. 워너비나 롤 모델이란 말은 부담스러웠지만, 나보다 더 말이 없는 아이 입에서 나온 표현이 입에 발린 소리가 아니라는 건 알았다.

그룹 '파이6'는 앨범 활동 마무리 시기였고 나는 활동 초기라 방송국에서도 가끔 마주쳤다. 첫 달은 〈렛 미 인〉 위주로 활동한다. 컴백한 주엔 〈하얀 밤〉 무대도 같이 꾸몄다. 〈하얀 밤〉은 주로 사전 녹화를 했지만, 오늘은 생방송 무대에서 부른다.

대기실에 들어가기 전 복도에서 우르르 걸어오는 파이6 멤버들과 마주쳤다. 여섯 명의 그만그만한 사내 녀석들이 허리를 푹 꺾어 가며 인사를 건넸다.

"조폭이냐? 90도 인사 좀 그만해라. 45도만 해도 충분해."

"넵! 서재유 형님, 이번 앨범 대박! 완전 대~~에~~박!"

성운이라는 애다. 눈웃음치는 모습은 내 스타일이 아니지만 여섯 중 가장 붙임성 있고 싹싹하다. 그 애를 시작으로 다들 입 달린 걸 티 내듯 한 마디씩 떠들었다.

"재유 형, 나 좀 봐 봐요. 완전 잘하죠? 나도 〈렛 미 인〉 백댄서로 써 줘요!"

막내 멤버가 사람들이 오가는 복도에서 〈렛 미 인〉 안무를 따라 췄다. 나이도 젤 어리지만 하는 짓도 막내답다.

"선배님, 죄송해요. 우리가 애를 잘못 가르쳐서. 다시 교육시킬게요."

여섯 중 중간 나이인 서린이 막내 유찬의 입을 틀어막으며 공손히 말했다. 이 앤 언제 봐도 반듯하다. 데뷔 전부터 늘 혼자 연습하고 혼자 활동했던 나는 가끔 이 그룹 멤버들이 부러웠다. 그러나 그룹 안에서도 인기에 따라 알게 모르게 서열이 갈리는 걸 보면 안타까운 마음도 크다.

이 애들이 듣는 데서는 못 할 소리지만, 나는 평범한 아이돌의 시대는 저물었다고 본다. 여섯 멤버들을 전담하는 송 실장님과 코디들이 우르르 물러가고 시유만 남았다. 내게 따로 할 말이 있어 보였다.

"형, 저 다음 주부터 8남매 첫 촬영 해요. 그제 멤버들 다 같이 모여서 인사도 나눴고요."

들어서 알고 있다. 그 프로에 성현 누나도 고정으로 나온다는 걸. 꽤 복잡한 과정을 거쳐 마지막으로 그 프로그램에 합류하게 됐다는 것 역시.

"피디님이 빨리 친해지라고 해서 그날 늦게까지 술도 마시고 다 같이 노래방에도 갔었어요. 어제 제가 전화 드렸는데. 형한테."

"전화 온 걸 너무 늦게 봐서 일부러 안 했는데."

"급한 일은 아니었어요. 그날 성현 선배님한테 형 후배라고 인사드렸거든요."

"그래. 가 봐. 다들 기다리겠다."

"저, 성현 선배님이 형 앨범 사서 듣겠다면서 활동 잘하라고 전해 달라고 하셔서……."

기대하지 않았던 장소에서 듣게 된 뜻밖의 소식. 시유에게 잘하라는 말은 했던가. 메이크업을 받고 의상을 갈아입으면서도 그 여자 생각을 완전히 떨칠 수 없었다. 한동안 그럭저럭 잘 지냈는데.

대기실 거울 안의 나는 〈온리 원〉 때의 나와는 다른 사람처럼 보인다. 머리카락 색은 밝아졌고, 길이도 길어졌다. 메이크업도 의상도 배우일 때와는 확연히 다르다. 이런 내 모습도 좋아해 주려나.

〈렛 미 인〉은 미리 녹화해 둔 무대를 편집해 선보일 예정이다. 〈렛 미 인〉이 끝나면 바로 이어 〈하얀 밤〉을 라이브로 불러야 한다. 오늘의 엔딩 무대다.

인이어*를 체크하고 무대에 올랐다. 등 뒤의 대형 스크린으로는 〈하얀 밤〉 뮤직비디오가 음 소거된 채 재생될 것이다. 무대 중앙에 침대가 놓여 있고, 나는 그 위에 누워 연기하듯 노래를 시작한다.

그 시간 이후 나는 이틀 정도 '서재유 눈물'이라는 검색어로 포털 사이트를 도배했다. 콘서트를 제외하곤 생방송 무대에서 운 적은 한 번도 없었는데. 내내 참아 보려 애썼지만, 노래가 끝나자마자 힘겹게 참았던 눈물이 맥없이 흘러나왔다.

누구를 떠올렸느냐고 묻는다면 이렇게 대답하겠다. 추억을 떠올렸다고. 그저 아름답기만 한 추억을.


무대에 오르는 틈틈이 사인회, 인터뷰, 음악 프로, 예능 프로, 광고를 소화했다. 뭐가 먼저고 뭐가 나중인지도 모를 정도로 바쁜 일정에 몸을 맡기면서 12월을 맞이했다. 힘들었던 만큼 만족스러운 한 달이기도 했다.

내일이면 12월 중순으로 접어든다. 올해는 아직 눈이 오지 않았다. 조금 전 끝난 연예 프로 인터뷰에서 곧 다가올 크리스마스를 누구와 보낼 거냐는 질문을 받았다. 해마다 지겹게 듣던 질문이다.

---

\* In-Ear Monitor. 가수들이 무대에서 노래 반주 속에 음정, 박자 등 자신의 목소리 상태를 확인하며 부를 수 있게 하는 장치.

넘치도록 눈웃음 짓던 그 리포터는 여자 친구와 보낼 거라는 대답이라도 듣고 싶었는지 모르지만, 크리스마스엔 스케줄이 있었다. 엄밀하게 말하면 그 전전날 일본에 갔다가 성탄절 오후 늦게 한국에 도착하는 일정이다. 물론 그것까지 말해 줄 정도로 친절할 이유는 없었다.

오랜만에 10시 전에 집에 들어왔다. 하루를 잘 마무리한 보상으로 맥주 한 캔을 마시며 TV 채널을 이리저리 돌렸다. 재미는커녕 딱히 보고 싶은 프로도 없다. 계속 채널을 누르다 보니 어린아이를 안고 쩔쩔매는 시유가 보였다. 꼬마는 졸려 보였다. 시유 옆엔 걸그룹 멤버인 여자애가 울상을 짓고 있었다. 〈떴다! 8남매!〉 재방송인 것 같다. 바빠서 볼 시간도 없었지만, 일부러 피하기도 했던 방송.

바로 다른 커플로 이동. 백성현이 꼬마 둘과 거실에 둥글게 앉아 간식을 만드는 모습이다. 파트너는 가수 정성욱 씨다. 아마 제대 후 첫 고정 방송일 것이다. 꽤 오래전이지만, 사석에서 두어 번 합석한 적도 있고 마주치면 인사 정도는 나누는 선배였다.

어서 채널을 바꿔야 한다고 내 이성이 날 다그쳤다. 더 보라고, 솔직히 너도 보고 싶지 않냐고 내 감성이 날 꼬드겼다. 두 어린아이와 정 선배는 성현 누나가 시키는 대로 꼬마 김밥과 미니 롤 샌드위치를 만들었다. 눈이 큰 남자애가 작은 손을 들어 그녀에게 샌드위치를 건넸다.

"누나, 아 해."

꼬마와 눈을 맞춘 그녀가 입을 벌려 샌드위치를 받아먹었다. 서너 살 정도로 보이는 남자애가 누나의 얼굴을 바라보며 혀 짧은 소리를 냈다.

"마시찌?"

그녀가 정말 맛있다며 꼬마의 머리를 쓰다듬었다. 그것도 모자라 볼에 쪽 소리가 나도록 입을 맞췄다. 입맞춤을 받은 꼬마의 얼굴이 의기양양하게 빛났다. 그 모습을 지켜보던 정성욱 선배가 그답게 시니컬한 어조로 말했음은 물론이다.

"누나는 무슨! 진서야, 이모야. 이모!"

말투와 자세가 삐딱한 게 한결같다. 방송 컨셉이 아니라 정 선배는 원래 말투가 그렇다. 그 말을 들자마자 백성현이 노래 부르듯 대답했다.

"나는요, 누나가 좋은 걸 어떡해~~"

어디까지가 대본이고 어디서부터가 애드리브일까. 내 생각엔 이건 대본이 아닌 것 같지만. 정 선배가 그런 누나를 보며 어떻게 골탕 먹일지 궁리하는 얼굴이다. 앞의 남자는 안중에도 없다는 듯 그녀는 여자애가 김밥 만드는 걸 도와주고 있다.

비교 체험 극과 극. 시유가 돌보는 아이들과 연령대가 비슷해 보이는데도 행동과 반응이 영 딴판이었다. 서로에게 음식을 먹여 주는 두 아이를 귀여운 듯 바라보던 정 선배가 혼잣말처럼 떠들었다.

"옛날 같으면 나도 애가 셋은 됐을 텐데. 내가 그렇게 초콜릿, 꽃다발 사다 바쳤던 여자들은 다 어디 갔나 몰라."

주변 정리를 하던 백성현이 남자의 얼굴을 힐끗 보더니 담담하게 대꾸했다.

"어디선가 모유 수유 중이겠죠."

나도 모르게 웃음이 나왔다. 이 장면을 본 시청자들도 분명 같이 웃었다는 데 내 전 재산의 절반을 걸 수도 있다. 재치 있게 깔려 나오는 자막과 그래픽이 상황을 더 재미있게 만들어 준다. 차가운 인상과는 달리 늘 흥미롭던 그녀와의 대화. 나는 그 시간이 정말 좋았다.

"아! 그런 건가. 난 그렇다 치고 당신은 여태 뭐 했어요?"

"그러니까 말이에요. 해 놓은 게 없네. 쩝."

"반성하라고. 김밥만 말지 말고."

잠시 울상을 짓던 그녀가 갑자기 무릎을 꿇더니 한숨 쉬듯 말했다.

"어떻게 난 삶이 반성의 연속이야. 알잖아요. 나, 트러블 메이커인 거."

아, 괜히 봤다. 괜히 봤어!

# 재유

스웨덴에서 크리스마스(정확히는 크리스마스이브다)는 1년 중 제일 큰 행사다. 우리나라의 설날 같은 날이라고 보면 된다. 한국의 성탄절은 보통 연인과 같이 보내지만, 스웨덴은 가족과 함께 보내는 게 일반적이다. 명절이니까.

스웨덴 친구가 크리스마스 휴가에 날 초대했다. 몇 번 거절했지만 예전과 달리 집에서만 지내는 나를 도저히 못 봐 주겠다며 데리고 갔다. 겨울이 깊어지면서 우울감에 사로잡히는 시간이 길어졌다. 이대로 날 방치해선 안 된다고 친구들이 느낄 정도로. 못 이기는 척 따라온 셈이다.

별장 대지가 꽤 넓었다. 밖은 사슴 고기 바비큐를 만든다고 시끌벅적하다. 4일 뒤면 크리스마스다. 창으로 보이는 풍경은 북유럽의 느낌을 고스란히 담고 있다. 눈 쌓인 먼 산, 눈에 반

사돼 더 반짝이는 겨울 햇살.

루카스의 여동생 아이리스가 밖으로 나가자고 나를 재촉했다. 아이리스는 한국말로 '오빠'라는 말을 입에 달고 산다. 언젠가 묻기에 무심코 말해 줬는데, 써도 너무 써먹는다. 처음 봤을 때도 다 큰 아가씨 같더니 벌써 노화가 진행되는 모양이다. 웃을 때마다 눈가에 옅은 잔주름이 잡혔다. 서양 여자는 동양 여자보다 빨리 피고 빨리 늙어 간다. 만 나이로 따져도 백성현보다 여덟 살이나 어린데, 나란히 세워 놓으면 누가 언니인지 못 맞힐 것 같다.

가져간 카메라로 여기저기 찍다가 재미없어 그만뒀다. 루카스가 건강과 정력에 좋다며 사슴 고기가 담긴 접시를 내밀었다. 고기 자체가 지방이 적어 불고기나 전골에 더 어울릴 것 같은데, 여기 사람들은 주로 바비큐나 스테이크로 만들어 먹는다. 그다지 당기지 않아서 먹는 시늉만 하다 맥주 한 병을 들고 집 둘레를 어슬렁거렸다. 오후 3시가 좀 넘었을 뿐인데 벌써 캄캄해지고 있다.

바비큐 파티를 끝내고 집 안으로 들어왔다. 실내는 온통 초록과 빨간색투성이다. 이곳 사람들은 유난히 촛불 켜는 걸 좋아해서 크리스마스가 가까워지면 집집이 초를 장식해 놓곤 한다. 거실 구석엔 생소나무를 알록달록 장식해 놓은 크리스마스 트리가 있다.

스웨덴에서 살 때 아버지는 성탄절이 다가오면 생소나무를 사다가 형과 함께 장식하곤 했다. 엄마는 부엌에서 스웨덴 요리와 한국 요리를 반반 비율로 만드셨고, 난 언제나 내 할 일을 하며 가족을 지켜보는 것으로 만족했다.

루카스 가족은 열흘 정도 이 별장에서 지낸다고 한다. 여기 사람들은 대개 무뚝뚝하고 이방인들에게 친절한 편이 아니지만, 이 가족은 좀 달랐다. 수다 떠는 걸 지켜보는 것도 지겨워서 저녁 식사 준비를 돕기로 했다. 주방 한쪽엔 맥주와 앱솔루트 보드카, 스웨덴 전통 음료, 40도짜리 스웨덴 전통주가 나란히 놓여 있다. 오전엔 루카스 남매와 같이 장을 봐 왔다. 늘 생각하는데 스웨덴은 한국보다 물가가 비싼 편이다.

루카스의 어머니가 연어와 새우로 샐러드와 카나페 비슷한 음식을 만드셨다. 동양에서 온 외국인일 뿐인 나를 늘 반갑게 맞아 주시던 분. 더 자세히 말하자면 날 좋아하신다.

주방엔 열 명은 앉을 수 있는 큰 식탁이 있다. 의자에 앉아 사과 모양의 치즈와 '율 싱카'라는 크리스마스용 햄을 썰기 시작했다. 단맛이 나는 햄이다. 식탁 위에 청어를 절여 만든 발효 음식인 '헤링'이 종류별로 몇 가지나 준비돼 있었다. 우리나라의 반찬용 젓갈 같은 거라고 보면 되는데, 내 입맛으론 좋아하기 힘든 음식이다. 감자와 돼지고기로 만든 '팔트'나 건조하고 바삭한 식감의 빵인 '크넥케브뢰', 월귤 잼을 곁들인 미트볼 같은 스웨덴 전통 음식도 몇 가지 해 두셨다. 맛은 있지만 며칠만 먹으면 질리는 음식들. 지금 내가 먹고 싶은 건 이런 게 아니다.

아이리스가 쿠키를 접시에 담으며 자꾸 말을 걸었다.

"오빠, 한국에 갈 거야?"

"생각 중이야."

"그럼 여기서 며칠 더 지내라."

"니가 자꾸 말 시켜서 얼른 가야겠다."

"말 안 시킬게!"

"설마."

루카스의 어머니가 딸이 딱해 보였는지 내게 말씀하셨다.

"로케, 그래도 돼. 집에 가 봐야 아무도 없잖아."

"할 일이 있어서요."

"작곡 공부한다고 들었는데, 그래?"

"그게, 공부라기보다는 아직은 어떤 건지 알아보는 수준이에요."

남매가 입도 가볍다. 얼마 전 루카스가 집에 왔었다. 새로 들여놓은 음악 장비를 보고 놀라기에 몇 곡 들려주었다. 내 피아노 연주가 끝나길 기다린 루카스는 누가 만든 곡이냐고 물었고, 나는 내가 만든 거라고 털어놓았다. 녀석이 덩치에 어울리지 않게 호들갑을 떤 건 물론이다.

칼질은 언제나 조심스럽다. 무채 써는 게 더 어렵지만 치즈 썰기도 만만치 않다. 스웨덴 사람들은 치즈를 좋아한다. 질리지도 않는지 먹기도 많이 먹는다. 갑자기 아이리스가 먹어 보라며 코앞에 쿠키를 들이밀었다.

"안 먹어."

"진짜 맛있는데? 이거 어디서 산 거야?"

"옆집 할머니가 주신 건데, 먹을 시간이 없어서 가져왔어.

너나 많이 먹어라."

"로케, 한국에 좋아하는 여자 있다며?"

번번이 우리 엄마도 모르는 걸 알고 계시네. 루카스 이 자식!

"루카스한테 그 말 듣는데, 내가 왜 서운하지?"

"어떤 여잔지 궁금하세요?"

"그럼. 어떤 여자가 로케를 사로잡았는지 보고 싶은데?"

"사진 보여 드려요?"

"오빠, 그 여자 사진도 있어?"

많지. 수천 장은 될걸. 인터넷에 검색만 하면.

"좋아하는 여자가 있는데 왜 한국에 안 가?"

"갈 거예요. 조만간."

그때 벽난로에 넣을 장작을 가지러 나갔던 루카스가 나타났다. 루카스의 엄마가 입 싼 아들 녀석에게 물었다.

"왜 이렇게 오래 걸렸니?"

"나간 김에 바깥 정리 좀 하느라고요. 아, 배고파! 아직 멀었어요?"

"바비큐 먹은 게 얼마나 됐다고. 30분만 기다려. 아빠는 뭐 하셔?"

"금방 들어오실 거예요. 날이 더 추워졌어요."

루카스를 2층으로 불러들였다. 190센티에 가까운 장신에 나보다 20킬로그램은 족히 더 나갈 것이다. 몸에 털이 많아서 같이 다니면 나보다 열 살은 많은 줄 안다. 얼핏 보면 사나워 보이지만 알고 보면 순한 양 같은 성격이다. 입과 몸가짐이 가벼운 게 흠이랄까. 잠시 그놈의 얼굴을 물끄러미 바라보다가 영어로 물었다.

"너, 웅변은 은이요, 침묵은 금이다, 그런 말 들어 본 적 있냐? 너의 죄를 네가 좀 알 것 같은데?"

"나 별말 안 했어. 아이리스가 자꾸 물어봐서 아주 조금만."

"내가 좋아하는 여자 따로 있다고 했지?"

"이번 여행도 사실 아이리스가 너 데리고 오라고 조른 거야. 그 여자 마음도 잘 모른다며? 너희 키스도 못 해 본 사이잖아."

"누가 그래?"

"니가 그랬잖아. 저번에 취해서."

"내가 그런 말을 했다고? 정말?"

"내가 왜 거짓말을 해?"

"할 수 있었는데 내가 안 한 거야. 키스."

루카스가 황당한 표정으로 입을 반쯤 벌리고 나를 쳐다보았다. 말하는 내가 들어도 어이없긴 하다.

"할 수 있는데 안 했다고? 그게 가능해?"

"그럴 만한 이유가 있었어. 키스가 그렇게 중요하냐?"

"중요하지! 그게 얼마나 중요한 건데. 키스해 본 사이하고 안 해 본 사이는 너희 나라 말대로 하늘과 땅 차이야. 너도 잘 알 텐데?"

"난 몰라. 모르고, 아이리스나 좀 말려 봐. 졸졸 따라다니는 거 귀찮다고."

"내 말 듣는 애가 아니라니까. 자기가 좋아하는 건 해야 직성이 풀리는 애야."

"그걸 왜 내가 감당해야 하는데?"

"로케, 운명이라고 생각하면 안 되겠니? 아이리스 같은 미인 만나기가 쉬워? 성격 밝고, 까다롭지 않고, 머리도 그리 나쁘지 않고."

"네 동생 착하고 예쁜 건 아는데, 내 눈엔 안 들어온다고. 그러니까 나하고 연결해 주려는 목적으로 이런 데 끌고 오지 마라. 알았지, 친구야?"

괜히 왔다. 친구의 여동생이라니. 이런 식의 인연은 나를 흥분시키지 않는다. 너무나 복잡한 사랑을 하는 내게 이 착한 가족의 제안은 초등학교 저학년 수학 문제처럼 흥미를 일으키지 못한다. 다만 나는 그 여자가 못 견디게 그리워졌다.

요샌 유튜브로 〈떴다! 8남매!〉를 꼬박꼬박 챙겨 보고 있다. 이 프로가 점점 인기를 끌게 된다면 백성현이 얼마나 사랑스럽고 귀여운 여자인지 더 많은 사람이 알게 될 것이다. 8남매에 출연하는 4형제라고 보는 눈이 없을까. 결혼한 남자는 하나도 없다는데.

지하수 같은 남자는 걱정도 안 한다. 아무리 들이대 봐야 백성현이 좋아할 타입이 아니다. 서른다섯 살의 남자 배우는 아직 잘 모르겠다. 정성욱이란 가수는 안 그런 척, 시크한 척은 다 하지만 그 여자에게 관심이 있다. 특히나 2주 연속 꼬맹이 둘을 돌보던 방송을 보면 평소보다 훨씬 자주 웃어 댔다. 캐릭터에 맞지 않게. 말투는 시니컬하지만 꽤 똑똑해 보인다. 게다가 노래를 잘한다. 백성현은 그 남자가 노래방에서 노래하는 걸 들으며 '노래만큼은 완전 내 스타일'이란 말까지 했다. 그것도 카메라 앞에서.

딱 한 번이지만 나도 그녀와 노래방에 간 적이 있다. 그날 난 〈그대와 영원히〉라는 노래만 부르다 나왔다. 30분이나 불렀나. 지나고 보니 아쉬운 것투성이다. 형에게 키스신 장면을 넘기는 배려 같은 건 하는 게 아니었다. 잠든 그녀를 억지로 깨워서라도 마저 찍었어야 했다. 아무리 연기였다지만, 키스를 나눈 사이와 나누지 않은 사이는 하늘과 땅 차이일까. 인정하고 싶지 않다.

한시유란 남자는 백성현보다 아홉 살이나 어리지만, 형과 같은 소속사인데다 어딘가 모르게 형과 닮은꼴이다. 젖살도 다 안 빠진 스물세 살짜리 남자애까지 신경 쓰는 내 꼴이라니. 자존심 상한다. 형으로도 부족해서 저 남자들까지 신경 쓰인다는 게.

아래층에서 곧 저녁 식사가 시작된다는 아이리스의 목소리가 들렸다. 그 애가 올라오기 전에 얼른 내려갔다. 주방 한쪽 테이블에 뷔페식으로 음식이 차려져 있었다. 알아서 갖다 먹으면 된다.

이렇게까지 할 생각은 없었지만 휴대폰 사진 폴더를 열었다. 마음에 드는 사진을 몇 장 저장해 놨었다. 그녀의 실제 모습과 가장 닮은 모습들이다. 사진을 본 식탁의 사람들이 입을 모아 감탄했다. 뭐지, 이 여자? 유럽에서도 먹히는 외모인가. 아이리스는 아무 말도 하지 않았다. 이 정도 보여 줬으면 정신 차릴 때도 됐잖아?

"모델이라고 해도 믿겠네. 여보, 그렇지 않아요?"

"그러게. 둘이 잘 어울리겠어."

"뭐 하는 사람인지 물어봐도 되니?"

"그게⋯⋯."

"루니, 그런 걸 왜 물어봐?"

이 나라 사람들은 한국인들처럼 나이나 이름, 아버지 직업 같은 걸 캐묻지 않아서 좋다. 사진은 왜 보여 줬을까. 난 왜 이렇게 바보가 된 걸까. 괜한 짓을 했다. 이런 짓까지 했다는 걸 알면 백성현이 날 얼마나 한심하게 생각할까.

루카스의 작은어머니란 분이 내게 물어 왔다.

"불안해서 어떻게 떨어져 있어요? 저렇게 아름다운 여자를 남자들이 그냥 두나."

"⋯⋯믿어야죠. 믿어요."

"알고 봤더니 순정파 미남이었네?"

입안 가득 음식을 우물거리며 씹던 루카스가 내게 장난을 쳤다.

"로케, 나중에 우는 거 아냐? 충고하는데, 여자를 너무 믿지 마라. 다친다."

아이리스가 혀를 차며 자기 오빠를 대놓고 비웃었다.

"영화 흉내 내고 있네!"

내가 지금 루카스에게 하고 싶은 말은 오직 이거다.

"밥이나 먹어."

한심하다는 듯 아들을 바라보던 루카스의 아버지가 스웨덴 북부지역 사투리가 섞인 억양으로 천천히 말씀하셨다.

"믿음이 없는 남녀 사이는 이미 끝인 거지. 그건 루카스 네가 새겨들어야 할 말 같은데?"

"다음 여자 친구는 진짜 오래 사귈 거예요."

"오빠 양다리나 걸치지 마. 나이가 부끄럽지도 않아?"

"내가 언제! 아이리스, 나 진짜 억울해. 난 그저 마음이 약한 것뿐이라고."

"억울해? 마음이 약해? 남자들은 도대체 왜 그래? 이 여자 저 여자 만나고 다니면 행복해? 내가 로케 오빠를 왜 좋아하는지 알아? 아무 여자한테나 들이대지 않으니까."

본의 아니게 상대적으로 훌륭한 남자가 됐다. 내가 그럴 자격이 있는 건 아닌 것 같지만. 어쨌거나 파티는 즐거운 거다. 참석한 사람은 모두 여덟 명. 가까이 사는 루카스의 작은아버지 식구까지 모였다. 유전자가 비슷해서인지 꽤나 유쾌한 가족이다. 작은집의 유일한 자식인 아홉 살짜리 남자애는 얼굴에 개구쟁이라고 쓰여 있다. 기특하게도 식사 때는 제법 조용했다.

가구 디자이너인 루카스의 아버지는 너그럽고 따뜻한 성격이고, 사회복지사인 엄마는 푸근한 몸매의 미인이다. 1년 만에 뵀었는데 그새 살이 더 붙으신 것 같다. 루카스는 아버지를, 아이리스는 엄마를 많이 닮았다. 지금은 글래머라고 불러 줄 수 있는 몸매지만 40대가 되기 전에 엄마의 몸집을 따라가지 않을까. 예전엔 사실 저런 몸매를 좋아했던 것 같은데 이젠 여자 보는 기준이 바뀌었다.

"이상하네. 로케 얼굴이 낯설지 않아요. 분명 어디선가 본 얼굴 같은데."

정말 이 얼굴을 봤다면 서준유를 본 거겠지. 남유럽도 모자라 북유럽까지 정복해 가나 보군. 이젠 어디로 가서 살아야 이 얼굴을 알아보는 사람이 없을까. 아프리카 오지? 남극? 사막? 무인도?

"다른 사람을 본 거겠죠. 제가 좀 흔한 얼굴인가 봐요."

"무슨 그런 말도 안 되는! 미안하지만 안경 좀 벗어 보면 안 돼요? 정말 닮았어."

그녀의 남편이 나 대신 얼굴을 찌푸렸다. 나는 아무 대꾸도 하고 싶지 않았다.

"루니, 파티를 망칠 셈이야?"

"아, 미안해요. 내가 쓸데없이 호기심이 많아서. 어서 식사해요."

연어샐러드가 입에 맞아서 그것만 먹고 있자니 아이리스가 다른 음식을 담아 와 내게 건넸다. 이런 식의 친절 부담스럽다. 루카스가 자기 여동생을 보며 혀를 끌끌 찼다. 나는 아이리스가 가져온 음식을 포크로 푹 찍어 입에 넣었다. 먹다 보니 먹을 만해져서 한 접시 다 비웠다.

동석한 스웨덴 사람들이 한국의 명절을 알고 싶어 하길래 간단히 설명해 줬다. 설날이나 추석 같은 것. 이젠 내겐 특별한 의미가 없는 절기. 명절 음식 이야기 끝에 갈비찜이라는 이름의 한국 요리를 해 주겠다고 약속했다. 김치 얘기가 나오자 모두들 그 맛을 궁금해했다. 루카스가 사람들을 향해 말했다.

"난 먹어 봤어요. 로케가 만든 거. 매운데 맛있어요."

"오빠, 내일 김치도 해 줄래?"

"힘들걸. 이 동네선 김치 재료 구하기가 어려워서. 스톡홀름까지 가야 한인마트가 있거든. 인터넷으로 주문하든지."

"김치에 뭐가 들어가는데?"

루카스의 어머니셨다.

"제대로 만들려면 들어가는 재료가 꽤 많아요. 샐러드 해 먹는 배추는 한국 배추랑 비슷한데, 김치 담글 때 넣는 무하고 여기 무는 맛부터 달라요. 여기 무 사다가 깍두기라는 김치를 담가 봤는데 그 맛이 안 나더라고요. 고춧가루를 넣어야 제대로 된 김치인데 그것도 사기 힘들고, 쪽파나 부추 같은 부재료 구하기도 어렵고요. 그런 걸 다 넣어야 한국식 김치거든요. 아! 젓갈도 필요해요. 깊은 맛을 내주는 양념이에요."

친구의 어머니는 처음 들어 본 양념이 나오자 몸을 기울여 가며 관심을 보이셨다.

괜히 시작했나. 더는 설명하기가 귀찮았다.

"ICA 마트*에 가면 김치 팔아요. 한국식하곤 맛이 좀 다르지만."

"그래? 거기 자주 가는데 왜 여태 못 봤지?"

---

* 스웨덴의 대표적인 대형 마트의 이름.

"내일 ICA에 가서 김치 사다 드릴게요."

루카스의 어머니가 내게 푸근한 미소를 지어 보이셨다.

"로케는 결혼하면 와이프한테 아주 자상할 거 같아."

"아니에요. 저 되게 무뚝뚝하고, 여자한테 잘 못해요."

"거짓말도 할 줄 아네?"

"정말인데. 정말이에요."

루카스 아버지가 허허 웃으며 말씀하셨다.

"자넨 거짓말 못하는 사람이야."

루카스가 자기 아버지 말에 맞장구 쳐 주었다.

"그건 맞아요. 너무 솔직해서 황당할 때도 있지만."

그것도 예전 일이다. 요 몇 달 사이 나는 거짓말쟁이가 됐
다. 이렇게 허접한 인생을 살 줄은 정말 몰랐다.

"로케, 저녁 먹고 게임이나 할까?"

이 나라 사람들은 음악을 들려주고 그 곡의 원곡자, 리메이
크한 아티스트, 몇 년도에 나온 음악인지를 맞히는 게임을 좋
아한다. 음악이 아닌 영화나 드라마가 소재일 때도 있다. 우리
가족이 스웨덴에 살 때 형은 이 게임을 정말 좋아했다. 나는 루
카스에게 게임은 말고 사우나나 하자고 했다. 아이리스가 아쉬
움을 온몸으로 티 내며 내 쪽을 보았다.

"내일은 크리스마스 선물 사러 가자! 오빠들 둘 다 같이 갈
거지?"

"안 가면 니가 우릴 살려 두겠냐?"

"오빠 안 가도 돼. 로케 오빠만 가면."

어이없을 때도 웃음이 나온다. 지금처럼. 피식거리는 내 웃음을 본 아이리스가 나를 향해 살짝 윙크했다. 눈치 없는 여자가 없는 나라는 지구 위에 단 한 곳도 없나 보다.

사슴을 타고 다녔다는 산타는 원래 스칸디나비아 반도 지역에서 구전되던 바이킹의 이야기다. 말을 타고 선물을 나눠 줬다는 바이킹의 신 오딘Odin과 염소를 타고 비슷한 일을 했다는 그의 아들 토르Thor의 전설이 결합하여 루돌프라는 예쁜 이름의 미국식 사슴으로 바뀌었다. 쉽게 말하면 터키에 살았던 성 니콜라스와 염소를 타고 다녔다는 바이킹의 신이 미국에서 만나, 사슴을 타고 다닌다는 산타 할아버지로 합체, 변신한 셈이다.

인구가 천만 명도 안 되는 나라인데 이 많은 사람이 다 어디서 왔는지 놀랄 정도로 매장이 붐볐다. 산타클로스 할아버지는 아니지만, 크리스마스 선물을 꼭 줘야 할 것 같은 사람이 있다. 산더미처럼 쌓인 물건 틈에서도 그 여자에게 주고 싶은 선물만 눈에 띈다. 빨간색 미니 드레스도 사 주고 싶고, 드레스에 어울리는 구두와 가방도 같이 선물하고 싶다. 〈온리 원〉의 재현이 선우진에게 청혼하며 주던 것과 비슷한 반지가 보였다. 반지 낀 손을 들여다보며 검은 보석 같은 눈을 반짝이던 백성현이 떠올랐다. 젠장. 사 줄 마음도, 사 줄 돈도 있는데 사 줄 수가 없다니.

"오빠, 나 이거 크리스마스 선물로 사 주면 안 돼?"

아이리스가 투명한 작은 보석이 촘촘하게 박힌 머리핀을 들어 보였다. 판매원이 내게 스와로브스키를 박은 거라서 잘 안 떨어질 거라고 설명했다. 성현 누나가 하면 예쁘겠다, 그 생각이 먼저 들었다. 루카스가 가격표를 들여다보더니 아이리스 눈앞에 그걸 들이댔다. 한국 돈으로 30만 원이 넘었다. 비싼 가짜 보석이군.

"너무 비싸잖아. 로케는 니 남편이나 애인이 아니다."

아이리스가 내게 팔짱을 껴 오며 착 달라붙었다. 콧소리가 옵션으로 따라온다.

"지금부터 애인 하면 되지!"

아무리 친구의 동생이라도 이 말은 꼭 해야 했다.

"어린 게 못 하는 말이 없네."

"내가 어리다고? 나하고 젤 친한 친구는 작년에 결혼했어. 나 성인된 지 오래야."

"내 눈엔 넌 아직 어린이란다. 한국 속담에 말이야, 떡 줄 사람은 생각도 않는데 김칫국부터 마신다는 말이 있거든?"

"그게 무슨 뜻이야? 라이스 케이크? 김칫국?"

"그게…… 됐다. 나 좋아하는 여자 있다니까? 사진까지 봤잖아? 나한테 자꾸 이러는 거 일종의 범죄 행위야. 그만해라, 꼬맹아."

루카스가 덩칫값도 못 하고 낄낄거렸다.

"그게 무슨 범죄냐? 하여간."

아이리스가 깊고 푸른 눈을 치켜뜨며 나를 노려보았다.

"진짜 애인이라고? 그럼 그 여자 좀 데리고 와 봐! 얼굴 좀 보게!"

"네가 함부로 오라 가라 할 사람 아니거든. 다른 거 골라. 1,000크로나* 이하짜리로. 아! 앞으로 나한테 애인 하자는 둥 사귀자는 둥 그런 이상한 말 안 하면 이 핀 사 줄게."

"오빠 진짜 못된 거 알아? 내가 나 좋다는 남자가 없어서 이런다고 생각해?"

"알지. 너 인기 많은 거. 그러니까 나 같은 건 어서 버려라. 응?"

"진짜 때려 주고 싶다!"

때리라고 어깨를 내밀까 하다가 말았다. 그것도 좋아할 것 같아서.

루카스의 가족에게 줄 선물 몇 가지를 골랐다. 그릇 모으는 게 취미인 루카스의 어머니께 드리려고 그릇 판매대로 갔다. 크리스마스 분위기를 물씬 풍기는 그릇이 잔뜩 전시돼 있었다. 친구 어머니 걸 골라야 하는데 내 눈은 백성현이 좋아할 만한 그릇만 찾고 있다. 그동안 올렸던 음식 사진을 떠올려 봤을 땐 화려한 것보다는 단순하고 자연스러운 디자인을 좋아할 것 같다.

요리를 좋아하는 풀잎향기. Timeless란 이름으로라도 선물을 보내면 안 되나. 요새 풀잎향기는 '세상의 모든 음식' 카페에 음식 사진을 올리지 않는다. 나 역시 마찬가지다. 루카스가 내 쇼핑카트를 들여다보며 물었다.

---

* 스웨덴의 최고액권.

"뭘 이렇게 많이 샀어?"

"이쪽 건 한국 가져갈 거."

"그 여자 다 줄 거야?"

"두 사람 거야."

"한 사람은 누구? 설마 여자가 둘이냐?"

"미친 자식. 우리 엄마다!"

아버지가 자식에게 줄 수 있는 가장 큰 선물은 아이들의 엄마를 사랑하는 것. 언젠가 '세상의 모든 음식'에 풀잎향기가 올렸던 문장이다. 그래서 그녀는 아버지가 고맙다고 했다. 최고의 선물을 받았노라고.

부부싸움을 안 한 것도 아니고 늘 평탄하게 살았던 것도 아니지만, 우리 아버지는 엄마가 세상에서 제일이라는 말씀을 자주 하셨다. 너희는 공동 2등. 아빠한테는 엄마가 1등이야. 그런 아버지의 자식이라서 편했다. 부모의 삐걱거리는 애정 문제 때문에 괴로워하는 자식이 되어 본 적이 없어서 좋았다.

엄마는 남편도 사랑했고, 자식도 사랑했고, 본인도 사랑했다. 엄마가 우리 집의 세 남자 중 누굴 가장 사랑했는지는 모르겠다. 적어도 나는 아닐 거라고 생각한 적은 있다. 피로 맺어진 가족이든 서약으로 맺어진 가족이든 한 치의 오차도 없이 똑같은 양의 애정을 준다는 게 말처럼 쉬운 일인가. 난 그걸 바랐던 것 같다. 더 사랑해 주는 건 바라지 않으니 똑같이만 대해 달라고.

오랜만에 엄마께 드릴 선물을 사면서 많은 생각이 든다. 형은 어려서 나보다 두 배쯤 힘들게 했을지 모르지만, 다 자라선 내가 엄마한테 하는 것보다 열 배, 스무 배 잘하고 산다. 엄마가 큰아들을 걱정하고 더 신경 쓰는 게 이젠 이해된다. 엄마도 보통 사람이므로.

여태껏 잡채나 불고기, 갈비찜을 싫어하는 서양 사람은 한 번도 본 적이 없다. 스테이크는 거기에 비하면 너무 심심한 음식이다.

커다란 냄비 하나 가득 만든 갈비찜을 이 대식가들이 한 끼에 싹 먹어 치웠다. 내 솜씨가 특별히 뛰어난 게 아닌데도. 먹는 내내 얼마나 감탄을 하는지 부끄러울 정도였다. 삐쳐 있던 아이리스는 그새 기분이 풀어졌는지 자꾸 애교를 부렸다. 속도 없지.

스웨덴 전통주까지 한 병 비우고 노곤해진 몸으로 2층 손님 방으로 올라왔다. 루카스의 아버지가 직접 만드셨다는 싱글 침대 두 개가 양옆으로 배치된 방이다. 벽과 침대에서 은은한 삼나무 향기가 뿜어져 나왔다. 오늘 밤은 잠이 잘 올 것 같다.

씻고 나오자마자 노크 소리가 들렸다. 가운을 여미고 문을 여니 아이리스였다. 손에 선물 상자를 들고 있다. 루카스는 어딜 갔는지 흔적도 없다. 이 자식은 꼭 중요한 순간에 사라지더라.

"왜? 네 오빠 어디 갔냐? 좀 전에도 있었는데."

"아래층에 내려가던데."

설마 내려보낸 건 아니겠지?

"말해, 얼른. 피곤해."

"내일 아침에 간다며?"

"그럼 여기서 살아? 가야지."

"오빠 예전엔 안 그러더니 말끝마다 가시를 달고 있는 거 같아. 왜 그렇게 말해?"

"미안. 내가 요새 좀 그래. 그거 줄 거면 어서 주든가."

아이리스가 내게 선물 상자를 건넸다. 고맙다고 말하고 문을 닫으려는데 그 애가 내 볼에 쪽 소리 나게 입을 맞췄다. 하도 황당해서 쳐다보니 이젠 키스까지 하려고 했다. 가까스로 내 입술에 도착하기 직전 그 입술을 막아 냈다. 솔직히 이런 식의 애교 싫어하지 않는다. 그러나 이런 짓은 가까운 사이가 됐을 때 해도 늦지 않다.

화내고 싶은 걸 꾹 참은 나는 말없이 아이리스의 어깨를 돌려세워 밀어낸 뒤 문을 꼭 닫았다. 선물은 뜯어보지도 않고 침대 옆 테이블 위에 집어 던졌다. 작은 스탠드 하나만 켜 놓고 침대에 누워 잠을 청했다. 잠이 잘 올 거란 짐작은 기분 좋은 착각이었다. 그 여자가 생각났다. 눈을 감아도 보고 싶고 눈을 떠도 보고 싶다. 감을 수도, 뜰 수도 없다. 문이 슬쩍 열리고 침대에 털썩 주저앉는 소리가 들렸다.

"아이리스 방에 들어가면서 울더라. 로케, 안 자는 거 알아. 뭐라고 그랬어?"

"뭐라고 한 거 없어. 선물 준 거 받고 아이리스가……. 그만하자."

"왜 그렇게 복잡하게 사는지 모르겠네. 난 네가 이해가 안 돼. 진심으로."

"내 생각도 너하고 똑같아."

루카스의 웃음소리가 들렸다. 몸통이 커서 그런지 울림도 크다.

"너 좋다는 여잘 만나. 그게 편하잖아?"

"난 내가 좋아하는 여자여야 해. 그것도 아주 많이. 나 좋다는 여자들 여럿 만나 봤는데 금방 싫증 나더라고."

"카리나도 싫다. 아이리스도 싫다. 둘 다 미인에 글래머에. 걔네들이 뭐가 아쉬워서 너한테 자꾸 목을 매는지 모르겠지만 적당히 좀 하지?"

"그러게 말이다. 나 대신 니가 좀 이해시켜 주면 안 될까. 나 같은 건 신경 끄라고."

"하하하. 아무래도 네 말투에 빠졌나 보다!"

"이제부턴 벙어리처럼 살아야겠군."

"로케, 넌 성욕도 없어? 예전엔 이 정도는 아니었잖아? 그 나이에 벌써 섹스도 안 하고 산다는 게 말이 돼?"

헛웃음이 나왔다. 지금 나에게 그런 단어는 사치다. 동시에 금기다.

"우리나라 사람들은 그런 식으로 대놓고 안 물어봐."

"그럼 어떻게 물어보는데?"

"음……. 안 외롭냐? 혼자 지내기 안 힘들어? 뭐 그렇게?"

"로케, 안 외롭냐? 혼자 지내기 안 힘들어?"

하나를 가르치면 하나를 아는 놈. 루카스 쪽으로 쿠션을 집어 던졌다.

"돌아 버리겠다, 자식아! 그러니까 섹스의 섹 자도 꺼내지 마!"

약아빠진 곰 같은 루카스 자식이 "섹시, 섹시, 아이 워너 섹시 걸!" 타령을 하며 즉흥곡을 불러 댔다. 나는 이불을 뒤집어쓰고 엎드려 베개에 얼굴을 파묻었다.

네가 내 마음을 어떻게 알겠냐. 나도 내가 왜 이러는지 잘 모르겠는데. 상상에도 금기가 있다는 걸 태어나 처음 알게 됐는데. 그립되 그리워만 해야 하고, 사랑하되 사랑한다는 말은 절대 꺼내선 안 되고, 아무리 보고 싶어도 만나선 안 되는 사람이 있다. 꿈속에서조차 마음껏 안을 수 없는 여자.

무슨 말로도 이해시킬 자신이 없으므로 구구절절 설명하기도 귀찮다. 나는 잡념 없이 잠이 오기만을 기다렸다.

다음 날 아침 식사 후 별장의 사람들에게 'God Jul굿 율'이라는 인사를 미리 남기고 먼저 돌아왔다. 'God Jul'은 스웨덴의 크리스마스 인사다. 메리 크리스마스로 해석하면 된다. 아이리스는 화가 났는지 잘 가라는 인사도 없이 쌩하니 토라져 들어가 버렸다.

기차를 타고 오면서 아이리스가 준 선물 상자를 풀어 봤다. 상자 안엔 크리스마스 분위기가 물씬 나는 티셔츠와 카드, 사진이 있었다. 티셔츠는 아침에 아이리스가 입고 있던 옷과 같은 디자인이었고, 사진은 바닷가에서 찍은 거였다. 몸매가 노골적으로 드러나는 빨간색 비키니를 입은 모습. 어린 게 정말 못 하는 짓이 없다.

성탄 카드엔 사진은 갖고 다니고 티셔츠는 아침에 입고 나오라는 메모가 있었다. 눈치를 덤핑가로 팔아넘겼나. 버릴 수도, 입을 수도, 지니고 다닐 마음도 없는 선물은 왜 주는 걸까. 차라리 피가 뚝뚝 떨어지는 사슴 고기를 넣어 주지.

집에 오자마자 티케팅을 시도했다. 프랑크푸르트까지 가는 비행기는 있는데 독일에서 한국으로 가는 비행기 티켓은 동났다. 겨우 구한 게 27일 자 티켓이다. 대기표라도 신청할까 하다가 말았다. 어차피 성탄절에 맞춰 가 봐야 특별한 의미가 없다.

크리스마스이브. 아침부터 날이 흐렸다. 방수용 트레이닝복을 입고 집 근처를 뛰어다녔다. 집에 돌아올 때쯤이면 온몸이 땀으로 흠뻑 젖고, 씻고 나면 금세 노곤해진다. 그게 가장 큰 목적이다. 스웨덴의 낮은 너무 빨리 저문다. 그 말은 곧 밤이 길다는 뜻이고, 나는 여러 가지 의미로 밤이 무섭다. 몸을 심하게 혹사하거나 정신을 고단하게 만들어서 나를 잠재우는 방법이라도 써야 한다.

냉장고를 뒤져 국적 불명의 파스타를 해 먹고 맥주를 마시며 빌려 온 책을 읽었다. 백성현이 서재유의 생일 선물로 주었던 추리 소설이다. 한 여자를 향한 한 남자의 애정이 눈물겹다. 이토록 기막힌 헌신이라니. 이런 사람도 있는데. 이런 사랑도 있는데.

크리스마스 당일. 고향으로 가지 않은 친구의 친구가 나까지 크리스마스 파티에 초대했다. 정중하게 거절했다. 파티는 그 정도면 됐다.

지난달 작은 방의 짐을 싹 치우고 홈 스튜디오를 꾸몄다. 집에서 미디 작업을 하려면 '최소한 그 정도는 있어야' 한다고 전문가들이 추천하는 건 다 샀다. 미디 음악Musical Instrument Digital Interface을 만들려면 최소한의 장비가 필요하다. 오디오 인터페이스, 마스터 키보드 같은 하드웨어와 소나SONAR, 큐베이스 같은 소프트웨어 몇 가지. 질 좋은 스피커와 보컬 마이크도 준비했다. 노트북밖에 없어서 매킨토시 컴퓨터를 새로 사야 했다. 그게 제일 비쌌다.

필요한 책과 장비를 준비한 뒤 인터넷으로 미디 강의를 찾아 듣고 있다. 다들 독학은 힘들 거라고 하는데 아직까진 크게 어렵거나 지루한 줄 모르고 하고 있다. '화성학'이란 제목이 들어간 책도 몇 권 구입해 샅샅이 읽고 있다. 그 시간만큼은 잡생각이 안 들어서 좋다.

처음 곡을 만들어 보냈을 때만 해도 이런 장비 같은 건 하나도 없었다. 디지털 피아노 한 대만으로 만든 곡. 형의 앨범이 나왔을 때도, 내가 만든 곡이 히트했다는 소식을 들을 때만 해도 노래는 듣지 않았다. 얼마 전 노래를 들어 보니 코드 진행과 보컬 가이드라인은 내가 보낸 것과 거의 같았으나 여러 개의 악기 소리를 더 입히고 멜로디도 살짝 변형돼 있었다. 가사는 그렇다 쳐도 노래 제목까지 약간 바뀌었다. 다시 생각해 보니 바뀐 게 더 낫긴 했지만. 누구 생각인지 모르지만 〈지금〉이란 곡에 휘파람 소리를 집어넣자고 한 아이디어가 마음에 들었다.

상황상 그쪽 프로듀서나 편곡가, A&R팀과 직접 의사소통을 할 수 없는 나는 당시만 해도 정문용 대표에게 알아서 하라고 일임할 수밖에 없었다. 일곱 개의 곡을 더 보낸 날이었다. 그날, 다음부턴 어떻게든 미디를 빨리 배워 내가 의도한 대로 MR Music Recorded을 만들어야겠다고 마음먹었다. 요샌 그때 보낸 곡들로 새로 미디 작업을 하고 있다.

회사 측엔 보낸 곡은 아직 건드리지 말라고 해 두었다. 이제 겨우 네 곡 마쳤다. 지난주 정 대표로부터 제이원 프로젝트의 개인 음반을 내는 게 어떻겠냐는 연락이 왔다. 생각지도 못한 제안이었다. 하긴, 올해는 생각지도 못한 일들의 연속이다.

피아노와 드럼은 내가 제일 좋아하는 악기다. 피아노는 마음을 안정시키고 드럼은 답답한 마음을 풀어 준다. 타고난 박자 감각이 필요한 드럼은 나와 가장 어울리는 악기라고 생각하곤 했다. 다른 작곡가들도 그런지 모르지만 나는 우울하거나 슬플 때 곡이 더 잘 써진다.

더 기가 막힌 건 우울감이나 슬픔이 지나치면 오히려 아무것도 못 한다는 거다. 슬프되 적당히 슬퍼야 하고, 우울하되 적당히 우울한 상태를 늘 유지해야 하는 것. 그게 창작의 전제 조건인가.

피아노 뚜껑을 열어 아무 건반이나 눌러 봤다. 요새는 짧은 멜로디조차 만들지 못하고 있다. 피아노를 닫고 거실로 나와 인터넷을 연결했다. '세상의 모든 음식' 카페에 접속해 보니 풀잎향기가 오랜만에 게시물을 올려놓았다. 스마트폰으로 올린 사진이었다. 제목은 '여자들만의 크리스마스 파티'. 평소처럼 사진 아래 사족을 몇 줄 달아 놓았다.

그런 거잖아요.
하루 정도는 여자들끼리 파티 해도 되는 거잖아요.
남자는 질리니까. 그죠?
남자는 평소에 지겹도록 만나니까. 그죠?

아마도 다른 사람 집인 것 같다. 사진 속 풍경은 그동안 보았던 식기나 식탁이 아니었다. 남자가 없는 파티라니. 기분이 한결 좋아졌다. 그새 댓글이 주르르 달려 있었다. 풀잎향기는 이 카페에서만큼은 안티가 없는 스타다.

그 댓글을 하나하나 읽으면서 나도 모르게 마음속으로 댓글에 리플을 달았다. 이런 식으로.

잉. 풀잎님, 왜 이제야 왔어용? 보고 싶었단 말이에염~~~~;
'이런 애교는 옆에 있는 사람한테나 하세요.'

아, 부릅따. 지겹도록 만난대. 무려 남자를 ㅠㅠㅠㅠㅠ
농담이죠? 제발 그렇다고 말해 주세요~~~~ㅠㅠ
'맞는 말 쓴 거예요. —,—;'

어? 풀잎향기님~ 집에 있는 웬수는요? 그분은 어디 가시고?

'남편이 아니라 남동생입니다. 지금 다들 속는 거라고요!'

진짜 여자들만 모인 거 맞아요? 믿을 수 없는 말~~ 헤.
그런 의미에서 향기님 크리스마스 인증 원츄!!
'이젠 '그깟' 인증 포기할 때도 됐잖아요?'

질리도록 남자를 만나 본 적이 없어서. ㅡ,ㅡ; 나도 그 기분 느껴
보고 싶다.
'뭐라 할 말이.....;;;;;'

어! 마약김밥이다! 광장시장서 사 온 거예요? 먹고 싶다. 마약김밥
^^;;
'이 여자가 마약 같은 여잡니다. 나도 끊고 싶어요. ㅠㅠ'

정신이 피폐해지면 이런 부작용이 나타나나. 내 머릿속 생
각에 나조차 오그라들어 참을 수가 없었다. 난 집엔 도대체 언
제 들어갈 거냐고 쓰고 싶은 걸 꾹 참고 로그아웃했다. 카메라
메모리칩 안에 크리스마스 분위기에 어울릴 사진이 꽤 들어 있
지만 그마저도 올리기 귀찮았다. 요샌 매사가 심드렁하다.
　크리스마스엔 눈이 내려야 한다고 생각하던 시절이 있었다.
크리스마스에 눈이 오든 말든 나와 무슨 상관이냐고 되묻던 시
절도 있었다. 한국은 화이트 크리스마스가 아니라는데 여긴 하
루 내내 눈이 내린다. 그래서 싫다. 조깅을 하기엔 위험하고,

나 홀로 감상하기엔 창밖 풍경이 너무 아름다우니까.

혼자 해 먹는 밥은 맛이 없다. 배가 고파 먹을 뿐. 누군가를 위해 차리는 밥상. 같이 먹을 누군가가 앉아 있는 식탁. 나를 닮은 아이들과 그 아이들을 낳아 준 여자가 있는 집을 상상해 본다. 비눗방울 같은 꼬마들의 웃음소리와 은은한 음악, 식욕을 돋우는 음식 냄새로 가득한 공간.

가끔 드라마 촬영을 마치기 며칠 전 꾸었던 꿈을 떠올릴 때가 있다. 나를 아빠라고 부르던 사내아이와 우리 부자를 보며 미소 짓던 그 여자. 미친 꿈이라고 생각했지만.

오후 3시. 더는 못 버티고 전화를 걸었다. 한국 시각으로 밤 11시 정도다. 백성현, 어디서든 받기만 해. 누굴 만나든 좋으니 제발 받기만 해.

안 받을 가능성이 90퍼센트라고 생각했는데 생각보다 일찍 전화를 받아서 당황스러웠다.

"나야, 재유. 너무 좋아서 말문이 막히지?"

잠시 뜸을 들이던 그녀가 가라앉은 목소리로 되물었다.

— 스웨덴 서재유?

고맙다. 내 목소릴 바로 알아봐 줘서. 뭘 하고 있었느냐고 물었더니 웃을 거라며, 이내 잤다는 대답이 돌아왔다. 잤단다. 이렇게 예쁜 여자를 크리스마스에 혼자 놔두는 대한민국 남성들에게 다시 한 번 고마웠다.

그녀는 스웨덴의 크리스마스 풍경을 알고 싶어 했다. 사실 이 나라의 크리스마스는 관심 밖이다. 저 밖에서 북을 치든 꽹

과리를 치든 궁금하지 않다.

아무리 생각해 봐도 이건 아니다. 몬태규 가문과 캐플릿 가문의 자식도 아닌 서재유와 백성현이 왜 이렇게 살아야 하지? 로미오와 줄리엣도 아닌데? 누굴 위해서? 무엇 때문에? 진짜 웃기는 일 아닌가.

"성탄 선물은 많이 받았어?"

— 별로. 이젠 다 컸나 봐.

좋은 걸 보면, 예쁜 걸 보면, 탐나는 걸 보면 그녀에게 다 주고 싶지만 지금 내가 줄 수 있는 건 이런 것밖에 없다. 휴대폰을 피아노 위에 올려놓고 〈2만 킬로미터〉를 들려주었다. 연주에만 집중하고 싶은데 자꾸 딴생각이 끼어든다.

왜 나는 쌍둥이로 태어났을까. 수천 번도 더 했던 생각. 거꾸로 쌍둥이가 아니었다면, 서준유의 동생이 아니었다면, 그런 식으로 이 여잘 겪을 일이 있었을까. 그래서 형을 미워만 할 수가 없다. 서준유는 내게 백성현을 만나게 해 준 은인이므로.

눈물이 쏟아질 것 같아서 크리스마스 캐럴로 바꿔 쳤다. 울면 안 돼. 울면 안 돼. 산타 할아버지는 우는 애들에겐 선물을 안 주신대. 절대적인 누군가에게 묻고 싶다. 눈물을 꾹 참으면 내게도 커다란 선물을 주실 건지.

'산타 할아버지는 알고 계신대. 누가 착한 애인지 나쁜 애인지.'

나는 착한 아들이고 싶었고, 착한 동생이고 싶었고, 착한 애인이고 싶었다. 절대, 이렇게 복잡하게 살고 싶지 않았다. 절대적인 누군가에게 한 번만 더 묻고 싶다. 언제쯤 이 복잡한 인연이 정리될 건지.

　휴대폰 안에서 웃음소리가 들리는 것 같다. 그녀를 웃게 해 줬으니 내 선물은 성공인 셈이다. 오늘은 이걸로 만족한다.

　백성현은 나를 웃게만 하지는 않는다. 그녀는 나를 인내하게 하고, 성장시키고, 가슴 깊숙한 곳에서 힘들게 길어 올린 행복이 어떤 건지 깨닫게 한다. 그러므로 아직은 울 때가 아니다. 한 번쯤은 펑펑 울고 싶지만, 지금은 그때가 아니다. 아직 모든 게 다 끝난 게 아니므로.

# 성현


〈온리 원〉 모임이 있는 날이다. 캅사이신과 청양 고춧가루를 잔뜩 넣은 매운 불닭발과 불족발을 파는 식당에서 1차 모임을 가졌다. 주차장에서 만난 우진이와 같이 들어갔다.

워낙에 소문난 집이라 그런지 이른 시간인데도 손님이 꽤 많았다. 우리를 알아보고 알은체하거나 사인을 부탁하는 사람들도 있었다. 어떤 사람은 나를 보며 정말 성현이 맞느냐고 몇 번이나 되묻기도 했다. 드물지 않게 있는 일이다. 우진이가 옆에서 그 성현이 맞다며 대신 확인해 주었다. 식당 주인의 부탁으로 사인을 해 줄 때, 안 피디와 오 작가가 나란히 도착했다.

오정혜 작가는 자리에 앉기도 전에 내 양 볼을 부드럽게 쓰다듬었다.

"얼굴 상했을까 봐 걱정했는데 여전히 예쁘네. 역시 타고나야 하는구나."

"당연, 또 당연하죠. 우리가 이 모양 이 꼴인 건 못 타고나서 그래요. 절대 우리 잘못이 아니라니까."

"그치? 나도 그렇게 생각해. 근데 우리 남편은 아니라네. 노력 부족이래."

"어머! 우리 남편하고 배다른 형제인가 보다! 뒷조사해 봐야 하는 거 아니에요? 머리숱 점점 줄어들죠?"

"어! 마흔밖에 안 됐는데 벌써 3분의 1은 빠진 것 같아. 자기 남편은 그래도 착하기라도 하잖아. 우리 집 남자는 기가 너무 세. 날 이겨 먹으려고 한다니까?"

남편은커녕 애인도 없는 나는 즐겁게 듣고만 있었다. 언제나 재미있는 두 유부녀의 대화. 박우진이 날 바라보며 못 말리겠다는 듯 슬쩍 고개를 저었다.

"먼저 시키면 안 될까요?"

왜 나는 한 끼만 대충 먹어도 배가 고픈 걸까. 가끔은 나도 보통의 여배우들처럼 우아하게 두세 끼 정도는 건너뛰고 싶다. 오돌뼈와 불족발을 먼저 주문했다. 매운맛과 아주 매운맛 두 가지로.

"박 감독님은 올 수 있대요?"

박우진이 안 피디에게 물었는데 오 작가가 날 바라보며 대답했다.

"성현이가 있는데 안 올 리가 있어? 걸어서라도 올 거다."

"금방은 못 올 것 같아요. 그래도 오긴 올 거야. 우진 씨 보고 싶어서."

박우진이 안 피디 말에 으하하 웃어 댔다. 주변 사람들이 우리 일행을 흘금거리며 쳐다보았다.

"아, 나 또 청일점인가? 이놈의 인기는. 1대 3에 전부 연상. 뭐, 이 정도는 충분히 커버!"

우진인 언제나처럼 일관성 있게 너스레를 떨었다. 나란히 앉은 나와 우진이를 번갈아 보던 안 피디가 고개를 갸웃하며 말했다.

"두 사람은 이렇게 나란히 앉아 있어도 열애설 안 나지?"

"그건 모르죠. 내일 아침 성현 누나하고 열애설이 떡하니 실릴지."

"어우, 그러지 마. 너라도 편하게 만나자."

"왜? 나 정도면 열애설 상대로 부끄럽진 않잖아? 잘생겼지. 코는 세운 거지만. 인간성 좋지. 누구한테나 그런 건 아니지만. 이젠 돈도 꽤 벌지. 지지난 주에 또 광고 찍었어. 아직 입금 전이지만. 다음 주에도 찍을 거야. 조만간 한류 스타 될 예정이지. 이건 가능성 78퍼센트. 오차 범위 플러스마이너스 5퍼센트. 뭐, 다 갖췄구먼."

누구도 박우진의 말에 토 달지 않았다. 연상의 세 여자 역시 완벽히 적응한 상태니까. 계란찜과 어묵 국물, 단무지와 김치가 먼저 나왔다. 오정혜 작가가 드라마 얘기를 꺼냈다.

"〈온리 원〉 베트남하고 대만에서 대박 조짐이라는데? 내년 봄엔 일본하고 중국 전역에서 방영될 거고. 필리핀에도 수출됐지?"

"필리핀은 빠르면 1월부터 방송 탄다는데요. 이달 말쯤에 감독판 DVD도 나올 거예요."

"하여간 박 감독 부지런해. 일만 하나 봐."

"일밖에 할 게 없잖아요. 놀아 줄 애인이 있나. 키울 애가 있나."

나는 아무 소리도 못 들은 척 어묵 국물을 떠먹었다. 우진이가 네 개의 잔에 소주를 따랐다. 건배를 하고 술잔엔 입만 댔다. 오늘은 술이 안 당긴다. 비닐장갑을 끼고 알밥에 오도독뼈를 섞은 뒤 김에 싸서 하나씩 건넸다. 좋아하진 않아도 가끔 생각나는 음식이다.

불족발이 유난히 매운 것 같다. 입에 부채질하며 얼려 나온 쿨피스를 긁어 먹었다. 음료수를 마시던 우진이가 몸을 틀어 내 쪽을 보았다.

"누나 생일 다가오네."

맞은편의 오 작가와 안 피디가 관심을 보였다. 오 작가의 기억력은 알아줘야 한다.

"성현이 생일이 언제더라. 내 기억엔 초겨울이었던 것 같은데."

"12월이에요. 아직 멀었어요."

"뭐가 멀어? 코앞이구먼. 생일 선물로 뭐 받고 싶어?"

"박우진, 진짜 다 들어줄 거야? 큰돈 드는 건 아닌데."

"좋아. 말해 봐. 뭔데?"

나는 옆자리의 박우진을 진지하게 바라보다가 몸을 기울여 짧게 속삭였다.

"너의 겸손."

내 말을 들은 두 여자가 미친 듯이 웃어 댔다. 그건 도저히 줄 수 없는 선물이라고 말하던 우진이 입구 쪽을 보며 손을 흔들었다.

"저기 겸손이 필요하신 분 또 오시네요."

박지형 감독은 피곤해 보였다. 배도 고프다고 했다. 식사가 될 만한 메뉴로 두 가지 더 시키고 소주도 한 병 추가했다. 박 감독의 새 드라마 얘기는 내가 먼저 꺼냈다. 당연히 내가 하는 예능 프로 얘기도 나왔다. 말이 통하는 사람들끼리의 술자리는 언제나 즐겁다.

매운 음식은 박 감독이 제일 잘 먹는 것 같다. 자학하듯 불족발을 씹어 대는 나를 보며 오 작가가 두 눈을 반짝였다.

"성현이 먹는 거 보니까 생각나네. 내가 〈온리 원〉 한창 쓸 때 친구들하고 여길 왔었거든. 그때 이 장면 넣으면 어떨까 생각했었다?"

〈온리 원〉. 머릿속에서 추방하고 싶은 단어지만, 그다음 말이 궁금한 건 사실이다. 다들 그녀의 얼굴을 주목했다.

"김재현하고 선우진이 이런 식당에 오는 거야. 일단 제일 매운 메뉴를 시키는 거지. 선우진은 잘 못 먹어. 너무 매우니까."

그쯤에서 박 감독이 오 작가의 말을 잘랐다.

"그만하죠, 작가님."

"왜 그만해요? 누굴 위해서?"

"뭔데요? 궁금해 죽겠네."

박 감독이 안 피디를 삐딱하게 쳐다보았다.

"안 피디, 집은 안 궁금하냐?"

"지금은 이게 더 궁금해."

"쿨피스를 먹어도 맵고, 어묵 국물을 먹어도 매운 걸 어떡해. 김재현이 안 맵게 해 줘야지."

이번엔 박우진이 끼어들었다.

"어떻게요?"

"김재현이 할 일은 이거야. 선우진이 너무 매워서 입에 부채질을 해. 심지어 입술을 때려 가면서. 아, 그 전에 둘을 구석 자리에 앉혀야 해. 남들 눈에 잘 안 띄는 곳으로. 너무 노골적이면 곤란하잖아. 15세 이상 관람가로 찍어야 하는데."

"아이구, 참. 차라리 19금 시나리오를 쓰세요."

"박 감독, 안 그래도 나중에 쓸 생각이에요."

"작가님, 그래서요? 재현이가 선우진한테 뭔 짓을 하는데?"

안 피디는 숫제 애가 닳았다. 나는 소주병을 끌어와 잔에 술을 따랐다.

"재현이가 이렇게 말해. 내가 안 맵게 해 줄까? 거의 동시에 선우진을 한쪽 팔로 끌어안고 진의 입술에 키스하는 거지. 되도록 오, 래, 오, 래."

어느새 그 장면을 상상하는 나를 발견하곤 고개를 흔들었다. 만약 그런 장면을 찍어야 했다면. 오 작가의 짓궂은 상상력은 정말 못 말린다. 생활의 모든 장소가 글의 소재가 된다더니 그게 맞는 모양이다.

거꾸로 여주인공이 매운 음식을 잘 못 먹는 남자를 키스로 달래 주는 설정이라면. 꼭 남자가 해 주라는 법이 있나. 나도 상상력은 남부럽지 않게 넘친다. 중요한 건 내 상상력은 아무 짝에도 쓸모가 없다는 것.

"안 피디, 이 정돈 공중파에서 안 잘리나?"

"안 잘릴걸요. 애매한가? 나름 임팩트 있는데? 키스를 꼭 우아하고 고귀하게 할 필요가 있나? 스킨십도 다 생활의 한 부분인데."

"내 말이 그 말이야. 내가 박 감독한테 18회 초반에 집어넣자니까 하지 말자더라고. 시청자들이 불편할 거라나 뭐라나. 그래서 댕강 잘렸잖아."

소주를 한 번에 털어 넣은 박 감독이 오 작가 쪽으로 몸을 틀었다.

"참 내. 하는 사람이나 좋지 주변 사람 보기에도 아름다운 줄 알아요? 공공장소에서 그게 무슨 짓입니까. 〈온리 원〉은 19금 생활영화가 아니잖아요. 뭐라고 할 건데요? 닭발 키스요? 족발 키스라고 할 건가?"

박우진이 난감한 얼굴로 흐흐흐 웃었다.

"족발 키스라. 여자들은 그런 거 싫어하지 않나? 냄새난다고."

"그런 것도 사랑이지. 꼭 예쁜 짓 할 때만 안아 주고 뽀뽀하고 그래야 하나? 다들 상상력이 왜 그 모양이야?"

안 피디의 마지막 발언에 기꺼이 동의한 건 오 작가밖에 없었다. 나는 사실 손뼉을 치며 맞장구치고 싶었다. 하지만 참았다. 미혼인 나머지 세 사람은 진짜 사랑이 뭔지도 모르는 꽉 막힌 사람이 되어 오 작가의 작업실로 이동했다. 2차는 오피스텔에서 편하게 놀 계획이다.

〈온리 원〉을 찍을 때만 해도 이 정도는 아니었다. 서재유와 열애설 난 뒤로는 어딜 가든 내게 노골적인 관심을 던지는 사람들이 많아졌다. 때론 불쾌할 정도다.

맘껏 놀자고 온 작업실이지만 마냥 편하지만은 않았다. 곧 서재유의 이름이 나왔기 때문에. 오 작가의 다음 작품 얘기를 할 때였다.

"이상하게 말이야, 주인공 외모는 미리 생각해 놓고 쓰는데도 남주 얼굴이 꼭 서재유처럼 생겼을 거 같아. 그렇게 생긴 얼굴이 조선 시대에도 있었을까."

"안 살아 봐서 모르지만 극히 드물었겠죠. 전형적인 옛날 미남 스타일이 아니니까. 재유 씨가 좀 특별하게 생겼잖아요. 여자들이 사족을 못 쓰는 얼굴인가? 난 지나치게 잘생긴 얼굴은 부담스럽던데."

박 감독이 실실 웃으며 안 피디를 쳐다보았다. 두 눈에 심술이 가득했다.

"그럼 제대로 결혼했네. 살면서 얼굴 보고 긴장할 일은 없겠다?"

안 피디가 안주를 집어 먹으며 장난스러운 눈길로 박 감독을 흘깃거렸다.

"박 피디 이상형은 어떤 얼굴인가? 웬만한 여잔 성에 안 차지? 어떡하냐. 자꾸 눈만 높아져서.”

박 감독이 안 피디의 말을 무시하고 화제를 바꾸었다.

“서재유는 드라마 하자고 서로 난리일 텐데 안 하네요. 재유만 오케이 한다면 내년 봄이라도 편성 바로 떨어질 것 같던데. 영화를 해도 되고.”

오 작가가 고개를 끄덕이며 대답했다.

“우리 남편이 그러는데, 영화 제작사 쪽에서도 러브콜 많았는데 다 거절했다는데? 그 정도면 영화 할 때 됐잖아. 20대 초반 라이징 스타도 아닌데.”

“그러게요. 잘만 하면 연기로 확 뜰 타이밍인데 왜 그러지?”

“가수가 더 편하다는 말은 했었어요. 연기하는 것보다.”

“그래도 자기한테는 그런 말도 하네. 무대에서 예쁘다, 멋있다는 가수들도 배우하고 나란히 세워 놓으면 딱 얼굴 견적 나오는데 걔는 아니더라. 한 시간 내내 보기 힘든 얼굴이 가수 출신 연기자들이거든. 연기 웬만큼 잘하지 않고서야 어떻게 그걸 봐 주냐.”

그의 얼굴이 파노라마처럼 빠르게 나타났다 사라졌다. 한 사람만 떠올려야 하는데 추억조차 두 갈래로 갈린다. 두 사람에게 미안했고, 두 사람에게 화가 났다. 고개를 숙인 채 포크로 안주를 건드리고 있는데 안 피디 목소리가 들렸다.

“우진 씨, 재유한테 전화 좀 해 봐. 시간 되면 놀러 오라고.”

“올 수 있을까요? 요새 바쁜 것 같던데.”

“연락이나 해 보지 뭐. 오든 못 오든.”

우진이가 전화를 거는 동안 오 작가와 안 피디가 재유의 새 앨범 얘기를 꺼냈다. 오 작가가 앨범 감상평을 늘어놓았다.

"난 〈하얀 밤〉이 제일 좋더라."

"그죠? 곡 자체가 아우, 그냥 막 너무너무 절절해. 아줌마도 울리는 노래라니까."

"걔는 왜 무대에서 울고 그런다니. 속상하게."

안 피디가 눈을 동그랗게 뜨고 오 작가를 쳐다보았다.

"울어요? 서재유가?"

"못 봤어? 한 2주 됐나. 인터넷 열기만 하면 나오던데. 검색어에 계속 떴어. 서재유 눈물, 그렇게."

준유의 눈물. 통화를 마친 우진이 의자에 털썩 주저앉았다.

"재유 못 온대요. 새벽까지 일한다고. 다들 재미있게 노시래요."

"안 오는 게 아니고? 열애설 났다고 일부러 피하는 거 아냐?"

"그럼 그런가 보다 좀 하세요. 괜히 같이 있는 거 눈에 띄면 좋을 게 뭐가 있어요? 그 난리가 났었는데."

오 작가가 박 감독을 보며 빙그레 웃었다.

"알았어요, 알았어. 나 재유 보고 싶었는데. 직접 물어보고 싶은 게 있거든."

"오 작가 언니, 뭐요?"

"그건 비밀."

"나한테만 살짝 가르쳐 주시면 안 되나? 같은 유부녀끼리?"

"안 돼요. 서재유는 제일 어린 게 제일 바쁘네. 돈 벌어서 다 어디에 쓰려고 그러냐."

"재유 기부 많이 할걸요. 티를 안 내고 해서 그렇지 여기저기 많이 하나 봐요. 나이도 어린 게 은근 진국이야. 비교되게."

"우진 씨 그런 거로 기죽을 사람 아니잖아?"

"왜요. 부럽죠. 인기도 재력도 능력도. 애가 나이를 두 배로 먹나. 어려도 존경스러운 부분이 많다니까요. 성현 누나한테 겸손을 선물해야 하니까 오늘은 이 컨셉으로다가."

다음 날 오전 한참 망설이다가 〈하얀 밤〉을 검색했다. 연관 검색어에 '서재유 눈물'이 있었다. 글자를 클릭해 영상을 찾았다.

덩그러니 놓인 침대로 스포트라이트가 비춘다. 침대 위엔 한 남자가 팔을 축 늘어뜨리고 누워 있다. 짧은 인트로가 끝나자 남자의 입술에서 한숨 같은 노래가 흘러나왔다. 나 좀 재워 줘. 잠들 수가 없잖아.

가수 서재유가 노래하는 내내 방청석은 조용했다. 카메라 워크조차 조심스럽다. 침대에서 거울 앞으로, 거울 앞에서 다시 스탠딩 마이크 앞으로. 카메라 렌즈가 차츰 붉어지는 그의 눈을 집요하게 비췄다. 노래가 끝나자마자 기다렸다는 듯 준유의 눈에서 눈물 한 줄기가 흘러나왔다. 그는 카메라를 피해 고개를 옆으로 돌렸다. 방청석에서 안타까운 탄성이 흘러나왔다.

오래전 솔로 앨범을 준비할 때 내 보컬 트레이너는 무대에서 노래를 부르는 것도 일종의 연기라는 말을 늘 강조했다.

'흔히 우리가 가창력이라고 착각하는 성량, 물론 아주 중요해요. 하지만 그것보다 중요한 건 감정의 전달이야. 가사와 가사 사이의 숨소리까지 진심을 담아 부르는 것. 노래는 절대 데시벨 경쟁이 아니에요. 목청 큰 게 전부가 아니라고.'

서재유의 눈물. 그것조차 연기라고 폄하할 사람들이 있을 것이다. 그러나 그게 연기든 아니든 난 그 무대에 감동했다. 그는 내게 진짜 가수가 되었다.


잊고 있었는데 양승호 대표는 꼼꼼하고 까다로운 사람이었다. 정기적으로 피부 관리실에 들르게 하고 전문 트레이너를 붙여 운동을 시키는 건 기본 중의 기본. 아무 옷이나 대충 입고 다니지 말라며 평상복까지 체크할 정도다.

예전처럼 읽을 책을 주며 독후감을 쓰게 하진 않았으나 매주 두 번씩 개인 선생을 붙여 영어와 중국어를 배우게 했다. 가끔은 직접 테스트까지 했다. 중국에서 무역업을 했다더니 중국어도 꽤 유창했다. 추운 계절이면 살이 붙는 편인데 살이 찔 틈이 없을 정도로 날 내버려 두지 않았다. 나한테 너무 투자만 하는 게 아닌가 싶어 내심 걱정했는데 다행히 광고가 들어왔다. 의류 광고였다.

어려선 친구를 사귀는 게 지금보다 쉬웠다. 새로운 누군가와 특별한 관계를 만들어 가는 걸 두려워하지 않았다. 나이 들수록 사람을 만나고 깊이 알아 간다는 게 어려운 일처럼 느껴진다. 나를 더 알고 싶어 하는 사람이 생겨도 내가 먼저 피할 때도 있다.

나는, 아는 사람은 꽤 많지만 친구가 많은 사람은 아니다. 그게 아쉽지는 않다. 나도 잊어버릴 뻔한 생일을 미리 챙겨 주는 사람, 힘든 일을 겪을 때 같이 한숨 쉬어 줄 사람은 손으로 꼽을 정도만 돼도 충분하다.

성탄절을 앞두고 솔로로 지내는 동료와 선배 몇이 모이기로 했다. 그 모임엔 애인이 없는 사람만 참석할 수 있다. 몇 해째 특정 남자가 없는 크리스마스를 보내는 나는 자격이 충분했다.

크리스마스이브 파티는 돼지국밥집에서 시작했다. 다들 장소가 너무 심한 거 아니냐고 투덜대면서도 잘 먹었다. 멤버 중한 명이 뜨거운 국물을 떠먹으며 지난해 봄 부산에 여행 갔을 때 같이 먹었던 쌍둥이 국밥집의 돼지국밥을 언급했다. 동행인들이 부추를 얹어 먹는 그 국밥을 얘기할 때 나는 같은 이름의 쌍둥이를 떠올렸다.

2차는 난희 언니 집으로 바로 갔다. 그날 밤 난 1월 중순이 되기 전에 남자를 소개받기로 약속을 해야 했다. 그 대답을 받아 내기 전까지 30대 초중반의 여자들은 내가 정말 서재유와 아무 사이가 아닌지, 혹은 아니었는지를 몇 번이나 집요하게 물어 댔다. 제발 남자를 소개해 달라는 말을 꺼내지 않을 수 없었다. 많으면 많을수록 좋다고 했다.

1박 2일의 크리스마스 파티를 끝내고 돌아왔을 때, 집은 휑했다. 여자 친구가 있는 동생이 혼자 있을 턱이 없었다. 초저녁도 안 됐는데 뭘 하며 나머지 시간을 보내지? 할 일은 많았지만, 크리스마스에 하기엔 모두 구질구질한 일이었다.

겨우 생각해 낸 게 독서였다. 집에서 제일 재미있는 책을 찾아 펼쳤지만 도무지 집중이 안 됐다. 차라리 집안일이나 하자 싶어 부엌과 방 청소로 두 시간을 때우니 캄캄해졌다. 뭘 먹을까 고민하다 라면을 끓였는데 맛이 없어 반이나 남겼다. 반신욕까지 하고 나왔는데도 10시가 안 됐다. 시간이 뒷걸음질 칠 때도 있나. 차라리 스케줄이라도 있으면 좋았을 텐데.

문득 몇 주 전 월간지에서 찍었던 크리스마스 화보가 생각났다. 잡지 속의 나는 크리스마스에 어울리는 의상을 갈아입어 가며 키 큰 남자 모델과 와인 잔을 부딪쳤다. 정작 이런 날, 이렇게 외롭게 지내는지 누가 알까. 아직 이 지겨운 크리스마스가 지나려면 두 시간이나 남았다.

영화를 틀어 놓고 깜빡 잠이 든 것 같다. 너무 많이 봐서 대사까지 외우는 영화였다. 전화 오는 소리에 놀라 눈을 떴다. 급한 마음에 누군지 확인도 하지 않고 전화를 받았다.

— 나야. 재유.

너무 좋아서 말문이 막힌 건 아니다. 놀라서 금방 대답이 나오지 않았다. 똑같은 첫말이라도 준유는 절대 아니었다.

"스웨덴 서재유?"

— 그럼 나 말고 서재유가 또 있어? 목소리가 왜 그래?

"말하면 너 웃을 거 같아."

— 뭐 하고 있었는데?

"잤어."

재유의 기분 좋은 웃음소리가 들렸다.

— 이제 막 11시 넘었는데? 집이야?

"어, 집. 스웨덴도 크리스마스엔 시끌벅적하나? 여긴 그저 그런데. 예전 같지 않아."

— 아무래도 여긴 명절이니까.

"전화 왜 했어? 너인 줄 모르고 잠결에 받았어."

— 나인 줄 알았어도 받았을 거잖아. 그지? 누나, 원수 사이도 아닌데 우리가 왜 이래야 해? 웃기지 않아?

"그래. 웃기긴 하다."

소속사에 내 앞으로 도착한 성탄 선물이 여러 개 있다는데 아직 찾으러 가지 않았다. 재유도 내게 선물을 주고 싶어 했다.

— 뭐 하나 들려줄게. 5분도 안 걸려. 연주 끝나면 바로 끊을 거니까 혹시 할 말 있거든 지금 해.

예전에도 이런 선물을 받아 본 적이 있다. 전화로 하는 노래. 전화로 들려주는 연주. 내 두 번째 남자 친구는 누구보다 로맨틱하게 전화를 할 줄 알았다. 이별의 순간은 전혀 낭만적이지 않았지만.

사랑에 빠졌을 땐 누구나 한쪽 눈 정도는 머는 법이다.

"고마워. 늦었지만 메리 크리스마스. 새해 복 많이 받고."

— 누나도. 잘 지내고 있어. 아프지 말고.

처음 듣는 곡이었다. 피아노는 재유가 직접 연주했다. 나처럼 체르니 40번까지 배우다 만 사람은 도저히 흉내 낼 수 없는 실력이었다. 소파에 누워 눈을 감고 가만히 귀를 열었다.

또 그 생각을 하고 말았다. 왜 세상엔 서재유가 둘일까. 연주가 끝나는 것 같더니 크리스마스 캐럴이 연달아 들려왔다. 연주 속도가 2배속 되감기를 하는 것처럼 빨라지더니 다시 두 배로 느려졌다.

'산타 할아버지는 모든 것을 알고 계신대.'

누군가를 지극히 사랑하면 바보가 되기도 하지. 그러나 아무리 애정이 깊어도 처음부터 끝까지 바보로 살 수는 없어. 시간이 가르쳐 줄 거야. 너에게도. 나에게도. 또 다른 그에게도. 그 순간이 아주 천천히 온다 해도 지금은 기다리는 방법밖엔 없어. 내가 할 수 있는 말은 그것뿐이다. 그것조차 입 밖으로 꺼내지 못했지만.

먼 대륙에 사는 아름다운 남자가 보내 준 고마운 성탄 선물. 스웨덴의 재유는 나를 웃게 한다.


12월 31일. 한 해의 마지막 날 연기 대상 시상식이 열린다. 초대를 받았으니 입고 갈 옷이 필요했다. 요새 구시은은 나를 가지고 인형 놀이를 하고 싶어 안달 난 사람 같다. 지난주 피팅을 하러 갔을 때도 드레스 때문에 시은이와 약간의 마찰이 있었다. 내가 입고 싶은 옷과 시은이가 입히고 싶은 옷은 차이가 꽤 컸다. 시은인 내게 한쪽 소매가 언밸런스한 짙은 파란색 공단 드레스를 추천했다. 오른쪽 소매는 손목까지 내려왔고 왼쪽은 어깨부터 완전히 노출된 스타일이다. 앞부분은 마음에 드는데 등 쪽에 노출이 많았다. 누가 봐도 심한 수준이었다.

"뭐가 심해? 가슴골도 안 보이는데?"

"등이 훤히 다 보이잖아. 파인 정도가 웬만해야지."

"언니야, 드레스 처음 입어 보니? 황연수가 가져간다는 걸 겨우 낚아챘더니만. 이 옷 때문에 그쪽 코디하고 싸울 뻔했다고."

"또 생색. 알아, 알아. 근데."

"알면 그냥 좀 입어라."

"등이 이게 뭐야? 더군다나 팔부터 쭉 이어져서. 기자들이 얼마나 찍어 대겠냐고?"

"사진 찍으라고 입는 거야. 멜빵 치마 같은 거 하나만 걸치고 나오는 배우도 있는데 그게 뭐 대수라고? 비키니는 어떻게 입어? 그건 잘만 입으면서."

"거기가 수영장이야?"

앞좌석에 앉아 있던 김도의 팀장이 돌아보며 웃음을 터트렸다. 로드 매니저 유성도 시은이 편을 들었다.

"누님, 눈에 띄게 하고 가요. 올킬 한번 해 주죠?"

"올킬은 아무나 하나."

"언니야, 상 받을 사람이 대충 입고 가면 코디가 욕먹어. 나 언니 안티 아니거든? 올해 상 두 개 받는다. 최하 우수 연기상 하고 베스트 커플상. 내기할까?"

"아, 시상식 진짜 싫은데."

싫은 날이라고 해서 나만 비껴가 주지는 않는다. 온밤 내내 내린 눈이 적당히 얼 정도의 날씨였다. 시상식은 밤에 시작되지만 아침부터 바빴다. 시은인 나를 미스코리아 대회라도 내보내려는지 한동안 여기저기 끌고 다녔다.

솔직한 마음을 말하면 나 역시 아름다워 보이고 싶었다. 특히나 오늘 같은 날은. 등의 노출을 티 내야 하므로 머리는 자연스럽게 올리고 액세서리는 팔찌와 작은 귀걸이만 했다. 피팅이 잘된 드레스는 내 몸의 장점을 극대화시켰다. 어차피 입게 된 거 노출은 신경 끄기로 했다. 난 포기도 빠르다.

포토타임에서는 역시나 앞모습뿐 아니라 뒷모습도 많이 찍혔다. 아예 뒷모습을 보여 달라고 요구하는 기자도 여럿이었다. 간간이 아는 사람들에게 인사를 건네며 배정된 자리로 갔다. 〈온리 원〉 출연자였던 선배들과 같은 테이블에 배석됐다.

바로 옆자리에 서재유의 이름표가 보였다. 그는 아직 도착 전이었다. 분명 다른 방송사에서 하는 연말 가요 대상에 참여하느라 오늘 이 자리를 쭉 지키지 못할 터였다. 박우진이 나를 향해 엄지손가락을 내밀며 고개를 끄덕였다.

"와우! 드레스 끝내준다!"

김재현의 어머니로 나왔던 주해선 선배님이 우아한 목소리로 한마디 하셨다.

"얘는. 저속하게 끝내주는 게 뭐니? 아름다우십니다, 그래야지."

"죄송합니다, 선생님. 성현 누님, 아름다우세요. 유아 쏘 뷰티플!"

으슬으슬해서 다시 털 코트를 걸쳤다. 테이블 위에 생수와 음료수가 준비돼 있다. 목이 좀 탔지만 마시지 않기로 했다. 안 그래도 자꾸 화장실에 가고 싶었다. 이런 자리가 너무 오랜만이라 여러모로 긴장됐다.

무대는 마지막 점검에 정신이 없어 보였다. 방송사의 계획 대로라면 오늘 저 무대 위에서 서재유와 탱고를 추거나 듀엣으로 드라마 OST를 불러야 했다. 서재유 측은 연말 스케줄이 워낙 빡빡한데다 시상식 중간에 타 방송사에 오가야 한다는 이유로 거절했다. 혼자서 추는 탱고나 혼자 부르는 듀엣곡은 없다. 두 번 생각할 것도 없이 잘된 일이다.

"이게 누구야? 성현이 아냐?"

누군가 내게 알은척을 해 왔다. 돌아보니 예전에 같이 드라마를 했던 선배님이셨다. 인사를 하고 잠시 선 채 대화를 나누는데 서준유가 걸어오는 게 보였다. 그는 내가 입은 드레스와 같은 색, 같은 재질의 군청색 행커치프와 나비넥타이를 하고 있었다. 눈썰미가 어느 정도 있는 사람이라면 알 것이다. 얼핏 보면 전혀 다른 옷 같지만, 커플룩이라는 것을. 아무래도 시은이와 준유 코디들이 농간을 부린 모양이다.

준유는 지난 10월에 봤을 때보다 말라 보였다. 10분 후 시상식이 시작될 거라는 안내방송이 들렸고 선배도 제자리로 돌아갔다. 자리에 돌아와 앉는 내게 준유가 작은 목소리로 짧은 인사말을 건넸다.

"선배, 오랜만이야."

선배라니. 너무나 당연한 호칭이고 틀린 말도 아닌데 그 단어가 낯설었다. 차라리 누나라고 불러 주지. 어디선가 우리의 모습을 찍어 대는 사람들이 분명 있을 테지. 마냥 친한 척을 할 수도, 데면데면 서먹한 티를 낼 수도 없었다. 나는 가능한 자연스러운 표정으로 그의 얼굴을 응시했다.

"많이 바쁘지?"

"바쁜 게 좋죠."

박우진이 준유와 나를 번갈아 보며 입을 열었다.

"뭐야? 스캔들까지 난 사이에 뭐가 이렇게 담담해?"

나는 그냥 웃었다.

"눈물의 상봉까지는 아니어도 이건 너무하잖아?"

준유가 우진이를 보더니 씩 웃었다. 그 부분에 대해선 둘 다 할 말이 없었다. 그는 같은 테이블에 앉은 사람들이 나누는 대화를 듣고만 있었다. 낯설었다. 고작 두 달 정도 못 봤을 뿐인데.

대각선 쪽 테이블 근처에 조금 전까지만 해도 보이지 않던 박지형 감독과 오정혜 작가가 서 있었다. 눈으로 먼저 인사를 나누고 바로 일어나 그쪽으로 갔다. 우진이와 준유도 내 뒤를 따라왔다.

아무리 바빠도 두 달에 한 번은 만나는 사람들이라 알은척만 하고 돌아서는데 박 감독이 내 이름을 불렀다. 우진이가 박 감독 쪽으로 돌아서는 내 팔을 슬쩍 잡아당기며 장난을 걸었다. 가지 말라며.

"또 편애 모드. 성현 누나만 너무 챙기신다."

"성현이 박지형 라인인 거 아직 소문 다 안 퍼졌어? 내가 소문 내 달라고 했잖아."

오늘 같은 날도 바지를 입고 온 오정혜 작가가 입가에 웃음을 띠고 박 감독을 보았다.

"왜 이래요? 성현인 오 작가 라인이거든."

"좋겠어요. 찾는 사람 많아져서."

할 얘기가 있다며 한쪽 구석으로 나를 데리고 간 박 감독이
뜻밖의 말을 꺼냈다.

"영화 출연할래요? 조연이지만."

뜬금없이 이게 무슨 소리인가.

"영화요? 나요? 무슨 역할인데요? 감독이 누군데요?"

자꾸 되묻는 날 바라보며 박 감독이 씩 웃었다.

"아는 감독이 연출하는 영화인데, 내달 초에 크랭크인 할 거예
요. 지금 하는 프로에 특별히 지장은 없을 거고."

"그런 얘길 뭐 이런 데서 해요? 정신 사납게. 이따가 뒤풀이
안 가세요?"

"당신 가면 나도 가고."

"참. 나 없어도 갈 거면서 꼭 이러더라. 오늘 연출상 받으시
려나?"

"내가 받겠어요? 〈하늘꽃〉, 〈온리 원〉 둘 다 대박 낸 미친
이규석 선배가 있는데."

"그렇긴 하다. 이제 가도 되죠?"

"가지 말라면 안 갈 건가? 그 테이블에?"

"재미없어요."

"드레스, 생각보다 어울리네?"

나는 박 감독에게 이 말을 꼭 해 주고 싶었다.

"감독님은 그게 문제예요. 칭찬만 하든가. 아님 아예 말든가."

테이블로 다시 돌아와 앉았다. 박 감독이 준유의 어깨를 꾹 누르며 보내 준 앨범 잘 듣고 있다는 인사를 하고 갔다. 잠시 앨범에 수록된 노래 얘기가 나왔다. 내가 좋아하는 곡은 다른 사람들도 좋아했다. 아마도 이 자리에 초대받은 사람들에게 앨범을 선물한 모양이다. 나만 제외하고. 서로에게 연락해선 안 되는 사이가 됐지만 왠지 서운했다. 대를 이어 싸워 온 원수도 아닌데 이렇게까지 해야 하나.

드디어 시상식이 시작됐다. 자리를 지키던 준유는 1부가 끝날 무렵 내게 슬쩍 다녀오겠다는 말을 하고 자리를 비웠다. 2부는 올해 인기 있던 드라마의 커플들이 나와서 무대를 꾸미는 것으로 시작한다. 사회자가 〈온리 원〉 커플이 무대에 오르지 못한 이유를 설명할 때 카메라는 혼자 있는 나를 비췄다. 무대 뒤 대형 스크린에선 〈온리 원〉의 명장면들이 이어져 나왔다. 스크린에 서재유와 서준유 형제가 번갈아 보였다.

3부가 시작되면 바로 베스트 커플상 시상이 있을 예정이다. 그때까지 팬들은 쉼 없이 문자 투표를 할 테고. 〈온리 원〉 커플과 〈하늘꽃〉 커플이 박빙이라는 말은 들었다. 그 상을 받을 수 있을지 아닐지 따위의 생각은 하고 싶지 않다. 어차피 내 손을 벗어난 일이다. 하지만 안 받는 게 낫겠지. 한 번이라도 더 그 스캔들을 연상시킬 필요는 없을 테니까.

3부 시작 직전에 준유가 헐레벌떡 도착했다. 뛰었는지 이마에 땀이 송골송골 맺혀 있었다. 서운했던 마음은 어느새 사라지고 안쓰러워졌다. 나는 그에게 테이블 아래로 손수건을 건넸다.

우리 커플은 곧 단상으로 불려 나갔다. 사회를 보던 MC가 후보에 오른 네 커플을 쭉 세워 놓고 곤란한 질문을 골고루 던졌다. 며칠 전부터 어떤 질문이 주어질지 미리 생각해 봤다. 마음의 준비도 단단히 하고 왔다. MC가 우리 쪽으로 다가와 준유에게 마이크를 들이댔다. 첫 질문은 예측 가능한 질문이었다. 두 번째 질문.

"옆에 계신 성현 씨와의 호흡은 어땠습니까? 처음엔 사이가 별로 안 좋았단 소문도 있던데요?"

MC는 여전히 웃으며 대답을 기다렸고 준유는 살짝 당황한 듯했다. 그런 식으로 그와 나는 번갈아 대답을 강요받았다. 내가 받은 제일 당황스러운 질문은 이거였다.

"촬영하면서 두 분이 꽤 오랜 시간 서로를 지켜보셨잖아요. 실제 재유 씨는 남편감으로 어떤 사람인가요? 이건 절대 제가 궁금한 게 아니고, 시청자들이 가장 많이 보내 주신 질문 중 하나입니다."

스크린에 비친 준유는 표정 없이 앞을 바라보고 있다. 차라리 미소라도 짓지. 그래서 더 마음이 드러난다는 걸 왜 모를까.

"서재유 씨는 후배로서, 같은 일을 하는 동료로서 좋은 사람이에요. 그렇지만 방금 그 질문은 생각해 본 적이 없어서요."

MC가 빙글빙글 웃으며 나를 바라보았다. 나와 비슷한 나이로 알고 있는 그 MC에게 말하고 싶었다. 적당히 좀 하지?

"지금 생각하시면 되지요. 아! 안타깝네요. 방금 결과가 나왔다고 연락이 왔습니다! 두 분 운 좋으십니다. 더 센 질문도 준비해 뒀는데."

시은이가 예상한 대로 〈온리 원〉 커플이 베스트 커플상을 받았다. 그럴 수도 있을 거라고 생각했지만 막상 상을 받으니 기분이 묘했다. 준유가 내게 먼저 수상 소감을 하라고 손짓했다. 단상에 올라서는 게 너무 오랜만이라 어색하고 떨렸다.

"고맙습니다. 드라마가 아니면 제가 언제 이런 절절한 사랑을 받아 보겠어요. 저에게 김재현 같은 근사한 남자를 보내 주신 오정혜 작가님께 특히 감사드립니다. 김재현이 되려고 날이면 날마다 고생했던 파트너 서재유 씨, 고마웠어요."

연이어 준유가 소감을 말하기 시작했다. 나는 대형 스크린에 비치는 그의 얼굴을 시청자처럼 감상했다.

3부가 끝나기 전 그와 나는 약속이라도 한 듯 똑같이 최우수 연기상을 받았다. 〈하늘꽃〉 커플과 공동 수상이지만, 기대하지 않았던 과분한 상이었다. 아무래도 높은 시청률에 대한 보답이 아니었을까. 준유는 상을 받자마자 축하 인사도 제대로 못 받고 가요 대상 시상식을 마무리 짓기 위해 사라졌다.

그사이 새해가 되었고, 나는 서른세 살로 접어들었다. 시상식이 끝나고 우리는 예약해 놓은 술집에서 다시 모이기로 했다. 옷을 갈아입고 이동하는 동안 여기저기서 축하 전화와 메시지가 도착했다. 생전 처음 커플 인기상도 받았고, 분에 넘치는 연기상까지 받았는데 뭐가 부족해서 이러는 걸까. 왜 나는 마냥 행복할 수 없는 걸까.

스마트폰을 들여다보던 시은이 흥분해서 소리를 질렀다.

"와우! 서재유 대박 났네! ……왜 다들 조용해? 안 궁금해?"

"또 상 받았대요?"

"가요 대상에서도 인기상에 앨범 판매상, 퍼포먼스상까지 받았다는데?"

"가수가 노랠 잘해야지."

"도의 씨, 노래도 못하고 인기도 없고 퍼포먼스까지 후진 가수 천지거든. 앨범 나온 지 얼마 되지도 않았는데 이 정도면 진짜 훌륭하지."

"아, 네. 시은 누난 내가 서재유 얘기하면 은근 열 내더라?"

"나 서재유 팬임. 모르는 사이도 아니고 당연히 축하해 줘야지. 암튼 언니랑 같이 일하는 남자들은 다들 줄줄이 대박이라니까."

"또 헛소문 퍼트린다. 허풍 대박 구시은 양."

"맞잖아. 언니랑 같이 연기했던 남자 중 안 풀린 사람이 어디 있냐? 언니가 제일 못 나가지."

"이미 알고 있었던 거 친절하게 또 알려 줘서 정말 고맙다."

"이제부터 잘나가면 되지 뭐. 언니도 만 서른부터 운 텄어."

한 해의 마지막 날 자정까지 날 위해 일한 세 스태프를 먼저 보내기로 했다. 언제 끝날지도 모르는 술자리 때문에 새해 첫날까지 잡아 두긴 싫었다. 괜찮다며 기다리겠다는 도의 씨를 설득해야 했다.

"언니야, 날 춥다. 코트 챙겨. 모자가 어디 있나……."

"누나, 새벽이라도 전화해요. 올 테니까."

듣다 못한 로드 매니저가 김도의 팀장에게 제법 그럴싸한 농담을 던졌다.

"내가 할 일을 왜 팀장님이 하려고 해요? 이런 식으로 남의 밥벌이를 넘보면 안 되죠."

"너 오기 전까지 다 내가 하던 일이거든?"

"도의 씨, 월급 받는 만큼만 일해도 돼. 새해 첫날은 좀 쉬어야지. 여자 친구도 챙기고."

"아! 여기 있네! 언니, 이거 쓰고 가. 또 눈 올지 모른대."


먼저 도착한 사람들은 벌써 축하주를 돌리느라 야단이었다. 노래를 부를 수 있도록 작은 무대가 꾸며진 술집이다. 꽁꽁 싸매고 들어간 나는 실내의 온기가 반가웠다.

코트를 벗자마자 카메라 감독님이 술부터 따라 주셨다. 나를 볼 때마다 예쁘게 찍어 주시겠다고 하셨던 분. 축하의 꽃다발로는 내 진심을 다 전하지 못할 것 같다. 작품상과 대상은 못 받았지만 이 작품으로 오정혜 작가와 김종태 감독은 올해의 작가상과 촬영상을 받았다. 음악상도 받았는데, 음악 감독이 외국에 가 있어서 박지형 감독이 대리 수상했다.

마무리는 훌륭했으나 다시 돌아가라면 거절하고 싶을 정도로 많은 일이 생긴 한 해였다. 오 작가가 옆자리를 가리키더니 가까이 앉으라고 나를 끌어당겼다.

"자기, 오늘 온 여배우 중 최고로 예쁘더라. 화면이 4D였으면 좋겠다고 생각했다니까."

"성현 씨, 그 청색 드레스 정말 어울렸어. 그런 모습 좀 자주 보여 주지. 그새 꽁꽁 싸매고 왔네?"

안 피디가 오 작가 말에 기꺼이 맞장구쳐 주었다. 같은 여자로서 질투하기보다는 인정하고, 대우해 주는 사람들이다. 지난 1년은 좋은 사람을 많이 만난 해이기도 했다.

"자꾸 이러시면 저 다음부터 드레스만 입고 다니는 수가 있는데. 감당하실 수 있겠어요?"

내 말을 들은 오 작가와 안 피디가 미친 듯이 웃어 주었다. 나 역시 웃자고 한 말이다. 눈썰미가 현미경 수준인 오정혜 작가가 그냥 넘어갈 리가 없지. 아니나 다를까.

"아까 보니까 재유하고 커플룩 같던데? 베스트 커플상 수상할 거 알았나?"

"그게, 코디들이 친해서 그런지 장난친 거 같아요. 저한테 혼났어요."

"어머! 코디들 귀엽다. 김 감독님, 두 사람 정말 어울리지 않아요?"

"말해 뭐 해? 드라마에서 실제 커플 한번 만들어 보자니까 어째 말을 안 들어. 어른이 하라면 하는 거지. 재유는 왜 안 와?"

"좀 늦는대요. 서재유가 하이브리드잖아요. 상 받은 가수들끼리 먼저 한잔하겠죠."

"재유 소속사에서 우리가 하는 말 들으면 식겁할걸요. 올해 일본에서 활동 많이 한다더라고요. 당분간 영화나 드라마는 안할 것 같던데. 공식적으론 언제나 솔로여야만 하는 인생이죠. 서재유란 브랜드는."

"일이 지겹지도 않나. 어린 게 돈독이 오른 건가. 여기 나보다 늙은 사람 없지? 다들 내 말 잘 들어라. 사람이 죽을 때 말이야, 일 더 못 해서 후회하는 사람은 절대 없다. 더 많이, 더 오래 사랑하지 않아서 후회하는 사람은 많아도."

누구나 한 번쯤 사랑을 느낀다. 누구나 한 번쯤 사랑 때문에 웃고, 사랑 때문에 괴로워한다. 이제 나는 사랑 때문에 슬퍼하는 것도 싫고 사랑에 울고 싶지도 않다. 그러나 만약 그래야만 사랑이라면, 아픔과 눈물을 뺀 사랑은 존재할 수 없는 거라면 난 어떻게 해야 할까.

"너무나 당연하신 말씀도 우리 김종태 감독님이 하면 명언이 된다니까! 자, 후회 없이 사랑하고, 후회 안 할 인생을 삽시다! 그런 의미에서 건배!"

내게 술을 권하는 사람이 많았다. 날이 날이니만큼 웬만하면 거절하지 않고 받아 마셨다. 오랜만에 술에 체한 기분이다. 주위가 점점 어지러워졌다. 다른 사람 차를 얻어 타고 갈까. 폐 끼치지 말고 콜택시를 부를까. 도의 씨나 로드 매니저라도 다시 부를까. 누구 말대로 해장국까지 먹고 밝은 아침에 마음 편히 들어갈까. 술만 마시면 집에 갈 걱정부터 하는 것도 지겹다.

화장실 거울에 비친 내 얼굴은 몇 시간 전 드레스를 입고 화사하게 미소 짓던 나와 사뭇 달랐다. 역시 술이 과했다. 이젠 몸살이 난 것처럼 으슬으슬해졌다.

모자를 푹 눌러쓰고 화장실에서 나왔을 때 반대 방향에서 일행과 들어오는 준유가 보였다. 도로 화장실로 들어갈 수도, 먼저 인사하기도 민망했다. 붉어진 얼굴을 가리려고 목도리를 둘둘 싸매는 나를 발견한 백 실장님이 알은척했다.

"어? 성현 씨네! 괜찮아요?"

"괜찮습니다. 아, 이사님도 계셨네요."

모난 데 없이 인상 좋은 준유의 치프 매니저 권혁주 이사가 준유 옆에 서 있었다.

"최우수 연기상 축하해요."

"제가 더 축하드려야죠. 축하해, 서재유. 상 여러 개 받았단 소리 들었어. 어서 들어가세요."

준유가 입을 뗄 듯 말 듯 날 바라보다가 몸을 튼 순간, 비틀거리는 나를 백 실장님이 잡았다.

"아이쿠! 성현 씨 많이 취한 것 같네요."

곧바로 서준유의 딱딱한 목소리가 들렸다.

"매니저는 어디 갔어?"

"보냈어."

테이블 사이를 누비던 박우진이 나를 발견하곤 빠른 걸음으로 다가왔다.

"누나 왜 그래? 토했어?"

"아니. 아니야."

우진이 백 실장으로부터 나를 인계받아 소파에 앉혔다. 몸매가 한껏 드러나는 드레스를 입는다고 아침부터 끼니를 거르다시피 한 걸 잊고 있었다.

우진이가 가져다준 음료수를 한 모금 마시고 내려놨다. 입으로 들어가는 모든 게 거북했다. 누군가 내 몸에 코트를 덮어 주었다. 고개를 들어 보니 박지형 감독이었다. 세 남자가, 세 가지 방식으로, 세 가지 마음을 보여 준다. 편한 사람은 박우진뿐이다.

"성현 씨, 괜찮아요? 영화 얘기 아직 안 했잖아."

"아! 그거. 조연은 아닐 것 같고, 카메오 수준으로 나오는 건가요?"

"카메오라기보다는 비중 적은 조연? 참고로 노 개런티예요."

"우리 대표님하고 얘기해 봐야 하는데. 더 들어 보고요."

"정신병원 환자 역이고."

"미친 여자, 하라고요? 그런 역 한 번도 안 해 봤는데?"

"고상하게 미친 여자니까 너무 걱정하진 말고. 많이 취했네. 괜찮겠어요?"

"겉보기만 그렇지 정신은 멀쩡하다니까요. 감독이 누군데요?"

"한기수 감독."

"진짜? 진짜요? 동명이인 아니고?"

"당신이 생각하는 그 사람 맞아."

"그럼 돈을 주면서라도 해야지. 콜! 무조건 콜!"

"완전히 취한 건 아니네."

"어떻게 미치면 되는 건데요?"

"그건 다음 주에 감독하고 직접 만나서 얘기해요."

"박 감독님, 나한테 왜 이렇게 잘해 줘요? 미안하게."

"그러니까 말이야. 근데 한기수 감독……. 아니다. 가기 전에 나하고 다시 통화해요."

잠시 날 지켜보던 박 감독이 서준유가 있는 테이블로 자리를 옮겼다. 준유는 화난 사람처럼 나를 바라보고 있었다. 나는 그 눈길을 피해 다른 곳을 찾았다.

사랑하던 사이는 애정이 식으면 사랑에 빠지기 전보다 더 나빠질 가능성이 크다. 내가 이래도 되는지 모르겠지만, 저 앞의 남자에게 서운하고 화가 났다. 사랑하다 싫어져서 헤어진 것도 아닌데. 연기를 벗어나서는 사랑한다는 말조차 나눈 적이 없는데.

음료수가 흘러 들어간 속이 시렸다. 누가 내게 따뜻한 차 한 잔 가져다줬으면. 소파에 기대 눈을 감았다. 다 필요 없고 그저 집에 가고 싶었다.

"성현 씨, 자요? 집에 갈래요?"

눈을 뜨니 백 실장님이 옆자리에 와 있었다.

"네?"

"매니저 보냈으면 집까지 데려다줄게요."

"실장님이 왜. 제가 알아서 갈게요. 가서 술 드세요."

목소리를 한껏 낮춘 백 실장님이 내게만 들리도록 얘기했다.

"재유가 많이 힘들어 보인다고 모셔다드리라고 해서요. 어, 전화 오는 거 아녜요? 전화부터 받아요."

가방에서 전화를 꺼내 액정을 확인했다. 타임리스. 스웨덴의 서재유다. 휴대폰을 귀에 댄 채 한국의 서재유를 흘깃 바라보았다. 준유는 술잔에 양주를 따르고 있었다.

"잠깐만 기다려."

백 실장님이 눈치 빠르게 한 걸음 물러섰다.

"그럼, 통화 마치고 힘들면 슬쩍 말해요. 바로 떠날 수 있으니."

그런 부탁을 할 일은 없을 것이다. 다시 휴대폰에 입을 대고 말했다.

"시끄러워서 전화 오는 걸 몰랐어."

— 너무 늦었지?

"잘 아네. 늦게 전화하면 안 된다고 자랄 때 배우지 않았니?"

— 배웠어. 밤 9시 넘어선 다른 집에 전화하는 거 아니라고. 그래도 1년에 한두 번쯤은 봐주시겠지. 좀 취한 거 같다.

"다들 그러네. 난 괜찮은데."

— 다수가 말하는 게 맞는 말이야. 언제 집에 가?

"좀 있다가 가려고."

— 친절하고 성실한 김도의 매니저님이 데려다주나?

"로드 매니저 바뀌었어. 다들 가라고 보냈고. 법정 공휴일에 새해 첫날까지 겹쳤는데 쉬어야지."

— 그럼 집엔 어떻게 갈 거야?

"잘 가야지. 데려다준다는 사람도 있고, 콜택시 불러도 되고, 아예 아침에 들어가는 방법도 있고. 그게 제일 안전하겠지?"

— 셋 다 별로다. 상 받은 거 봤어. 축하해.

"그걸 벌써 봤어? 진짜 글로벌한 세상이라니까."

— 한국이야.

"아! 새해 보내려고 왔구나. 떡국도 먹고."

— 서른세 살 된 거 축하해.

"뭘 그런 걸 축하씩이나 하고 그래. 너 진짜 못됐다."

— 난 얼른 서른세 살 되고 싶은데? 부러워서 그래.

"아, 시끄러워. 내 말 잘 들려?"

— 난 괜찮은데 누나 목소리는 점점 커진다?

무대 위엔 몇 사람이 엉켜서 마이크 하나를 붙잡고 서로 노래하겠다고 난리다. 내가 앉은 3인용 소파엔 나뿐이었다. 나와 5미터쯤 떨어진 곳의 준유는 여전히 양주를 마시고 있다. 그 옆에선 권혁주 이사가 이규석 감독과 대화 중이다. 백호민 실장은 그새 어디 갔는지 보이지 않았다. 준유와 다시 시선이 부딪쳤다. 나는 그의 얼굴을 바라보며 전화 속 재유에게 축하인사를 건넸다.

"축하해. 최우수 연기상 받은 거."

— 그게 내 상이야?

"너도 연기했잖아. 그 정도면 연기 수재지."

— 데리러 갈까? 집에 데려다줄게.

"여기…… 나랑 너무너무 닮은 사람이 있어."

— 4시까지 데리러 갈게. 거기 어디야?

시계가 있는지 둘러봤지만 어디에도 보이지 않았다. 하긴 시계를 걸어 두는 술집은 드물다. 시간 계산 안 하고 마셔 줘야 하니까.

준유와 또 눈길이 겹쳤다. 그의 눈이 내게 뭔가를 말하고 싶어 했다. 언제나 그랬다. 정작 할 말도 다 하지 못하면서.

"그러지 마."

— 그럼 올 때까지 기다릴게.

"뭐라고?"

— 정말 미안한데, 누나 집 어딘지 알았어.

"우리 집?"

— 어제 낮에 정발산에 갔었어. 돌아다니다 누나가 타던 차를 봤어. 집 앞에 주차돼 있던데. 넘버도 똑같아. 나, 스토커 같다.

"차 바꿨어. 일할 땐 그 차 안 갖고 다녀. 나 남자들이 그러는 거 진짜 싫어해. 너 자꾸 왜 그래?"

— 혼날 짓 한 거 알아. 그러니까 와서 혼내.

"기다리지 마. 전화 끊는다."

— 다 놀고 와. 진짜 미안한데 오늘은 이렇게밖에 못 해.

재유가 먼저 전화를 끊었다. 휴대폰으로 시간을 확인했다. 3시 5분. 아마, 그 앤 내가 갈 때까지 기다릴 것이다. 새벽 5시든 6시든.

갑자기 속이 메슥거리면서 더 거북해졌다. 아무래도 화장실에 가야 할 것 같다. 가방을 들고 일어서다가 준유와 다시 눈이 마주쳤다. 그의 입이 살짝 열리고 소리 없이 움직였다.

'가지 마.'

준유의 고개가 미세하게 가로로 저어졌다. 그의 눈이 다시 내게 말했다.

'가지 마.'

〈더 원〉 3권에서 계속